Zum Buch:

Brysen weiß nicht, wie lange sie noch vorgeben kann, sich nicht zu Race hingezogen zu fühlen. Dieser Mann weckt in ihr die wildesten Fantasien und eine alles verzehrende Lust. Allerdings ist in ihrem Leben kein Platz für einen Bad Boy wie ihn! Um sich und ihre Gefühle zu beherrschen, versucht sie, Race möglichst aus dem Weg zu gehen und jedes Alleinsein mit ihm zu vermeiden. Doch als ein Stalker sie bedroht, scheint ausgerechnet nur Race ihr helfen zu können …

„Verführerisch, düster und überwältigend."

Romantic Times Book Reviews

Zur Autorin:

Jay Crownover ist eigentlich rothaarig, hat ihre natürliche Haarfarbe aber seit Jahren nicht mehr gesehen. Sie ist ein großer Fan von Tattoos. Seit ihrer Collegezeit arbeitet sie in Bars, was ihr spannende Einblicke in die Beziehungen zwischen Männern und Frauen verschafft hat. Für sie geht nichts über eine gute Story mit interessanten Charakteren, die den Leser berühren.

Lieferbare Titel:

The Point – Entfesselte Sehnsucht

Umwelthinweis:
Dieses Buch wurde auf chlor- und säurefreiem Papier gedruckt.

Jay Crownover

The Point – Wilde Hingabe

Roman

Aus dem Amerikanischen von
Ira Panic

mtb

MIRA® TASCHENBUCH
Band 25928
1. Auflage: Juni 2016

MIRA® TASCHENBÜCHER
erscheinen in der HarperCollins Germany GmbH,
Valentinskamp 24, 20354 Hamburg
Geschäftsführer: Thomas Beckmann

Deutsche Erstveröffentlichung

Titel der amerikanischen Originalausgabe:
Better When He's Bold

erschienen bei: William Morrow, New York

Published by arrangement with
William Morrow, an imprint of HarperCollins Publishers, LLC.

Konzeption/Reihengestaltung: fredebold&partner GmbH, Köln
Umschlaggestaltung: any.way Hamburg/Barbara Hanke und Cordula Schmidt
Redaktion: Mareike Müller
Titelabbildung: Shutterstock; Fotolia/Andrey Kiselev
Satz: GGP Media GmbH, Pößneck
Druck und Bindearbeiten: GGP Media GmbH, Pößneck
Printed in Germany
Dieses Buch wurde auf FSC®-zertifiziertem Papier gedruckt.
ISBN 978-3-95649-304-1

www.harpercollins.de

Dieses Buch ist all jenen gewidmet, die schon einmal ganz unten waren. Es kommt nicht darauf an, wo du bist, sondern, was du daraus machst.

We are all in the gutter, but some of us are looking at the stars.

Oscar Wilde

VORWORT

Das Schreiben dieser Romanserie – all die Zeit, die ich mit meinen Figuren verbringe – macht mich richtig glücklich. Ich liebe die Herausforderung. Ich liebe das Durcheinander. Ich liebe es, wenn es etwas anders läuft und ich gefordert werde, härter zu arbeiten und mehr nachzudenken.

Ich möchte ausdrücklich jedem Einzelnen danken, der diesen wilden Ritt mit mir durchsteht. Es ist wirklich ungeheuer wichtig für mich, dass ihr mir meine Freiheit lasst und dadurch mehr als nur ein Buch dabei herauskommt. Ich habe so viele Ideen, so viele Geschichten zu erzählen, dass es mir schwerfällt, sie alle zu Papier zu bringen. Ich weiß, ich würde an meiner eigenen Kreativität ersticken, wenn ich immer wieder nur das Gleiche tun müsste. Ich liebe euch, und ich liebe es, mit euch diese verrückte Reise weiterzuführen.

Ich weiß, dass The Point und die Jungs, die den Laden schmeißen, nicht jedermanns Sache sind. Es ist mir auch klar, dass Race nicht allen passt, da er sich ziemlich von meinen üblichen Draufgängertypen unterscheidet. Deshalb bedeutet es mir eine Menge, von denen unter euch zu hören, die diese Veränderung mögen – den Wandel der Szenerie und der Männer. Denn ihr wart ja da, habt das harte Leben dort durchlitten oder kennt zumindest jemanden, dem es so ergangen ist. Und wisst es deshalb zu würdigen, dass die schlechten Viertel die gleiche erzählerische Zuwendung erfahren wie die glatte und geschniegelte Großstadt. Es ist cool auf der dunklen Seite … Die Jungs von da sind was Besonderes.

Ich werde immer nur über das schreiben, was mich interessiert, mich anspricht oder bewegt – und was ich faszinierend und spannend finde. Auf meinem Weg bin ich sehr vielen tollen Büchermenschen begegnet, die das zu schätzen wissen.

In diesem Sinne viel Spaß bei der nächsten gefährlichen Folge der The-Point-Serie … Auf das Chaos, auf die Familie, aufs Risiko, auf das Glück – und vor allem: auf den Wandel! Denn ohne Wandel würde unsere Sicht auf die Welt stagnieren, egal, aus welchem Winkel wir sie betrachten.

Jay

Willkommen in The Point … wo diesmal das Glück mit den Mutigen ist.

1. KAPITEL

Brysen

Einige Männer kann man einfach nicht ignorieren. Es ist so, als würden sich alle anderen um sie herum nur in Zeitlupe bewegen oder als wären sie in Schwarz-Weiß aufgenommen, während er der einzige Farbklecks ist; das Einzige, was sich im Raum bewegt. Race Hartman war so ein Typ Mann. Obwohl uns ein ganzer Haufen lauter, aufgedrehter und betrunkener Leute voneinander trennte und ich bezweifelte, dass ihm überhaupt klar war, auf derselben Party wie ich zu sein, hatte ich doch nur Augen für ihn. Groß, blond, mit einem Gesicht und Körper ausgestattet, um das weibliche Geschlecht blind vor Lust zu machen, war er ohne Zweifel hübsch und lecker anzusehen – wie alles, was eher schädlich für einen ist. Ich wollte aufhören, ihn weiter anzustarren, konnte es aber nicht sein lassen. Er war dermaßen dynamisch … so verwegen. In meiner Welt, in der die Dinge grau und leblos waren, war er schlicht ein sinnlicher Leckerbissen für die Augen, und ich war dabei, ihn voller Verlangen zu verschlingen.

Mir fehlten die Zeiten, in denen ich bloß zur Schule gegangen war, Party gemacht, eine fantastische Zeit gehabt und mich so verhalten hatte, als gäbe es nichts auf der Welt, was mich kümmern könnte. Diese Tage waren lange vorbei, also ermahnte ich mich, besser damit aufzuhören, Race wie eine Idiotin anzustarren, und zu versuchen, diesen Abend zu genießen, an dem ich freihatte und auch zu Hause nicht gebraucht wurde. Meine kleine Schwester war über Nacht bei einer Freundin, und mein Vater hatte sich bereit erklärt, bei Mom zu bleiben. Dies war eine der seltenen Gelegenheiten, mich wie eine normale Einundzwanzigjährige benehmen zu können. Stattdessen verplemperte ich sie, indem ich dem älteren Bruder meiner besten Freundin hinterherhechelte – und schlimmer noch: Er war der wohl unpassendste Typ auf der ganzen Welt, um sich zu verknallen.

„Kennst du ihn?"

Meine Freundin Adria hatte mich überredet, heute Abend mitzukommen. Früher hatten derlei Partys mehr Spaß gemacht. Ich nippte an einem lauwarmen Bier aus einem roten Plastikbecher und kämpfte gegen meine Augen, deren Blick unwillkürlich zu Race wanderte.

„Er ist Dovies älterer Bruder", antwortete ich.

„Ach, tatsächlich?"

Ihr Zweifel war berechtigt. Während Race eine majestätische Aura umgab, aussah wie eine goldene Gottheit, die vom Himmel herabgesandt wurde, um über uns nichtige Sterbliche zu herrschen, war Dovie Pryce ein zerzauster Rotschopf voller Sommersprossen und unauffälliger als unauffällig. Sie war niedlich – allerhöchstens, nicht so atemberaubend wie ihr Bruder. Außerdem war sie die netteste Person auf der ganzen Welt. Ich war ziemlich sicher, dass Races eindrucksvoller Körper nicht eine einzige nette Faser enthielt.

Meine Finger umklammerten den Plastikbecher fester, sowie er den Kopf drehte und mich mit seinen moosgrünen Augen anschaute.

„Ja wirklich." Meine Stimme war rauer als sonst, das fiel selbst mir auf.

„Wie kann das sein?"

Ich mochte Adria. Wir hatten Unternehmensfinanzierung zusammen, und sie war eine der wenigen, die mich nicht hatten fallen lassen, als ich zurück nach Hause ziehen musste, nachdem alles mit meiner Mutter den Bach runtergegangen war. Ich hatte nicht mehr wirklich was zu lachen, was bedeutete, dass ich auch kaum noch Freunde hatte. Die komplizierten Verhältnisse in der Hartman-Familie zu erörtern war allerdings auch nicht unbedingt das, was ich für diesen Abend geplant hatte. Races und Dovies Familiengeschichte war nicht gerade spaßig, doch genau das war es, wonach mir heute Abend war: Spaß.

Ich schluckte, denn Race bahnte sich den Weg durch die Menge der tanzenden und sich aneinanderreibenden Studenten in unsere Richtung. Instinktiv machten ihm die Leute Platz. Es war so, als würde ihn ein Magnetfeld aus roher Gewalt umgeben, welches sich nur diejenigen auszutesten trauten, die gern gefährlich lebten. Zu denen gehörte ich nicht. Zumindest redete ich mir das jedes Mal ein, wenn ich in seiner Nähe war.

Natürlich fand ich ihn richtig heiß, schon seit ich ihm das erste Mal begegnet war, während er Dovie bei der Arbeit abgesetzt hatte – er ahnte allerdings nichts davon. Race war kein braver Junge, und mein Leben war schwierig genug, auch ohne die Komplikation, die er mit sich brachte.

Um Race und all diese verräterischen Gefühle zu beherrschen, war ich richtig fies zu ihm ... wirklich richtig, richtig gemein. Ich war eiskalt. Ich gab mich desinteressiert. Ich war unhöflich, manchmal sogar bösartig. Ich behandelte ihn, als sei er eine widerwärtige, eklige Person, und wenn das nicht klappte, ignorierte ich ihn und tat so, als sei es reine Zeitverschwendung für mich, auch nur mit ihm zu reden. Doch es wurde immer schwieriger, mich so zu verhalten: Je mehr ich ihn missachtete, desto charmanter verhielt er sich mir gegenüber. Wir waren in einem aufreizenden Spiel gefangen, und ich hatte große Angst, dieses Spiel zu verlieren. Race wollte mich und verbarg das auch nicht. Und ich hatte keine Ahnung, wie lange ich noch meine unberechenbare Lust gegen die Attacken dieser grünen Augen und dieses goldlockigen wunderbaren Kopfes im Zaum halten konnte.

Er ließ ein Millionen-Watt-Lächeln in meine Richtung aufblitzen und blieb stehen. Er überragte mich bei Weitem. Selbst mit meinen Fünfzehn-Zentimeter-Absätzen wirkte ich winzig.

„Ach, hallo Brysen."

Ich verdrehte die Augen und hob den Becher an, um mein unkontrolliertes Schlucken zu verstecken, das seine raue Stimme ausgelöst hatte. „Race."

Adria rammte mir ihren spitzen Ellbogen in die Seite.

Ich räusperte mich und schaute zu ihr. „Das ist meine Freundin Adria."

Er streckte ihr seine große Hand entgegen und umfasste ihre viel kleinere. Ich sah förmlich vor mir, wie ihr Slip feucht wurde.

„Was tust du denn hier?", wandte er sich an mich.

Ich hätte ihn das fragen sollen. Dies war eine College-Party, voll mit betrunkenen Jungs und Mädchen. Ich war wenigstens an der Uni um die Ecke eingeschrieben, aber Race hatte sein akademisches Leben längst für eine kriminelle Existenz und jede Menge illegaler Aktivitäten an den Nagel gehängt. Er war derjenige, der nicht hier sein sollte.

„Nur ein bisschen Spaß haben." Ich bemühte mich, meine Stimme möglichst uninteressiert klingen zu lassen. Doch wenn er hören könnte, wie mein Herz schlug, hätte mein Spiel ein Ende.

Langsam zog er eine seiner blonden Brauen hoch und lächelte mich an. Oh Gott, in seiner linken Wange hatte er ein Killer-Grübchen! Unbedingt wollte ich mit meiner Zunge darüberstreichen. Ich grub meine Fingernägel in meine Handflächen und atmete tief durch.

„Spaß haben? Ich bin erstaunt, dass du weißt, wie das geht, Bry", erwiderte er.

Er hatte völlig recht. Ich konnte also nur meinen Blick senken und die Eiskönigin-Maske wieder aufsetzen, die ich ja dauernd in seiner Anwesenheit zur Schau trug.

„Und was machst du hier, Race? Armen College-Studenten ihre Stipendien-Schecks aus den Rippen leiern?"

Er hob die andere Braue. Als er uns erneut sein typisches Lächeln schenkte, haute es sowohl Adria als auch mich fast um. Etwas Düsteres flackerte in seinen grünen Augen auf, ich wollte einen Schritt zurücktreten. Race war in vieler Hinsicht gefährlich, das musste ich im Gedächtnis behalten.

„Die meisten College-Kids haben keinerlei Verstand und mögen Herausforderungen. Das ist der ideale Nährboden für mich.

Außerdem fängt nächstes Wochenende die Football-Saison an, deshalb musste ich mich um ein paar frühe Kunden kümmern." Sein Blick glitt über den Scheitel meines seidig glänzenden Bobs bis zu den Spitzen meiner High Heels. „Ich bin länger geblieben – wegen der Aussicht."

Adria räusperte sich und schaute uns abwechselnd an. „Kunden? Bei einer Party? Was genau machst du eigentlich?"

Wenn sie wüsste, was für illegale Dinge Race so tat …

Er legte den Kopf schräg, und das blendende Lächeln, das er wie eine Waffe benutzte, erlosch. Race Hartman hatte viele Facetten. Seine dunklere härtere Seite hatte sich erst gezeigt, nachdem er beschlossen hatte, die Führung eines großen Verbrechersyndikats zu übernehmen, nachdem er eine entscheidende Rolle dabei gespielt hatte, Novak, die ehemalige Nummer eins, zur Strecke zu bringen. Race war nicht nur ein Bad Boy, ein Krimineller, er war *der* Bad Boy schlechthin. Er kontrollierte verbotene Wetten, verlieh Geld zu Wucherzinsen, betrieb illegale Spielhallen, half seinem besten Freund dabei, gestohlene Autos zu zerlegen und zu verschieben, und sorgte außerdem dafür, dass jeder in The Point wusste, dass er jetzt derjenige war, der auf der Straße das Sagen hatte. Eigentlich war er viel zu hübsch, um so schrecklich zu sein, aber dank Dovie wusste ich genau, wie viel Dreck Race am Stecken hatte, seit er Novaks Imperium leitete. Ganz zu schweigen davon, dass sein neuer Geschäftspartner ein skrupelloser, eiskalter Zuhälter und Geldwäscher war. Nassir musste zwielichtig und rätselhaft sein, schließlich steuerte er jede Untergrund-Operation in der Innenstadt. Es schien, als hätten viele seiner Eigenschaften auf Race abgefärbt.

„Ich verdiene Kohle, Süße."

Und das machte er. Ich bewegte mich unruhig auf meinen zu hohen Schuhen hin und her und versuchte, ihn nicht bemerken zu lassen, wie mein Puls unter seinem eindringlichen Blick raste. Irgendwas hatte es schon, von einem Mann begehrt zu werden, von dem ich wusste, dass er jeden hier im Raum vernichten könnte. Es durfte eigentlich kein tolles Gefühl sein, nicht dieses Ziehen in mir verursachen und mein Inneres pulsieren lassen. Aber das tat es … Er tat es.

Lächelnd warf ich den längeren Teil Haars über meine Schulter und erklärte Adria: „Race ist so etwas wie ein Unternehmer." Von der Art, wie es sie nur an einem so dunklen und kaputten Ort wie The Point gibt.

Adria wollte offensichtlich weitere Fragen stellen. Ich sah, wie sie den Mund öffnete. Doch bevor sie ein Wort herauskriegen konnte, ertönte ein lauter Knall, und die übliche College-Party, die für mich einen Fluchtversuch aus der schmerzlichen Realität meines Alltags sein sollte, wurde zum chaotischen Krawall.

Es war zweifelsfrei der Geruch von Schießpulver, der die Hölle losbrechen ließ, während weitere Schüsse fielen. Ich griff nach Adria, aber weil wir so nahe an der Tür waren, wurden wir in Sekundenbruchteilen durch eine Flutwelle panischer Menschen getrennt. Ich spürte, wie mich starke Hände packten und aus dem Strom der Massenpanik zogen. Mein Gesicht wurde gegen einen steinharten Brustkorb gepresst, eine große Hand hielt meinen Kopf nach unten gedrückt, während ich energisch durch das Gewühl rennender und fuchtelnder Leute gezerrt wurde.

Mein Herz schlug mir bis zum Hals. Erneut wurde ein Schuss abgefeuert, gefolgt vom gellenden Kreischen einer weiblichen Stimme. Irgendwo über meinem Kopf betete Race eine Litanei aus Flüchen herunter und ließ mich für einen Moment los. Ich hörte Glas splittern, spürte, wie er sich bewegte, während er mich hinter sich herzog – und dann umfing uns die kühle Nachtluft. Draußen ging er ein bisschen auf Abstand zu mir, nahm aber wieder meine Hand und zog mich weiter hinter sich her. Unter unseren Schritten knirschte das zerbrochene Glas der Tür am Hinterausgang, die er offensichtlich zertrümmert hatte, um uns die Flucht zu ermöglichen.

Keuchend rannte ich in Stilettos und hautengen Jeans einem Kerl hinterher, dessen Beine doppelt so lang waren wie meine – was eigentlich ein Ding der Unmöglichkeit war, doch irgendwie schaffte ich es. Er hielt nicht an, bevor wir das Gebäude umrundet und die gegenüberliegende Straßenseite erreicht hatten. Die meisten anderen Partygäste hatten sich davongemacht, aus der Ferne war bereits Sirenengeheul zu hören. Ich legte meine Hand auf seinen Oberkörper und sagte flehend: „Wir müssen Adria finden."

Seine Augen waren praktisch schwarz – voller Emotionen, die ich nicht zu benennen wagte. „Ich darf nicht hier sein, wenn die Bullen auftauchen, Brysen. Ich muss los."

Ich schnappte nach Luft, ballte meine Fäuste und schlug ihm kräftig gegen die Brust. „Hilf mir, sie zu finden, Race!"

Er schüttelte bloß sein perfektes blondes Haupt und schaute zu mir herab. „Du bist die Einzige, um die ich mich gesorgt habe."

Mein Herzschlag stockte, doch die Sirenen kamen immer näher, während er sich von mir fortbewegte. Ich packte ihn am Handgelenk, zitterte allerdings dermaßen, dass ich ihn kaum zu fassen bekam.

„Bitte geh nicht!" Ich hörte mich verletzt und verzweifelt an. Ich hatte keine Ahnung, wie man sich in einer Situation voller Waffen und Gewalt verhielt. Es machte mich fertig, wie gleichgültig ihm das alles war.

Die Schatten in seinen Augen veränderten sich, seine Mundwinkel wanderten nach unten. Bevor ich reagieren konnte, schob er seine Finger in mein Haar im Nacken und riss mich hoch, bis ich auf den Zehenspitzen stand. Ich umklammerte seine Handgelenke und versuchte nicht durchzudrehen, als meine Brust gegen seine gedrückt wurde. Ich baumelte praktisch hilflos herum, während er mich auf Teufel komm raus küsste.

Es war dunkel, Menschen wankten betrunken und ziellos umher, ich machte mir Sorgen um meine Freundin und war wütend auf ihn … wütend wie immer. Aber zum ersten Mal, seit ich ein Auge auf ihn geworfen hatte, waren all das Verlangen und die Verwirrtheit, all die Gier und die Lust völlig entfesselt – und ich erwiderte seinen Kuss.

Es war weder romantisch noch süß, nicht voller spürbarem Begehren oder liebevoller Fürsorge. Es war roh, hart und heiß; und ich hatte mich nie in meinem Leben besser gefühlt. Mit der Zunge drang er in meinen Mund, seine Zähne glitten aufreizend über meine Lippen, seine Hände verursachten blaue Flecken. Durch seine Jeans hindurch konnte ich seine Erektion spüren, so eng waren wir aneinandergepresst. Ich hätte protestieren sollen, hätte ihn auffordern müssen, aufzuhören. Aber ich konnte nichts anderes tun, als zu stöhnen und mich an ihm zu reiben wie eine rollige Katze.

Und gerade als ich mich darauf eingelassen hatte, mich um seinen mächtigen Körper schlingen wollte, ließ er mich fallen und trat einen Schritt zurück. Wie eine Idiotin blinzelte ich ihn an, während er den Kopf schüttelte und wortlos in der Dunkelheit verschwand. Ich starrte dahin, wo er eben noch gestanden hatte, legte die Arme um meinen Körper und bemühte mich, nicht gleich an Ort und Stelle zu zerbrechen.

„Brysen!"

Ich wirbelte herum, als Adria schon in mich hineinlief und uns beinahe beide zu Boden gerissen hätte.

„Oh Gott, ich bin durchgedreht vor Angst!", rief sie. „Wo warst du?"

Ich umarmte sie – hauptsächlich in der Hoffnung, dass das Zittern dann aufhören würde. Tat es nicht. „Race hat mich aus irgendeinem Grund durch den Hinterausgang mitgenommen."

Ihre Augen waren weit aufgerissen vor Erstaunen. „Weshalb hat er das gemacht? Niemand wusste, wo sich der Schütze versteckt hat."

Ich schüttelte den Kopf. „Ich weiß es nicht, ich bin ihm nur gefolgt. Er ließ mir keine Wahl."

„Ein Kerl hat seine Freundin mit einem anderen erwischt. Kaum zu glauben. All das hier wegen so was Banalem."

Ich kam nicht mehr dazu, sie zu fragen, woher sie die Ursache des Krawalls kannte. Schon war die Polizei eingetroffen und nahm uns, die wir übrig geblieben waren, ins Kreuzverhör.

Die Universität und das Haus, in dem die Party stattgefunden hatte, lagen beide in The Hill. Dinge wie wahllose Schießereien, eifersüchtige Freunde und untreue Freundinnen gehörten eher zu The Point. Das zumindest versuchten sich die meisten „Hügel"-Bewohner ein- und schönzureden. Als ich alles überstanden hatte, war ich total erschöpft – und der Geschmack von Race lag noch auf meinen Lippen. Meine Partynacht, ursprünglich dazu gedacht, um vergessen zu können, war zu einer geworden, an die ich mich immer erinnern würde; auch wenn mir klar war, wie dämlich es wäre, irgendeine Form der Erinnerung an ihn zu verschwenden. Vielleicht war Grau doch kein so schlechter Ton, um von ihm umgeben zu sein. Langweilig und fade zwar, aber sicher.

Ich fuhr Adria zurück in ihr Apartment, beantwortete die gesamte Fahrt über Fragen nach Race. Sie war fasziniert von ihm, spürte offenbar ebenfalls diese magische Anziehungskraft, die er an sich hatte. Ich wollte ihr klarmachen, dass er nur Ärger bedeutete und dass die Welt, in der er sich bewegte, unendlich weit von ihrem Beinahe-*Master of Business Administration* entfernt war. Doch all das verstärkte seine Mystik und Anziehungskraft auf sie. Welches nette Mädchen aus The Hill war schließlich nicht scharf auf einen Bad Boy aus The Point? Mehr Klischee ging wirklich nicht. Nachdem ich endlich auf dem Heimweg war, hatte ich Kopfschmerzen und Magenkrämpfe.

Ich parkte vor dem Durchschnittsfamilienhaus, das meine Eltern gebaut hatten, bevor alles zusammengebrochen war. Kurz dachte ich darüber nach, den Motor laufen zu lassen und einfach weiterzufahren, bis ich irgendwo anders wäre, ein anderes Leben gefunden hätte. Vor zwei Jahren war meine ganze Welt noch fröhlich, farbenfroh und hell gewesen. Ich hatte mit Freundinnen in einem Apartment gelebt, war zum College gegangen und hatte Jungs abserviert, die nur auf *das eine* aus gewesen waren. Gott, ich war so dumm! Ich hatte keine Sorgen gehabt und keinerlei Gedanken daran verschwendet, dass das einmal nicht mehr so sein könnte.

Heute lebte ich wieder daheim, kümmerte mich um ein Elternteil, das an einer schweren Form von Depression und einem Hang zur Selbstmedikation litt, und um ein anderes, das offensichtlich ein Workaholic war und sich in seinem Job vergrub, um die häuslichen Bedrohungen zu vermeiden. Meistens kam ich zurück, um meine kleine Schwester Karsen davor zu bewahren, von all der Traurigkeit und Dunkelheit um sie herum angesteckt zu werden. Sie war sechzehn, eine Spitzenschülerin und hatte noch zwei Jahre vor sich, ehe sie das College besuchen konnte. Meine Eltern hatten immer hart gearbeitet, damit die Familie nicht abrutschte. Für mich war es das Mindeste, was ich tun konnte, um ihnen etwas zurückzugeben. Wir waren nie unanständig reich gewesen, aber wir waren auch nie gezwungen gewesen, unser Überleben auf den Straßen von The Point, den Schlachtfeldern des Lebens, zu sichern. Ich war wirklich überzeugt davon, ihnen zumindest dafür etwas zu schulden.

Seufzend betrat ich die Wohnung. Es war dunkel; Karsen war ja nicht da, und meine Mutter lag bestimmt im Bett. Ich machte einen Umweg in die Küche, schnappte mir ein kaltes Bier und schlenderte auf dem Weg zu dem Stockwerk, auf dem mein Zimmer lag, am Raum meines Vaters vorbei. Er saß hinter seinem Computer – wie üblich. Sein allmählich kahler werdender Kopf war gesenkt, seine Augen fixierten was auch immer auf dem Bildschirm.

Ich runzelte die Stirn und öffnete die Flasche. „Hey."

Er schreckte auf, wandte sich vom Monitor ab und starrte sie an. „Brysen Carter, du hast mich so erschreckt, ich habe mir fast in die Hose gemacht."

„Wie geht es ihr?“

Er räusperte sich und widmete sich wieder dem Computer. „Gut, alles war gut.“

Das war höchst unwahrscheinlich.

„Hast du überhaupt nach ihr geschaut heute Abend?“, wollte ich wissen.

„Brysen, das hier ist wirklich wichtig. Hat das nicht noch Zeit?“

Eigentlich nicht, aber für ihn stand sein Job an allererster Stelle. Ich schwieg, zog meine Schuhe aus und ging um die Ecke zum Schlafzimmer meiner Eltern. Die Tür war angelehnt, der Fernseher lief. Ich stieß die Tür mit der Handfläche auf und ließ einen Fluch los.

Meine Mutter lag ausgestreckt quer auf dem Bett. Ihr Kopf hing über die Bettkante, und das Haar baumelte wüst verworren auf den Boden herab. Eine leere Wodkaflasche thronte auf dem Kissen, und Mom schnarchte leise. Ich stellte mein Bier auf der Kommode ab und legte Mom vorsichtig wieder richtig auf die Matratze. Offensichtlich hatte Dad sich nicht mal so lange von der Arbeit losgerissen, um nachzusehen, ob alles in Ordnung war. Er hatte sie einfach sich selbst überlassen – und das hier war stets das Resultat.

Mühsam öffnete sie eins ihrer Augen, betrachtete mich und murmelte meinen Namen, während ich sie unter die Bettdecke packte. Ich schnappte die leere Flasche und widerstand nur um Haaresbreite der Versuchung, sie an die Wand zu werfen und zu zerschmettern. Mom war nicht immer so gewesen. Früher war sie natürlich auch schon ein wenig verschlossen gewesen, hatte mit ihren emotionalen Auf und Ab zu kämpfen gehabt. Doch dann hatten ein Autounfall, eine schreckliche Rückenverletzung und unendliche Schmerzen aus meiner Mutter diese besoffene Hülle einer Frau gemacht. Es brach mir jedes Mal das Herz, sie so zu sehen. Es schlug mir auf den Magen, denn das alles musste nicht so sein. Sie könnte Hilfe kriegen, mein Vater könnte sie unterstützen, und vielleicht würde auch mein Leben sich wieder normalisieren – aber all dies passierte nicht. So war es an mir, die Dinge in die Hand zu nehmen, bis Karsen alt genug sein würde, selbst da rauszukommen.

Ich schaltete den Fernseher aus und knallte die Tür hinter mir zu. Es hätte einen Tornado gebraucht, um Mom aus diesem Trunkenheitsschlaf zu wecken. Tief seufzend lief ich in mein Zimmer.

Als Erwachsene wieder zu Hause zu wohnen war wirklich seltsam. Natürlich gab es keine feste Schlafenszeit, und ich musste auch nicht dieselben Regeln befolgen wie als Teenager, aber alles in diesem Kinderzimmer fühlte sich falsch an. Mir erschien, als würde ich jedes Mal einen Teil von mir selbst draußen vor der Tür lassen, wenn ich eine Nacht oder einen weiteren Tag hier verbrachte.

Ich zog mein Telefon aus der Gesäßtasche und las die letzte Nachricht an Dovie, in der ich sie gefragt hatte, ob sie heute Abend mit mir auf die Party ginge. Nachdem sie jetzt Vollzeit in einer Wohnanlage für alle verlorenen Kinder dieses Systems arbeitete, bekam ich sie selten zu Gesicht. Hinzu kam, dass sie mit dem einzigen Typen aus The Point zusammenlebte, den ich für noch furchterregender hielt als Race. Deshalb schaute ich selten bei ihr vorbei und sah sie außerhalb der Uni kaum noch. Für heute Abend hatte sie abgesagt, weil sie Hausarbeiten zu erledigen hatte. Insgeheim fragte ich mich jedoch, ob Bax ihr das Weggehen nicht vielleicht verboten hatte.

Er hasste alles, was mit The Hill zu tun hatte. Er kam von der Straße, ein Exknacki und Dieb, und es gab keinen Zweifel, dass er bis über beide Ohren in Races kriminelles Unternehmen verstrickt war. Shane Baxter hatte einen Ruf in dieser Gegend, der so legendär war wie der des Mannes, der ihn gezeugt hatte. Der Mann, den Race und er erledigt hatten. Die beiden verstanden keinen Spaß, aber Dovie mochte ich sehr. Deshalb trotzte ich den haiverseuchten Gewässern, in denen sie schwamm, damit sie ein Teil meines Lebens blieb – und ich sie weiterhin meine beste Freundin nennen konnte.

Ich schickte ihr eine Nachricht.

Hab Race heute auf der Party gesehen.

Es dauerte einige Minuten, bis sie antwortete.

Was hat er da gemacht?

Er sagte, er würde arbeiten.

Nee, klar.

Ich verdrehte die Augen, als ich daran dachte, was er als Arbeit aufzufassen schien, und schrieb zurück.

Jemand hatte eine Waffe und schoss drinnen um sich. Race schaffte mich raus, haute aber wegen der Polizei ab.

Ich war noch immer ziemlich erregt, konnte auch jetzt diesen Kuss auf meiner Haut spüren. Warum musste er so gut schmecken, sich so toll anfühlen und doch so mies sein?

Sie antwortete auf eine Art und Weise, wie es nur jemand tun konnte, der total in The Point verstrickt war.

Er kann nicht riskieren, Ärger mit der Polizei zu kriegen. Das kann sich keiner hier leisten. Kein Wunder, dass er abgehauen ist. Sind alle okay?

Ja, alles gut, alle okay.

Mir ging's nicht gut. Anzunehmen, jemand sei kriminell oder zumindest nicht grundehrlich, war etwas völlig anderes, als den Beweis direkt vor Augen zu haben. Ich verstand diese Welt nicht, wollte sie nicht verstehen, und darum war mir eins vollkommen klar. Egal, wie scharf er war und wie sehr er mich aus der Monotonie meines Alltagslebens riss: Race Hartman würde niemals der Mann meines Lebens sein. Und genau das ließ mein Verlangen erwachen!

Dovie und ich plauderten ein wenig weiter. Ich über nichts Spezielles, sie über die Typen. Bax jagte mir dermaßen Angst ein, dass ich in seiner Gegenwart nervös und verunsichert war. Deshalb versuchte Dovie, glaube ich, ihn mir gegenüber menschlicher und sympathischer darzustellen. Und Race … Er hatte mich komplett durcheinandergebracht. Es war äußerst anstrengend, Desinteresse vorzuspielen, anstatt meine brennende Neugier zu zeigen, wann immer sie seinen Namen erwähnte. Und es wurde immer schwieriger.

Ich sagte ihr Gute Nacht und schickte meiner Schwester eine Nachricht, um ihr ebenfalls eine gute Nacht zu wünschen. Karsen war ein tolles Mädchen. Sie verdiente es, dieses Haus unversehrt und narbenfrei hinter sich zu lassen, ohne vom aktuellen Zustand der Carters beeinträchtigt zu werden. Sie war ein kleines dünnes Etwas. Sie hatte die gleiche Haarfarbe wie ich, aber sie hatte Moms braune Augen, während ich Dads blaue geerbt hatte. Sie war wirklich ein Goldstück ... Nachdem sie mir einen Smiley zurückgeschickt hatte, konnte ich mich meinem Abendritual widmen.

Als ich mir das Gesicht wusch und anschließend unter die Dusche stieg, konnte ich es mir endlich eingestehen: Ich war einsam und unglücklich. Ich war überfordert von all meinen Gefühlen und dem ständigen Kampf, diese tobenden Mächte in meinem Inneren halbwegs zu beherrschen. Unter der Dusche konnte ich heulen, und niemand bekam es mit. Das war nicht das Leben, das ich wollte. Das war auch nicht das, was ich mit einundzwanzig erreicht haben wollte. Doch ich musste mich der Situation anpassen, musste mich ändern, um zu tun, was für alle das Beste war. Ich hatte keine andere Wahl.

Ich trocknete mich ab, bürstete mir kurz die Haare und zog danach eine Yogahose und ein Tanktop für die Nacht an. Das Adrenalin von all den Erlebnissen wich allmählich aus meinem Körper. Mit dem Gesicht voran ließ ich mich auf die Matratze fallen. Verzweifelt versuchte ich, nicht an die Berührungen von Races Zunge zu denken, nicht an das Kratzen seiner Zähne auf meiner Haut. In dem Moment leuchtete das Display meines Handys auf. Es war spät, und die einzige Person, die mir jetzt schreiben würde, war Karsen. Also raffte ich mich auf und wischte über das Telefon.

Die SMS war nicht von Karsen. Sie stammte von einer Nummer, die ich nicht kannte. Sie bestand aus sechs Worten, keine große Sache, aber das Magengrummeln, das mir das Lesen verursachte, war ein klares Zeichen, dass irgendwas nicht stimmte.

Du siehst klasse aus heute Abend.

Ich starrte einen Augenblick auf die Nachricht, bevor ich antwortete.

Wer ist da?

Tut mir so leid, dass ich dich nicht getroffen habe.

Was zum Teufel bedeutete das? Ich fragte noch mal, wer da schrieb, und als ich darauf keine Antwort bekam, schaltete ich das Handy aus und stellte es zurück auf die Ladestation. Für einen endlosen Moment saß ich aufrecht im Dunkeln. Mein Puls raste, ein unheimlicher Schauer überlief mich und ließ mir die Nackenhaare zu Berge stehen. Zitternd legte ich mich hin und zog mir die Decke über den Kopf.

Es zu bedauern, jemanden nicht „getroffen" zu haben, nachdem Schüsse gefallen waren, war nicht sonderlich komisch. Das war kein bisschen witzig; ich war schließlich aufgewühlt genug. Ich senkte die Lider und überlegte, warum Race mich überhaupt durch den Hintereingang des Hauses mitgenommen hatte, während alle anderen zur Vordertür gerannt waren.

Genau das war der Grund, warum ich für einen Typen wie Race keine Zeit hatte. Wäre er jemand anders gewesen, hätte ich seine Motive niemals in Zweifel gezogen. *Du bist die Einzige, um die ich mir Sorgen mache.* Was hat er damit gemeint? Das hat er bestimmt gesagt, weil er mich wollte, weil er gern Spielchen mit mir spielte und mich als Herausforderung betrachtete. Aber mehr war da nicht … oder?

Verdammt! Ich hatte weder Zeit noch Platz für solche Dinge. Doch als ich endlich wegdämmerte, waren es sein hübsches Gesicht und sein perfekter Mund, die mir ins Traumland folgten – nicht die Angst, die nach dieser seltsamen SMS an mir nagte.

2. KAPITEL

Race

Ich setzte mit meinem komplett restaurierten und voll ausgestatteten kirschroten 66er-Mustang durch die Sicherheitstore zurück, die die Garage umgaben. Sie sah aus wie ein zusammengestürzter Haufen aus Beton und verrostetem Metall. Niemand draußen hatte auch nur den Hauch einer Ahnung, welcher Schatz an Monstertechnik sich hinter dieser hässlichen Fassade verbarg. Restaurierte Muscle Cars und schnittige Importfahrzeuge im Millionenwert standen darin aufgereiht. Einige sollten wieder zum Leben erweckt und repariert werden, doch die meisten waren dort eingelagert, weil ich darauf wartete, dass deren Eigentümer ihre Schulden oder Kredite zurückzahlten, die sie mir schuldeten. Wenn der Besitzer nicht zahlte, behielt ich den Wagen und ließ ihn durch meinen besten Freund auseinandernehmen und überholen – und im Anschluss mit einem netten Gewinn verkaufen.

Dieses Vorgehen hatte sich als sehr profitabel erwiesen und spielte sowohl meinen als auch Bax' Stärken in die Hände. Die Leute mochten es nicht, wenn man ihnen ihren fahrbaren Untersatz wegnahm. Es war schwierig, der Ehefrau und den Kindern zu erklären, wo die Familienkutsche plötzlich abgeblieben war, deshalb war meine Rückzahlrate auch höher als bei den durchschnittlichen Zockern und Kredithaien. Bax verfügte über jede Menge Verbindungen zu Autodieben, und wenn ein Schuldner nicht mit seinen Zahlungen herumkam, war das ein einfacher Weg, die Verluste zu kompensieren. Abgesehen davon brauchte Bax ab und an noch den Kick, ein Auto zu klauen, jetzt, da er die meiste Zeit ein ehrliches und sauberes Leben führte. Wir hatten die eiserne Regel, über diesen Part des Garagen-Business niemals in Anwesenheit meiner Schwester zu reden.

Dovie war ein Schatz. Sie war süß, voller Liebe und Herzlichkeit. Irgendwie hatte sie es geschafft, sich durch all den Stacheldraht und die Ketten zu kämpfen, die Bax' Herz umgaben, um sich dort permanent einzunisten. Sie kam von der Straße, war gänzlich anders aufgewachsen als ich und wusste von Haus aus, dass das Leben nicht immer leicht war und dass uns die Dinge für immer veränderten, die wir in The Point taten. Mir war klar, dass Bax ihr gesteckt hatte, was auf dem extrem gesicherten Grundstück vor sich ging, das er kurz nach dem Tod seines Vaters Novak bebaut hatte. Novak war der Mann gewesen, der die dunkle Seite der Stadt mit eiserner Faust regiert hatte. Aber sie liebte uns beide genug, um keine Fragen zu stellen oder zwischen uns und unsere Arbeit zu geraten. Bisher war das ein System, das für jeden funktionierte, und mein Geschäft florierte.

Dovie war echt super, und sosehr mir anfangs die Tatsache, dass sie und Bax ein Paar waren, missfallen hatte, war mir mittlerweile klar geworden, dass sie jemanden wie meinen besten Freund brauchte, der sie beschützte – vor dieser Gegend und diesem Leben. Und Bax … na ja, der brauchte Dovie, um seine Menschlichkeit zu bewahren, um ihm etwas Reales, Handfestes zu geben, für das sich zu leben lohnte. Ich brauchte die beiden, um die Macht über die Unterwelt von The Point endgültig zu übernehmen. Bax war meine rechte Hand. Er hatte die nötigen Verbindungen innerhalb und außerhalb der Gefängnisse; sein Ruf und sein Auftreten ließen keinen Zweifel daran, dass er die Dinge wuppte. Dovie war das Gewissen, das Licht, das mich stets daran erinnerte, warum einer wie ich da weitermachen musste, wo Novak aufgehört hatte.

An einem Ort wie The Point würden immer schlimme Sachen geschehen, um das Leben neben der täglichen Plackerei anzuheizen. Menschen, die in einer Gegend voller Dreck und Unrat lebten, benötigten alle möglichen Laster, um es dort auszuhalten. Sex, Drogen, Geld, Glücksspiel, Mord und alle anderen denkbaren Formen des Chaos gehörten auf diesem speziellen Schlachtfeld zum Alltag. Und wenn ein Tyrann – ein böser, furchtbarer Mann – dafür verantwortlich war, dass das alles lief … konnte er die Stadt im Würgegriff halten. Ich verspürte keinerlei Wunsch, das zu tun.

Ich hatte begriffen, dass das in The Point nichts ändern würde. Solange ich derjenige war, der die Fäden in der Hand hielt und darüber bestimmte, diese Sachen nur sparsam unter das bedauernswerte Volk zu bringen, konnte ich einen ziemlich unzivilisierten Ort zumindest so erträglich machen, das man dort leben konnte. Es war heikel und riskant, aber ich war immer bei interessanten Herausforderungen aufgeblüht – was der Grund war, weshalb ich mich mit Bax vor vielen Jahren im kriminellen Untergrund verstrickt hatte. Und deshalb konnte ich auch nicht genug von Brysen Carter kriegen.

Alles an ihr war cool und blass. Die Verachtung, die sie mir gegenüber empfand, fiel praktisch von ihren eleganten Schultern ab, sobald wir uns so nah waren, dass wir unseren Atem spüren konnten. Mit ihren jeansfarbenen Augen schien sie mich jedes Mal an Ort und Stelle einfrieren zu wollen, wenn sie mich anschaute, und die Art, wie sich ihr wunderbarer Körper in meiner Nähe anspannte und versteifte, ließ mich hart werden … Mal für Mal. Sie war so glatt und so perfekt. Sie erinnerte mich an ein anderes Leben, das ich weggeworfen hatte, und ich brauchte sie so sehr wie den nächsten Atemzug. Die Tatsache, dass sie mich nicht leiden konnte – und mich offensichtlich für den letzten Dreck hielt – verstärkte ihre Anziehungskraft bloß. Am liebsten wollte ich sie nackt ausziehen und über sie herfallen. Aber weil Dovie sie so sehr mochte, beherrschte ich mich mühsam. Na ja, jedenfalls bis heute Abend.

Als ich das Auto in die Garage fuhr und sich das kugelsichere eiserne Rolltor hinter mir schloss, musste ich bei dem Gedanken an ihren Mund unwillkürlich meine Sitzposition verändern. Brysen Carter war ein gutes Mädchen. Eine hübsche Blondine von der richtigen Seite der Stadt, aber, Mann, sie konnte küssen!

Wie eine von hier. Die Erinnerung daran brachte mein Blut zum Kochen, jagte mir Schauer über den Rücken und ließ den zehrenden Hunger nach ihr in meinem Inneren noch stärker werden.

Ich knallte die Wagentür zu und ging um den Kotflügel herum, als Bax gerade aus seinem Büro kam. Warum er so lang blieb, brauchte ich nicht zu fragen. Diese alten Autos und Muscle Cars, diese verwahrlosten Klassiker waren ihm sehr wichtig. Er hauchte ihnen Stück für Stück neues Leben ein. Was bedeutete, dass ich, seit ich oben in einem umgebauten Loft wohnte, den Klang aufheulender Motoren und klappernder Werkzeuge manchmal bis in die Morgenstunden ertragen musste. Wir klatschten uns ab, und Bax strich sich über den rasierten Schädel.

Körperlich hätten wir nicht unterschiedlicher sein können. Bax hatte dunkles Haar, dunkle Augen, einen schwarzen Stern nah am Auge tätowiert, einen harten, humorlosen Mund und eine kräftige Figur, die er häufig als Waffe einsetzte. Er sah aus wie ein Schläger und Verbrecher, aber das war okay für ihn. Wir waren beide hochgewachsen, so etwa einen Meter neunzig, doch ich war wesentlich schlanker und schlaksiger, ausgestattet mit all den Attributen, die perfekt zu meiner Herkunft aus der höheren Gesellschaft passten. Ich konnte mich behaupten, wenn es mal handgreiflich wurde, bevorzugte es allerdings, mich aus einer brenzligen Situation herauszuquatschen. Schließlich war mein Gehirn meine stärkste Waffe, auch wenn ich äußerlich nicht so wirkte. Mein welliges, gold- und honigblondes Haar trug ich ein bisschen zu lang und struppig, sodass es mir oft genug in meine grünen Augen fiel. Ich sah aus wie ein verwöhntes Bonzenkind auf Urlaub. Das war mir natürlich klar, und obwohl The Point nun mein Zuhause war, weigerte ich mich, daran etwas zu ändern. Wegen meines Aussehens unterschätzten mich viele Leute. Da Bax und ich beide noch Anfang zwanzig waren und versuchten, eine Stadt zu managen, die in den kaputten Jahren vor unserer Geburt errichtet worden war, brauchte ich jeden Vorteil, den ich kriegen konnte.

Bax steckte sich eine Zigarette zwischen die Lippen und hob eine seiner schwarzen Brauen. „Hast du die Kohle von dem Studenten-Fuzzi gekriegt?"

Ich nickte und ließ meinen Kopf kreisen. „Glücklich war er nicht damit."

Eine der ersten Lektionen, die ich gelernt hatte, war, dass die Leute nicht spielten, weil sie sich einen Gewinn erhofften. Sie zockten aus Zwang. Es war eine Sucht wie jede andere.

„Wie, nicht glücklich?", fragte er.

Ich blinzelte ihn durch den Rauch zwischen uns an. „Er hat eine Knarre gezogen und ein paarmal geschossen." In einem Haus voller besoffener Studis. Was für ein Idiot – und was für eine total sinnlose Drohung! Eine Waffe vor der Brust zu haben gehörte zu meinen Berufsrisiken. Sofern die Pistole nicht auf mein Gesicht gerichtet war, tendierte ich dazu, sie zu ignorieren.

„Shit! Zum Glück habe ich Dovie gebeten, da nicht hinzugehen."

Ich schüttelte den Kopf und verschränkte die Arme. „Du hast sie bloß gebeten, nicht zu gehen, weil du durchgedreht bist bei dem Gedanken, sie könnte einen charmanten Studi treffen, der ihr ein besseres Leben verspricht, und dich dann sitzen lassen."

Grummelnd schnippte er seine Kippe in einen der Abflüsse auf dem Boden und drehte seine massiven Schultern. „Was Besseres kann sie immer kriegen."

Ich schnaubte verächtlich. „Das sieht sie anders." Sie liebte ihn, seine Narben, seine beschissene Einstellung, seine harte Vergangenheit und die Tatsache, dass er ständig auf dem schmalen Grat zwischen „gezähmt" und „wild" balancierte – sie liebte alles an ihm. Bax war für sie der perfekte Mann, und ich war ziemlich erstaunt, dass er das nicht zu kapieren schien.

„Was war los auf der Party?"

„Keine Ahnung. Ich hab Brysen getroffen und war abgelenkt. Ich hatte das Geld schon, also dachte ich, alles sei gut. Dann fing der Idiot an, mit dem Ding herumzufuchteln, und die Hölle brach los."

Ich hatte Brysen geschnappt und mich in Richtung Hinterausgang des Hauses bewegt, weil ich den Schützen nicht entdecken konnte und alle anderen sich durch die Vordertür gequetscht hatten. Auf keinen Fall wollte ich zulassen, dass ihr irgendwas zustieß, und konnte obendrein noch den Bonus genießen, sie anfassen zu dürfen. Ich hatte mich widerwärtig gefühlt, weil ich dann einfach so abgehauen war, aber mein derzeitiges Leben hatte es mir nicht erlaubt, dazubleiben und eine Runde mit den Bullen zu plaudern. Ich war mittlerweile eher ein *Versteck-dich-im-Schatten*-Typ.

„Du gehst unbewaffnet auf eine Party?" Bax klang verwundert.

Seit ich die Entscheidung getroffen hatte, da weiterzumachen, wo Novak aufgehört hatte, schärfte Bax mir ein, vorsichtiger zu sein. Ihm machte es nichts aus, eine Pistole zu tragen. Für ihn waren Blut und Schüsse, Fäuste, die Gesichter zertrümmerten, und Menschen, die vor Angst bebten, wenn er den Raum betrat, vielleicht nichts Neues. Ich dagegen gewöhnte mich erst an dieses neue Leben und war noch nicht bereit dazu, so viel von mir für The Point dranzugeben.

„Das war bloß ein Haufen Kinder. Alles gut", erwiderte ich. „Er muss dieses Semester nur einen neuen Weg finden, um seine Bücher und sein Bier zu bezahlen. Er war keine echte Bedrohung." Die Leute sollten nichts riskieren, was sie sich nicht zu verlieren leisten konnten.

„Jeder ist eine Bedrohung, wenn du etwas hast, das sie wollen, oder wenn sie dir etwas schulden, was sie nicht hergeben wollen. Du musst jede Situation ernst nehmen, in der du dich befindest. Die Kids haben schon für weniger getötet, Race."

„Habe ich jetzt zur Kenntnis genommen."

„Du bist also immer noch scharf auf die eisige Blondine?"

Ich stieß ein Lachen aus und verzog das Gesicht. Bax war kein großer Fan von Brysen, was aber vermutlich daran lag, dass sie näher an The Hill als an The Point wohnte und Bax grundsätzlich niemandem traute, der das Leben in der Gosse nicht kannte. Ich war die Ausnahme von dieser Regel, hatte mir meine Meriten allerdings mit Blut, Schweiß und Tränen verdienen müssen. Und noch immer war ich dabei, mir meinen Weg in den Vertrauenskreis zurück zu bahnen, denn ich hatte vor ein paar Jahren einige harte Entscheidungen getroffen, die Bax ins Gefängnis gebracht hatten. Wir waren ganz eng, führten ein Geschäft zusammen, er liebte meine Schwester – aber ich glaube nicht, dass all die Wunden gänzlich verheilt waren, die ich mit meinem Verrat aufgerissen hatte.

„Das kannst du laut sagen", antwortete ich. „Sie hat irgendwas an sich, das mich anmacht. Ich möchte es so richtig hart und schmutzig mit ihr treiben."

Er brummte etwas und zog sich die Kapuze seines schwarzen Hoodies über den kahlen Kopf. Als ob es irgendetwas gebraucht hätte, um ihn noch bedrohlicher wirken zu lassen. „So sieht sie gar nicht aus. Sie heult ja schon fast, wenn ich ins Zimmer komme. Ich wette, ein abgebrochener Fingernagel reicht, und sie dreht total durch."

Ich hätte ihm vielleicht zugestimmt, wenn ich sie nicht geküsst hätte. Sie hatte weitaus mehr zu bieten als bloß ihr perfektes, makelloses Äußeres, das sie der Welt präsentierte. Da war Verzweiflung auf ihrer Zungenspitze, da war Leidenschaft in ihrem Atem, da war Begierde in der Art, wie sie mich angefasst hatte. Zumindest, bis ich sie hatte stehen lassen. Denn selbst wenn wir früher einmal auf Augenhöhe gewesen sein sollten, lebten wir nun in verschiedenen Welten. Ich hatte nicht bei ihr bleiben oder in der Nähe warten können, bis sie ihre Freundin gefunden hatte – und ein Mädchen wie Brysen würde keinen Kerl mit derlei verqueren Prioritäten neben sich dulden.

„Macht nichts“, gab ich zurück. „Sie ist heiß, und ich mag, wie sie mich ansieht – als wäre ich Dreck, den sie sich von der Schuhsohle gekratzt hätte. So macht die Jagd nach ihr viel mehr Spaß.“

Er lachte und holte die Schlüssel für seinen Hemi ’Cuda aus der Tasche, den er gerade fertig restauriert hatte. „Du bist echt gestört.“

Nach allem, was wir in den vergangenen fünf Jahren erlebt hatten, war mir unklar, wie wir etwas anderes als gestört hätten sein können. „Bestell Dovie schöne Grüße.“

Bax nickte und ging zum Auto. Beim Zurücksetzen aus der Garage brachte der aufheulende Motor die Metallverkleidung zum Beben, die den Beton abdeckte. Dieser Motor war was ganz Besonderes. Der Wagen hatte keine Straßenzulassung; er machte alle anderen Autos platt – wie eine perfekte Chrom- und Stahl-Version seines Fahrers.

Ich vergewisserte mich, dass sämtliche Alarmanlagen scharf gestellt waren, stieg die Metallstufen zum Loft hinauf und packte das Geld vom Studenten-Fuzzi in den Safe, den ich in die Wand eingelassen hatte. Der Safe war hübscher als alle Möbel in dem Loft. Er war zudem randvoll mit illegal erworbenen Dingen, von denen ich hoffte, dass Nassir sie durch seine Clubs schleusen und zu brauchbarem Geld machen würde.

Ich war nicht gerade wild darauf, Geschäfte mit Nassir Gates zu machen. Ich traute ihm nicht und hasste die Art, wie er Menschen manipulierte und für seine Zwecke ausnutzte, aber er war der Einzige, der mein Schwarzgeld von den Spieleinsätzen waschen konnte. Nassir kontrollierte jeden Club, jeden Sündenpfuhl und Lusttempel, den es in The Point gab. Er organisierte illegale Kämpfe, hatte eine Legion von Mädels, mit denen er nebenher Kohle machte, und obwohl ich ihn nicht mochte, brauchte ich ihn. Ich selbst würde mich geschäftlich nicht mit Mädchen – mit Sex gegen Bezahlung – einlassen, doch irgendwer musste es ja tun. Und Nassir hatte keinerlei moralische Skrupel oder sonstige Bedenken, sich die Hände schmutzig zu machen. Wir hatten eine unangenehme Allianz gebildet, und bisher lief das ganz gut. Mit Nassir zusammenzuarbeiten war, als würde man jeden Tag durch ein Minenfeld laufen – gefährlich, tödlich und voll verborgener Bedrohungen, die ich niemals kommen sah. Ich lauerte ständig darauf, dass er sich gegen mich wenden würde.

Ich ging nun zum Kühlschrank und holte ein Flasche Oban heraus, die ich dort gebunkert hatte. Nachdem ich eine gesunde Portion Whiskey in ein Glas mit Eiswürfeln gegossen hatte, warf ich mich auf die Couch, die mir auch als Bett diente. Natürlich hätte ich umziehen können, eine Wohnung finden können, die sauberer war und weiter außerhalb des Zentrums. Aber ich mochte es hier. Ich fühlte mich sicher. Keiner kam in die Garage oder auf das Gelände, ohne dass ich es bemerkte, und nach jener Abreibung, die Novak und seine Gorillas mir verpasst hatten, nachdem sie mich aufgespürt hatten, brauchte ich diese Art von Sicherheit, um nachts schlafen zu können.

Dies alles war so weit entfernt von dem Leben, in das ich hineingeboren worden war, so verschieden von den Erwartungen der meisten Leute an mich, die meine Eltern und meine Vergangenheit kannten. Ich war nicht mit einem Silberlöffel im Mund geboren worden, sondern mit einem kompletten Besteck aus Platin, das mich von Anfang an am Atmen gehindert hatte. Meine Eltern waren reich. Abstoßend, dreckig, unmoralisch reich. Sie führten ein Luxusleben, unberührt von Bedürfnissen und Kämpfen – ohne Empathie für das Schicksal derer, denen es nicht so gut ging.

Bis zu meinem sechzehnten Lebensjahr war ich wie betäubt gewesen. Voller Ansprüche, total verzogen, unendlich selbstgefällig und übersättigt. Ich peilte gar nichts. Ich lebte in einer Blase, in der alles, was ich wollte oder brauchte, auf direktem Wege zu mir kam. Ich hinterfragte niemals die Welt da draußen – die Welt hinter den fetten Portemonnaies von Mami und Papi.

Eines Abends hatte ich eine Verabredung gehabt. An das Mädchen wollte ich mich jetzt nicht erinnern, alles andere war mir aber kristallklar im Gedächtnis. Mein Vater hatte mir damals einen Roush Mustang zum Geburtstag geschenkt. Ich gab damit an, hielt mich für den Coolsten, für unberührbar und unbesiegbar – bis ich einmal falsch abbog und mich auf eine Straße im Grenzgebiet zwischen The Hill und The Point verirrte. Vor einer Ampel hielt ich an und suchte auf meinem Telefon nach einer Wegbeschreibung. Da zersplitterte plötzlich das Fensterglas auf der Fahrerseite. Grobe Hände hatten mit einem Mal hineingelangt und mich aus dem Auto gezerrt. Selbst jetzt konnte ich noch das Mädchen schreien hören, konnte den Geruch meines eigenen Blutes riechen, während ich versucht hatte, den fliegenden Fäusten auszuweichen. Vor allem erinnerte ich mich jedoch daran, dass ich mich vollkommen lebendig gefühlt hatte.

Ich war nervös und voller Angst gewesen; aber ich wollte meinen Mustang diesen Typen auf keinen Fall kampflos überlassen. Es war der reellste Moment meines Lebens. Die Taubheit war vollkommen verschwunden. Ich erwischte einen guten Schlag, sah den großen dunklen Kerl in einem seltsamen Winkel zu Boden gehen – er fiel mit seinem gesamten Körpergewicht auf seine Hände. Knochen barsten mit einem hässlichen Geräusch, und ich brach mitten auf der Straße zusammen, gegenüber von einem Jungen, der nicht älter war als ich, aber so wirkte, als hätte er hundertmal länger gelebt als ich.

Bax hielt sein Handgelenk fest, überall sickerte ihm Blut aus Gesicht und Nase, und er starrte mich nur an. Das Mädchen sprang aus dem Auto und rief, dass es die Polizei rufen würde. Und ich konnte nichts anderes tun, als darüber zu staunen, wie schnell mein Herz schlug, wie das Adrenalin durch meinen Körper rauschte.

„Ich hätte nie gedacht, dass ein hübscher Junge wie du so zuschlagen kann“, meinte Bax trocken. „Selbst wenn es bloß ein Glückstreffer war.“

Es war das größte Kompliment, das ich je erhalten hatte. Ich wischte mir Blut und die Haare aus den Augen und fragte ihn, ob ich ihn ins Krankenhaus fahren sollte. Es war seltsam: Er hatte gerade versucht, mein Auto zu klauen, hatte mich zu Brei geschlagen – aber es war ein ganz entscheidender Moment in meinem Leben. Bax hatte mich wachgerüttelt, und von da an konnte ich nicht mehr zurück in mein kuschliges Traumland.

Ich war nicht so mit der Unterwelt verbunden wie er. Mir fehlte die Glaubwürdigkeit der Straße, die Einstellung, um damit durchzukommen. Aber ich war gerissen, und ich hatte Geld. Nach kurzer Zeit bildeten wir ein Team. Ich stahl zwar keine Autos und verstieß nicht gegen Gesetze, doch wenn er Hilfe brauchte, unterstützte ich ihn. Schon lange, bevor er sich in meine Schwester verliebte, betrachtete ich mich gern als seine Stimme der Vernunft. Es war aufregend: Dieses harte Leben öffnete mir den Zugang zu gänzlich neuen Welten. Es gab Mädchen, Frauen eher, die mir Sachen zeigten, die kein Teenager wissen sollte. Es gab Drogen, Spannung und Herausforderungen an jeder Straßenecke. Das Ganze war wirklich ein Wahnsinnsspaß – bis die Dinge mir über den Kopf wuchsen.

Bax wurde wesentlich risikofreudiger, Novak nutzte ihn immer mehr. Wir gerieten tiefer in den giftigen Sumpf, der das Lebenselixier von The Point war. Ich wollte da raus, wollte uns beide retten, bevor wir untergehen würden. Leider war Novak wesentlich cleverer und unredlicher, als ich es ihm zugetraut hatte. Er wollte Bax und hatte keinerlei Skrupel dabei, mich zu benutzen, um ihn zu kriegen.

Mein Vater konnte seinen Schwanz wie die meisten Reichen nicht in seiner extrem teuren, maßgeschneiderten Hose lassen. Dovie war meine Halbschwester, das Kind einer Heroinsüchtigen, die eigentlich ausgezahlt worden war, um abzutreiben. Junkies konnte man einfach nicht trauen; der nächste Schuss war stets wichtiger als alles andere. Dovie war ein Opfer des Systems. Zumindest, bis sie sich davon frei machte.

Novak benutzte sie, nutzte die Notlage meines Vaters aus, der ja sein Geheimnis bewahren wollte, um dadurch Druck auf mich auszuüben. Mein Vater bezahlte ihn dafür, sie umzubringen, doch Novak legte ihn aufs Kreuz, nahm das gesamte Gespräch auf und zog mich in dieses düstere und unehrliche Spiel hinein. Natürlich würde ich niemals zulassen, dass meiner Verwandten, meiner Schwester etwas zustieß – auch wenn ich sie gar nicht kannte. Also erpresste ich meinen Vater, befreite Dovie aus dem System und ließ mich auf Novaks fiesen Plan ein, der darauf zugeschnitten war, Bax für immer an ihn zu binden.

Der Mobster war gerissen, aber ich war gerissener. Ich stellte Bax eine Falle – so musste man es zweifellos nennen. Ich hinterging meinen einzigen Freund, verriet und verkaufte ihn, um meine Schwester zu retten, um meinen Vater zu Novaks Marionette zu machen. Und ich stellte Bax diese Falle, obwohl ich wusste, dass es schlimm enden würde. Aber da er nun mal er selbst war, machte er alles noch zehnmal schlimmer, indem er vor der Polizei wegrannte. Statt der maximal sechs Monate musste er deshalb für knackige fünf Jahre hinter Gitter, und ich hatte keine andere Wahl, als Dovie zu schnappen und abzutauchen, bis er wieder draußen war und ich mich rächen konnte. Fünf verfluchte Jahre lang lebte ich mit der Schuld und der Bedrohung durch Novak.

Sobald Bax aus dem Knast kam, nahm ich die Zügel in die Hand und arrangierte alles so, dass wir uns endgültig aus Novaks Würgegriff befreien konnten. Doch Bax durchkreuzte meinen Plan aufs Neue. Er verliebte sich in meine Schwester und bot einem wirklich fiesen Kerl dadurch eine Schwachstelle, an der er verwundbar war. Bax war bereit, sich zu opfern und ganz The Point abzufackeln, wenn nur Dovie es da lebend rausschaffen würde. Zum Glück kam es nicht ganz so weit: Jeder schaffte es raus – geschunden, gebrochen und etwas schlechter dran als zuvor. Allerdings war Novak Geschichte. Und wir machten uns gleich daran, den Untergrund, das Fundament dieses furchtbaren Ortes, wiederaufzubauen – Ziegelstein für öligen, dreckigen Ziegelstein ... Denn wenn wir das nicht taten, würde es ein anderer tun.

Mein Vater warf mich schließlich raus, beobachtete mich panisch, als wartete er darauf, dass ich ihn hintergehen würde. Er strich mir jegliche Gelder, enterbte mich, tat so, als hätte er mich nie gekannt – all das in der Gewissheit, dass ich seine lichte, pompöse Welt jederzeit vernichten konnte. Ich mied ihn, um sicherzugehen, dass Dovie von ihm und seinen verzweifelten Machenschaften isoliert war. Mein Vater wusste, dass es Bax in Dovies Leben gab; er wusste auch, dass man von nun an an Bax vorbeimusste, um zu ihr durchzukommen, und für den Moment war das genug. Sie in Sicherheit zu wissen war immer das Wichtigste. Es war einer der Hauptgründe – abgesehen davon, Geld zu verdienen –, warum ich tat, was ich tat.

Ehrlich gesagt, ich war fürs Glücksspiel geboren. Ich hatte ein Gehirn, das maßgeschneidert war, um Buchhalter und Kredithai in einem zu sein. Ich hatte ein fotografisches Gedächtnis. Ich erinnerte mich an jeden Namen, jedes Gesicht und jede Dollarsumme, die ich den Leuten lieh oder die sie mir schuldeten. Ich brauchte keine Tabelle, musste nichts aufschreiben. Das FBI würde nie ein kleines schwarzes Buch bei mir finden, keinerlei belastende Beweise auf meinem Computer. Es war alles sicher verwahrt in meinem Kopf. Das machte es auch leichter, die Linien und Tabellen zu verstehen. Ich hatte endlose Ergebnisse, tonnenweise Statistiken, die Pläne zu jedem einzelnen Spiel, Mannschaftskader noch und nöcher – alle auf Abruf da oben gespeichert, damit ich mich bei Bedarf wieder an sie erinnerte. Für mich war das äußerst angenehm; für diejenigen, die mehr riskierten, als sie besaßen, allerdings weniger. Ich vergaß nichts. Es gab also keine Möglichkeit, sich aus einer Schuld herauszuwinden, kein Verstricken in Debatten darüber, wie viel denn nun geschuldet wurde. Genau deshalb war die Garage voll mit Autos, die dort darauf warteten, dass ihre Eigentümer wieder solvent waren.

Ich goss mir einen weiteren Scotch ein und zog mich gerade aus, um vor dem Schlafengehen noch mal zu duschen, als das Telefon klingelte. Das tat es dauernd. Die Leute wollten wetten, fragten nach Geld, und das rund um die Uhr. Doch der Klingelton, der jetzt durch das Loft hallte, gehörte zu Dovie. Sofort ließ ich meine Jeans fallen und klemmte das Telefon an mein Ohr, während ich mit der Dusche kämpfte. Es gab keine mittlere Temperatur im Loft, entweder war das Wasser kochend heiß oder eiskalt.

„Bax ist eben losgefahren. Er sollte gleich da sein", sagte ich. Man brauchte zwanzig Minuten vom Zentrum der Stadt in die Vororte, wo Bax und Dovie lebten. Was bedeutete, dass er es in zehn Minuten schaffte.

Sie lachte. Mein Herz hüpfte jedes Mal, wenn ich diese Ausbrüche purer Freude hörte, die sie nun dauerhaft in ihrem Inneren mit sich herumtrug. „Er ist schon zu Hause", erwiderte sie. „Ich wollte nur wissen, wie's dir geht. Brysen meinte, es hätte auf der Party eine Schießerei gegeben, und Bax erzählte mir, dass du wieder unbewaffnet Geld eintreiben warst."

Da klang Kritik durch. Ich hätte niemals gedacht, mich mal in einer Lage zu befinden, in der meine kleine Schwester mich dazu ermutigte, eine Waffe zu tragen.

„Das waren nur Kids. Alles okay."

„Wenn einer auf dich schießt, ist das nicht okay", gab sie zurück. „Jemand hätte verletzt werden können."

Mit „jemand" meinte sie Brysen, nahm ich an. Sie waren gute Freunde, und Dovie hatte nicht so viele davon – so verstand ich ihre dezente Warnung. Ich musste vorsichtiger werden, wann und wo ich mit meinen Geschäften zur Sache kam.

„Ich habe dafür gesorgt, dass sie sicher da rauskam."

Dovie seufzte. „Danke, aber ich habe auch von dir gesprochen, Race. Ich könnte es nicht ertragen, wenn dir was passiert."

Nach Novaks Sturz hatten wir alle noch Wunden, die nur langsam wieder verheilten. „Ich weiß, Mädchen, ich weiß."

Laut rief sie Bax etwas zu, der sich irgendwo im Hintergrund aufhielt, bevor sie zu mir meinte: „Brysen kommt nicht mehr oft raus, seit sie wieder bei ihren Eltern lebt. Es nervt, dass der Abend, an dem sie mal nicht zur Arbeit musste, so geendet hat."

Ich hielt eine Hand in den Wasserstrahl und zuckte sofort zurück. Eiswürfel hätten nicht kälter sein können. Schlotternd drehte ich den Hahn in die andere Richtung. „Warum arbeitet sie so hart? Ich dachte, ihre Familie sei wohlhabend. Ich weiß zumindest, dass sie in einer netten Gegend in einem netten Haus wohnt."

Dovie seufzte erneut. „Ich kenne auch nicht die ganze Geschichte. Als die Sache mit Bax so chaotisch war und ich bei ihr gewohnt habe, hatte ich den Eindruck, dass sie den Haushalt ganz allein schmeißen musste. Und sie musste sich um ihre kleine Schwester kümmern. Während ich da war, habe ich ihre Eltern gar nicht zu Gesicht gekriegt. Du müsstest es eigentlich besser wissen als jeder andere, dass man Leute nicht nach der Gegend beurteilt, in der sie aufgewachsen sind."

Schön und gut. „Ich wollte gerade duschen gehen. Ist alles in Ordnung zwischen uns?"

„Ich hab dich lieb, Race. Bitte vergiss das nicht."

„Ich weiß, Dovie, das weiß ich."

„Und ich glaube, Brysen ist verknallt in dich."

Ich brach in schallendes Gelächter aus. „Das hättest du wohl gern! Sie kann mich nicht ausstehen." Allerdings war da dieser Kuss. Dieser Kuss, der nur den Anfang meiner Sexfantasien darstellte, in denen sie die Hauptrolle spielte.

„Im Ernst. Sie spricht dauernd von dir. Wenn ich was von Bax erzähle, wechselt sie das Thema und wird nervös und komisch. Aber wenn's um dich geht, lässt sie mich reden und reden. Ihr würdet prima zusammenpassen."

Würden wir. Und ich würde jeden einzelnen Dollar in meinem Safe dafür hergeben, um Brysen Carter nackt zu sehen.

„Schön, dass du nicht das Träumen verlernt hast", sagte ich.

Sie lachte und wünschte mir zum Schluss eine gute Nacht.

Ich legte mein Telefon auf den Waschbeckenrand und zog meine restlichen Klamotten aus, um zu duschen. Vor lauter Unbehagen zischte ich laut und überließ es dem Dampf und der Hitze, meine sexuelle Frustration wegzubrennen.

Ich konnte sie geradezu spüren. Ihre vollen Brüste, ihre weiche Haut, ihr seidiges Haar und ihren Mund, der gleichermaßen gierig und süß war. Sie küsste mich, als ob sie wusste, dass ich dreckigen hemmungslosen Sex mit ihr wollte …

Unwillkürlich schreckte ich auf, als das siedende Wasser meine wachsende Erektion berührte. Vielleicht hätte ich lieber das kalte Wasser wählen sollen, wenn mich schon Nacktbilder von Brysen bis in die Dusche verfolgten.

3. KAPITEL

Brysen

„Ich weiß nicht, was der Kerl für ein Problem hat."

Kopfschüttelnd stopfte ich meinen letzten Test, auf dem eine fette Vier prangte, in die Tasche. Ich verließ den Mathe-Theorie-Kurs und schielte zu meinem Freund Drew hinüber. Nur noch ein Semester bis zu meinem Bachelor in Mathe – falls ich diesen Kurs packte. Der Professor war okay, doch aus irgendeinem Grund hasste mich die studentische Hilfskraft, die für ihn arbeitete. Nach jeder Prüfung rauschte mein Notenschnitt weiter in den Keller. Ich hatte schon mit dem Professor darüber geredet, aber er hatte mir versichert, dass alle Arbeiten fair benotet worden waren, und mir vorgeschlagen, mir einen Tutor zu suchen.

Seufzend strich ich mir die Haare aus dem Gesicht. Ich wollte Steuerberaterin werden. Ich verstand Zahlen, hatte einen Sinn dafür, und es gab keinerlei Grund, in diesem Kurs durchzufallen.

Drew lächelte mir zu und umarmte mich. „Vielleicht hättest du ihn nicht auslachen sollen, als er sich mit dir verabreden wollte. Ich glaube, das hat er persönlich genommen."

Ich zuckte zusammen: Er hatte recht. Dabei hatte ich den Assistenten gar nicht ausgelacht; mich hatte bloß die Idee amüsiert, Zeit für etwas dermaßen Frivoles wie ein Date zu haben. So etwas gab es in meinem Leben nicht. Sollte es wie durch ein Wunder doch mal eine Lücke in meinem Kalender geben, wäre ich allerdings eher nicht geneigt, die mit der Gesellschaft eines Kerls zu füllen, der fettige Haare hatte, Akne und ein anscheinend unkontrollierbares Zucken, das ihn überfiel, sobald er mich ansah. Außerdem fand ich es unangebracht, mich mit ihm zu verabreden, denn immerhin hatte er mit der Leitung meines Kurses zu tun und auch bei meinen Noten mitzureden. Da er aber zugleich auch Student war, gab es leider keine festen Regeln, die hätten verhindern können, dass er mir anzügliche Blicke zuwarf oder mir meine akademische Zukunft zu versauen drohte. Jedenfalls nicht ohne felsenfeste Beweise meinerseits, die ich bisher noch nicht hatte erbringen können.

„Die Idee, sich mit jemandem zu verabreden, ist ein Witz“, antwortete ich.

Drew drückte mich kurz und ließ mich dann los. Ich hatte zwei weitere Seminare vor mir und wollte mich dann mit Dovie treffen, bevor ihre Abendkurse begannen. Heute Abend musste ich arbeiten und danach gleich nach Hause, um sicherzustellen, dass meine Schwester ihre Hausaufgaben gemacht hatte und Mom sich nicht bis zur Besinnungslosigkeit betrank. Es war alles so ermüdend … und es gab kein Anzeichen, dass es irgendwann mal aufhören würde.

„Adria erzählte, dass so ein Typ auf der Party dir den Kopf verdreht hätte“, meinte Drew. „Was war da los?“

Adria und ihr loses Mundwerk! Sie kapierte es nicht: Race anzuhimmeln war meine ganz persönliche Sache. Hölle und Versuchung zugleich.

Unruhig bewegte ich mich hin und her, senkte den Blick. Drew war ein netter Kerl, und er sah gut aus: welliges braunes Haar, leuchtend blaue Augen, ganz und gar amerikanisch. Und er hatte bereits mehrfach erwähnt, dass er nichts dagegen hätte, unsere Freundschaft zu vertiefen. Aber wie gesagt: Ich hatte weder Zeit noch Platz für einen Mann in meinem Leben. Und selbst wenn ich für den nötigen Platz und die Zeit sorgen würde: Drew war nicht der Mann, den ich wollte.

„Nichts ist los mit niemandem“, erwiderte ich nun. „Race ist bloß jemand, den ich über einen gemeinsamen Freund kenne. Wieso?“

Er zuckte mit den Achseln. Offenbar bemühte er sich, möglichst lässig zu wirken – und scheiterte kläglich. Er rieb sich den Nacken, während er auf den Boden zwischen seinen Füßen schaute. „Sie hat nur gesagt, du wärst anscheinend ziemlich hingerissen von ihm gewesen. Und soweit ich weiß, bist du eigentlich gerade an niemandem interessiert."

Das ging ihn nun wirklich gar nichts an. Seine Art, zu fragen, war außerdem nicht halb so harmlos, wie er es darstellen wollte.

„Das ist auch so. Aber auch wenn es anders wäre, ginge dich das nichts an, Drew." Damit drehte ich mich um.

Drew legte eine Hand auf meine Schulter und hielt mich zurück.

Abrupt wandte ich mich um und starrte ihn an. Ich wollte ihm gerade sagen, dass er abhauen und sich um seinen eigenen Kram kümmern sollte, als ich sein trauriges Lächeln bemerkte.

„Hör mal, ich kenne dich, und ich weiß, dass ich bei dir keine Chance habe. Das hast du ja nun ziemlich deutlich gezeigt", sagte er. „Aber ich mag dich, und deshalb solltest du wissen, dass Race Hartman nichts als Ärger bringt."

Das war mir längst klar. Es irritierte mich jedoch, es von jemandem wie Drew zu hören, der keine Ahnung hatte, wie die Welt außerhalb von The Hill aussah. „Race ist Race. Ich mache mir keine Illusionen darüber, was er für ein Mensch ist."

Drew seufzte und nahm seine Finger von meiner Schulter. „Er ist ein Krimineller, ein Gangster. Er lässt Leute zusammenschlagen, die ihm Geld schulden, und kassiert ihre Autos als Entschädigung, wenn sie nicht zahlen können. Man sagt, dass er es war, der Novak in die Falle gelockt hat. Nur um den Schwarzmarkt zu übernehmen, den Novak kontrollierte."

Ich wusste das alles und noch viel mehr, da ich ja mit Dovie befreundet war und mir nichts entgangen war, als sie mittendrin gesteckt hatte. „Drew, die Leute tun, was sie tun müssen, um zu überleben. Nicht jeder kriegt ein Stipendium oder hat reiche Eltern, die ihm eine Ausbildung an der Uni ermöglichen können."

Er schaute mich scharf an. „Da du ja so dicke mit ihm bist, weißt du bestimmt, dass das bei Race nicht der Fall ist. Seine

Eltern sind reicher als Gott, und er hatte einen Investmentfonds, mit dem er diese Uni zigmal hätte kaufen können. Er hat sich dieses Leben ausgesucht. Er hat sich entschieden, ein Krimineller zu werden. Er hatte all die Möglichkeiten, die wir auch hatten; er hat sie bloß vertan und ist im schwarzen Loch von The Point versunken."

Ich bezweifelte, dass es so simpel gewesen war, aber dies war kein Gespräch, das ich weiterführen wollte. Ich verbrachte eh schon genügend Zeit damit, Race aus meinem Kopf zu kriegen. Da musste ich nicht auch noch ständig mit irgendwelchen anderen Menschen in meinem Leben über ihn diskutieren.

„Ich finde, dass so ein oberflächlicher Blick auf die Dinge immer täuscht. Ein Urteil über jemanden zu fällen, das nur auf Gerüchten und Spekulationen beruht, ist nicht sehr klug", erklärte ich. „Und wie ich bereits sagte: Nichts von dem ist von Bedeutung. Race und ich sind bloß Bekannte." Ich schwang meine Tasche über die Schulter und trat einen Schritt zurück. „Ich muss jetzt in mein nächstes Seminar."

Er betrachtete mich sorgenvoll, doch ich wandte mich ab und ging. Ich wusste, dass sich hinter der Fassade oft die hässliche Wahrheit verbarg und man erst erkannte, wie die Dinge wirklich waren, wenn man einmal näher herantrat. Ich kannte Race nicht so gut, um seine Entscheidungen zu bewerten oder sein Leben einzuschätzen, aber ich war klug und intuitiv genug, um zu wissen, dass das nicht die ganze Geschichte sein konnte, dass es tiefere Zusammenhänge geben musste, die über das Geschwätz der Leute und die Gerüchte hinausgingen.

Meine nächsten beiden Seminare, in denen ich jeweils auf Eins stand, flogen nur so dahin. Anschließend eilte ich über den weitläufigen Campus, um Dovie auf eine schnelle Tasse Kaffee zu treffen. Jetzt, da sie nicht mehr in dem Restaurant arbeitete, in dem wir uns beim Kellnern kennengelernt hatten, war es schwierig, ein bisschen Zeit füreinander zu finden. Ich konnte ihr orangerotes Haar mühelos schon von Weitem ausmachen und nahm ihr gegenüber Platz. Sie hatte mir bereits ein Getränk bestellt; es war einfach ihre Art, so großzügig und süß zu sein.

Sie lächelte mich an, die Sommersprossen auf ihrer Nase kräuselten sich dabei, und ihre Augen, die genauso waldgrün waren wie die von Race, leuchteten. In einen gottlosen Albtraum verliebt zu sein stand ihr zweifellos gut. „Hey."

Ich musste ihr Lächeln erwidern. „Hey. Du siehst glücklich aus."

Sie errötete leicht; bei ihrer hellen Haut, die so typisch für Rothaarige war, gab es keine Möglichkeit, das zu verbergen. „Bin ich auch. Und du? Wie läuft's bei dir?"

Tja, ziemlich genauso wie im gesamten letzten Jahr. Ich zuckte mit den Schultern. „Ganz okay, würde ich sagen. Ein fieser Assistent meines Professors ist gerade dabei, meinen Schnitt zu versauen, ich wurde dieses Wochenende beinahe erschossen, und ich habe nach der Party am Samstagabend eine unheimliche SMS bekommen. Im Restaurant ist es wie immer ... und zu Hause ..." Alles, was ich machen konnte, war, den Kopf zu schütteln. „Ich muss einfach abwarten, bis Karsen auszieht."

Sie legte den Kopf schräg, und Sorge blitzte in ihren moosfarbenen Augen auf. „Oh Gott, Brysen. Das ist aber 'ne Menge Holz."

Ich lachte trocken und holte meinen Laptop aus der Tasche, um zu gucken, was morgen auf dem Programm stand und was ich noch nach meiner Schicht heute Abend zu tun hatte. „Ja."

„Was war das für eine unheimliche SMS, die du gekriegt hast?"

Ausgerechnet das war der Teil, den sie sich aus dem beschissenen Chaos meiner aktuellen Umstände rauspickte?

„Irgendein Irrer, der fand, dass ich gut aussah, und bedauerte, mich nicht getroffen zu haben."

Sie runzelte die Stirn, wobei sich ihre kupferfarbenen Brauen zusammenzogen. „Das ist ja gruselig. Hast du die Nummer erkannt?"

„Nö. Aber ich habe eine Menge Idioten abgewimmelt, die mich entweder auf dem Campus oder im Restaurant angequatscht haben und die nichts lieber täten, als mich dafür büßen zu lassen. Es ist heutzutage ja ziemlich einfach, die Nummer von jemandem im Internet zu finden, wenn man es darauf anlegt."

„Das gefällt mir gar nicht, Bry."

Das konnte ich mir gut vorstellen bei jemandem, der entführt, fertiggemacht und von Novak als Pfand missbraucht worden war, um Bax in den Griff zu bekommen; aber solche Dinge gab es nicht in meiner Welt. „Das war sicher nur ein Streich oder für jemand anders gedacht. Es hat mich bloß irritiert wegen der Art, wie die Party endete. So eine Schießerei ist ganz schön beängstigend, wenn man selbst dabei ist."

Sie biss sich auf die Unterlippe und zeigte keinerlei Anzeichen von Zustimmung oder Skepsis.

Ich gab mein Passwort ein und erstarrte. Der Monitor war blau ... Das war ganz und gar nicht gut. Über den Bildschirm hinweg schaute ich Dovie an und bemühte mich, nicht loszuschreien. „Der Bildschirm von meinem Laptop ist blau."

Sie blinzelte, stand auf und kam um den Tisch herum, um sich das anzusehen. „Oh, oh."

Ich schluckte, machte den Laptop aus und fuhr ihn wieder hoch. Immer noch dieses hässliche leuchtende Blau. „Scheiße."

Sie drückte meine Schulter. „Das ist schlecht."

„Du hast keine Ahnung, wie schlecht. Mein gesamtes Uni-Leben steckt dadrin. Die Arbeit, die ich morgen abgeben muss, alle meine Aufzeichnungen ... Wenn ich den Mathe-Theorie-Kurs irgendwie bestehen möchte, brauche ich alles, was der blaue Bildschirm gerade verschluckt hat. Das kann nicht wahr sein!" Ich war kurz davor, das Ding auf den Boden zu werfen und auf den Teilen herumzusteppen.

„Du kannst die Daten von der Festplatte wahrscheinlich retten." Sie gab sich Mühe, optimistisch zu klingen, doch das half nichts.

„Das ist ein Problem, das vielleicht zu lösen wäre, aber ich kann mir keinen neuen Computer leisten." Ich hatte das eigentlich gar nicht sagen wollen, es rutschte mir so raus.

Dovie war bei mir zu Hause gewesen. Sie wusste, dass meine Eltern mal recht wohlhabend gewesen waren. Es klang komisch, kein Geld für einen Computer zu haben, wenn man in einem hübschen Vorort wohnte und einen BMW fuhr. Die Wahrheit war jedoch, dass ich den Job im Restaurant unbedingt brauchte, um mein Auto halten und meinen Abschluss machen zu können. Das Geld von früher war nicht mehr da. Bei Moms Arztrechnungen und Dads Aktivitäten an den Aktienmärkten konnten wir froh sein, zu Hause überhaupt noch elektrisches Licht zu haben.

„Und ich habe weder die Zeit noch die Kraft, einen zweiten Job anzunehmen, damit ich mir einen neuen Laptop kaufen kann“, fügte ich hinzu. „So eine Scheiße!“ Ich fuhr mir durchs Haar und drückte die Handflächen gegen meine Schläfen.

Alles, was ich Tag für Tag so runterschluckte, stieg mir jetzt in den Hals und drohte mich zu ersticken. Wie viel sollte eine einzelne Person denn noch aushalten? Warum wollte das Universum mich zerstören?

„Darf ich einen Vorschlag machen?“

Ich schaute Dovie an. Sie wickelte eine ihrer Locken um den Finger – ein verräterisches Zeichen dafür, dass sie nervös war. Ich konnte mich also schon darauf gefasst machen, dass es mir nicht gefallen würde, was sie zu sagen hatte.

„Klar“, antwortete ich. „Solange es nicht darum geht, an einer Straßenecke in The District zu arbeiten.“

The District war der Teil von The Point, wo Mädchen, die viel jünger waren als ich, das älteste Gewerbe der Welt ausübten. Dahin gingen Männer, um Spaß zu haben und Geld für Frauen auszugeben, die sie in dem Moment vergaßen, in dem sie ebendieses Geld in der Hand hielten. Ich war dort bisher noch nicht gewesen, aber die Gegend war legendär und für viel zu viele der letzte Ausweg.

Sie klatschte mir auf die Hände, als ich sie wieder auf den Tisch legte, und guckte mürrisch. „Mach dich nicht lächerlich.

Ich weiß, dass du und Race nicht gerade Kumpel seid." Sie machte eine Pause, und ich verdrehte die Augen. Natürlich waren wir keine Kumpel. Ich konnte nicht der Kumpel von jemandem sein, den ich ausziehen und besteigen wollte. „Aber er kennt sich gut mit Computern aus, erschreckend gut sogar. Du könntest ihn bitten, sich das mal anzuschauen. Ich wette, dass er es ohne Probleme wieder hinkriegt."

Toll. Eine Lösung, die mir finanziell helfen, aber meinen bereits geschwächten Widerstand gegen ihren Bruder, diesen goldenen Gott, auf die Probe stellen würde. Als ob ich nach diesem Kuss noch eine Chance hätte.

Ich murrte leise vor mich hin und hob meine Hände, um mich zu ergeben. „Gib mir seine Nummer, ich rufe ihn an."

Sie verzog das Gesicht. „Es ist nicht mehr so leicht, ihn zu erreichen. Er hat eine Menge Nummern für die unterschiedlichen Dinge, die er tut. Und sein privates Telefon checkt er nicht so häufig, da ich ja die Einzige bin, die ihn unter der Nummer anruft. Ich werde ihm einfach sagen, er soll im Restaurant vorbeikommen und sich das mal anschauen."

Wieder einmal ein unumstößlicher Beweis dafür, dass ich nichts damit zu tun haben wollte, mich in Race Hartman zu verlieben. Ich hatte keine Ahnung, was ich mit einem Kerl anfangen sollte, der mehrere Mobiltelefone brauchte, um im Verborgenen seine kriminellen Geschäfte zu regeln.

„In Ordnung. Wenn du glaubst, dass ihm das nichts ausmacht."

Sie lächelte. „Das wird es nicht. Er wird es tun, weil ich ihn darum bitte. Aber er mag dich. Er hat dich immer schon gemocht."

„Wie kann das sein? Ich habe ihn nie dazu ermutigt." Tatsächlich bin ich ihm sogar ausgewichen, um ihn zu entmutigen.

Sie schmunzelte und nahm ihre Tasche und ihr Telefon. „Race ist schwierig zu erklären. Die Entscheidungen, die er getroffen hat, die Dinge, die er in Angriff genommen hat ..." Sie verstummte und zuckte hilflos mit den Schultern. „Er scheut keine Herausforderung, hat keine Angst, sich gegen Widerstände durchzusetzen. Guck dir seinen besten Freund an. Bax hat nie irgendjemandem getraut oder sich von jemandem beeinflussen lassen – bis auf Race. Er ist der Typ Mensch, der sich dahin voranarbeitet, wo er hinwill."

Na toll. Das war ja kein gutes Vorzeichen, um seinen Charme und seinen Zauber auf Abstand zu halten. Allerdings hatte ich ja keine andere Wahl. Ich konnte mir keinen neuen Computer leisten.

„Schick mir eine SMS, wenn du von ihm gehört hast, damit ich weiß, wann ich mit ihm rechnen kann", forderte ich sie auf.

Dovie nickte und umarmte mich. Sie duftete wie der strahlende Sonnenschein. Es war mir ein Rätsel, wie jemand, der permanent niedergemacht wurde, der das Schlimmste erlebt hatte, was das Leben so bot, dermaßen entzückend sein konnte. Sie war ein Wunder, und es machte mich glücklich, dass sie mich gern genug mochte, um mich in ihren streng bewachten inneren Kreis aufzunehmen.

„Dank dir, Dovie."

Sie schnaubte. „Bedank dich nicht bei mir, bevor du weißt, ob er das Ding wirklich reparieren kann. Blaue Bildschirme sind meistens tödlich, wenn es um Computer geht."

Ich wünschte, sie hätte mich nicht daran erinnert.

Ich sammelte nun ebenfalls meine Sachen ein und stand auf. Allmählich musste ich rüber zum Restaurant und mich auf meine Schicht vorbereiten. „Trotzdem danke, dass du auf eine Lösung gekommen bist, die ich mir auch leisten kann."

Zusammen liefen wir zum Zentrum vom Campus. Dovie hielt mich an meinem Unterarm fest, bevor sich unsere Wege trennten.

„Hör mal, Brysen." Sie musterte mich mit ernstem und festem Blick. „Du hast mich aufgenommen, ohne Fragen zu stellen, als mein Leben ein totales Chaos war. Du warst immer nett, niemals neugierig und hast nie Fragen gestellt, die ich nicht beantworten konnte oder wollte. Wenn du Hilfe brauchst, lass es mich bitte wissen.“ Kurz schaute sie zu Boden, bevor sie mir wieder ins Gesicht sah. „Ich habe nicht viel, aber Bax hat Geld. Er würde es mir geben, ohne zu fragen, wenn ich es wollte.“

Sie war auf dem besten Weg, mich zum Heulen zu bringen. Ich drückte sie noch mal. „Nein, mir geht's gut. Ich muss bloß den richtigen Moment abwarten. Wir müssen schließlich alle Opfer bringen.“

Sie war bereit, Leib und Leben und sogar ihre Freiheit zu riskieren, um mit ihrem Mann zusammenzubleiben. Ich war bereit, meine Unabhängigkeit – oder die Vorstellung davon, wie mein Leben aussehen könnte – für meine Schwester zu opfern.

Ich ging zu meinem Auto und fuhr zu dem Restaurant, in dem ich seit fast zwei Jahren arbeitete. Es lag genau auf der Grenze zwischen The Point und The Hill; wir bedienten also eine seltsame Mischung von Gästen. Ich verdiente ganz gut, und mir gefiel, dass es so nah bei der Uni war und mir eine Pause von dem Stress zu Hause ermöglichte. Außerdem mochte ich, dass es mir die Möglichkeit gab, Leute zu treffen, die ich sonst wohl nie getroffen hätte.

Ich betrat den hinteren Waschraum und zog meine Uniform an, die aus einem winzigen schwarzen Rock und einem zu engen schwarzen T-Shirt bestand. Solange wir alle Schwarz trugen, war es dem Eigentümer egal, was wir anhatten. Allerdings hatte ich recht schnell dazugelernt: Je schärfer das Outfit, je röter der Lippenstift und je glänzender mein Haar, desto mehr Geld brachte ich von der Schicht nach Hause. Es war so platt, so sexistisch, dass ich mich maßlos darüber aufregte, aber ich brauchte jeden einzelnen Penny, den ich zu fassen kriegen konnte. Und heiß auszusehen war eine todsichere Methode.

Ich war jetzt nicht so etwas Besonderes. Ich hatte schöne Haut und große blaue Augen, aber hübsche Blondinen gab's wie Sand am Meer, und da war nichts an mir, das mich so richtig von der

Masse abhob. Ich glaube, die Tatsache, dass ich natürliche Kurven hatte, nicht zu groß, aber auch nicht zu klein war und an all den richtigen Stellen mehr als gut ausgestattet war, war das, wohinter die meisten meiner aktuellen Bewunderer her waren. Ich hatte einen heißen Körper und keinerlei Probleme damit, das auszunutzen, wenn es darum ging, mich finanziell über Wasser zu halten – ohne mich an irgendeiner Poledance-Stange winden zu müssen oder meine Rechnungen im Liegen zu bezahlen.

Ich schüttelte meinen asymmetrischen Bob auf, legte etwas Parfüm auf und machte mich an die Arbeit. Es war „Durstiger Donnerstag“, was bedeutete, dass der Laden bald brechend voll mit Kids von der Uni sein würde, die hier vorglühten, um später an den unterschiedlichsten Orten die Nacht durchzufeiern. Die Läden in The Hill waren teure Martini-Bars und luxuriöse Tanzclubs. Die Orte in The Point, wohin die Teenager gingen, waren dagegen alle *underground.* Du musstest jemanden kennen, der einen kannte, bloß um herauszufinden, wo die Clubs überhaupt waren. Ich kannte die Storys von den Drogen, den blutigen Kämpfen, der pulsierenden Musik und dieser „Alles ist möglich“-Atmosphäre.

Einmal war ich sogar mit Dovie in einem dieser Läden. Man hatte sie mit einem Trick dahin gelockt, damit sie mit ansehen musste, wie Bax von einem total zugedröhnten Monster die Scheiße aus dem Leib geprügelt wurde. Ich passte in keinen dieser Clubs, also juckte es mich nicht, die Menge zu animieren und Geld von beiden Gruppen zu kassieren, während sie sich warm tranken. Das war so ein bisschen die Geschichte meines Lebens. Zu arm, um oben in The Hill dazuzugehören, und zu reich, um in das harte Leben in The Point zu passen. Ich lebte irgendwo dazwischen.

Die ersten Stunden rannte ich mir die Seele aus dem Leib. Ramon, der Barkeeper, brauchte ewig mit seinen Drinks, und die Küche brach mehr als einmal unter all den Bestellungen zusammen. Ich war ziemlich gut organisiert und hatte ein tadelloses Zeitmanagement, sodass alles ziemlich glattging. Als ich gerade kurz Luft holte und einen Moment fand, um mir einen Taco reinzustopfen, bevor die nächste Bestellwelle losbrach, bemerkte ich zu meiner Überraschung, dass Ramon mit einem amüsierten Gesichtsausdruck zur Service-Zone rübergelaufen kam, in der ich mich versteckte.

„Hey."

Ich wischte etwas Sour Cream von meinem Kinn und schaute ihn an. „Wie läuft's?"

„Wolltest du heute Abend jemanden hier treffen?"

Ich runzelte die Stirn, zog das Telefon aus meinem BH, wo ich es aufbewahrte, und schaute nach, ob Dovie mir eine SMS wegen Race geschickt hatte. Da war jedoch nichts, nur eine Nachricht von Karsen, in der sie mich bat, später etwas Eis mitzubringen. „Nein", antwortete ich. „Warum?"

Er hob seine elegant getrimmten Brauen und schnalzte mit der Zunge. „Da war vorhin so ein Typ an der Bar. Er schaute sich ständig um. Ich habe ihn ungefähr fünfhundertmal gefragt, was ich für ihn tun könnte, aber er hat nur eine Limo bestellt und an der Bar gesessen. Dann sah ich dich mit einer Bestellung aus der Küche kommen – und er dich auch. Ich habe einen Augenblick beobachtet, wie er dich beobachtet hat; dann stand er auf und ging. Ich dachte, er sei vielleicht ein Freund oder so."

Mir entglitten die Gesichtszüge völlig, und ich starrte Ramon wie eine Idiotin an. „Wie sah der aus?"

Da Ramon wesentlich mehr auf Jungs stand als ich zurzeit, rechnete ich damit, eine präzise Beschreibung zu kriegen, aber er zuckte nur mit den Achseln. „Ganz normal. Seltsam war, dass er sich wohl der Menge anpassen wollte. Er trug eine Brille und einen Hut, so als wolle er anders aussehen. Er hat auch mit niemandem sonst gesprochen."

Mir lief ein Schauer über den Rücken, und mein Taco schmeckte plötzlich wie Dreck. Natürlich gab es unheimliche Typen, die reinkamen, um mich anzumachen oder mich mit ihren lüsternen Blicken zu verfolgen. Aber ein Spinner, der nichts sagte, und dann noch diese seltsame SMS – das machte mir allmählich Angst. „Das ist echt seltsam."

Ramon nickte. „Sehr merkwürdig."

„Wenn er noch mal hier auftaucht, sagst du mir Bescheid, ja?"

„Klar. Vielleicht solltest du nachher besser warten und dich von jemandem nach draußen begleiten lassen."

Erneut schauderte ich. Ich stimmte ihm zu, war wie betäubt. Mein Telefon meldete sich, und ich stöhnte, als ich Dovies SMS las.

Er kommt, bevor ihr schließt. Warte auf ihn.

Hatte das Leben vielleicht noch irgendwas anderes für mich geplant als diesen dermaßen komplizierten und dornigen Weg? Langsam zweifelte ich daran.

Ich schrieb zurück, dass das okay sei, und kümmerte mich danach um die zweite Welle von Gästen, die immer einsetzte, kurz bevor die Küche schloss. Ich war überaus wachsam, scannte ständig das gesamte Restaurant. Die Vorstellung, dass hier irgendein Spanner rumsaß und mich anstierte, passte mir gar nicht. Noch weniger gefiel mir das, wenn ich an die seltsame SMS dachte, die mir nicht aus dem Kopf ging. Bislang hatte ich immer geglaubt, ich würde gut allein zurechtkommen; ich war smart und hielt mich auch für ausgebufft, hatte das allerdings noch nie unter Beweis stellen müssen. Ein beängstigender Gedanke …

Nachdem ich am letzten Tisch kassiert, die restlichen Arbeiten und meine Abrechnung für heute erledigt hatte, war ich müde und gestresst. Ich wollte nur noch in meine normalen Klamotten, meiner Schwester Eis besorgen und nach Hause gehen … Na ja, Letzteres nicht so wirklich.

Ich drehte die Haare hoch, damit sie mir nicht ins Gesicht fielen, zog meine Jeans an und stopfte meine Uniform in die Handtasche, um sie zu Hause zu waschen. Ramon musste sich noch um einen Nachzügler am Tresen kümmern, und die Jungs aus der Küche waren entweder beschäftigt oder ignorierten mich. Also würde ich wohl oder übel allein nach draußen gehen und meinen Computer aus dem Auto holen müssen. Bei dieser Aussicht packte mich wieder die Angst, und insgeheim war ich enttäuscht darüber, dass Race nicht schon hier war, um mich auf dem Treck zu begleiten.

Ich trat hinaus in die Nacht und blickte mich auf dem Parkplatz um. Es war meistens friedlich hier, aber hin und wieder waren schon betrunkene Schläger aufgetaucht. Beim letzten Mal war Bax gerade noch rechtzeitig auf der Bildfläche erschienen, und seitdem war Ruhe. Dovies Freund hatte einen weitreichenden Ruf, aber sie arbeitete nicht mehr im Laden, und deshalb kehrten die degenerierten Gestalten allmählich hierher zurück.

Wie immer hatte ich mein Auto unter dem einzigen flackernden Licht mitten auf dem Platz abgestellt. Ich stöhnte beinahe laut auf, als ich nun feststellte, dass es offenbar beschlossen hatte, seinen Geist aufzugeben, und ausgebrannt war. Der Parkplatz war dunkel; der Weg zu meinem Wagen schien kilometerlang, obwohl es bloß ein paar Schritte waren. Mein Magen verkrampfte sich, und eine Gänsehaut überlief mich. Ich atmete tief durch, mobilisierte dann meine Reserven und rannte zu meinem BMW. Seufzend fasste ich den Türgriff an – und schrie Zeter und Mordio, als eine schwere Hand von hinten auf meine Schulter fiel.

Ich brüllte aus vollem Halse um mein Leben, warf den Kopf in den Nacken, bis ich spürte, dass er gegen etwas Hartes prallte, und wirbelte herum, während ich mein Knie in die richtige Position brachte, um den meisten Schaden anzurichten. Mein Angreifer hielt mir den Mund zu, schlang einen steinharten Arm um meinen Brustkorb, als ich mich umdrehte, und stieß mich gegen die Seite des Wagens. Unter den langen Fingern schrie ich weiter und zitterte am ganzen Körper, doch als mich vertraute grüne Augen anschauten, legte sich meine Panik allmählich. Ich umklammerte das Handgelenk der schweren Hand, die noch immer auf meinen Lippen lag, und sank am Auto zusammen.

„Was zum Teufel war das?“ Race schubste mich weg und rieb sich das Kinn, an dem mein Schädel ihn offenbar getroffen hatte.

Ich schlug meine zittrigen Finger vor den Mund und schüttelte den Kopf. Eigentlich wollte ich mich entschuldigen, aber die Worte blieben mir im Hals stecken.

„Hat Dovie dir nicht gesagt, dass ich nach deiner Schicht vorbeischaue?“ Er klang irritiert, und das war verständlich.

„Sorry. Ich bin um diese Uhrzeit auf dem Parkplatz wirklich nervös.“

Er sah hinauf zu der kaputten Lampe, dann wieder zu mir – und runzelte die Stirn. „Wieso bist du überhaupt so spät allein hier draußen?“

„Alle waren damit beschäftigt, das Restaurant für heute zuzumachen. Du kennst das doch. Nach Ladenschluss haben es alle eilig, nach Hause zu kommen.“

Der Ausdruck, der über sein schönes Gesicht huschte, zeigte deutlich, dass ihm das nicht recht war. Race sah immer erhaben aus – wie ein König, golden strahlend und elegant. Heute Abend, im harten Schatten der kaputten Beleuchtung und mit dem geborstenen Asphalt unter seinen Füßen, glich er eher einem nordischen Krieger – gleichermaßen grimmig und unglücklich. Ich hätte nie gedacht, dass dieser Look ihm stehen würde, aber die Bedrohlichkeit in seinen viel zu hübschen Zügen wirkte sehr überzeugend. Wenn ihm etwas nicht passte, dann unternahm er etwas dagegen, und das konnte ich klar in seinen Augen erkennen.

Ich umfasste sein mächtiges Handgelenk. „Mach dir keine Sorgen, Race. Ich brauche deine Hilfe wirklich nur bei dem Computer, weil ich nämlich sonst völlig am Arsch bin.“

Er betrachtete mich stumm, grübelte offensichtlich darüber nach, welche Situation ihm bedrohlicher erschien: meine Sicherheit oder meine aktuelle elektronische Krise. Zum Glück gewann der Computer, doch seine Stimme klang schroff und kratzig, als er sagte: „Das ist nicht das Ende dieses Gesprächs, Bry.“

Ich nickte steif und bückte mich, um den Laptop unter dem Sitz hervorzuholen, wo ich ihn versteckt hatte. Als ich mich umdrehte, spürte ich, wie ich errötete. Beim Vorbeugen hatte ich Race gerade die allerbeste Möglichkeit gegeben, meinen Hintern genau auszuchecken. Das Grün seiner Augen hatte sich sichtlich verdunkelt, ich schluckte nervös.

„Was stimmt nicht mit deinem Computer?“, fragte er.

Schützend drückte ich das Gerät gegen meine Brust, während sein Blick mich abtastete. Es war beunruhigend, im Fokus der Aufmerksamkeit eines Typen wie Race zu stehen. Ich hatte das Gefühl, als wolle er in mich hineinschauen, um all die Mechanismen zu begreifen, die mich antrieben.

„Keine Ahnung. Ich habe ihn eingeschaltet, und der Bildschirm war blau“, erklärte ich. „Ich weiß, dass das ein schlechtes Zeichen ist, aber alles, was ich für die Uni brauche, ist dadrauf. Also muss ich was unternehmen.“

Er zog eine sandfarbene Braue hoch und griff nach dem Laptop. „Machst du keine externen Back-ups, zum Beispiel auf Google Drive?“

Ich stöhnte und rieb mir die Augen. „Ich bitte dich, Race. Wenn ich clever genug gewesen wäre und das getan hätte, würde ich doch jetzt nicht beten, dass du das reparieren kannst, oder? Mein Leben ist nie so einfach.“

Er schaute mich bloß an, seine Mundwinkel verzogen sich leicht verärgert nach unten. Ich mochte diesen Ausdruck auf seinem attraktiven Gesicht lieber als den mit den sexy Grübchen. Diesem hier ließ sich leichter widerstehen.

„Wann brauchst du es wieder?“, wollte er wissen.

„Ich habe eine Arbeit dadrauf, die ich morgen abgeben muss, aber der Professor ist ziemlich cool. Bestimmt erlaubt er mir, das auf Montag zu verschieben, wenn ich ihm den Grund schildere. Was ich allerdings dringend brauche, sind meine Mathe-Theorie-Notizen. In dem Kurs gibt es einen bösartigen Assistenten, der es auf mich abgesehen hat, seit ich sein Angebot abgelehnt habe, mit ihm auszugehen. Ich werde das Seminar mit Müh und Not bestehen, aber ohne die Mitschriften bin ich komplett aufgeschmissen."

Sein Blick verdunkelte sich weiter, und seine Miene verfinsterte sich ebenfalls. Sein breiter Brustkorb hob und senkte sich, während er tief ein- und langsam ausatmete.

Seine Brauen senkten sich über seinen dunklen Augen, und seine Stimme war noch rauer als sonst. „Was ist los mit dir, Brysen? Warum klingt alles, was du heute Abend gesagt hast, so, dass es mich dazu bringt, Menschen oder Sachen eine verpassen zu wollen?"

Ich schluckte und zitterte ein wenig, während wir uns zunächst wortlos musterten. „Das Leben besteht nicht nur aus Spiel und Spaß, Race. Das weißt du doch besser als die meisten."

Er schüttelte seinen blonden Kopf und trat einen Schritt zurück. Unwillkürlich verspürte ich den Drang, nach ihm zu greifen und ihn an mich zu ziehen. Dieser Mann war so schlecht für meine Selbstbeherrschung.

„Nein, das ist es gewiss nicht", erwiderte er. „Aber du bist ein gutes Mädchen und zu schön, um es in Worten auszudrücken. Das Leben sollte nicht so hart zu dir sein."

War es aber – und damit musste ich klarkommen.

Ich wechselte das Thema. „Meinst du, du kannst ihn retten?"

Er wich einen weiteren Schritt zurück und grinste mich an. Alles, was meine Weiblichkeit ausmachte, schien sich zu verflüssigen, als sich dieses Grübchen auf seiner Wange zeigte.

„Ich bin ziemlich gut in allem, worauf ich mich konzentriere, Brysen."

Sein sexy Unterton brachte mich fast zum Winseln. „Wann, meinst du, kann ich ihn wiederhaben?"

„Gib mir deine Nummer. Ich habe 'ne Menge auf der Uhr morgen, aber wenn ich das alles erledigt habe, kümmere ich mich drum. Lass mir Zeit bis zum Wochenende."

Das waren nur drei Tage. Abgesehen von Mathe-Theorie sollte ich es bis dahin ohne hinkriegen. Ich rasselte meine Telefonnummer herunter und wunderte mich, dass er nicht sein Handy rausnahm, um sie einzugeben.

„Kannst du die im Kopf behalten?" Ich hasste es, dass ich so klang, als würde ich schmollen.

„Ich werde sie nicht vergessen, Bry. Alles an dir ist unvergesslich."

Oh ... Dieser Kuss. Der würde mich bis ans Ende meiner Tage verfolgen.

Unruhig trat ich von einem Bein aufs andere, ging dann zum Wagen. „Ich muss meiner kleinen Schwester Eis mitbringen und überprüfen, dass sie ihre Hausaufgaben gemacht hat."

Er betrachtete mich nachdenklich und legte den Kopf schräg. Ich wollte nicht das Objekt von Race Hartmans Aufmerksamkeit sein; das machte es viel zu anstrengend, meine Gefühle ihm gegenüber zu verbergen.

„Von jetzt an wird dich immer jemand zum Auto begleiten." Es war keine Frage, sondern eine generelle Ansage.

„Ja, ich versuch's." Ich würde das auch bevorzugen, aber das Leben schien momentan nicht geneigt, mir irgendwas zukommen zu lassen, das ich wollte.

„Sorg dafür, Brysen." Sein Ton ließ erahnen, dass ich besser auf ihn hören sollte oder die Folgen bereuen würde.

„Ja, Race. Ich werde mich sofort darum kümmern."

Er grummelte und lief in Richtung seines leuchtend roten Mustangs. Ein supersexy Auto für einen megaheißen Typen. Total unfair. „Ich lass von mir hören."

Ohne ein weiteres Wort ging er davon, und ich glaubte fast, gleich zusammenzuklappen. Es gab für jeden Menschen Grenzen, wie viel er ertragen konnte. Race zu dem Chaos in meinem Leben hinzuzufügen gab mir das Gefühl, dass einfach kein Platz mehr da war, um das Durcheinander länger unterdrücken zu können. Alles kam nach oben. All die Empfindungen und Gefühle, die ich mir nicht eingestehen wollte, drohten aus den Tiefen meines Inneren hervorzubrechen und alles zu überschwemmen. Beim Aufwischen der Sauerei, die es geben würde, wenn ich platzte, würde mir sicher niemand helfen wollen.

Ich seufzte einmal tief und rief schließlich Karsen an, um sie zu fragen, welche Sorte Eis ich ihr mitbringen sollte.

4. KAPITEL

Race

Es gab eine Zeit in meinem Leben, in der der dumpfe Aufprall harter Fäuste auf Fleisch, der Geruch von Blut und die durchdringenden Geräusche menschlicher Qual mich berührt hatten. Früher sorgten sie dafür, dass ich Gänsehaut bekam und sich mein Magen zusammenzog. Mittlerweile war es zu einem notwendigen Übel geworden, und so schlimm es auch klang, es gehörte zu meinem Job.

Ich war im Hinterzimmer vom Spanky's, dem Stripclub aller Stripclubs in The District. Die Mädchen hier waren keine Nullachtfünfzehn-Stripperinnen. Sie waren alle bildhübsch, professionell und ebenso als Tänzerinnen wie auch als Hostessen verfügbar, wenn die Bühnenscheinwerfer ausgingen und der Club zu einem illegalen Spielkasino wurde. Das Spanky's war für Novak eine Gelddruckmaschine gewesen. Jetzt hatten Nassir und ich das Sagen. Gerade beobachteten wir, wie Chuck, ein riesengroßer Afroamerikaner und der Sicherheitschef des Ladens, einen Kunden zu Brei schlug, der seine Hände nicht bei sich behalten konnte.

Mit verschränkten Armen lehnte ich an der Wand, während dem Kerl, der locker unser Vater hätte sein können, die Scheiße aus dem Leib getreten wurde. Er hatte schon Zähne gespuckt, und sein Gesicht sah aus wie ein roher Hamburger, aber Chuck machte nicht den Eindruck, als wolle er mit dem Prügeln aufhören, und Nassir ließ ihn gewähren. Nassirs Augen hatten die Farbe geschmolzenen Karamells und waren starr auf die Szenerie vor ihm gerichtet. Er nahm die Sicherheit der Mädchen, die für ihn arbeiteten, sehr ernst – egal, ob sie nun anschaffen gingen oder nicht –, und Honor, natürlich nicht ihr echter Name, war kein Mädchen, das man ungestraft antatschen durfte.

Sie gehörte genauso zu The District wie Bax zu The Point. Wir hatten eine schmutzige gemeinsame Vergangenheit, und ich war, ehrlich gesagt, ziemlich verwundert, dass sie nicht zurückgekommen war, um Grabbelpfote McGee die Seele aus dem Leib zu prügeln, denn eigentlich war sie so gestrickt. Der arme Mann stöhnte, seine verquollenen und geschwollenen Augen waren total verdreht, und er fiel zur Seite – ein bewusstloser Haufen. Chuck versetzte ihm einen letzten Tritt mit der Schuhspitze, kniete sich hin und wischte seine blutigen Hände an dem zerrissenen und zerfetzten Hemd des Typen ab.

Nassir zog eine schwarze Braue hoch. „Und, fühlst du dich besser?"

Chuck grummelte und blickte abwechselnd zu Nassir und zu mir. „Irgendwas liegt gerade in der Luft. Weiß nicht, was, aber die Typen hier übertreten dauernd ihre Grenzen. Ich musste mal meine Meinung äußern und das klarstellen."

Nassir und ich schauten uns an, und er zuckte bloß mit den Schultern. Er sah immer aus, als sei er auf dem Weg zu irgendeinem wichtigen Business-Meeting. Seine Anzüge waren teurer als mein Auto, und sein exotisches Aussehen und seine todbringende Aura ließen ihn ohne weiteres Zutun dominierend und Furcht einflößend wirken. Ich verhielt mich ihm gegenüber stets so, als würde er mir jeden Moment ein Messer in den Rücken rammen. Allein in seiner düsteren Gegenwart zu sein sorgte dafür, dass ich höllisch aufpasste.

„Was ist los?", fragte ich.

Mit dem Daumen zeichnete er die Kante seines Unterkiefers nach und betrachtete mich dabei nachdenklich. „Einige der Mädels sind zu mir gekommen und haben sich beschwert, dass die Kunden nicht zahlen wollen. Sie meinten, man würde sich erzählen, dass wir zu neu sind, du und ich. Die Stadt verändert sich, niemand übernimmt die Kontrolle, und es gibt keinen, gegenüber dem man sich verantworten müsste. Da werden die Leute mutig und versuchen ihr Glück."

Ich biss die Zähne zusammen und runzelte die Stirn. „Und was tust du dagegen?"

„Wir, Race. Was unternehmen *wir* dagegen?"

Er war gewiss die letzte Person auf diesem Planeten, mit der ich was zu tun haben wollte. Allerdings schien es nicht so, als hätte ich eine Wahl.

„Das verdammt noch mal abstellen, und zwar verdammt noch mal sofort!", rief er und zeigte auf den Typen am Boden. „Ich habe jede Menge Namen und Adressen. Eine ganze Welt voller Schmerzen kommt auf denjenigen zu, der infrage stellen möchte, wer hier das Sagen hat oder nicht. Ich schlage vor, du machst exakt das Gleiche, wenn jemand nicht mit dem rausrückt, was dir zusteht."

So ein Problem hatte sich mir bisher nicht gestellt, aber mein Job als Buchmacher war ja noch ziemlich neu. „Ja. Wir dürfen keine Schwäche zeigen."

Nassirs Blick wurde stechend. „Es wird überhaupt keine Schwächen geben. Ich habe zu lang darauf gewartet, dass sich jemand um Novak und seinen ganzen Irrsinn kümmert. Ich hätte die Sache viel früher in die Hand nehmen sollen, aber ich habe bloß abgewartet, während er sein Gift versprüht hat. Wir zwei mögen nicht einer Meinung sein, Race, aber wir sind uns doch darüber einig, dass einer das Monster füttern muss. Und solange das ehrenwerte Leute tun, muss nicht die Stadt geopfert werden, um es sattzukriegen."

„Ehrenwert" war nicht gerade das Wort, das mir im Zusammenhang mit Nassir einfiel, aber das war jetzt nicht der Punkt. „Ist Honor okay?"

Sein Gesicht wurde für einen Moment zu einer Fratze des Grauens. Ich wusste nicht viel über seine Vergangenheit oder seine Herkunft, aber ich hatte nie den Fehler gemacht, Nassir für einen Anzugtypen zu halten, der Angst davor hatte, sich die Finger schmutzig zu machen. Er war ein Mann, der töten konnte, wenn er es für nötig hielt. Er würde es mit einer Armee aufnehmen, wenn er der Meinung war, diese Schlacht müsse geführt werden.

„Sie ist genervt."

Ich seufzte laut. „Ich habe hier eine Anzahlung, die ich abgeben möchte. Die College-Football-Saison hat begonnen."

Er nickte, und wir ließen Chuck allein, um die Sauerei auf dem Fußboden wegzumachen. Es war kaltherzig, es war unmenschlich, und unterschwellig wusste ich, dass es falsch war – aber es musste sein. Wir gingen in das Büro, das der ehemalige Chef des Clubs genutzt hatte, und ich übergab Nassir die Geldbündel. In meinen jüngeren Jahren hatte ich mir nichts, dir nichts Hunderttausende von Dollar verschleudert. Jetzt beobachtete ich beinahe ängstlich, wie er die Scheine nahm und sie in den Safe hinter dem Schreibtisch packte. Eine Sache, die als Gauner wirklich nervte, war, dass man sich auf andere Kriminelle verlassen musste, um existieren zu können. Wir waren als Gruppe nicht gerade vertrauenswürdig, und alle wollten grundsätzlich die Nummer eins werden.

Meine Bedenken schienen mir ins Gesicht geschrieben zu sein, denn Nassir zog eine Braue hoch und grinste mich auf eine Weise an, die alles andere als vertrauenerweckend war. „Ich brauche dich, Race. Ich werde dich nicht bescheißen."

Ich prustete vor Lachen. „Und was passiert, wenn du entscheidest, dass du mich nicht mehr brauchst?"

„Du bist ein cleverer Kerl. Die Antwort kannst du dir selbst geben. Übrigens, ich hab gehört, eins dieser Scheiß-College-Kids hätte dich mit einer Waffe bedroht, während du am Kassieren warst. Du musst da echt durchgreifen, wenn so ein Mist passiert."

Ich seufzte. „Das war doch fast noch ein Kind."

Nassir streckte mir seinen Zeigefinger entgegen und erklärte mit todernster Stimme: „Das bist du ja auch. Nur dass du eine ganze Stadt von draußen steuerst. Wenn jemand dir blöd kommt, musst du ihm zeigen, wo der Hammer hängt. Bax hat den Ruf, klare Kante zu zeigen, das liegt ihm im Blut. Er wurde bereits als Bad Boy geboren. Du bist ein reicher Kerl, der sich als Gangsterboss ausgibt. Du musst beweisen, dass du es ernst meinst, dass du mit ganzem Herzen und bis zum Ende bei der Sache bist – ob mit deinem Blut oder mit ihrem. Es gibt bloß einen Weg, die Dinge zu regeln: unseren!"

Ich war nicht so skrupellos wie er. Und ich glaubte nicht, dass ich jemals einfach nehmen könnte, ohne einen Gedanken daran zu verschwenden, von wem ich was nahm. Das wäre viel zu nah an der herzlosen Art, mit der mein Vater seine Geschäfte machte. Ich wollte niemals ein Mann sein, der lieber sein eigenes Kind opferte, als zu versuchen, eine verzwickte Lage aufzulösen und zu erklären.

„Ich habe mein Business im Griff", erwiderte ich. „Keine Sorge, Nassir. Und mach dir keine Gedanken, was ich tue oder lasse."

Er grummelte vor sich hin, setzte sich an den Schreibtisch und stützte das Kinn auf seine gefalteten Hände. „Ich mache mir eher Sorgen, dass Bax ausflippt, wenn dir dein blöder Arsch weggeschossen wird, und dass du alles ruinierst, was wir zusammen hingekriegt haben. Und dazu würde auch noch der Bulle herumschnüffeln, was für uns beide total unangenehm wäre."

Der Bulle war Bax' Halbbruder Titus King. Er hatte eine wesentliche Rolle dabei gespielt, Novak auszuschalten, aber jetzt nervte er mich häufig. Ich mochte Titus, er war echt ein netter Kerl, ein Polizist mit Leib und Seele. Doch wenn er wirklich wüsste, worauf er sich bei uns einließ und was für Sachen Bax und ich so nebenher laufen hatten, würde er durchdrehen und uns eiskalt den Laden dichtmachen. Er beobachtete uns dauernd mit Argusaugen, und ich schätzte, er wusste mehr, als er sich anmerken ließ. Aber Nassir war ein gnadenloser Bastard. Sollte Titus ihm mal zu nahe kommen, würde Nassir ihn garantiert aus dem Weg räumen.

Es gab nichts weiter zu sagen, und meine Geduld, mich mit diesem aalglatten Arschloch abgeben zu müssen, war erschöpft. Ich machte mir nichts vor; ich wusste genau, wie gefährlich die Scheiße war, in der ich steckte, und verhielt mich dementsprechend. Allerdings hatte ich überhaupt keine Lust, dabei wie Novak zu werden.

Als ich um die Ecke bog, prallte ich beinahe gegen Honor. Ihr richtiger Name war Keelyn Foster, und sie war wahrscheinlich das schönste Mädchen auf der Welt. Zugegeben, sie investierte auch eine Menge Geld in ihre Erscheinung, aber im Dunkeln gab es keinen Unterschied zwischen Hand- und Gotteswerk. Sie trug einen glatten schwarzen Rock, ihr langes kastanienbraunes Haar war ein einziges zerzaustes Chaos, und ihr starkes Make-up war über das gesamte Gesicht verschmiert. Selbst im Dämmerlicht des Stripclubs erkannte ich den üblen Riss in ihrer Unterlippe und das Veilchen, das um ihren hohen und eleganten Wangenknochen herum blühte.

„Alles in Ordnung?"

Sie zuckte ein wenig zusammen und deutete auf ihre Wange. „Ging schon besser. Hat Nassir den Idioten hierher gebracht?"

Ich nickte. „Wenn Nassir dich zu sehen kriegt, verlässt der Typ den Laden im Leichensack."

„Bestens. Das Arschloch verdient es nicht anders. Nicht anfassen heißt nicht anfassen. Er kann froh sein, dass ich ihn nicht mit einem meiner Absätze kastriert habe."

Es war unmöglich, hier zu überleben, ohne sich ein dickes Fell zuzulegen. Schöne Frauen sollten nicht so ein hartes Leben führen müssen. Es war eine Schande.

„Chuck hat ihn auf seine Anweisung hin ordentlich zugerichtet", gab ich zurück. „Aber ich bin sicher, er wird den Kerl umbringen, wenn er deine Verletzung sieht. Ich glaube, dieser Teufel hat eine Schwäche für dich."

Sie guckte mich mit ihren dunkelgrauen Augen an und verschränkte die Arme vor ihren mit Seide bedeckten Brüsten. Ihr nackter Körper war mir sehr vertraut, weshalb ich wusste, dass sie ihr Geld zu Recht verdiente. Mittlerweile hatte sie jedoch eine Härte an sich, die sie vor fünf Jahren nicht gehabt hatte, als ich gegangen war.

„Nassir ist wie ein wildes Tier, das aus dem Zoo abgehauen ist. Er sieht toll aus, und es ist faszinierend, ihn zu beobachten. Aber mir wäre es lieber, wenn eine Glasscheibe und Gitterstäbe uns trennen würden. Dieser Mann hat nichts Weiches an sich."

Erstaunt betrachtete ich sie. „Es passt dir nicht, dass er den Club kontrolliert?"

Sie klimperte mit ihren obszön langen Wimpern, und ihr perfekt geschwungener Mund verzog sich zu einem schmalen Grinsen. Nur Honor konnte mit einer gespaltenen Lippe noch so gut aussehen. „Ernie war ein Chaot und leicht zu beeinflussen. Er tat gern so, als hätte er die Dinge im Griff, aber in Wirklichkeit haben wir hier alles geschmissen. Damals hat der Job Spaß gemacht, und die Mädchen kriegten das auch mit Kater und ohne großen Aufwand hin. Nach dem Motto: Zeig deine Tittchen, und der Laden läuft. Nassir geht es nur ums Geschäft, und nun müssen die Tänzerinnen für jeden Dollar schuften. Das ist kein Vergnügen mehr. Und seit Novak weg ist, krakeelt jeder dahergelaufene Kerl herum, um zu beweisen, dass er der nächste tolle Hecht ist. Es ist alles so gefährlich und aussichtslos geworden. Alle versuchen sich ihr Stückchen von der Stadt zu sichern, und das merkt man." Sie zeigte auf ihr geschundenes Gesicht. „Paradebeispiel."

Ich mochte nicht, was sie sagte, aber sie hatte recht. „Warum hörst du nicht auf und suchst dir was weniger Riskantes?"

Sanft tätschelte sie mir die Wange. „Du warst schon immer viel hübscher und cleverer, als gut für dich ist, Race." Sie strich sich das Haar aus der Stirn. „Was glaubst du, was kann ich denn machen? Ich ziehe mich für meinen Lebensunterhalt aus, seit ich siebzehn bin. Ich habe die Highschool geschmissen, und ich habe keine reichen Eltern in der Hinterhand. Wo sonst könnte ich einen Tausender pro Abend verdienen, während das einzige Risiko ein übereifriger Vati-Typ ist? Das ist meine Kompetenz."

Ich war fest davon überzeugt, dass Wissen etwas Dynamisches war und dass es wachsen und sich entwickeln konnte, solange man nur den Willen hatte, es zu erlangen. Für mich gab es immer mehr zu lernen, aber ich konnte ihr keinen Vorwurf daraus machen, dass sie etwas tat, was sie glaubte, tun zu müssen, um zu überleben. Ich beugte mich ein wenig vor, um ihre blaue Wange zu küssen. „Pass auf dich auf."

Sie drückte einen Kuss auf mein Grübchen. „Übrigens, ich bin froh, dass du wieder da bist. Ich hoffe bloß, dass du weißt, was du tust, wenn du dich mit einem Hai wie Nassir einlässt."

„Ich auch. Aber ich mache einen Fehler immer nur einmal und lerne meine Lektion daraus."

Traurig lächelte sie mich an. „In dieser Welt ist ein Fehler schon einer zu viel, Race. Wir sind hier nicht in The Hill, vergiss das nicht."

Ich sah ihr nach, bis sie in dem Büro verschwand, in dem ich Nassir zurückgelassen hatte. Ich wünschte, die Leute würden endlich damit aufhören, ständig meine Herkunft zu erwähnen. Es war mir schon klar, dass das Spanky's nicht The Hill war. Nichts hier sah auch nur im Entferntesten so aus wie dort – mich eingeschlossen. Die Zukunft würde zeigen, ob ich wirklich das Zeug dazu hatte und ob der Rest der Stadt das auch so sehen würde.

Auf dem Weg zum Mustang holte ich mein Telefon aus der Tasche. Ich rief Brysen an, um zu erfahren, wie lange sie arbeiten würde. Ihr Laptop war ein Fliegengewicht. Da gab es nichts zu retten. Ich hatte so viele Daten wie möglich von der durchgebrannten Festplatte gezogen und sie auf das neue MacBook übertragen, das ich für sie gekauft hatte. Mir war klar, dass sie es nicht annehmen würde, aber ich hatte nicht vor, ihr in dieser Angelegenheit eine Wahl zu lassen. Sie brauchte es für die Uni, und Dovie hatte mir erzählt, dass sie sich keinen neuen Computer leisten konnte; also würde sie mit dem Mac nach Hause gehen, ob sie wollte oder nicht. Außerdem war es mir gelungen, einen Großteil ihres Mathe-Theorie-Krams aus der Datenwüste auszubuddeln. Ich hoffte, dass ihr das die Sache leichter machen würde, das Geschenk zu akzeptieren.

Brysen klang ziemlich gestresst und meinte, sie sei kurz nach Mitternacht fertig. Bis dahin war's nur noch eine halbe Stunde. Ich sagte ihr, dass ich auf dem Parkplatz auf sie warten würde. Sicherlich wäre es einfacher gewesen, reinzugehen und für den Showdown mit ihr Zeugen zu haben, aber ich wollte prüfen, ob sie auf mich hörte und sich eine Begleitung für den Weg vom Restaurant zum Auto besorgen würde. Sie allein in dieser Gegend nach Einbruch der Dunkelheit – der Gedanke gefiel mir gar nicht. Meine Schwester hatte zwar denselben Weg benutzt, war sogar mal mit dem Bus zur Arbeit und zurück gefahren, aber Dovie kannte sich dort aus, und außerdem bemerkte sie eine Gefahr schon Kilometer im Voraus. Brysen erinnerte dagegen eher an eine Eisprinzessin aus einem Märchen. Ich hielt sie nicht für blöd, aber sie hatte anscheinend keine Ahnung, was hier so alles im Dunkeln lauerte.

Die Vordertür des Restaurants öffnete sich, und Brysens superblondes Haar schimmerte in den Scheiben der Glastüren. Sie trug ein enges T-Shirt und einen kurzen Rock, hatte sich offensichtlich gar nicht erst umgezogen nach ihrer Schicht. Ein hochgewachsener Latino lief neben ihr her. Brysen lachte über etwas, das er gesagt hatte, und warf ihren Kopf zurück. Sie war wirklich das schönste Mädchen, das mir je begegnet war. Sie hatte so etwas Leichtes, Unangestrengtes an sich, etwas, das mein Herz höherschlagen ließ. Sie legte ihre Hand auf den Arm ihres Begleiters und zeigte dorthin, wo der Mustang stand. Der Typ nickte, küsste sie auf die Wange und ging wieder hinein.

Brysen lief auf mich zu, also machte ich die Autotür auf und stieg aus. Ich weiß nicht, woher die Scheinwerfer kamen, weiß auch nicht, wie ich das andere Auto hatte übersehen können, das im Leerlauf auf dem Parkplatz stand. Aber das Nächste, was ich mitbekam, war das Quietschen von Autoreifen und der Geruch verbrannten Gummis. Die Limousine raste auf sie zu. Ich sah, dass Brysen ruhig weiterging, und rannte los. Es war zu weit zu ihr, und das Auto hielt direkt auf sie zu. Ich beobachtete, wie sie die Hände hob, der Motor heulte noch mehr auf. Sie schrie nicht, gab keinen Laut von sich, und ich rief nach ihr. Sie riss den Kopf in meine Richtung, und ich brüllte, so laut ich konnte: „Beweg dich!“

Kurz vor dem Aufprall, kurz bevor sie zerschmettert auf der Windschutzscheibe geendet hätte, kam der Typ, der sie rausgebracht hatte, und riss sie mit einem gewaltigen Sprung zur Seite, sodass sie beide hart auf dem Asphalt landeten. Ich hörte sie aufschreien, als sie aufprallte, drehte mich um und versuchte, das Nummernschild von dem flüchtenden Auto zu erkennen. Mit finsterer Miene ging ich zu dem zusammengekauerten Paar auf dem Boden. Die Kennzeichen hatten gefehlt, was das Ganze wie einen Plan erscheinen ließ – und nicht wie einen Unfall.

Ich klopfte dem spanischen Typen auf die Schulter. „Beweg dich.“

Verärgert musterte er mich und rollte von Brysen runter. Sie blinzelte mich durch ihre Finger hindurch an, die sie sich vor die Augen gehalten hatte – als ob sie damit hätte verhindern können, von dem rasenden Auto überfahren zu werden. Ich gab ihr die Hand und half ihr beim Aufstehen. Bei dem blutigen Bild, das ihre Arme und Beine nach dem Sturz auf den Asphalt boten, biss ich die Zähne zusammen.

„Oh, mein Gott, Ramon!“ Sie wandte sich von mir ab und fiel dem anderen Typen um den Hals.

Er umarmte sie fest und schüttelte den Kopf. „Das war irre. Vielleicht ein besoffener Fahrer?“ Ramon schaute bei seinen leisen Worten zu mir, während ich ihn anstarrte. Ich wollte nur, dass er Brysen losließ – so wie gestern.

Sie löste sich von ihm, wich einen Schritt zurück und presste sich den verletzten Arm gegen die Brust. „Ganz herzlichen Dank. Du hast mir gerade das Leben gerettet."

„Seltsame Dinge passieren in deinem Kosmos, *Chica*. Bleib stark, und lass dich nicht unterkriegen!" Er drückte sie noch einmal und betrachtete mich eindringlich, als er hinzufügte: „Such dir jemanden, der dich beschützt."

Schweigend sahen wir ihm nach, als er verschwand, und endlich drehte sie sich zu mir um. Ich runzelte leicht verärgert die Stirn, und sie zog die Brauen fast bis zum Haaransatz hoch.

„Wieso siehst du mich an, als hätte ich was falsch gemacht? Es ist nicht mein Fehler, dass der Kerl besoffen und außer Kontrolle war." Sie klang eingeschnappt, aber darunter zitterte ihre Stimme. Sie war zu Tode erschreckt.

Ich senkte meinen Kopf etwas und ließ die Luft raus, von der mir gar nicht aufgefallen war, dass ich sie angehalten hatte. „Das war kein besoffener Fahrer. Das Auto hatte keine Nummernschilder und kein Licht, und als du aus dem Gebäude kamst, steuerte der Wagen genau auf dich zu. Wenn dein Kumpel dich nicht zu Boden gerissen hätte, wärst du überfahren worden. Das war Absicht. Was zur Hölle ist los mit dir?"

Sie starrte mich an und kaute auf ihrer Unterlippe herum. Am liebsten wollte ich ihre Zähne durch meine ersetzen.

Schließlich sagte sie: „Mein Arm tut ziemlich weh." Musste er auch. Sie hatte eine üble Schürfwunde, die noch immer blutete. Der halbe Parkplatz war darin zu finden.

„Soll ich mit dir nach Hause kommen, damit du die Wunde reinigen kannst?"

Sie schüttelte vehement den Kopf und fragte flüsternd: „Kannst du mich irgendwohin bringen, wo ich das auswaschen kann? Ich möchte nicht, dass meine Schwester oder meine Mom mich so sehen."

Irgendwann müsste ich mal die ganze Geschichte aufdecken, um zu begreifen, was mit diesem Mädchen wirklich los war. Ich liebte solche Herausforderungen, aber Brysen hatte den Status „herausfordernd“ bereits vor einem Monat hinter sich gelassen. Im Moment war sie ziemlich nah dran an „unmöglich“.

„Ich kann dich zu mir bringen.“

Sie nickte energisch, blickte dann zu ihrem kleinen BMW. „Ich kann das Auto nicht hierlassen. Das wird weg sein, wenn wir später zurückkommen.“

Da war was dran. Ich seufzte und musterte sie. Sie war in einem erbärmlichen Zustand, und mit nur einem funktionierenden Arm konnte sie unmöglich einen Wagen mit Schaltgetriebe lenken. Ich ergriff ihren unverletzten Arm und ging mit ihr zum Mustang. Nachdem ich ihr die Beifahrertür geöffnet hatte, holte ich mein Telefon aus der Tasche. Ich wartete, bis die nervöse Stimme am anderen Ende antwortete, bevor ich Brysen bat, mir ihre Schlüssel zu geben.

„Aldo?“

„Ja?“

Ich war wahrscheinlich der letzte Mensch, von dem er etwas hören wollte. „Möchtest du eine Auszeit haben, was die zwei Tausender betrifft, die du mir noch vom Alabama-Spiel vergangenes Wochenende schuldest?“

Es folgte ein langes Schweigen, und Brysen sah mich neugierig an. Kurzerhand machte ich ihre Tür zu und stellte mich auf die andere Seite von meinem klassischen Mustang. Ich versuchte, nicht allzu traurig darüber zu sein, dass sie mir vermutlich den gesamten Innenraum vollbluten würde.

„Was muss ich tun?“, wollte Aldo wissen, und die Frage war berechtigt. Auf dieser Welt gab’s keine gute Tat ohne Gegenleistung.

„Schwarzer BMW auf einem Parkplatz an der Ecke Paradise und Loft. Ich möchte, dass der Wagen in zwanzig Minuten in der Garage steht. Ich lasse die Schlüssel stecken. Wenn er also innerhalb der nächsten fünf Minuten geklaut wird, schlage ich das Auto auf die Summe drauf, die du mir bereits schuldest.“

Nichts weiter als eine kleine Motivationshilfe, um den Ball in die Richtung rollen zu lassen, in die er rollen sollte.

„Ich bin am anderen Ende der Stadt, Alter."

„Dann empfehle ich dir, ganz flott nicht mehr am anderen Ende zu sein."

Ich drückte Aldo weg, lief zu Brysens Auto und versteckte die Schlüssel unter der Fußmatte. Das war ziemlich riskant, aber ich wusste, dass Aldo nicht das Geld hatte, um seine Schulden zu begleichen. Er würde diese Aufgabe also auf jeden Fall lösen, um den Aufschub für seine Schulden zu bekommen und sich nicht meinen Zorn zuzuziehen.

Danach stieg ich in den Mustang und schaute nach meiner Beifahrerin, die im Dunkeln saß. Ihre Augen waren weit aufgerissen, ihre Pupillen ziemlich groß. Ich überlegte, ob ich mir Sorgen machen müsste, dass sie vielleicht ein Schädel-Hirn-Trauma erlitten hatte.

„Bist du okay?", fragte ich.

Sie rollte ihren Kopf an dem Ledersitz von Seite zu Seite. „Nein. Nichts ist okay. Schon seit Langem nicht mehr."

Ich startete den Wagen und fuhr aus der Parklücke. Das Grollen des Motors hatte etwas eigenartig Beruhigendes, und ich sah, wie sie sich ein wenig bewegte, weil das Blut von ihren Beinen auf die Fußmatte zu tropfen begann. Ich wollte ihr erklären, dass sie das nicht zu kümmern brauchte, aber ihre Worte schwirrten mir im Kopf herum wie ein Schwarm wütender Bienen.

„Wieso hat jemand versucht, dich heute Abend auf dem Parkplatz zu überfahren?"

Sie sah mich von der Seite an und strich sich das Haar hinters Ohr. „Keine Ahnung. Ich habe auch keine Ahnung, warum ich seltsame SMS kriege, warum auf Partys auf mich geschossen wird, warum ich durch ein Seminar segle, das eigentlich total einfach ist, oder warum ich mich dauernd für meine Eltern entschuldige. Und ich habe keine Ahnung, wieso es plötzlich zu meiner Verantwortung wurde, dafür zu sorgen, dass meine

Schwester erwachsen wird und dabei so wenig wie möglich von dem Irrsinn zu Hause mitkriegt. Nichts davon ergibt für mich irgendeinen Sinn, aber es hört einfach nicht auf. Ich habe keinerlei Kontrolle mehr über mein Leben."

Sie seufzte, und unvergossene Tränen schimmerten in ihren Augen. So persönlich und offen war sie mir gegenüber wohl noch nie gewesen, und ich wollte darauf reagieren, aber mich beschäftigten vor allem die Tatsache, dass sie merkwürdige SMS gekriegt hatte, und die Annahme, dass die Schüsse auf der Party ihr gegolten hatten. Das waren für mich alles andere als gute Anzeichen.

„Bedroht dich jemand, Brysen?"

Sie biss sich auf die Lippe. „Ich weiß es nicht. Ich habe nach der Party eine merkwürdige SMS gekriegt, von einer Nummer, die ich nicht kannte. Und dann erzählte Ramon, der Barkeeper, der mir gerade das Leben gerettet hat, dass während meiner Schicht irgendein Typ im Restaurant rumgelungert hätte. Mir ist ja klar, dass ich bei dem ein oder anderen angeeckt bin, wenn ich ein Date abgelehnt habe; aber unfreundlich werde ich bloß, wenn sie es einfach nicht schnallen. Es könnte auch alles Zufall sein, doch nach dem heutigen Abend weiß ich nicht mehr, was ich denken soll."

Wir kamen zu der Garage, und ich öffnete per Tastatur die beiden Schwingtore. Nachdem sich die schweren Metallbarrieren hinter uns geschlossen hatten, entspannte sie sich endlich. Ich fuhr den Wagen in die Parkbucht und stieg aus. Hier war man vollkommen isoliert, so als wäre man in einer großen Box aus Eisen und Stahl. Während ich ums Auto lief, um ihr beim Aussteigen zu helfen, musste ich mich richtig zusammenreißen, um die ganze Wut und Verwirrung im Griff zu behalten, die ihre Worte in mir ausgelöst hatten. Ich konnte es grundsätzlich schon überhaupt nicht leiden, wenn Frauen bedroht wurden oder Angst haben mussten; doch hier ging es um sie, und etwas von ihr war fest in mir verwurzelt. Das ließ mich rotsehen.

Sie reichte mir ihre gesunde Hand, und ich half ihr aus dem Wagen. Wir standen Brust an Brust, ihre Augen funkelten so verführerisch … Ich musste mich beherrschen, um die Unterlippe, auf der sie herumgekaut hatte, nicht meinerseits einfach in den Mund zu nehmen. Sie war verletzt, sie war verängstigt, und sie gab sich extrem viel Mühe, so zu tun, als würde sie mich nicht mögen. Aber nichts davon hielt meinen Schwanz ab, steif zu werden, und meine Nasenflügel bebten angesichts ihres verlockenden Dufts.

„Lass uns mal die Steinchen aus deinem Knie und deinem Arm entfernen, bevor sie noch mehr Probleme machen als ohnehin schon“, sagte ich.

Sie nickte ruckartig und nahm meine Hand, sodass ich sie nach oben ins Loft führen konnte. Ich spürte, wie ihre Finger zitterten.

„Übrigens“, meinte sie schließlich, „hast du meinen Laptop retten können?“

Bei all dem Drama, dabei zuschauen zu müssen, wie sie beinahe überfahren wurde, hatte ich den eigentlichen Grund total vergessen, warum ich auf dem Parkplatz auf sie gewartet hatte. „Nein, der war mausetot“, erwiderte ich. „Aber ich habe das meiste von dem Mathe-Theorie-Mist auf eine neue Festplatte ziehen können. Du hattest recht: Es ist ein leichter Kurs, und du solltest da nicht durchfallen.“

Sie machte ein leises Geräusch hinter mir, und ich wollte sie gar nicht erst mit einer Führung durch die Wohnung behelligen, da es im Grunde sowieso bloß ein einziger Raum war und sie alles, was ich besaß, auf einen Blick sehen konnte. Deshalb brachte ich sie direkt zu dem kleinen Badezimmer und öffnete die Tür.

„Toll, die guten Nachrichten gehen weiter.“ Sie klang so traurig, so niedergeschlagen, dass es mir die Brust zuschnürte.

„Ich habe dir einen neuen besorgt.“ Ich schubste sie ein wenig, sodass ich um sie herumfassen und das Wasser in der Dusche anstellen konnte. „Ich denke, du solltest zunächst mal unter der Dusche so viel wie möglich von dem Schotter ausspülen. Das Wasser hat entweder die Temperatur der Sonne oder der Antarktis, also musst du dir aussuchen, was weniger wehtut."

Ich hielt inne und lehnte mich zurück, denn sie starrte mich mit ihren großen Augen an, die die Farbe eines Sommerhimmels hatten. In dem Blau könnte ich mich problemlos verlieren und forttreiben lassen.

„Du hast mir einen neuen Computer gekauft?" Ihre Stimme war ein kaum zu vernehmendes Flüstern.

„Ja, und du wirst ihn annehmen und mir außerdem verraten, warum es jemand auf dich abgesehen haben könnte. Dann werde ich denjenigen finden, wer auch immer er sein mag, und werde dafür sorgen, dass er sich künftig die Entscheidungen, die er trifft, ganz genau überlegen wird."

Sie öffnete den Mund, um zu widersprechen oder sich zu bedanken, aber sie hatte keine Chance, das eine oder andere zu artikulieren, denn in dem Moment bekam ich eine SMS von Aldo. Er schrieb, dass er vor der Tür stand und den BMW hereinfahren wollte. Ich beschloss, dass er noch wesentlich mehr für mich tun musste, bevor seine Schulden getilgt wären.

„Geh duschen, Bry", forderte ich sie auf. „Wenn ich wieder da bin, helfe ich dir, die letzten Kiesel rauszukriegen, packe dich ein und bringe dich nach Hause."

Gerade war ich halb durch die Badezimmertür, als sie meinen Arm ergriff und mich zurückhielt. Ich schaute auf ihre kleine zitternde Hand, dann in ihre wundervollen, traurigen Augen. Ich würde denjenigen erwürgen, der für diesen Blick verantwortlich war.

„Race …" Sie verstummte, und alles, was ich wollte, war, sie zu schnappen, sie irgendwo hinzulegen und sie zu besteigen. Sie war verletzt, und es war gänzlich unangebracht, aber meiner Libido war das egal. „Warum tust du das alles? Ich bin mit deiner Schwester befreundet, nicht mit dir. Ich war nie besonders nett zu dir. Warum bist du so hilfsbereit?“

Wirklich jeder schien meine Motive infrage zu stellen. Allmählich konnte ich es nicht mehr hören. Ich strich den längeren Vorderteil ihrer Frisur aus ihrem Gesicht und klemmte ihn hinter ihre zierliche Ohrmuschel. Sie erschauerte.

„Ich kümmere mich um meine Nächsten“, antwortete ich. „Und ob's dir passt oder nicht: Dazu gehörst du auch.“

Ich wich einen Schritt zurück und bemerkte, dass ihr hübscher Mund vor lauter Verblüffung offen stand. Ich war drauf und dran, herauszufinden, was mit Brysen Carter los war, und wenn ich schon dabei war, würde ich gleich noch diese blöde Mauer niederreißen, die sie zwischen uns hochgezogen hatte. Wie Nassir vorhin gesagt hatte, gab es nur einen Weg, die Dinge anzugehen: meinen. Was immer ihr Problem war, welche Kontrolle ihr in ihrem Leben auch fehlen mochte, bald würde sie die heftigste und möglichst brutale Hilfe kriegen, um diese Kontrolle zurückzugewinnen. Hoffentlich war sie auch bereit, ein wenig zu geben, damit ich uns nicht beide zerstörte, wenn ich rücksichtslos auf die Schilde eindrosch, die sie ständig hochhielt.

5. KAPITEL

Brysen

Das Wasser verbrannte jede Stelle meines Körpers, an der die Haut aufgeschürft war. Im Abfluss mischten sich rosa Hautfetzen mit Parkplatz-Siff, Blut und Dreck, der über meine Füße lief. Race hatte nicht gelogen: Die Dusche war höllisch heiß. Aber das fühlte sich gut an, denn innerlich war mir eiskalt.

Ich hatte keine Ahnung, was los war, warum mir irgendjemand wehtun wollte, doch es ließ sich nicht wegdiskutieren, dass ich heute Abend beinahe überfahren worden war. Auf dem Weg, mein Leben aufzugeben und mich um meine Familie zu kümmern, war es mir anscheinend gelungen, jemanden so zu verärgern, dass der mir jetzt was antun wollte. Ich war nie irgendwohin gegangen, hatte mich überall rausgehalten und war nie so recht aus der Vorort-Kiste rausgekommen, in der sich mein Leben abgespielt hatte – also ergab das alles keinen Sinn. Es war echt unheimlich, und ich wusste nicht, wo ich zu suchen anfangen sollte, um herauszufinden, worum es ging. Für den Moment ließ ich das superheiße Wasser so viel Blut und Schmerzen wie möglich fortspülen und versuchte, nicht gleich Race anzuspringen, seiner beschützenden und finsteren Anziehungskraft zu trotzen. Seit Langem hatte mich niemand als sein Eigentum betrachtet. Hinzu kam, dass er noch verführerischer und heißer wirkte, wenn er drohte oder sich meinetwegen aufregte. Dann erlosch mein Widerstand wie der Docht einer heruntergebrannten Kerze.

Er hatte mir ein T-Shirt und eine Jogginghose hingelegt, die Dovie zurückgelassen hatte, als sie hier gewohnt hatte. Doch ich ließ sie auf dem Waschtisch bei dem gesprungenen Waschbecken liegen und hüllte mich stattdessen in ein abgewetztes

Handtuch, das er achtlos auf dem geschlossenen Klodeckel liegen gelassen hatte. Ich brauchte noch seine Hilfe, um einen ordentlich großen Stein aus meinem Ellbogen zu fischen, und mein Knie sah aus, als hätte es jemand mit einer Käsereibe bearbeitet. Es zu säubern würde schweinisch wehtun, und ich wäre echt verzweifelt, wenn eine hässliche Narbe zurückblieb. Im Augenblick lief es nicht besonders gut für mich, und es wäre wirklich Scheiße, wenn das Einzige, auf das ich mich immer verlassen konnte – mein Aussehen –, plötzlich auch ramponiert wäre. Ich streckte meinem Spiegelbild die Zunge raus und fuhr mir mit den Händen durchs Haar, um etwas Wasser auszuwringen. Ich sah beschissen aus, aber das passte, denn ich fühlte mich ja auch so.

Ich öffnete die Tür einen Spaltbreit und rief nach Race. Es kam keine Antwort, und ich wollte mich gerade aufmachen, um den kleinen Ort zu erkunden, an den er mich gebracht hatte, als er plötzlich vor mir stand. Seine grünen Augen strahlten, und das Grübchen zierte seine Wange. Kein Krimineller sollte so hübsch sein dürfen. Das war unfair. Inzwischen hatte er sein Button-down-Hemd ausgezogen und trug nur noch ein weißes Unterhemd; sein Haar stand in einem sexy Durcheinander von seinem Kopf ab.

Race hatte eine Flasche Peroxid und ein sauberes weißes Handtuch in der Hand. „Komm, wir reparieren dich jetzt."

Ich nickte und ging zurück ins Bad. Der Raum war viel zu klein, um mit ihm dadrin zu sein – besonders, angesichts meines Mangels an Kleidern und meines Wunsches, ihn überall anzufassen. Mein Herz klopfte, als er mich eingehend von Kopf bis Fuß betrachtete. Seine moosgrünen Augen wurden immer dunkler und schwärzer, je mehr nackte Haut er zu sehen bekam.

„Setz dich hin."

Ich nahm vorsichtig auf dem Klodeckel Platz und schaute ihn an. „Sei bitte sanft."

In seinem Blick loderte etwas auf, und seine sexy Mundwinkel senkten sich. „Was ist los, Brysen? Warum macht dir jemand Ärger?“

Ich konnte nur den Kopf schütteln und mit den Schultern zucken. Was eine schlechte Idee war, da das Handtuch sowieso schon kaum etwas verdeckte, und mit jeder Bewegung rutschte es tiefer über meine Brüste. Keiner von uns sprach das an, aber unser beider Atem veränderte sich. Meiner wurde schneller, seiner flach und kratzend.

„Ich weiß es nicht, ehrlich. Ich bin eigentlich ein ganz netter Mensch, kümmere mich bloß um meine Angelegenheiten … keine Ahnung.“ Meine Stimme war kaum mehr als ein Flüstern, das sich schnell in einen Schmerzensschrei verwandelte, als der in Peroxid getränkte weiße Stoff die raue Oberfläche meines Knies berührte. Ich zuckte so heftig zusammen, dass das Handtuch beinahe ganz runterfiel.

Race wandte kurz das Gesicht ab und kniete sich vor mich hin, sodass er meinen Arm festhalten konnte. Er streckte ihn vorsichtig und schaute mich starr an. „Die Schüsse auf der Party galten mir, nicht dir. Ich war dort, um Geld einzutreiben, und der Junge, der es mir schuldete, war darüber nicht sehr glücklich. Wieso glaubst du, jemand habe auf dich geschossen?“

Seine langen Finger bearbeiteten vorsichtig die Wunde. Ich spürte, wie er über den Stein strich, der dort noch drinsteckte, und ich hörte ihn leise fluchen.

„Ich muss was finden, um das da rauszukriegen“, sagte er.

Als er ohne große Mühe aufstand und sich über mich beugte, musste ich schlucken. Ich versuchte, die Tränen wegzublinzeln, die mir plötzlich in die Augen schossen. Schließlich erklärte ich: „Als ich von der Party nach Hause kam, schickte mir jemand eine SMS von einer merkwürdigen Nummer, in der stand, dass ich toll ausgesehen hätte und dass es ihm leidtun würde, mich nicht getroffen zu haben. Das fand ich ziemlich bedrohlich – als ob eine Kugel nicht getroffen hätte, verstehst du?“

Es klang komisch und weit hergeholt, aber die Art, wie seine Zähne knirschten und seine Kiefermuskeln sich anspannten, erleichterten mich. Gut, dass ich die Geschichte mit jemandem teilte, der meine Bedenken nicht einfach zurückweisen würde.

„Du hast keine Ahnung, wer das gewesen sein könnte?“, wollte er wissen.

Ich konnte nichts anderes tun, als den Kopf zu schütteln. Er musterte mich eindringlich, bevor er verschwand und mit einer Pinzette zurückkam. Auf diesen Moment freute ich mich nicht gerade. Doch seine Hände auf mir zu haben lenkte mich ab, und ihm so nah zu sein, ihn einzuatmen, war ein sinnliches Vergnügen, das mir normalerweise nicht zuteilwurde.

„Halt deinen Arm gestreckt.“ Er nahm meine Hand und legte sie auf seine Schulter, bevor er sich wieder vor mich kniete.

Er war so hübsch. Ich wollte ihn einfach nur anfassen, ihn küssen und ihn überall streicheln. Ob er wohl immer mit allem davonkam, was er so tat, weil niemand seiner Anziehungskraft widerstehen konnte?

Als er mit der Pinzette meine Wunde berührte, krallte ich meine Fingernägel in seinen Nacken. Ich fluchte und biss mir auf die Unterlippe, um nicht mehr zu schreien. Es tat weh, richtig weh, obwohl er die Pinzette ganz langsam bewegte und sein Bestes gab, so behutsam wie möglich vorzugehen. Ich schmeckte Blut, hörte ihn meinen Namen sagen, spürte das Brennen des Peroxids – und dann war sein Mund auf meinem.

Seine Hände waren in meinem Haar. Seine Zunge umspielte meine. Er zog mich von der Toilette auf seinen Schoß und krachte mit einem dumpfen Geräusch gegen die Wand. Race war nicht gerade klein, und das Bad nicht besonders geräumig. Ich hing also auf ihm, und das Handtuch, mit dem ich notdürftig meine Blöße bedeckt hatte, war Vergangenheit. Ich war sehr nackt und saß auf ihm drauf. Die Härte seines Körpers und den stechenden Schmerz, der mich durchfuhr, als mein verletztes Knie auf die Fliesen traf, bemerkte ich kaum; all meine Körperteile, die seine

Körperteile berührten, waren heiß und kribblig, und Schnitt- oder Schürfwunden waren vergessen. Sein Brustkorb unter dem dünnen Stoff seines Unterhemds war stark und warm. Ich wollte mich an ihn kuscheln, mich in ihm verlieren und alles andere vergessen. So gefährlich er für mich auch war, so gefährlich es war, mich auf ihn einzulassen: Es gab mir ein Gefühl der Sicherheit, ihn zu spüren, mich an ihn zu drücken. Eine Sicherheit, die mich dermaßen berauschte, dass ich ihm ziemlich zusetzte, damit er näher kam.

Ich vergrub meine Finger in seinem Haar und hörte ihn in meinen Mund stöhnen. Sollte er mich jedes Mal fast bewusstlos küssen, wenn er glaubte, ich bräuchte eine Ablenkung, dann musste ich mir dringend angewöhnen, in seiner Anwesenheit öfter schlecht drauf zu sein. Ich bemerkte, wie sein Körper unter mir reagierte, wie sein Griff fester wurde. Durch den Jeansstoff, der uns trennte, fühlte ich, wie er noch härter wurde. Es gab immer eine Grenze bei Race, eine dünne Linie, die hinter dem Midas-gleichen Glanz verlief und die erahnen ließ, dass da eine stärkere, eine wildere Seite schlummerte, die er vor dem Rest der Welt verbarg. Er war so viel mehr als ein enterbtes reiches Kind und hatte so viel mehr zu bieten, als nur Bax' Komplize zu sein, aber es war auch so leicht, sich von seiner schieren Schönheit und seiner charmanten Art blenden zu lassen, dass ich glaube, dass seine anderen Facetten einfach übersehen wurden. Jetzt, da seine Hände etwas gröber zupackten, sein Atem stoßweise ging, seine Augen heiß und dunkel schimmerten, gab es keinen Zweifel daran, dass er in der Lage war, mir richtig schlimme Dinge anzutun. Gott, ich wünschte mir, er würde sie alle wahr machen!

Langsam lehnte er sich etwas zurück und leckte sich die Unterlippe. Diese Geste allein hätte mich schon spontan kommen lassen. Dann umfasste er mein Gesicht, legte die Daumen unter mein Kinn und drehte meinen Kopf ein wenig, um mich zart hinter dem Ohr zu küssen. Sein Mund verwöhnte, reizte, kitzelte mich und schien jede meiner geheimen Stellen zu kennen. Ich zitterte und keuchte so voller Begierde, dass ich irgendwas tun musste, um nicht in seinen Händen dahinzuschmelzen. Er behandelte mich, als würde er mich besitzen. Als hätte er das schon immer so gemacht. Als wollte er mir all das zurückgeben, was ich im vergangenen Jahr verloren hatte, und ich würde noch anfangen zu heulen, wenn ich nicht sofort etwas mit meinen Fingern oder meinen Lippen machte.

In der nächsten Sekunde beugte ich mich herab, sodass ich seinen Mund mit meinem verschließen konnte, und küsste ihn mit all der Verzweiflung, all der furchtlosen Erwartung, die uns in diesem winzigen Raum umgaben. Noch nie war ich so voller Leidenschaft umarmt worden, war noch nie so scharf und erregt gewesen in einer solch unromantischen Situation, aber nichts daran störte, denn Races Berührungen waren absolut magisch. All das hier zwischen ihm und mir schien einfach passieren zu *müssen*.

Ich knabberte an seiner Unterlippe, strich mit meiner Zunge über seine und saugte ihn in mich auf. Ich griff in sein seidenes Haar und versuchte zu vermeiden, mich an seiner Erektion zu reiben, die größer und größer wurde, wie ich spürte, da ich ohne jede Hemmung auf seinem Schoß saß. Eigentlich war ich weder eine Sexgöttin noch ein Mauerblümchen. Ich war ein ganz normales Mädchen mit normalen Bedürfnissen, doch irgendwas an diesem Kerl verdrehte mir den Kopf, ließ das Blut in meinen Adern pulsieren. Ich wollte Dinge tun und sagen, an die ich vorher nicht mal im Traum gedacht hatte. Das war das Gefährliche an Race: Er weckte in mir Wünsche, nach denen ich mich nicht sehnen wollte und sollte.

Er unterbrach meinen ausgehungerten Kuss, und wir schauten uns lustvoll an. Wir keuchten beide wie nach einem Marathonlauf, und die Reaktionen unserer Körper aufeinander waren mehr als deutlich. Ich war feucht und über alle Maßen erregt, er war steinhart und startbereit. Ich glaube, wir warteten nur darauf, dass der andere grünes Licht gab. Ich lag nackt auf ihm und überlegte, wie ich noch begehrenswerter sein könnte. Da ließ er plötzlich einen seiner Fingerknöchel über mein Schlüsselbein bis zur Mitte meiner Brust hinuntergleiten. Mein Herz tat einen Sprung; meine Brustwarzen zogen sich schmerzhaft und zugleich bereitwillig zusammen, waren sie doch zweifelsohne sein Ziel.

Ich hauchte seinen Namen, umfasste seinen Kopf fester und bereitete mich auf das vor, was da kommen würde. Sein Mund auf mir ... überall auf meiner Haut ... Oh ja! All die Erregung, die Lust und die Begierde, die zwischen meinen Beinen pochte, kamen jedoch zum Stillstand, als auf einmal irgendwo in dem Stapel zerfetzter und blutiger Kleidung, die ich auf den Boden geworfen hatte, mein Telefon klingelte. Race war gut, sehr gut, und ich war erregter, als ich es wohl jemals zuvor in meinem Leben gewesen war, aber der Klingelton war der, den ich Karsen zugewiesen hatte, und mir wurde blitzartig klar, dass ich seit Stunden hätte zu Hause sein müssen. Ich hatte niemandem erzählt, was passiert war oder wo ich war. Ein Anruf von ihr so spät, wo sie doch am nächsten Morgen zur Schule musste, konnte nichts Gutes bedeuten.

Ich krabbelte so schnell von Races muskulösem Körper herunter, dass sein Kopf mit einem dumpfen Geräusch gegen die Wand prallte. Hastig durchwühlte ich den Klamottenberg, bis ich mein Handy fand. Ich zog das T-Shirt an, das auf dem Waschtisch lag, und verließ das Bad.

„Karsen?“

„Brysen, kommst du bald nach Hause?“ Die Stimme meiner Schwester klang unsicher und zittrig; ich wollte mich ohrfeigen.

Über die Schulter schaute ich zu Race, der mir in das winzige Wohnzimmer gefolgt war. „Ja, mach ich. Nach der Arbeit kam mir was dazwischen, und dann habe ich die Zeit vergessen. Ich bin in zwanzig Minuten da. Wieso bist du noch auf?“

Ich hörte sie seufzen und dann schnüffeln, als weinte sie – ich verfluchte mich im Stillen.

„Mom kam vor einer Weile aus ihrem Zimmer und wurde aus irgendeinem Grund wütend auf Dad. Er schloss die Bürotür ab, und sie lief in die Küche und begann, Sachen durch die Gegend zu werfen. Sie kreischte und schrie, dass niemand in der Familie sie mögen würde und dass sie einfach verschwinden könnte, ohne dass wir es mitkriegen würden. Sie hat das ganze Geschirr zerdeppert. Ich ging hinein und sagte ihr, dass ich aufräumen würde, und sie schrie mich an, ich sei eine nutzlose Nervensäge."

Jetzt fluchte ich laut und zog so fest an meinen Haaren, dass es wehtat. „Geh in dein Zimmer, und bleib da. Ignoriere sie, Karsen. Sie hat bloß wieder eine ihrer Launen." Bestimmt war das durch Wodka oder etwas anderes befeuert worden, aber das war keine Entschuldigung. Meine kleine Schwester hatte es nicht verdient, zur Zielscheibe dieser ungerechtfertigten Wut zu werden.

Sie wimmerte leise und atmete tief durch. „Entschuldige, du solltest nicht nach Hause hetzen, um dich darum zu kümmern."

Ich schüttelte den Kopf. Es gab ja niemanden sonst, der das übernehmen konnte. Ich tat mein Bestes, um das Haus trocken zu halten, damit Mom keinen Alkohol in die Finger bekam, der in ihren Händen die gleiche Wirkung wie eine geladene Waffe hatte. Aber sobald ich mich mal umdrehte, wurde ich überlistet, und die nächste Flasche Wodka tauchte auf. „Bis gleich."

Ich legte auf, drehte mich um und bemerkte, wie Race mich neugierig betrachtete. All das düstere und lüsterne Schwarz in seinen Augen hatte sich hinter ein frisches Kiefergrün zurückgezogen, und sein bohrender Blick ließ kein Entkommen zu. Ich nahm die Jogginghose, die er mir hinhielt, auch wenn Dovie wesentlich kleiner war als ich. Aber ich musste meine frischen Wunden so gut wie möglich verbergen. Ich wollte Karsen keinen weiteren Grund liefern, um durchzudrehen.

„Ich muss nach Hause, Race."

Er neigte den Kopf ein wenig und fuhr sich durch sein zerwühltes Haar. Am liebsten wollte ich seufzen und mich wie eine Katze an ihm reiben. „Ich folge dir."

Ich biss mir auf die Lippe und kämpfte dagegen an, das Angebot automatisch abzulehnen. Dass er mich begleiten wollte, gab mir das Gefühl, dass das hier mehr war als eine Beinahe-Affäre.

Er zog eine Augenbraue hoch und schritt zur Couch, wo sein Hemd lag. „Jemand hat vor ein paar Stunden versucht, dich zu überfahren, Bry. Glaubst du im Ernst, ich lasse dich jetzt allein?"

Ich wollte ihm sagen, dass ich das sehr zu schätzen wusste, dass schon lange niemand mehr auf mich aufgepasst hatte – viel länger, als ich mir eingestehen wollte. „Danke, Race."

Er sagte nichts weiter, wartete nur darauf, bis ich fertig war, und führte mich danach aus dem Loft in den Teil der Garage, in dem all die Autos standen. Ich hatte nicht besonders viel übrig für Technik, aber selbst mir fiel auf, dass etwas gänzlich anderes als normale Autoreparaturen unter dem Ort stattfanden, den Race sein Zuhause nannte.

Wir gingen raus, und ich musste zugeben, dass ich überrascht und erfreut war, den BMW hier in einem Stück und unversehrt vorzufinden. „Es muss toll sein, Knechte zu haben."

Er öffnete mir die Fahrertür und wandte mir sein Grübchen zu. Dieses Grübchen würde noch mein Untergang sein, das wusste ich genau ... und meine Vagina auch. „Auf einen Günstling mehr oder weniger kommt es nicht an. Wirklich toll ist es, die Autorität und die Macht zu haben, Dinge umzusetzen."

Über den Türrahmen hinweg schaute ich Race an und blinzelte. „Ist das der Grund, warum du das alles machst? Die Macht?"

Ich wollte ihn fragen, wie er sich überhaupt wohlfühlen konnte in einer Funktion, in der Menschen mit Waffen auf ihn zielten und in der er höchster Gefahr ausgesetzt war. Er wirkte nicht wie ein Kavalier. Hinter diesen waldgrünen Augen und unter all dem herrlichen Haar auf seinem Kopf arbeitete einfach zu viel.

Das Grübchen vertiefte sich ein wenig. Er stieß sich vom Auto ab, wodurch ich das Spiel seiner Muskeln beobachten konnte, und in meinem Bauch kribbelte es. „An einem Ort wie diesem gibt es nicht allzu viele gute Menschen. Das heißt, unter der Oberfläche passieren eine Menge mieser Sachen, die von vielen bösen Menschen gemacht werden. Ich bin kein schlechter Kerl, Brysen, aber ich bin auch kein guter. Ich habe gerade genug von beidem in mir, um zu verhindern, dass die schlimmen Dinge überhandnehmen und die wenigen guten Menschen infizieren, die es an diesem gottverlassenen Ort noch gibt. Deshalb tue ich das, was ich tue."

Ich schluckte und versuchte mir einzureden, dass es mir egal war. War es aber nicht.

Er grinste mir zu und ging zu seinem protzigen Auto. „Abgesehen davon, irgendjemand muss ja schließlich dafür bezahlt werden, also warum nicht ich? Ich habe keinen Treuhandfonds mehr."

Da waren sie wieder. Die beiden Seiten von ihm, die ihn so unberechenbar machten und ich in meinem Kopf einfach nicht zusammenbekam. Selbstlos und uneigennützig und dann arrogant und gedankenlos, was seine aktuellen Lebensumstände betraf.

Ich stieg in meinen Wagen und wartete darauf, dass er das große Metalltor öffnete, damit ich die Garage verlassen konnte. Es war ein seltsamer Ort, an dem er hier lebte. Es war ein Industriegelände, eher eine Festung als ein Zuhause, und das mitten in The Point, was ihm automatisch eine dreckige, postapokalyptische Atmosphäre verlieh. Zu all seinem Getue, nicht zu dieser Gegend zu gehören, verströmte Race einen Hauch von Reichtum und Raffinesse, der ein Bestandteil seiner Herkunft war. In einer Wohnung zu leben, die nicht mal richtig möbliert war und nichts an sich hatte, um einladend oder gemütlich zu wirken, sprach dafür, dass auch bei ihm mehr dahintersteckte. Wären meine eigenen Lebensumstände nicht so chaotisch, würde ich bestimmt unverhältnismäßig viel Zeit darauf verwenden, die tiefere Botschaft hinter seinen Entscheidungen aufzudecken.

Die Fahrt aus der Stadt ging schnell, was vor allem daran lag, dass ich es eilig hatte und mich sorgte, was wohl zu Hause passierte, aber auch ein bisschen damit zu tun hatte, dass ich unbewusst versuchte, den Mann im roten Sportwagen hinter mir abzuhängen. Ich wusste, dass die Ereignisse im Bad mich noch lange beschäftigen würden; und ich wusste auch, hätte Karsen nicht angerufen und uns unterbrochen, hätten Race und ich unsere Beziehung auf eine fundamental andere Stufe gestellt.

Im Haus war kein Licht zu sehen, als ich in die Auffahrt fuhr. Nachdem ich mir einen langen Moment gegönnt hatte, um mich zu sammeln, fand ich einen langärmligen Pulli auf dem Rücksitz, mit dem ich meinen Arm bedeckte, und kletterte aus dem Auto. Ich winkte Race zu und hoffte, er würde weiterfahren, aber er hielt an und stieg aus, in der Hand das neue MacBook. Mist! Den Computer hatte ich total vergessen.

Er gab mir keine Chance, irgendetwas zu sagen, sondern drückte mir den leichten Laptop in die Hände, presste anschließend seine Lippen auf meinen geöffneten Mund und erklärte: „Halt die Augen offen, und achte auf alles, was irgendwie seltsam ist, bis ich rausgefunden habe, wer es sein könnte, der dir Ärger macht. Leite jede weitere beschissene SMS an mich weiter, und schau dir die Notizen an, die ich gesichert habe. Ich habe sie neu sortiert. Keine Ahnung, wer dieses Seminar leitet, aber er scheint ein Vollidiot zu sein und hätte nie eine Festanstellung erhalten dürfen.“

Ich konnte nichts anderes tun, als ihn mit großen Augen anzustarren.

Er drehte sich auf dem Absatz um und ging zu seinem Mustang zurück.

„Race …“ Ich murmelte seinen Namen, woraufhin er mich über seine breite Schulter hinweg anschaute. Ich wusste nicht, was ich sonst noch zu ihm sagen sollte, also lächelte er mich an, und ich schüttelte nur den Kopf.

„Da“, meinte er und zeigte mit dem Finger auf sich und mich, während er die Autotür öffnete, „passiert etwas. Vielleicht nicht jetzt, weil es kein guter Zeitpunkt für dich ist, und vielleicht nicht später, weil ich eventuell nicht mehr so lange hier sein werde. Aber eines Tages, früher oder später, wird es geschehen. Sei darauf gefasst, Brysen.“

Wie konnte man denn auf so etwas gefasst sein? Als ich ins Haus rannte, hörte ich den Motor aufheulen. Ich knallte die Haustür zu und lief in die Küche, während mich die unterschiedlichsten Gefühle derart beschäftigten, dass ich sie fast wie etwas Süßes oder Saures auf der Zunge schmecken konnte.

Meine Mutter hatte nicht nur all unser Geschirr zerschmettert, sie hatte auch alles aus dem Kühlschrank gerissen und seinen Inhalt auf dem Boden und den Ablageflächen verteilt. Alle Schränke waren leer. Das Wasser in der Spüle lief, und es sah aus, als hätte sie den gesamten Behälter mit Spülmittel auf den Fußboden gekippt. Es war ein einziges Chaos, ein Albtraum, der vermeidbar und überflüssig war, so wie mein derzeitiges Leben. Ich wollte etwas treten – genauer gesagt meine Eltern –, aber das würde ja keinen Unterschied machen. Also biss ich die Zähne zusammen und ging nach oben, um das teure Geschenk von Race auf mein Bett zu legen und nach meiner Schwester zu sehen. Es würde Stunden dauern, die Küche aufzuräumen; darum konnte ich mich allerdings erst kümmern, nachdem ich nach meiner Mutter geschaut und meinem Vater den Arsch aufgerissen hatte. Nicht dass irgendwas davon nützen würde. Nichts schien sich je zu ändern.

Leise klopfte ich an Karsens Tür und wartete auf eine Antwort. Ich hoffte, dass sie zu Bett gegangen war und die Szene mit Mom vergessen hatte, aber so viel Glück hatte ich nicht. Tatsächlich hörte ich, wie schließlich innen der Schlüssel umgedreht wurde. Sie war so verängstigt, dass sie sich in ihrem Zimmer eingeschlossen hatte.

„Hey", sagte ich, als sie aufmachte. „Geht es dir gut dadrinnen?"

Ihre großen braunen Augen waren so weit aufgerissen, dass ihr Gesicht an eine Comicfigur erinnerte. „Ich bin froh, dass du zu Hause bist. Hast du die Küche gesehen?"

Ich nickte, streckte die Hand aus und strich durch ihr weiches Haar. „Ja, mach dir keine Sorgen, kleine Elfe. Ich mach das weg."

Langsam bewegte sie den Kopf von einer Seite zur anderen, ihre Unterlippe zitterte. „Dad hat das alles einfach ignoriert, Brysen. Er hat die Tür zum Büro zugemacht und hat sie geifern und wüten lassen, als wäre nichts. Ich habe ihn angeschrien, mir zu helfen, aber er hat gar nicht reagiert."

Natürlich nicht. Hinter seiner verschlossenen Tür war er viel zu sehr damit beschäftigt, so zu tun, als hätte er nicht den geringsten Anteil an dem steten Niedergang in diesem Haus. Dabei wussten wir alle, dass der Schnaps ja irgendwie durch die Vordertür hereinkommen musste. Er war geradezu ein Meister darin, diesen Teil des Verfalls seiner Familie komplett auszublenden.

„Ich glaube, es ist schwierig für ihn", erwiderte ich. „Es dauert halt seine Zeit, sich an eine neue Form des Zusammenlebens zu gewöhnen." Das war völliger Quatsch, aber ich betete, dass Karsen mich lieb genug hatte, um mir das durchgehen zu lassen.

„Wie lange denn noch? Es dauert doch schon ewig." Sie rannte offene Türen ein. Ihr kam es ewig vor, und dabei schirmte ich sie gegen die schlimme Realität ab. Sie hatte ja keine Ahnung, wie lang sich dieses vergangene Jahr für mich anfühlte.

„Alles wird gut, Karsen. Mach deine Hausaufgaben, kümmere dich um die Schule, damit du Jahrgangsbeste wirst und ein Stipendium fürs College kriegst. Wenn du erst da draußen in der richtigen Welt bist, wird dir alles, was hier passiert, zweitrangig erscheinen, und du kannst dich endlich darauf konzentrieren, dein Leben so zu gestalten, wie du es möchtest." Ich wich einen Schritt zurück und lächelte sie traurig an.

Karsen ergriff mein Handgelenk. Ein Teil der Traurigkeit verschwand aus ihren kaffeefarbenen Augen, und sie grinste mich an. „Also, wer war der Typ?“

Puh ... Ein Blick aus dem Fenster, und sie hätte zuschauen können, wie Race mich geküsst hatte.

„Ach, bloß so ein Kerl.“

„Ist er das, was dir nach der Arbeit dazwischengekommen ist?“, fragte sie weiter.

Oh, „gekommen“ war ein gutes Stichwort. Ich brauchte noch eine Dusche, diesmal allerdings eine kalte, um wenigstens den Hauch einer Chance zu haben, heute Nacht einzuschlafen.

„Mein Rechner hat den Geist aufgegeben, und er hat versucht, ihn zu reparieren“, erklärte ich. „Erinnerst du dich an Dovie? Er ist ihr Bruder.“

Karsen machte das „Ausgeschlossen“-Gesicht, das jeder machte, wenn ich die Beziehung zwischen Dovie und Race erwähnte, und meinte: „Er sieht gut aus.“

„Sehr gut.“ Das konnte ich nicht abstreiten. „Er ist außerdem sehr kompliziert und herrisch, und ich habe null Zeit dazu, ihn zu ergründen. Jetzt werde ich mal bei Mom reinschauen, also mach dich bitte fertig, und geh ins Bett.“

Sie ließ meinen Arm los und sagte so leise, dass ich sie kaum verstehen konnte: „Danke, dass du nach Hause gekommen bist.“

Ich wusste, sie meinte damit nicht nur heute.

Ich spürte, wie meine Schultern ein wenig absackten und sich in meiner Brust ein weiterer Seufzer ankündigte. Es war nicht so, als hätte ich eine Wahl. Es gab immer noch ein Chaos mehr zu beseitigen, und es sah beim besten Willen nicht so aus, als würde das bald aufhören.

6. KAPITEL

Race

Ich konnte ums Verrecken nicht einschlafen. Nicht mit Brysens Geschmack auf meiner Zunge und mit dem Bild des Autos, das in Zeitlupe auf sie zuraste, vor meinem inneren Auge. Ich war von Natur aus ein Zahlenmensch und hasste es, wenn die Dinge nicht zusammenpassten. Wie konnte ein unschuldiges Mädchen, eine College-Studentin ohne jegliche Verbindung zu Skandalen oder Gefahren, plötzlich inmitten einer bedrohlichen und beängstigenden Situation gefangen sein? Das ergab keinerlei Sinn für mich, und ich konnte es ganz und gar nicht leiden, nicht zu verstehen, warum etwas so war, wie es war.

Der Duft von starkem Kaffee wehte zu mir und kribbelte in meiner Nase. Mein rechter Arm lag über meinen Augen und ich unbequem auf der Couch; so knackte ich für gewöhnlich weg. Ich hatte niemanden die Treppen hinaufkommen gehört, aber die Einzigen, die sich erlauben konnten, mein Heiligtum zu betreten, waren meine Schwester und Bax.

Stöhnend setzte ich mich auf und streckte mich, um die Verspannung wegzukriegen, die zu einer festen Kugel zwischen meinen Schulterblättern geworden war. Verwundert und überrascht stellte ich fest, dass mein Besucher keine der beiden Personen war, die ich erwartet hätte. Ich fuhr mir durchs Haar, das mir ungebändigt vom Kopf abstand, und gähnte so stark, dass mein Kiefer knackte.

„Was machst du denn hier, Titus?“

Der Cop sah meinem besten Freund sehr ähnlich, und es war offensichtlich, dass die beiden Brüder waren. Titus war größer, und seine Augen waren blau statt mitternachtsschwarz, aber er hatte die gleichen harten, wie aus Stein gemeißelten Gesichtszüge, die gleichen stets hängenden Mundwinkel und das gleiche schwarze Haar. Titus war Ende zwanzig, wirkte jedoch ein wenig älter und außerdem ständig müde. An seiner Schläfe war sein Haar sogar weiß; diese kleine Stelle war nach dem verhängnisvollen Showdown mit Novak entstanden. Hier Bulle zu sein war ein undankbarer Job, der anscheinend schwer auf seinen ohnehin schon strapazierten Schultern lastete.

„Was machst du hier, Race?" Er kam aus der kleinen offenen Küche und reichte mir eine Tasse mit dampfendem Kaffee.

Ich musterte ihn mit gerunzelter Stirn. Anstatt seine Frage zu beantworten, gab ich zurück: „Habe ich dich das nicht gerade gefragt? Wie bist du hier reingekommen?"

Er schnaubte verächtlich und setzte sich auf das einzige Möbelstück in dem kargen Raum. „Bax ist gut, was Einbrüche betrifft, aber ich bin besser. Möchtest du mir weismachen, dass du Papiere für jedes der Autos hast, die da unten in der Garage und auf dem Parkplatz stehen?"

Ich grinste ihn an und warf mich wieder auf die Couch, sodass ich mit den Kissen meinen Nacken stützen konnte. „Sollte ich das? Ist denn irgendeins von denen als gestohlen gemeldet?"

Für einen langen und angespannten Moment starrten wir uns an, denn er wusste, dass es nicht so war. Das blühte dir eben als Zocker: Meine Kunden steckten so tief in der Scheiße, dass es für sie leichter war, mir den Wagen einfach zu überlassen, statt zu versuchen, ihn zurückzukriegen. Das Laster gewann immer, und ich konnte stets kostendeckend arbeiten.

Titus grummelte und kniff leicht die Augen zusammen. „Weißt du eigentlich, was du tust, Race? Wie tief willst du dich da noch reinreiten? Und wenn die Sache schieflaufen sollte, glaubst du, du kannst es machen wie Bax? Fünf Jahre Knast und Dovie allein da draußen. Hast du jemals darüber nachgedacht, wie das hier ausgehen könnte, Race?"

Ich nahm einen Schluck Kaffee und zuckte mit den Schultern. „Dovie wird nicht allein sein, solange Bax da ist. Und ich habe eins schmerzvoll erfahren müssen: Auch wenn ich einen perfekt durchdachten Plan haben sollte – The Point macht mir jedes Mal einen Strich durch die Rechnung. Ich bin bereit, so tief wie nötig da reinzugehen, um Leute wie Novak davon abzuhalten, an die Spitze zu kommen."

„Heißt das nicht, dass du riskierst, wie er zu werden, Race?"

Das war genau das, wogegen ich Tag für Tag ankämpfte. Wie ich bis zu den Ellbogen in der Scheiße wühlen und meine Hände schmutzig machen konnte, ohne meinen Charakter zu verändern.

„Ja, aber das Risiko muss ich eingehen", erwiderte ich.

„Du weißt, dass der Prozess gegen Novaks Bande bald startet, oder? Was für Zeugen wollt ihr sein? Bax frisiert immer noch Autos, du steuerst ein kriminelles Imperium, und Nassir ist so schmierig, dass nur ein Idiot ihm glauben würde. Was passiert, wenn Benny und die anderen davonkommen und die Stadt zurückhaben wollen?"

Ich begriff, was er meinte. „Dann müssen sie sich die von uns zurückholen, und zwar Stein für Stein."

Wieder starrten wir uns wortlos an.

Sein Brustkorb hob und senkte sich unter einem tiefen Seufzer. „Bax in den Knast zu stecken hat mir gewaltig gestunken, Race, aber ich habe es getan. Ich hoffe, dir ist klar, dass nur ein Fehltritt, ein Fehler ausreicht und ich dann das Gleiche mit dir mache, ohne dass es mir leidtut."

Das wusste ich. Damit rechnete ich. Zu wissen, dass ein moralischer, anständiger Mann mich dauernd im Blick hatte, war eine meiner Absicherungen, um meine Seele davor zu bewahren, Schaden zu nehmen bei den Dingen, die ich tat.

„Schön und gut. Aber warum bist du wirklich hier?", wollte ich nun wissen.

Titus stellte den Kaffee vor sich auf dem Boden bei seinen Füßen ab, da ich nicht mal zivilisiert genug war, um mir so etwas wie einen Beistell- oder Couchtisch für das Loft zu besorgen. Er richtete sich zu seiner ganzen beeindruckenden Größe auf und schlenderte in den Küchenbereich. Mit einem braunen Hängeordner, den ich noch nie gesehen hatte, kam er zurück.

Er warf ihn mir in den Schoss und zeigte drauf. „Kennst du irgendeinen der Typen?"

Verdutzt schaute ich ihn an. Ich stellte meine Kaffeetasse zwischen meine nackten Füße und schlug den Ordner auf. Ein heftiger Schauer durchfuhr mich, und mir stieg Galle bis in den Rachen hinauf, als ich das erste Bild sah, das zuoberst auf dem Stapel lag. Es zeigte einen zerschundenen und verkrümmten Körper. Der Hals war in einem unnatürlichen Winkel abgeknickt, die Haut mit blauen Flecken und Leichenflecken übersät. Ich musste ein paarmal die Augen zukneifen, um mich gegen den plötzlichen Schwindel zu wehren, und atmete mehrfach tief durch, bevor ich mich dem zweiten Bild widmen konnte. Auch auf diesem war ein Mensch zu sehen, der stark misshandelt worden und brutalen Schlägen ausgesetzt gewesen war. Ein blutiges Loch klaffte zwischen den toten starren Augen. Ich betrachtete die Fotos und überlegte dabei, ob es besser war, zu lügen oder die Wahrheit zu sagen. Da es sich um Titus handelte, war es ziemlich wahrscheinlich, dass er bereits die Antwort auf die Frage kannte, die er mir gestellt hatte.

Also erklärte ich: „Der Typ mit dem gebrochenen Genick ist ein Junge, der sich vor einer Woche bei einem Football-Spiel der Texas-A&M-Uni verzockt hat. Als ich das Geld einsammeln wollte, verlor er die Nerven und zog auf einer gut besuchten College-Party eine Knarre. Ich bin abgehauen, bevor die Bullen da waren. Der zweite Typ hat Honor im Spanky's begrapscht. Das Letzte, was ich von ihm gesehen habe, war, dass Chuck ihm eine sehr deutliche Lektion erteilt hat, warum das eine schlechte Idee gewesen ist. Als ich gegangen bin, hat er noch geatmet. Er hat geblutet, und ihm fehlten einige Zähne, aber er hat definitiv geatmet."

Ich legte die grausamen Bilder beiseite und sah mir die Akte darunter an. Beide Männer waren im Abstand weniger Stunden gefunden worden, beide hinter unterschiedlichen Clubs, die Nassir in Lagerhäusern betrieb.

Ich pfiff leise durch meine Vorderzähne und bemerkte, dass Titus' blaue Augen starr auf mich gerichtet waren. „Du glaubst doch nicht, ich hätte irgendwas damit zu tun?"

Es klang wie eine Frage, war aber eigentlich eine Feststellung. Wenn er der Meinung gewesen wäre, dass ich etwas damit zu tun hatte, wären Handschellen Teil dieses Gesprächs gewesen, nicht Kaffee.

„Nein, aber ich wusste von der Pistole und der Party", antwortete er. „Der Kerl aus dem Club kam an und wollte Anzeige erstatten, doch wir haben uns nur das Gesicht der Tänzerin angeschaut und ihn weggeschickt. Außerdem mag Nassir so einiges sein, blöd ist er allerdings nicht. Zwei Leichen hinter seinen eigenen Läden zurückzulassen – das würde er nie tun. Nein, was mir das sagt, ist dies: Da möchte euch jemand eine Botschaft zukommen lassen ... Eine, auf die ihr besser hört. Ein paar Autos verschwinden, ein bisschen Geld wechselt den Besitzer, über all das kann man leicht hinwegsehen. Doch wenn Menschen sterben und Leichen herumliegen, können wir das sehr schwer ignorieren."

Ich nickte wie betäubt und rieb mir den Nacken. „Irgendeine Idee, wer so eine Botschaft schicken könnte?"

Er zuckte mit den Schultern. „Nein. Jemand, der die Grenzen austesten möchte, die du mit Nassir festgelegt hast? Jemand, der euch beide aus dem Weg räumen will? Jemand, der neidisch auf euch ist und meint, euch eine Falle stellen zu können? An diesem Ort gibt es viel zu viele Verdächtige, als dass man sie alle aufzählen könnte. Sieh also lieber zu, dass du das Spiel gewinnst."

Na ja, zu verlieren war sowieso keine Option, ich spielte immer auf Sieg. Ich erhob mich und streckte die Arme über den Kopf. Als ich meine Wirbelsäule tief unten knacken hörte, stöhnte ich laut auf.

Titus schaute mich an. „Wieso lebst du eigentlich ausgerechnet hier?"

„Weil ich mich hier wohlfühle."

Niemals würde ich in die palastartige Villa zurückkehren, die meine Eltern in The Hill besaßen. Ich wollte nicht so tun wie Bax und Dovie, als hätten meine Taten einen Platz in einer ruhigen Vorstadt, und in einem heruntergekommenen Apartment zu wohnen war auch nichts anderes, als im Loft zu pennen. Und die Sicherheit war hier höher.

„Wie kannst du dich wohlfühlen?", fragte Titus. „Du hast ja nicht mal Möbel. Was machst du, wenn du ein Mädchen mit nach Hause bringst? Sagst du ihr: ‚Gib mir fünf Minuten, dann habe ich das Gummi drüber und aus der Couch ein Bett gemacht!'? Nicht mal du machst so viel Beute, mein hübsches Kerlchen."

Er täuschte sich. Ich hatte mehr als genug Beute, die mir das und alles andere, was ich wollte, abkaufte. Das Problem war eher ein anderes: Schon viel länger, als ich mir eingestehen wollte, hatte sich keine mehr hierhin verirrt, an der ich so viel Interesse gehabt hätte, um ihr irgendwas verkaufen zu wollen. Bis auf Brysen, und bei ihr brauchte ich kein Bett, brauchte eigentlich gar nichts, um in Stimmung zu kommen. Allein das Zittern ihrer Wimpern und ihr hübscher Schmollmund genügten, und ich war blitzartig zu allem bereit. Hätte ihr Telefon gestern nicht geklingelt, wäre die Chance groß gewesen, dass ich meinen Badezimmerboden auf spektakulärste Art und Weise eingeweiht hätte.

Ich schnaubte und griff nach den Jeans, die ich letzte Nacht achtlos weggeworfen hatte. „Warum kümmert es dich, wo ich penne? Bax macht auf Familie, hat ein gutes Leben und ein gutes Mädchen. Willst du mich zu deinem Lieblingsprojekt machen, nachdem dein Bruder jetzt alles im Griff hat?"

Er fluchte in meine Richtung und lief zu dem Durchbruch, der zu dem Flur über der Garage führte. Über die Schulter hinweg sah er mich finster an. „Du bist kein schlechter Kerl, Race. Dein Leben ist beschissen gelaufen; das ist bei uns allen nicht anders.

Ja, es hatte mit den Entscheidungen zu tun, die du getroffen hast. Ich verstehe, dass du getan hast, was du meintest, tun zu müssen, um deine Schwester zu beschützen. Allerdings frage ich mich, wie lange sich ein Typ die Hände schmutzig machen und dabei behaupten kann, ein sauberes Leben führen zu wollen."

Darauf wusste ich keine Antwort. Wie Titus war ich mir ebenfalls nicht sicher, ob das möglich war, doch ich würde mein Bestes geben, um es hinzukriegen. „Ich wasche mir immer die Hände, wenn ich nach Hause komme, Titus."

Ihm entfuhr ein bitteres Lachen. „Ich wünschte, es wäre so einfach."

Ich begleitete ihn bis ans Ende der Treppe. Einem plötzlichen Gedanken folgend, fragte ich: „Was würdest du tun, wenn eine Freundin von dir möglicherweise gestalkt würde?"

Er blieb stehen und drehte sich zu mir um. „Wieso denkst du das?"

„Sie kriegt seltsame SMS, und letzte Nacht hat jemand sie mit dem Auto ins Visier genommen. Sie ist ein ganz normales Mädchen. Geht zur Uni, lebt in der Vorstadt in der Nähe von Dovie und Bax. Sie wohnt sogar noch bei ihren Eltern. Das ist kein Mädchen, das sich bedroht und eingeschüchtert fühlen sollte. So etwas hat keinen Platz in einem Leben, wie sie es führt."

Titus wirkte besorgt. „Gibt es einen gekränkten Ex, oder hast du irgendwas anderes, wo du ansetzen könntest?"

Ich zuckte mit der Achsel. Keine Ahnung, ob der gekränkte Assistent oder eine Legion verschmähter Verehrer wirklich so überdreht waren, dass sie gefährlich werden konnten. „Ich weiß es nicht. So ein Typ, der mir ein paar Gefallen schuldet, hat gerade ein Auge auf sie, aber das passt mir nicht. Irgendetwas stimmt da nicht, und das heißt, dass es mich so lange nerven wird, bis ich alles rausgefunden habe."

„Du musst auf dich selbst aufpassen. Bring ein hübsches Mädchen ins Spiel, und jeder erkennt deine Schwäche aus einer Million Kilometern Entfernung. Frag mal meinen Bruder."

„Ich weiß nicht, Titus. Bax hat sich mit Dovie eingelassen und war plötzlich bereit, es für sie mit der ganzen Welt aufzunehmen. Für mich sieht's eher so aus: Wenn ein hübsches Mädchen ins Spiel kommt, hat ein gefährlicher Mann einen guten Grund, noch gefährlicher zu sein."

Nachdenklich legte er den Kopf schräg. „Mag sein. Wenn du eine konkrete Information hast – einen Namen, eine Nummer, ein Kennzeichen oder ein Auto –, ruf mich an, und ich werde zusehen, dass ich das für dich durch unsere Datenbank jagen kann."

Ich bedankte mich bei ihm und sah ihm hinterher, als er in der Garage verschwand. Mit Sicherheit würde er sich die Kennzeichen sämtlicher Autos einprägen und überprüfen, ob nicht doch irgendeins als gestohlen gemeldet war. Titus war ein guter Kerl, aber vor allem war er Bulle. Ohne handfeste Beweise würde er Bax und mich in Ruhe lassen, aber sollten wir ihm je ein Grund geben, würde er sowohl Bax als auch mich ohne Bedenken hinter Gitter bringen. Und er wäre überzeugt, dass er es nur zu unserem Besten tat.

Ich schleppte mich unter die Dusche des Grauens und beschloss, dass nach einer schlaflosen Nacht voller sexueller Frustrationen heute die Eiswürfel dran waren, nicht das Feuer. So wie mein Nacken knarzte und knackte, war das ein gutes Argument dafür, sich mal zeitnah um ein Bett für die Wohnung zu kümmern. Außerdem war mir völlig klar, dass die Sache mit Brysen weit davon entfernt war, zu Ende zu sein; ich wollte nicht der Trottel sein, der sich in einem Raum an sie heranmachte, der nicht mehr als einen Stuhl, eine Schlafcouch und eine Flasche Scotch im Kühlschrank zu bieten hatte. Sie hatte was Besseres verdient. Ich konnte ihr was Besseres geben, doch was dann? Sie würde gehen, und ich müsste so tun, als würde ich nicht so leben, wie ich es tat – immer auf der Hut, immer zwanzig Schritte im Voraus planen …

Einer der Gründe, warum ich so spartanisch und so frei von Ballast lebte, war, dass ich wusste, wie es sich anfühlte, alles zu verlieren. Ich hatte all den Luxus, all die materiellen Dinge gehabt, die man sich nur wünschen konnte, wenn man ein materialistisches und verschwenderisches Leben führen wollte. Das zu verlieren hatte nicht halb so wehgetan, wie zu realisieren, dass die Familie, die Illusion, die all das bereitstellte, nur Schall und Rauch war. Mein Vater hatte einen Mordversuch hinter sich, und seine Hände waren genauso dreckig wie meine. Meine Mutter ... nun, ich wusste nicht, wie selbstgefällig sie immer noch war, und ich versuchte bewusst, das gar nicht erst herauszufinden. Ich hatte immer noch ein Elternteil, mit dem ich es ertragen konnte, in einem Raum zu sein – nicht dass mein Vater das zulassen würde. Seit er mich enterbt hatte, beschränkte sich mein Kontakt zu ihnen beiden auf einige Ein-Wort-SMS.

Wenn du wenig hattest, schien es nicht so schlimm, das zu verlieren.

Ich machte mich fertig für den Tag, schob mir einen steinharten Bagel in den Mund, um etwas Energie zu tanken, und ging runter auf die Garagenebene. Ich wollte bei Nassir vorbeigucken und hören, was er zu der Sache mit den Leichen meinte. Wenn wir einen gemeinsamen Feind hatten, mussten wir die Köpfe zusammenstecken und rausfinden, wer das war. Außerdem war an diesem Wochenende Fight-Night, und ich wollte wissen, wie die Quoten seiner Kämpfer waren. Nassir ließ nie einfach zwei gleich gute Gegner aufeinander los. Er hatte immer irgendeinen Trick drauf, um die Dinge interessanter zu machen. Und jetzt, da wir Geschäftspartner waren, musste ich diese Tricks lernen, um sicherzugehen, dass die Quoten jedes Kämpfers so viel Gewinn wie möglich brachten.

Unten sprach Bax gerade mit einem der legalen Mechaniker, die für ihn arbeiteten. Das reine Werkstattgeschäft war seit seiner Übernahme zu einem profitablen Projekt geworden. Niemand kannte sich mit alten Muscle Cars so gut aus wie Bax, und die Produkte, die er herstellte, suchten in puncto Qualität ihresgleichen. Eigentlich hatte er es gar nicht nötig, mir daneben noch auszuhelfen, doch ich war froh, dass er es tat.

Er wandte seinen Kopf in meine Richtung, und seine dunklen Augen leuchteten. „Du hast Titus gesehen?“

„Ja. Und jetzt gehe ich los, um mit Nassir zu reden.“

„Glaubst du nicht, dass er dem Typ, der Honor so zugerichtet hat, eine Kugel verpasst haben könnte?“

„Ich weiß, dass er ihm eine Kugel hätte verpassen können, aber ich war dabei, und der Typ lebte noch, als ich ging. Nassir würde niemanden umbringen und einfach aus der Hintertür schmeißen. Er ist kaputt, aber nicht so kaputt. Und der Junge …“ Ich schüttelte traurig den Kopf. „Das war unnötig. Er war bloß ein blöder Sportler, der eine Wette verloren hatte; es gibt keinen vernünftigen Grund dafür, dass so jemand wie er mit gebrochenem Genick in einer Gasse endet.“

„Wer immer dahintersteckt, er meint es ernst. Ich schätze, das ist erst der Anfang.“

„Ich weiß.“

„Kriegst du das in den Griff?“

„Alle fragen mich das, aber ich habe ja keine Wahl. Wenn ich die Sache einfach auf sich beruhen ließe, würde jemand anderes die Stadt übernehmen und sie vermutlich wieder so runterwirtschaften wie Novak. Und wenn ich das täte, würde ich allen recht geben, dass ich nur ein gelangweiltes reiches Kind bin, das Gangster spielt. Allein mein Ego würde das nie zulassen.“

Er lachte in sich hinein. „Ich hab den BMW auf dem Video von der vergangenen Nacht gesehen. Da läuft was zwischen dir und der eisigen Blondine, oder?“

Ich runzelte die Stirn und schlug ihm spielerisch mit der Faust auf die Schulter. „Wenn da was laufen würde, hätte ich jetzt wesentlich bessere Laune, und ich hätte Titus nicht ansatzweise so lange hier sein lassen, wie er es gewesen ist. Sie hat ziemlichen Ärger, und ich will ihr bloß helfen. Hat Dovie jemals erwähnt, dass sie bemerkt hat, dass Brysen Probleme hat?“

Er verzog das Gesicht und rieb sich das Kinn. Das Stern-Tattoo an seinem Auge schrumpelte etwas, während er nachdenklich blinzelte. „Ich glaube nicht. Aber ich höre bei all den Mädchen-Geschichten auch nicht zu. Ich meine, dass sie bei ihren Eltern lebt oder so was. Ziemlich schwer, dabei einen Kerl zu haben, wenn man ihm nicht all das geben kann, worauf er sich freut, wenn er nach Hause kommt."

Ich nickte. Nach dem Telefonanruf letzte Nacht wurde mir jedoch allmählich klar, dass ihre Gründe, bei den Eltern zu leben, ähnlich komplex und tiefgründig waren wie meine, den Finger immer fest am Puls von The Point haben zu wollen. „Stimmt. Keine Ahnung, was genau da los ist, aber ich werde es herausfinden. Du könntest meiner Schwester allerdings sagen, dass ihre Freundin einen unerwünschten Bewunderer hat, und sie bitten, die Augen offen zu halten, wenn sie mit Brysen zusammen ist."

Seine Mundwinkel senkten sich, und seine Augen verdunkelten sich zu einem unheimlichen stumpfen Schwarz. „Wenn Dovie was zustößt, weil jemand es auf ihre kleine Freundin abgesehen hat, werde ich jeden, der damit zu tun hat, vernichten."

Gut. Genau das wollte ich hören.

„Niemand von uns lebt für sich allein, mein Freund. Wir müssen uns alle umeinander kümmern, weil es die anderen einen Dreck schert, ob wir hier lebend rauskommen."

Er knurrte nur zustimmend und wandte sich wieder dem Jaguar zu, dessen Motor er gerade ausbaute. Bax machte nie viel Worte.

Ich ging zum Mustang und fuhr durch die Stadt zu der alten Hundefutterfabrik, in der sich Nassirs Hauptquartier befand. Dies war also der große Club, die große Attraktion für die Kids aus der gesamten Stadt. Der Bau lag versteckt und war schwer zu finden. Es war unmöglich, reinzukommen, wenn man nicht jemanden kannte, und drinnen sah es gänzlich anders aus, als es von draußen schien. Im harten Tageslicht wirkte das Haus genau wie jedes andere abbruchreife Gebäude, das zur Zwangsvollstreckung anstand. Aber abends, wenn die Sonne unterging und die Schurken zum Spielen kamen, war es knallvoll und konnte mit jedem schicken Nachtclub in den Metropolen der Welt mithalten.

In einigen Nächten war es ein Rave, in anderen eine Disco. Manchmal war es ein schmutzig brutaler Fight-Club, dann wieder eine Lasterhöhle voller Sex und Ausschweifungen. Was immer die Massen wollten, was immer die Menschen forderten, Nassir gab es ihnen – und noch einiges mehr. Er war wirklich ein brillanter Geschäftsmann und darüber hinaus ein seelenloses Monster.

Ich ging einige wacklige Stufen hinab, die nicht so schienen, als könnten sie mein Gewicht aushalten. Am Ende war eine riesige Metalltür, die wie unsere Autowerkstatt mit einem PIN-Code-Schloss gesichert war. Ich gab den Code ein und wartete darauf, dass derjenige, der die Sicherheit drinnen überwachte, zustimmte und die Tür öffnete. Die Flure waren leer, es roch nach Schweiß und Sex. Als ob all die schlimmen Dinge, die je in diesem Gebäude stattgefunden hatten, in den Beton gesickert waren und nun den gesamten Bau durchsetzten. Ich passierte eine zweite Sicherheitstür, lief durch die verlassene Werkhalle, die tagsüber einer Industrieruine glich, und stieg hinter der Bar einige schmiedeeiserne Stufen hinauf, die zum VIP-Bereich, also auf die alte Galerie der Fabrik, und zu den hinteren Büros führten, wo Nassir die meiste Zeit des Tages verbrachte.

Der Unterschied zwischen seinem Büro und dem Lagerhaus mit seiner abgewrackten, trostlosen Atmosphäre hätte nicht größer sein können. Das Zimmer war komplett mit rauchgrauen Einwegspiegeln ausgekleidet, die, soweit ich wusste, kugelsicher und schalldicht waren. Die Wand hinter seinem Schreibtisch war mit zahlreichen Monitoren bedeckt; die Sicherheitsmaßnahmen hier reichten beinahe an die in der Autowerkstatt heran. Den Schreibtisch stellte ein schwarz lackiertes Ungetüm dar, das auf dem Boden aus glänzendem Marmor thronte. Nassir war ein protziger Typ, aber er war auch ein tödliches Raubtier. Niemand, der sein Büro betrat, würde annehmen, er sei bloß für ein normales Business-Meeting hier.

Ich ließ mich gegenüber von ihm in einen der beiden Ohrensessel fallen und schaute ihn an, während er mit dem Handy telefonierte. Die dunklen Brauen hatte er zusammengezogen, und sein Haar stand vom Kopf ab, als hätte er es mit den Händen zerwühlt; es lag nicht wie sonst, seinem gnadenlosen Stil entsprechend, ganz platt an. Ich schlug die Beine übereinander, legte meinen Knöchel auf das Knie und klopfte mit den Fingern darauf irgendeinen Takt, während er mich finster betrachtete. Nassir war nicht gut im Umgang mit anderen. Und jetzt, da eine unbekannte Größe mit im Spiel war, könnte ihm unser wackliger Waffenstillstand zu viel werden.

Er redete etwas in einer Sprache, die ich nicht verstand, und schmiss das Telefon mit wesentlich mehr Kraft als nötig auf den Schreibtisch. Dann lehnte er sich in seinem Stuhl zurück und musterte mich mit funkelndem Blick. „Wenn du mich fragst, ob ich den Typen erschossen habe, hau ich dir in die Fresse."

Ich musste grinsen. „Hast du denn eine Ahnung, wer dahinterstecken könnte?"

„Irgendein Tollpatsch offensichtlich. Es war dumm und überflüssig."

„Der Mord an dem Jungen war eindeutig zu viel."

„Der Mord an dem Jungen war ein ziemlich deutliches Statement."

Ich stellte meine Füße wieder nebeneinander und beugte mich nach vorn, die Unterarme auf die Schenkel gestützt. „Was willst du in der Sache unternehmen?"

Er murmelte etwas, das ich nicht so recht verstehen konnte, und fuhr sich durch sein dunkles Haar. „Ich lasse einen meiner Jungs die Sicherheitsbänder von den Außenbereichen beider Clubs durchgehen, um zu checken, ob da irgendwas zu erkennen ist. Wir müssen wissen, nach wem wir suchen, bevor wir entscheiden können, was wir tun."

„In Ordnung." Ich vermutete, dass wir in dieser Sache nicht handelseinig sein würden, aber so weit, so gut. Klar, ich traute Nassir nicht. Aber bis er mir einen Grund gab, an seinem Urteil zu zweifeln, war ich einverstanden damit, die Sache Schritt für Schritt anzugehen. Es war ja logisch. „Dann lass uns mal über die Kämpfe am Freitagabend reden", wechselte ich das Thema.

Sein bonbonfarbener Blick wurde scharf, seine Mundwinkel verzogen sich. „Was gibt's da zu reden? Ich habe Fight-Nights veranstaltet, seit du der Herrscher der Straße bist. Das ist doch nichts Neues."

„Stimmt. Doch inzwischen bestimme ich die Quoten, und deshalb würde ich gern wissen, welchen Trick du anwenden willst, damit du einen garantierten Gewinner hast. Wenn du falschspielst, muss sich das in den Quoten niederschlagen."

„Auf diese Art verdient man kein Geld, Race."

„Nein, aber so hält man die Wetten sauber."

„Wen interessiert schon eine saubere Wette?"

Ich drückte den Daumen auf meinen Brustkorb. „Mich."

Seine Miene verfinsterte sich noch mehr, und für einige angespannte Sekunden starrten wir uns stumm an.

„Das ist naiv und dämlich. Darum geht es in dieser Partnerschaft doch gar nicht", sagte er schließlich.

„Hör zu, ich habe zugesehen, wie du meinen besten Freund in den Ring geschickt hast, um gegen Typen zu kämpfen, die mit Drogen vollgepumpt waren; Typen, die Messer am Leib trugen und um ihr Leben kämpften, weil du ihnen gedroht hattest, sie oder ihre Liebsten umzubringen, sollten sie verlieren. Ich habe in der Sache nie was unternommen. Wenn du den Kampf zugunsten eines bestimmten Kämpfers beeinflussen möchtest, ist das dein Ding. Wir wissen beide, dass das Publikum so was liebt. Aber wenn es ums Geld geht, gibt es nur saubere Wetten, die auf echten Quoten basieren. Die Auszahlungen werden höher sein, aber die Einsätze auch. Da kannst du mir vertrauen."

Er wollte nicht nachgeben, das war mehr als offensichtlich. Sogar seine Haltung drückte das aus. Aus irgendeinem Grund hatte er jedoch beschlossen, dass es leichter war, mit mir zu arbeiten, anstatt ständig gegen mich zu sein. Also nickte er kurz. „Kenmore geht mit einem heilenden Kreuzbandriss rein. Er hält sich für fit genug für den Ring, aber die Gegenseite weiß von seiner Verletzung und wird ihr Bestes tun, um davon zu profitieren. Andererseits solltest du einen Kerl wie Kenmore nicht unterschätzen. Er kämpft, weil er es liebt, nicht des Geldes wegen."

Das bedeutete, dass die Quoten zugunsten des anderen Kämpfers gedreht werden mussten. Falls Kenmore trotzdem ein Sieg gelingen sollte, wären die Auszahlungen an diejenigen enorm, die mutig genug waren, auf den Underdog zu setzen.

„Verstanden. Wir sehen uns Samstag." Ich stand aus dem Sessel auf und wollte gehen. Als ich die Tür erreichte, rief er mich zurück, und ich drehte mich noch einmal um.

„Race, ich weiß, dass du hier dabei bist. Aber bist du auch drauf vorbereitet, dass eventuell Blut fließen könnte?"

Wie gesagt, ich wusste nicht wirklich viel über Nassirs Vergangenheit, nur dass er ungefähr zum selben Zeitpunkt auf der Bildfläche erschienen war, als Bax und ich mit Novak ins Geschäft gekommen waren. Im Wesentlichen hielt er The Point durch Entertainment am Leben, tat den richtigen Leuten Gefallen und machte Dinge möglich, die niemand anders hinkriegte. Ich hatte nie beobachtet, dass er die Hand gegenüber einem anderen erhoben hätte, hatte nie erlebt, dass er auch nur einen Finger bewegt hätte, um jemanden zu verletzen. Doch er hatte etwas an sich, eine Art angeborene Energie, die in seinen ungewöhnlichen Augen aufblitzte und darauf hindeutete, dass ein unerschlossener Quell an Gewalt und Schrecken unter seiner Oberfläche nur darauf wartete, freigesetzt zu werden.

„Ich bin eher der Typ, der abwartet, Nassir. Ich tue, was ich tun muss, damit die Dinge laufen. Aber ich tue es auf eine Weise, die mir angemessen erscheint. Ich kann dir nicht sagen, worauf ich gefasst bin oder nicht, weil dieser Ort sich ständig dreht und windet und immer für eine Überraschung gut ist. Du musst mir nur vertrauen, wenn ich sage, dass ich tue, was meiner Meinung nach getan werden muss."

„Und du glaubst, das reicht aus?"

„Es muss." Damit verließ ich den Raum.

Nachdem ich die Bürotür hinter mir geschlossen hatte, atmete ich einmal tief durch.

Ich war nicht immun gegen Gewalt, gegen den Kampf, den man führen musste, um sich in The Point durchzusetzen. Doch ich hatte die vage Hoffnung, dass diese alltäglichen Kämpfe irgendwann abflauen würden, da jetzt jemand am Ruder war, der Hirn über Haue stellte. Allerdings hatte ich die wahre Natur der Stadt wohl falsch eingeschätzt, den Herzschlag von The Point, der seine Blutopfer forderte, trotz all meiner Bemühungen, die Bestie zu zähmen.

7. KAPITEL

Brysen

Ich schaute ungläubig auf das Ergebnis meiner Arbeit. Es war nur eine Vier, doch das war weitaus mehr, als ich je von dem bösartigen Assi gekriegt hatte. Okay, es war ein Multiple-Choice-Test gewesen und kein Essay, also hatte er nicht einfach willkürlich Punkte abziehen können, aber trotzdem. Ich wusste, dass Race schlau war, aber ich hatte keine Ahnung gehabt, wie schlau. Wie er meine Notizen neu sortiert und kleine Anmerkungen an den Stellen eingefügt hatte, an denen ich offensichtlich Probleme hatte – das war das Entscheidende gewesen. Ich wollte ihn küssen. Na ja, ich wollte ihn sowieso küssen, doch jetzt hatte ich neben all meinem Verlangen auch einen vertretbaren Grund dazu.

Ich schreckte leicht zusammen, als Drew den Arm um meine Schulter legte. Er pfiff anerkennend, als er meinen Fragebogen sah, den ich festhielt, als könnte er jeden Moment plötzlich davonfliegen.

„Wie hast du das denn hingekriegt?“, fragte er.

Irritiert schüttelte ich seinen Arm ab und verstaute den Test in meiner Tasche. „Ich habe gelernt.“

„Dann nehme ich mal an, deine Theorie über den Assistenten, der es auf dich abgesehen hat, war falsch.“

Ich strich mir einige Haare aus dem Gesicht und schnaubte wütend. „Es ist ja nicht so, dass er mich durchfallen lassen *konnte*. Immerhin haben wir alle denselben Test gemacht, und im Zweifelsfall hätte ich meine Antworten mit deinen vergleichen können. Irgendwann wird er etwas offensichtlich Böswilliges tun, und dann kann ich ihn endlich beim Dekan anzeigen.“ Bisher war er bloß noch nicht so weit gegangen.

Drew knuffte mich spielerisch, und ich zischte, als er dabei versehentlich meinen noch nicht ausgeheilten Arm streifte. Ich sah schrecklich aus mit all dem Schorf und den blauen Flecken, und ich wurde den Eindruck nicht los, dass ich jedes Mal, wenn ich das Haus verließ, beobachtet wurde. Ich hatte keine weiteren SMS bekommen, und es hatte auch keine weiteren Versuche gegeben, mich zu überfahren, aber ich fühlte mich beklommen, so als ob tausend Augen auf mich gerichtet wären. Ich hasste das, es machte mich allen und allem gegenüber nervös und misstrauisch.

„Was ist los?" Drews Stimme klang schneidend.

Er ergriff mein Handgelenk, um mich zurückzuhalten. Seit er mich über Race verhört hatte, war er immer aufdringlicher, immer energischer im Umgang mit mir geworden. Das gefiel mir überhaupt nicht.

Ich zog meine Hand zurück und kniff die Augen zusammen. „Neulich bin ich auf dem Heimweg von der Arbeit hingefallen. Ich habe mich ein bisschen verletzt, und diese Seite hat das meiste abbekommen."

Er verzog das Gesicht. „Du bist hingefallen?" Sein Tonfall war ebenso vorwurfsvoll wie ungläubig.

Ich fand nicht, dass ich ihm eine Erklärung schuldete, und wollte ihm das gerade mitteilen, als Adria plötzlich auftauchte. Sie hüpfte auf den Zehenspitzen auf und ab und brabbelte so schnell, dass ich sie kaum verstehen konnte.

Ich legte beide Hände auf ihre Schultern, damit sie stehen blieb. „Wovon um alles in der Welt redest du?"

Ihre Augen strahlten vor Aufregung. „Ich wurde zur Fight-Night eingeladen!"

Mich schauderte es. Ich war einmal bei der Fight-Night gewesen. Es war blutrünstig und brutal, unzivilisiert und unmenschlich. Es war definitiv nichts, worüber man vergnügt und aufgeregt sein sollte.

„Geh nicht dahin", flüsterte ich, doch sie hörte es.

Abrupt unterbrach sie die Hüpferei und starrte mich an. „Wieso? Du weißt doch, wie schwierig es ist, zu diesen Untergrund-Sachen in The Point eingeladen zu werden. Du musst einen kennen, der jemanden kennt, der jemanden kennt. Ich war da noch nie. Es klingt so gefährlich und aufregend."

Für mich klang das, als ob ein gelangweiltes reiches Mädchen nach einem Kick suchte. Gott, so wollte ich wirklich niemals werden!

„Es ist schrecklich", erklärte ich. „Sie gehen in einem Ring aufeinander los, und die Zuschauer drumherum schreien nach Blut. Die Kämpfe sind nicht fair, und echte lebendige Menschen werden dabei verletzt. Ehrlich, Adria, das ist furchtbar. Es gibt Millionen bessere Arten, einen Freitagabend zu verbringen."

Sie warf ihr Haar über die Schulter und wich zurück. Ich hatte nicht bemerkt, dass Drew unser Gespräch neugierig verfolgt hatte, doch nun spürte ich, wie er mir wieder näher auf den Pelz rückte.

„Ich glaube, du bist bloß eifersüchtig", sagte Adria.

Ich blinzelte sie an, wusste nicht, was ich darauf antworten sollte. „Wie bitte?"

„Du hast in diesem beschissenen Restaurant angefangen und da Dovie kennengelernt. Und plötzlich hattest du einen Anknüpfungspunkt zu den Leuten in The Point. Jetzt gehst du zu Events wie der Fight-Night und triffst Typen wie Race Hartman. Ich schätze, du willst einfach verhindern, dass sich da andere dazwischendrängen, so als wäre das dein eigener Privatclub oder so was."

Ich war dermaßen entgeistert, dass ich bloß die Augen verdrehen konnte. „Du weißt genau, dass das Schwachsinn ist. Ich gehe arbeiten, und ich gehe nach Hause. Ich renne nicht nachts durch The Point und führe ein Doppelleben."

„Keine Ahnung, Brysen. Du hast dich immer seltsamer verhalten in letzter Zeit."

Natürlich nutzte Drew diesen Moment, um sich ins Gespräch einzumischen. „Du warst ziemlich angespannt und nervös in den vergangenen Monaten."

Natürlich war ich das. Mein Leben zu Hause lag in Trümmern, ich war auf dem besten Weg, bei einem meiner Kurse durchzufallen, hatte höchstwahrscheinlich einen mörderischen Stalker an den Hacken, musste irgendwie meine Schwester beschützen und war obendrein noch rattenscharf auf einen Typen, der mit großem Abstand der schlimmste war, auf den ich nur abfahren konnte. Was mir jetzt gerade noch fehlte, war, dass die zwei hier über die Gründe für mein Verhalten diskutierten, egal, wie ich mich benahm.

Ich ging auf Abstand zu den beiden und setzte die eisige Miene auf, die ich über die Jahre hinweg perfektioniert hatte und die wie eine Art Superhelden-Umhang auf mich wirkte. „Die Fight-Night ist grässlich, aber geh ruhig, wenn dir das so wichtig ist. Ich muss mich euch gegenüber ganz bestimmt nicht für mein Verhalten rechtfertigen. Und ehrlich gesagt kotzt es mich an, dass ihr das Recht zu haben glaubt, darüber zu spekulieren, wie mein Leben so ist. Ihr habt keine Ahnung; niemand hat eine Ahnung davon.“ Damit drehte ich mich um und stolzierte einfach davon, obwohl beide mir hinterherriefen.

Ich konnte gut stolzieren. Ich schrieb das meinem blonden Haar, meinen langen Beinen und meinem ausgreifenden Gang zu – und all der Übung, die ich in letzter Zeit zu Hause darin gehabt hatte, so zu tun, als wären mir die Dinge, die mir Sorgen bereiteten, eigentlich egal. Ich war ziemlich gut darin, Sachen abzuschütteln, die mich nervten. Bald würde ich wahrscheinlich total abgestumpft sein; das war ein Gedanke, der mich begeisterte und gleichermaßen erschreckte. Sosehr ich den bohrenden Schmerz loswerden wollte, den Moms Sucht und ihre Unbeständigkeit in mir auslöste, und sosehr ich mir wünschte, dass es mir nicht jedes Mal wehtun würde, wenn Karsen mich mit verheulten Augen anschaute ... Zugleich ahnte ich, wie schlimm es wäre, die brennende Begierde und prickelnde Erwartung nicht mehr zu verspüren, die ich in Races Nähe empfand. Er gab mir das Gefühl, dass ich lebendig war, dass ich nicht dazu verdammt war, mich komplett zwischen meinen familiären Fesseln und meinem übertriebenen Verantwortungsgefühl aufzureiben. Es wäre schwierig, darauf zu verzichten, auch wenn es das Beste wäre. Wir taten einander nicht gut, hatten ohnehin schon mit unterschiedlichsten Problemen zu kämpfen, die uns ständig verfolgten; es ergab wirklich keinen Sinn, sich zusätzlich noch ein weiteres einzuhandeln.

Ich ging zu meinen restlichen Seminaren, verliebte mich in meinen neuen Computer und machte mich danach auf den Weg zum Restaurant. Am Freitagabend war immer was los, also war ich bis zum Feierabend ununterbrochen auf Achse. Ich kassierte ordentlich Trinkgeld. Gerade zählte ich die Einnahmen, während ich auf Ramon wartete, damit er mich zum Auto brachte, als mein Telefon klingelte. Karsen übernachtete heute irgendwo, deshalb nahm ich nicht an, dass sie dran war. Ein Blick aufs Display verriet mir, dass es Adria war, und ich ignorierte den Anruf. Ramon winkte mir von der Eingangstür zu, und ich verzog das Gesicht, als es erneut klingelte. Schon wieder Adria.

Ich hakte mich bei Ramon unter und betrachtete mit ihm zusammen den Parkplatz. Noch immer hatte ich den Eindruck, dass mich jemand beobachtete, und eine Gänsehaut überlief mich. Ich blinzelte in die Dunkelheit, schaute dann zu Ramon – und zum dritten Mal klingelte mein Handy. Seufzend wischte ich über die Oberfläche und nahm das Gespräch an.

„Was?“ Ich schrie das Wort geradezu, sodass Ramon losprustete, während wir vorsichtig über den Parkplatz liefen.

„Brysen, du musst mich hier rausholen.“ Adria weinte und klang hysterisch.

„Was ist los? Warum?“

Sie machte ein glucksendes Geräusch. Im Hintergrund hörte ich das Geschrei und die Anfeuerungsrufe der blutrünstigen Menge. Es schauderte mich.

„Du hattest recht. Es ist widerlich“, schluchzte sie. „Die Leute hier sind unheimlich, und es gibt keinerlei Security oder so was.

Ich hatte mit diesen Typen was getrunken, und jetzt fühle ich mich komisch und habe Angst. Bitte komm, und hol mich hier raus. Ich kenne sonst niemanden, der so spät noch in diese Gegend kommen würde."

Das lag daran, dass die meisten Leute clever genug waren und wussten, dass dieser Ort bei Nacht nichts für Amateure war. Ich sah zu Ramon, und er schüttelte verneinend den Kopf.

Ich seufzte tief und öffnete die Fahrertür des BMW. „Alles klar. Ich komme zu dir, aber nächstes Mal hörst du vielleicht mal auf mich."

Noch einmal vernahm ich das Glucksen, dann war die Leitung tot.

Ramon schnalzte mit der Zunge. „Sieht aus, als ob du Streit suchst, schöne Frau."

„Irgendjemand muss sie abholen, und ich weiß genau, wo der Club ist."

„Es sollte sie jemand holen, hinter dem nicht ein Irrer her ist, der ihn überfahren will. Warum rufst du nicht den blonden Adonis an und bittest ihn, sie einzusammeln? Ich wette, er hängt während der Fight-Night sowieso da in der Gegend rum."

Ich biss mir auf die Lippe. „Das überschreitet die Grenzen unserer Beziehung."

„Bry ... Der Typ hat dir einen neuen Computer gekauft und schaut dich an, als wolle er dich auffressen. Sag ihm, er soll deine Freundin dort aufgabeln, und bedanke dich dann vernünftig bei ihm."

Das klang so verlockend einfach. Eine Aufgabe an jemanden abzutreten blieb allerdings ein Wunschtraum in meiner Welt, und ich wusste nicht, was ich tun würde, wenn Race das tatsächlich für mich in die Hand nehmen und Adria da rausholen würde. Ich würde mich wahrscheinlich in ihn verlieben. Als ob ich nicht sowieso längst dabei wäre.

„Es ist okay", sagte ich. „Ich werde sie einsammeln und nach Hause bringen. Sie würde das auch für mich machen."

Er zog eine seiner perfekt getrimmten Brauen hoch und musterte mich.

Ich verdrehte die Augen. „Na gut, würde sie nicht. Aber ich weiß, wie schlimm es dort zugehen kann, und ich kann sie unmöglich guten Gewissens dalassen.“

Ramon gab mir einen Kuss auf die Stirn, bevor ich mich hinters Steuer setzte. „Sei vorsichtig, Bry. Im Moment ziehst du die Scheiße geradezu magisch an.“

Da war was dran. Und das nervte. Denn in meinem tiefsten Inneren war ich doch ein guter Mensch. Ich mochte zwar ein bisschen verwöhnt sein, etwas egozentrisch und unaufmerksam, aber wenn es hart auf hart gekommen war, hatte ich bisher immer getan, was getan werden musste. Wo war mein gutes Karma für all das geblieben?

Als ich in The Point hineinfuhr, bemerkte ich, wie ich diese merkwürdige Linie passierte, ich konnte sie sogar fast sehen. An dieser Grenze wandelte sich das Bild von heruntergekommen zu absolut verwüstet. Alles – die Gebäude, die Straßen, die Lichter, der Boden und selbst die wenigen tapferen Seelen, die Besitzansprüche an diese Wildnis geltend machten – hatte sich offenbar dem Zustand der Gegend angepasst. Es herrschte hier eine Dunkelheit, die nichts mit der Nacht zu tun hatte. Es hing eine bedrückende Atmosphäre in der Luft, die nicht bloß auf die Luftbelastung oder den Smog zurückzuführen war. Und es lag eine Schicht aus Dreck über allem, die nichts mit der innerstädtischen Lage zu tun hatte. Es war, als wäre der Stoff, der The Point ausmachte, aus den schlimmsten Dingen zusammengewebt, die es an einem Ort nur geben konnte. Und je näher ich dem Herzen der Stadt kam, desto enger und deutlicher wurden diese Knoten und Muster.

Ich wollte den BMW nicht parken, aussteigen und mich diesen gruseligen krabbeligen Blicken ausliefern, die ich überall auf mir spürte; also versuchte ich, Adria anzurufen, um ihr mitzuteilen, dass sie mich vor dem Eingang treffen solle. Sie beantwortete meinen ersten Anruf nicht, ging auch beim zweiten Mal nicht ran, reagierte nicht auf den Schwall wütender SMS, die ich ihr schickte. Ich war kurz davor, umzudrehen und nach Hause zu fahren. Doch die Tatsache, dass sie mir erzählt hatte, sie würde sich nach ein paar Drinks mit einigen Typen komisch fühlen, vermengte sich mit meinem Wissen darüber, was für unmoralische Gestalten sich an solchen Orten rumtrieben. Das Ergebnis war, dass ich sie nicht im Stich lassen *konnte*.

Also parkte ich eine Straße weiter, schickte ein Stoßgebet gen Himmel, dass der Wagen bei meiner Rückkehr noch da war, und ging zu dem Lagerhaus, das den Club beherbergte. Die Chance, dass ich gar nicht erst reinkam, war ziemlich hoch. Die Tür hatte einen Code und ein daran angeschlossenes Sicherheitssystem. Das letzte Mal, als ich hier gewesen war, hatte man mich nur reingelassen, weil ich Dovie begleitet hatte.

Auf dem Weg überlief mich ein Schauder. Ich konnte fühlen, wie ich neugierig beobachtet wurde, und glaubte, hinter mir Schritte zu hören, die sich mit meinem Tempo deckten. All das ließ mir vor Angst die Haare zu Berge stehen. Ich lief schneller und bog um die Ecke des alten Lagergebäudes, weil ich mich erinnerte, dass dort eine baufällige Treppe ins Allerheiligste des Clubs führte. Kaum hatte ich die Gasse betreten, packte mich eine starke Hand am Arm, und ich schrie panisch auf. Das Herz schlug mir bis zum Hals, und ich schreckte dermaßen zurück, dass ich auf den Hintern fiel. Ich hörte nicht einmal mit dem Schreien auf, als eine rätselhafte Flüssigkeit auf dem Boden den Stoff meiner Hose durchdrang.

Der Typ, der über mir stand, war dünn und nervös. Er hatte fettiges braunes Haar, das ihm in die Augen hing, und er sah aus, als hätte er ebenso viel Angst vor mir wie ich vor ihm. Er trat von einem Fuß auf den anderen und hielt sich beide Hände vor den Körper, als würde er versuchen, mich abzuwehren.

Ich schnappte nach Luft und starrte ihn an. „Was zum Teufel ist los mit dir?“

Während er noch weiter so herumtänzelte, wandte er den Blick ab und schaute zur Seite. „Es tut mir so leid, ehrlich. Bitte sag Race nichts." Er klang total verängstigt. Als ich laut aufstöhnte und mich erhob, wich er vor mir zurück, als würde ich ihn abstechen wollen oder so.

„Was?"

„Race. Sag Race nicht, dass ich dich so erschreckt habe und du hingefallen bist. Ich habe dich um die Ecke kommen sehen, und da war dieser Typ, so ein großer Kerl, der dir gefolgt ist. Ich wollte dich nur warnen, damit du nicht allein durch die Gasse gehst."

Vergeblich bemühte ich mich, den Siff von meiner Hose zu wischen. „Ein Kerl ist mir gefolgt? Wie meinst du das? Und was hat Race damit zu tun?"

Der Typ fuhr sich zitternd durchs Haar und zupfte an seinen öligen Strähnen. Offensichtlich war er ziemlich durcheinander. „Race hat mir gesagt, dass ich auf dich aufpassen soll. Ich schulde ihm so viel Geld, dass ich nicht Nein sagen konnte. Da gibt es so einen Typen, er ist mir schon vorher ein paarmal aufgefallen. Er beobachtet dich. Heute ist er dir hierhin gefolgt, und er war hinter dir, als du aus dem Auto gestiegen bist. Diese Gasse ist nicht umsonst so dunkel und so einsam. Ich wollte nicht, dass du von dem Kerl geschnappt wirst oder so. Race würde mich umbringen, wenn so was passieren würde. Deshalb habe ich dich geschnappt. Ich wollte dich warnen."

Er wich ein paar Schritte zurück und holte sein Handy heraus. Noch immer war ich damit beschäftigt, zu begreifen, dass Race mich bewachen ließ, als der ölige Typ sagte: „Ich rufe ihn an."

In dem Moment klingelte mein Telefon. Adria antwortete endlich auf meine Anrufe.

„Wo bist du?", fragte ich. Ich hatte Angst und war wütend. Keine gute Kombination.

„Wie meinst du das?" Sie klang rührselig und betrunken.

„Ich bin gekommen, um dich abzuholen, wie du das wolltest. Wo zum Teufel bist du, Adria?“ Ich rümpfte die Nase, als der Duft von dem Zeug, in dem ich gelandet war, zu mir heraufwehte. Was für eine tolle Art, einen Abend zu beenden!

„Ich bin mit ein paar wirklich netten Jungs von dort weggegangen. Jetzt gehe ich noch auf eine After-Party nahe der Uni. Wir sollten uns da treffen.“

Oh Gott, ich wollte sie umbringen! Ich knirschte mit den Zähnen und hielt das Telefon so fest, dass es wehtat. „Wieso hast du mich gebeten, dich einzusammeln, wenn du schon dabei warst, mit einigen x-beliebigen Männern weiterzuziehen, Adria?“ Ich war kurz davor, ihr die Freundschaft aufzukündigen.

„Komm, entspann dich, Bry. Du musst einfach öfter mal raus. Und du wärst doch nie gekommen, wenn ich dich bloß gefragt hätte, ob du mit mir abhängen willst. Du musst ein bisschen mehr leben. Komm auf die Party. Ach, und bring den scharfen Blonden mit. Ich hab ihn vorhin im Club in der Menge gesehen. Lecker!“

Ohne darauf einzugehen, legte ich auf. Ich musste hart dagegen ankämpfen, das Handy nicht auf den Boden zu pfeffern. Ich knurrte, wobei ich tatsächlich wie ein wildes Tier klang, und schaute wieder zu dem nervösen Typ, der mich bewachte. „Wie sah der Kerl aus, der mir gefolgt ist?“

„Ja, Aldo, wie sah der aus?“

Ich fuhr herum, überrascht von Races tiefer Stimme. Sein goldenes Haupt strahlte von der obersten Stufe der fiesen Treppe herüber, und ich konnte nicht verhindern, ihn lüstern zu betrachten. Er trug dunkle Jeans, die über ausgetretene schwarze Cowboystiefel gestülpt waren, dazu ein enges Sweatshirt mit Kapuze und darüber einen dunkelgrauen Blazer, der maßgeschneidert und teuer aussah. Er wirkte ebenso exotisch in dieser düsteren Gasse, wie ich mich hier fühlte.

Der Typ, der anscheinend Aldo hieß, trat vor mir noch immer auf und ab – wie ein kleines nervöses Nagetier. Ich stellte fest, dass ich die Leute nicht mochte, mit denen Race Geschäfte machte.

„Der Kerl ist ungefähr so groß wie du, aber stämmiger", erklärte er schließlich. „Am Anfang habe ich nicht erkannt, dass es immer derselbe ist, deshalb habe ich erst nichts gesagt. Er trägt einen Hut oder eine Brille, und einmal dachte ich sogar, er hätte eine Perücke auf. Außerdem fährt er nie dasselbe Auto. An einem Tag war es ein Pick-up, mit dem er ihr zu Arbeit gefolgt ist, dann ein Volkswagen, mit dem er ihr nach der Uni hinterherfuhr. Ich bin für diesen Mist nicht gemacht, Race. Ich mag bloß Sportwetten."

Mit seinen grünen Augen musterte Race zuerst mich und danach den nervösen Typen. Sein Brustkorb hob und senkte sich unter einem schweren Seufzer. „Gut. Betrachte deinen letzten Schuldschein als bezahlt."

„Wirklich?" Der Typ zitterte vor Begeisterung, das konnte ich beinahe spüren.

„Ja. Das nächste Mal wirst du allerdings bar bezahlen müssen, Aldo. Von mir gibt's keine Gefallen mehr."

Aldo nickte und verschwand wie der Blitz in die Nacht.

Ich verschränkte die Arme vor der Brust und versuchte, nicht zurückzuweichen, als Race auf mich zukam. „Du hast mich beobachten lassen und bist nicht auf die Idee gekommen, mir das zu erzählen? Ich war die ganze Woche lang total hysterisch, weil ich das Gefühl hatte, dass mir jemand folgt."

Er zuckte mit den Schultern und ging weiter auf mich zu, bis er komplett in meine Privatsphäre eingedrungen war. Ich konnte ihn riechen und fragte mich, wie er es hinkriegte, dass selbst diese modrige Gasse göttlich duftete.

„Wenn Aldo nicht so ein Vollpfosten wäre, hättest du gar nicht bemerkt, dass er da war", antwortete er. „Ich wollte denjenigen, der es auf dich abgesehen hat, wissen lassen, dass wir wissen, dass es ihn gibt. Was ist dir denn passiert? Wieso bist du so dreckig?"

Ich wurde knallrot und hoffte, dass ihm das nicht auffallen würde. „Dieser Aldo hat mich gepackt, und da bin ich ausgeflippt und gestürzt."

Er zog eine strohblonde Braue hoch und wischte mir einen Fleck von der Wange. „Was machst du überhaupt hier?"

War das nicht die Frage des Abends?

„Meine Freundin war total begeistert, dass sie eine Einladung zur Fight-Night gekriegt hat. Wie eine Idiotin habe ich probiert, ihr das auszureden, also hat sie mich ausgetrickst, damit ich hierherkomme, um sie abzuholen. Allerdings ist sie vorher abgehauen. Und nun stehe ich hier, total eingesaut mit Straßendreck, und dieses Ekel hat mich fast zu Tode erschreckt. So ein richtig toller Abend ist das nicht."

Er legte den Kopf schräg und schaute mich an. Wieder erschauerte ich, aber diesmal hatte es nichts damit zu tun, dass ich nachts in The Point war oder mich verfolgt fühlte. „Ich kann dafür sorgen, dass er besser wird", sagte er nun.

Kann mich denn niemand hier rausholen? Ich biss mir auf die Zunge, um nicht laut aufzustöhnen. „Musst du nicht arbeiten?"

Das Grübchen hatte seinen Auftritt, und ich merkte, wie mir der Atem stockte.

„Einer der Kämpfer ist verletzt in den Ring gestiegen. Es war ein äußerst brutaler Kampf, aber irgendwie hat er es geschafft, ihn zu gewinnen. Da er ein ziemlich hoffnungsloser Fall war, hatten die meisten auf seinen Gegner gesetzt. Es war eine Nacht der Gewinne, nicht der Auszahlungen. Ich habe meinen Teil getan, doch jetzt will Nassir niemanden gehen lassen, ohne dass sie blechen."

Seine Welt war so anders als alles, was mir bisher begegnet war, und ich hasste es, mir einzugestehen, dass ich sie faszinierend, verführerisch und gefährlich fand. Genau wie ihn.

„Ich muss nach Hause." Meine Stimme war angespannt, das hörte selbst ich. Ich hätte wirklich nicht noch weniger überzeugend klingen können.

„Irgendwas müssen wir immer. Komm mit zu mir, Brysen."

Es war keine Frage, es war fast schon ein Befehl. Warum machte mich das bloß so verdammt an?

„Ich glaube nicht, dass das eine gute Idee ist", erwiderte ich. „Abgesehen davon haben wir noch nicht einmal darüber gesprochen, dass ich jetzt offiziell gestalkt werde."

Er kam mir noch etwas näher und strich mir mit dem Finger, mit dem er mir den Fleck abgewischt hatte, die Haare hinters Ohr. Es war die wahrscheinlich liebevollste und ehrfürchtigste Berührung, die ich jemals von einem Menschen erfahren hatte. Dass sie von diesem schwierigen und beunruhigenden Mann kam, fuhr mir in alle warmen und feuchten Stellen.

„Du hast einen Stalker, bis ich ihn in die Finger kriege", erklärte er. „Und es mag eine schlechte Idee sein, aber wir setzen sie so oder so irgendwann in die Tat um, also ist es doch unsinnig, sich dagegen zu wehren und dafür Energie zu verschwenden, die man todsicher besser nützen könnte. Lass mich bitte eine Nacht für dich sorgen, Brysen. Ich verspreche dir, du wirst es nicht bereuen."

Natürlich würde ich es nicht bereuen. Ich wollte ihn, war total gefesselt von ihm. Und nachdem ich alles aufgesaugt, alles genossen hätte, was er zu geben hatte, nachdem ich die Lust und die Leidenschaft ausgelebt hätte, die mich durchflutete, würde es mich bestimmt umbringen, zu wissen, es nie wieder genießen zu können. Ich atmete tief durch, umfasste sein mächtiges Handgelenk und wollte ihm Nein sagen, wollte ihm sagen, dass es den drohenden Liebeskummer nicht wert wäre. Stattdessen hörte ich, wie ich murmelte: „Ich weiß nicht, was ich mit dir machen soll, Race."

Seine warme Hand glitt im Nacken unter meine Haare, und er beugte sich vor. Sein Mund schwebte über meinem, sodass meine Lippen sich einladend öffneten. „Doch, das weißt du."

Als er mich küsste, war die Sache klar. Ich wollte es, wollte ihn, und ich hatte viel zu lange nichts mehr nur für mich getan.

Ich wusste, dass es schlimme Konsequenzen nach sich ziehen würde, aber bis dahin wollte ich alles, aber wirklich alles an ihm genießen. Die Art, wie er mich an sich zog, eingeschlossen. Die Art, wie er seine Finger über meinen Hintern gleiten ließ. Die Art, wie seine Zunge meine zum Spiel herausforderte. Und wahrscheinlich am meisten die Art, wie er alles andere, das mich verfolgte, verschwinden ließ. Wenn er seinen Mund auf meinen presste, wenn er seine Hände über meinen Körper bewegte, dann gab es kein kaputtes Familienleben mehr, keinen vergeigten Mathe-Kurs, keine Beobachter und keine unbekannten Bedrohungen. Alles, was ich empfand, waren Lust, brennendes Verlangen und das verzweifelte Bedürfnis, es zu tun. Es war eine mehr als willkommene Atempause von meinen üblichen Gefühlen und Erlebnissen. Ich konnte auf gar keinen Fall Nein sagen!

Er trat einen Schritt zurück und begann, meinen Nacken zu massieren. Ich war atemlos, und seine Augen hatten wieder dieses sexy, dunkle und transparente Waldgrün angenommen.

„Ich kann dir nichts Tolles bieten“, sagte er. „Aber du gehst mir nicht aus dem Kopf und aus dem Herzen. Ich kann dir versprechen, dass du auf deine Kosten kommen wirst.“

„Das bin ich schon, Race.“

Er zeigte mir wieder dieses unwiderstehliche Grübchen und wandte sich der Einmündung der Gasse zu. „Wo hast du geparkt?“

„Um die Ecke.“

Sein Blick ließ erahnen, dass ich froh sein konnte, den BMW dort noch in einem Stück wiederzufinden.

„Ich habe deine Freundin gesehen, die von der Party“, meinte er. „Sie hat offenbar keine Ahnung, wo sie ist und was sie tut, so wie sie hier rumläuft. Sie ist laut und auffällig. So ein Verhalten wirkt wie ein Köder für die Raubtiere. Jeder, der von hier stammt oder The Point kennt, weiß: Je weniger Aufmerksamkeit du erregst, desto besser. Sie hat übrigens versucht, mir in den Schritt zu fassen, als ich an ihr vorbeigegangen bin.“

Das war der Tropfen, der das Fass zum Überlaufen brachte. Adria war runter von der Freundesliste. Unter meinen Wimpern schaute ich hoch zu ihm und klammerte mich an die illusorische Hoffnung, dass er nichts von dem Schleim, in den ich gefallen war, abbekommen würde, als er mich nun näher an seine Seite zog. Ich liebte es, seine Muskeln zu spüren, während er sich bewegte. Und ich würde das noch mehr lieben, wenn unsere Haut nicht mehr durch so viele Klamotten voneinander getrennt wäre.

Kaum waren wir um die Ecke gebogen, blieb ich ruckartig stehen. Weil ich halt so ein Glückspilz war, stand mein BMW noch da – von Reifen und Felgen weit und breit keine Spur. Das Fenster an der Fahrerseite war kaputt, was bedeutete, dass mein Radio und alles andere, was nicht festgekettet war, vermutlich auch weg waren. Zum Glück hatte ich all meinen Uni-Kram in den Kofferraum gepackt, und der schien noch geschlossen zu sein.

„Scheiße." Ich hauchte das Wort regelrecht und ließ mich von Race in die Arme nehmen.

„So was passiert hier nun mal."

„Zum Kotzen."

Er diskutierte nicht weiter, sondern zog sein Handy hervor und rief Befehle hinein. Es klang so, als würde er jemanden organisieren, der den Schrotthaufen in die Garage schleppen sollte.

„Noch mehr Lakaien?", fragte ich.

Er grinste mich an, sodass sich mein gesamtes Inneres zu verflüssigen schien. „Hin und wieder sind sie ganz praktisch. Jetzt lass uns aufbrechen. Der Mustang ist hinter der Lagerhalle geparkt."

„Ich muss schauen, ob mein Computer und die Bücher noch im Kofferraum sind."

Streng schaute er mich an. „Du solltest solche Sachen nicht hierher mitbringen. Hier wird dir dein Auto schon wegen eines Handys unterm Arsch weggezogen. Ganz zu schweigen von einem neuen Computer."

Ich zog eine Grimasse und lief zum Heck des Wagens. „Wie gesagt, ich weiß nicht, was ich mit dir machen soll, und ich habe auch keine Ahnung, was ich hier mache; trotzdem komme ich immer wieder her." Ich stieß einen Seufzer der Erleichterung aus, als das MacBook mich anglänzte. Ich nahm den Laptop mit zu meiner sexy Begleitung.

Erneut ergriff Race meine Hand und küsste sie. Mir war, als würde ich gleich in Ohnmacht fallen. Niemand konnte in Wahrheit so sanft sein. Er verhielt sich so, als hätte er keinerlei harte Seite; obwohl ich natürlich wusste, dass das nicht stimmte.

„Ob du hier sein willst oder nicht: Wenn du einmal hier bist, musst du wissen, wie du dich schützt", erklärte er. „The Point verschlingt Mädchen wie dich bei lebendigem Leib."

„Was ist mit hübschen Kerlen wie dir? Frisst es dich auch?"

Seine Augen wurden dunkel, allerdings nicht auf die Weise, wie sie wurden, wenn er erregt war. Schatten lagen in seinem Blick, tiefe Spuren von finsteren Orten, die ihn geprägt hatten. Ich hatte ein wenig Angst – nicht *vor* ihm, sondern *um* ihn. Mit Race Hartman ins Bett zu gehen barg einige Risiken. Ich wusste das, und der Ausdruck auf seinem hübschen Gesicht sprach Bände.

„Ja", antwortete er dann. „Bis dem hübschen Jungen richtig scharfe Zähne wachsen, mit denen er zurückbeißt."

Na toll. Das machte ihn zu einem ebensolchen Raubtier wie all die anderen, die sich in den düsteren Ecken und Winkeln dieser Stadt verbargen. Und ich war drauf und dran, freiwillig mit ihm mitzugehen, um mich von ihm „umsorgen" zu lassen. Offensichtlich gelang es mir einfach nicht, heikle Situationen zu vermeiden, sosehr ich mich auch anstrengte.

8. KAPITEL

Race

Ich musste schon zugeben, bis jetzt lief diese Nacht super. Den Underdog gegen den gedopten Schläger gewinnen zu sehen hatte mir gutgetan. Zu beobachten, wie ein paar gierige, übereifrige und blutrünstige Typen zusammengeklappt waren, als sie einsehen mussten, auf Muskeln statt auf Herz gesetzt zu haben, hatte mir die Seele gewärmt. Dies war ein schlechter Ort, verdorben von schlechten Menschen; wenn das Unerwartete eintrat, wenn sich das Gute und Gerechte einen hart erstrittenen Sieg erkämpfte, war es schwer, das hinterher nicht ausgelassen zu feiern. Hinzu kam, dass der Betrag, den wir durch diesen schmutzigen Kampf eingenommen hatten, obszön hoch war und mir Nassir für absehbare Zeit vom Hals halten würde.

Brysen saß auf dem Beifahrersitz meines Autos. Sie kam mit mir nach Hause. Das allein hob diese Nacht auf Platz eins meiner Liste der großartigsten Nächte. Sie hatte gezögert, hatte einen Ausweg gesucht, sich zu rechtfertigen, aber dann hatte ich sie aus den Augenwinkeln angeschaut, und sie hatte sich auf die Unterlippe gebissen und war rot geworden. Ich hatte es deutlich gespürt: Auch wenn sie sich eigentlich weiterhin gegen den Reiz wehren und die Anziehungskraft ignorieren wollte, war ihr Wunsch stärker gewesen, aufzugeben und sich mir zu ergeben.

Ich legte meine Hand auf ihr Knie. Ich konnte die Nervosität, die sie umgab, förmlich spüren, doch ich merkte, wie sie langsam von ihr abfiel. Sie war außerdem die einzige Frau, die ich kannte, die in dreckigen Jeans und einem schlichten schwarzen T-Shirt sexy aussah. Es waren wohl ihre Art, sich zu bewegen, ihre angeborene Anmut und die Klasse, die sie ausstrahlte, die sie so einmalig und begehrenswert machten. Sie schien zu wissen, wie viel besser sie war als ihr Umfeld; anstatt darauf mit Verachtung und Verbitterung herabzublicken, blieb sie jedoch im Auge des Sturms stehen, ließ all die Hässlichkeit und Zerstörung um sich herumwirbeln und wartete ab, wo sie landen würde. Danach würde sie sich behutsam einen Weg durch die Trümmer und das Chaos bahnen und sicher die andere Seite erreichen.

Sie ergriff meine Hand und zeichnete mit einem Finger die starken Venen nach. Es war eine kaum spürbare Liebkosung, aber sie durchdrang jede Faser meines Körpers.

„Du wirkst eher wie der Typ, der weiche manikürte Hände hat“, sagte sie, „und nicht raue Hände voller Narben.“

Auf meinem Handrücken prangte eine ziemlich üble Narbe. Die hatte ich mir bei einem Unfall zugezogen, als ich einmal mit Bax vor der Polizei geflüchtet war. Den mittleren Fingerknöchel der anderen Hand hatte ich mir so oft gebrochen, dass er jetzt groß und schief war. Zudem hatte ich an den Fingern etliche Kerben und Schnitte von den unterschiedlichsten Kämpfen und Auseinandersetzungen; die letzten von dem Kampf auf Leben und Tod, als Novak seine Truppe losgeschickt hatte, um mich umzubringen.

„Und du siehst aus wie ein Mädchen, das eine Nacht mit einem interessierten Kerl genießen sollte, anstatt nach Hause zu hetzen, um sich um die kleine Schwester zu kümmern.“

Sie schaute mich an und lehnte sich mit einem leisen „Hm“ in den Sitz zurück. „Ich glaube, der Schein kann durchaus trügen.“

„Wie wär’s mit einer kleinen Zusammenfassung, was du damit meinst?“

Ich sah ihr an, dass sie das nicht wollte. Wenn sie mir das offenbarte, würde sich unser Plan von einer heißen dreckigen Nummer, weil wir scharf aufeinander waren, in etwas ganz anderes verwandeln. In etwas mit mehr Tiefe, und dafür war sie noch nicht bereit.

Einen Moment später seufzte sie tief und schaute mich an. „Ich war bis zum vorletzten Jahr eine ganz typische College-Studentin. Ich besuchte meine Seminare, feierte etwas zu heftig, zog mein Ding durch und hatte einen Wahnsinnsspaß. Na ja, meine Mom hat schon fast ihr gesamtes Leben lang mit Depressionen zu kämpfen. Normalerweise hat sie sie mit Medikamenten im Griff, aber letztes Jahr passierte etwas Schlimmes, das sie aus der Spur warf. Sie hörte auf, die verschriebenen Pillen zu nehmen, und fing an zu trinken. Ich hatte keine Ahnung, was da vor sich ging. Mein Dad ist ein Workaholic, verbringt seine Zeit in den Büros in der Firma und zu Hause und vergisst gelegentlich, dass er überhaupt Familie hat."

Ein klagendes Geräusch begleitete ihr Ausatmen, und ich wollte spontan rechts ranfahren und sie umarmen.

Schließlich erzählte sie weiter: „Eines Tages ging Mutter aus dem Haus, ich glaube, um meine Schwester Karsen aus der Schule abzuholen. Allerdings hatte sie sich den ganzen Tag mit Wodka therapiert und war völlig betrunken. Sie verursachte einen Unfall auf dem Highway, verletzte sich dabei schwer und krachte in einen SUV vor ihr, in dem eine Familie saß. Sie traf den anderen Wagen mit solcher Wucht, dass dieser in den riesigen Sattelschlepper davor geschoben wurde. Die Mutter und der Sohn überlebten, aber der Vater starb. Es war furchtbar. Mom war lange im Krankenhaus und bekam jede Menge medizinischer Probleme. Zum Glück kam sie davon, ohne dass man ihren Blutalkohol gemessen hatte – die Polizisten hatten nicht daran gedacht, vielleicht war aber auch Geld im Spiel gewesen. Auf jeden Fall konnte sie vermeiden, wegen Trunkenheit am Steuer belangt zu werden, und ihre Versicherung zahlte den Großteil der Rechnungen, wenn auch nicht alle. Das Nächste, woran ich mich erinnere, war, dass wir uns mein Auto und meine Seminare nicht mehr leisten konnten, und für meine Schwester wurde das Leben zum Albtraum. Niemand sorgte dafür, dass sie zur Schule ging, dass irgendwas zu essen im Haus war oder dass die Strom- und die Heizungsrechnung bezahlt wurden."

Sie schüttelte ihren Kopf mit dem seidigen blonden Haar, und ich konnte zusehen, wie Frustration und schmerzhafte Gefühle ihre klaren blauen Augen trübten. Oberflächlich betrachtet mochte Brysen abweisend und kühl sein, aber darunter tobte ein reißender Strom. Das machte mich noch mehr an.

„Ich wollte die Uni nicht schmeißen, nicht so kurz vor dem Ende, also suchte ich mir einen Job und lieh mir hier und da was, um über die letzten Semester zu kommen", fuhr sie fort. „Ich zog wieder zu meinen Eltern, um die Dinge zumindest bis zu Karsens Abschluss von der Highschool einigermaßen zusammenzuhalten. Nur ein Jahr noch, ich muss das bloß ein weiteres Jahr hinkriegen. Doch inzwischen hat Mom dem Schnaps jede Menge Schmerzmittel hinzugefügt, und Dad ist jetzt noch weniger präsent als vorher. Ich weiß nie genau, was mich erwartet, wenn ich an meine eigene Haustür komme, und das ist beschissen. Ich hab was Besseres verdient, und meine Schwester hat verdammt noch mal nichts mit all dem zu tun, was in meiner Familie abgeht."

Ich lenkte den Mustang in unsere Garage und stellte mit einem Blick sicher, dass sich die Tore hinter uns schlossen. Die Sicherheitsleuchten an der Decke flackerten und verliehen Brysen einen ätherischen blauen Schein. Alles an ihr war so kultiviert und rein. Mann, ich wollte ihr nahe sein. Ich wollte ihr Haar zerwühlen, wollte meine Spuren auf ihrer Haut hinterlassen, meinen Geschmack in ihrem Mund. Ich wollte, dass sie so wild aussah, wie ich mich fühlte. Niemand hatte mich je so heißgemacht. Vielleicht, weil ich gewohnt war, alles zu kriegen, ohne danach zu fragen, und Brysen hatte mir das nie angeboten. Ich musste mich immer erkundigen, was der nächste Schritt sein würde, und ihre Antworten überraschten mich oft. Sie war keine sichere Bank, und ich glaube, diese Herausforderung machte sie noch begehrenswerter.

„Die Anstrengungen, die wir unternehmen, damit unsere Familie sicher ist, damit wir die, die wir lieben, richtig behandeln, sind oft eine schwere Last." Ich stieg aus und ging um den Wagen herum, um ihr die Beifahrertür aufzumachen. Nachdem ich ihr hochgeholfen hatte, drückte ich sie gegen die Seite des Autos und beugte mich zu ihr, sodass mein Mund verführerisch über ihren Lippen schwebte.

„Ich würde alles für Dovie tun, alles“, fügte ich hinzu. „Ich habe schon Sachen für sie gemacht, die mich den Mann hassen ließen, der ich sein musste, um sie zu tun, aber es war in ihrem ureigenen Interesse. Ich bewundere dich dafür, dass du dein eigenes Leben zurückstellen und ein anderes führen kannst, aus Loyalität zu deiner Schwester. Aber du solltest dir klarmachen, dass sie lernen muss, sich um sich selbst zu kümmern. Sie wird sich irgendwann eingestehen müssen, dass deine Eltern im Arsch sind, und ihren eigenen Weg gehen. Dovie hat den einzigen Menschen auf der Welt gefunden, der sie liebt und der sie vor allem beschützen kann, was The Point ihr vor die Füße wirft. Deine Schwester wird diese Stabilität auch eines Tages finden. Sie wird dich nicht auf ewig brauchen.“

Tief in ihren himmelblauen Augen flackerte etwas auf, ein Funken Schmerz oder die Erkenntnis, dass ich recht hatte, aber sofort war das Flackern wieder verschwunden. Sie stellte sich auf die Zehenspitzen und presste ihren Mund auf meinen. Ich ließ meine Hände an ihren Hüften herabgleiten und umfasste ihren Hintern. Brysen hatte den nettesten Hintern, den ich je bei einem Mädchen gesehen hatte. Überhaupt hatte sie den schönsten Körper; die Kurven und Neigungen nahmen gar kein Ende. Der kurze Moment, den ich sie beim letzten Mal, als wir einander so nah gewesen waren, ohne das Handtuch gesehen hatte, war genug gewesen, um die Bilder all der anderen Frauen auszulöschen, die ich in den letzten Jahren nackt gesehen hatte. Alles, was ich jetzt noch sah, war Brysen mit ihrer blassen Haut, ihren schönen Brüsten mit den perfekten rosa Nippeln und ihrem geheimsten Punkt, der genauso elegant war wie der Rest von ihr. Sie war eine blonde Sexbombe, und ich spürte, wie es mich innerlich drängte, mit dem Rumkaspern aufzuhören und die Sache klarzumachen.

Sie saugte an meiner Zungenspitze, ihre Finger bahnten sich einen Weg in den Kragen meines Pullis, und mit dem Knie rieb sie unbarmherzig die deutliche Erektion, die sich unter meinen Jeans abzeichnete. Ich war eigentlich dran damit, ihre Nacht besser zu machen, sie zu verwöhnen, für viele positive Empfindungen zu sorgen – und jetzt machte sie mich dermaßen an, so superscharf ... Ich musste aufpassen und mich zurückhalten, sonst würde ich es nie in diesen perfekten Körper hineinschaffen, bevor ich kam.

Energisch küsste ich sie und zog mich dann zurück, während ich durch die Zähne ausatmete. „Sosehr mir der Gedanke gefällt, dich an meinem Auto zu vögeln – denn du und der Mustang, ihr beide seid das Schönste, was mir je begegnet ist –, muss ich dich warnen: Dieser Ort ist so verkabelt und verwanzt wie das Weiße Haus. Ich möchte gar nicht wissen, wie viele Videokameras gerade übertragen, was wir hier treiben. Wenn du also keinen Wert auf Publikum legst, sollten wir das hier nach oben verlagern."

Wieder einmal strich sie sich mit der Zunge über die volle Unterlippe, und ihre Wangen schimmerten mit einem Mal in einem sanften Rosa. Vielleicht fand sie ja die Vorstellung, dass uns jemand dabei beobachtete, gar nicht so abtörnend ... Unter Brysens kühler Gelassenheit schlummerte eine wilde Ader; das wusste ich genau und hatte es ja neulich nachts im Badezimmer zu spüren bekommen. Verdammt, ich konnte es kaum abwarten, einige der Eisschichten, die dieses Mädchen umgaben, zum Tauen zu bringen! Ich war fest davon überzeugt: Je besser ich sie kennenlernte, desto mehr Eigenschaften würde ich an ihr entdecken, die ich sehr, sehr gern mochte. Schon jetzt war ich fasziniert von ihr, sie hatte meine gesamte Aufmerksamkeit, und das hatte bisher keine andere Frau geschafft.

Ich griff sie an der Hand und zog Brysen hinter mir her durch die Werkstatt. Titus' Stimme von seinem Besuch kürzlich klang mir in den Ohren, spöttisch und höhnisch. Wie sollte ich eine Frau an so einem Ort, in so einer Bruchbude bloß verführen?

Plötzlich kam es mir idiotisch und aufopferungsvoll vor, dass ich nichts besitzen und nichts zum Vorzeigen hatte haben wollen, was Ausdruck meiner Anstrengungen der letzten Monate sein könnte, als ich Novaks Herrschaft übernommen hatte. Ich wusste nicht, was ich damit hatte beweisen oder bezwecken wollen, mir nichts anzuschaffen, nirgendwo Ansprüche anzumelden. Doch gerade jetzt wünschte ich mir, ich hätte wenigstens ordentlich Geld für ein Bett verschleudert.

Sie war ruhig und selbstbewusst mir gegenüber. In ihrem Gang war kein Zögern zu bemerken, und als wir um die Ecke ins Loft bogen, wandte sie sich mir zu und legte die Hände mitten auf meinen Brustkorb. Ich muss gestehen, ich mochte diese verwegene Art an ihr. Sie passte perfekt zu meinem Charakter, und ich genoss es, wie sehr das im Widerspruch zu ihrem stets geschliffenen und förmlichen Auftreten in der Öffentlichkeit stand. Das verband mich mit ihr. Mir war klar, dass mein Wesen – das, was durch meine Adern floss, die Art, wie ich tickte, und die Dinge, die mir wichtig waren – nicht unbedingt zu meinen edlen Genen passte, mit denen ich geboren worden war. Sie schob die Jacke von meinen Schultern, die mit einem dumpfen Klatschen auf dem Fußboden landete.

Ich packte ihre Handgelenke und dirigierte Brysen in Richtung Couch. Ich wusste nicht, ob sie mir jemals wieder eine solche Chance geben würde, deshalb musste ich jede Sekunde nutzen, ihr in jedem Moment beweisen, dass diese Sache zwischen uns etwas war, was sie einfach zulassen musste. Ich wollte sie spüren lassen, dass es ebenso unaufhaltsam war, wie ich es empfand.

Ich drängte sie weiter zurück, bis ihre Beine das Sofa berührten und sie schwer seufzend in die Polster fiel. Ihre Augen waren weit geöffnet, groß und blau, voller Erwartung und Verlangen. Ich kniete mich vor sie, schob ihre Schenkel auseinander, sodass ich mich genau dazwischen befand, und fühlte, wie sie bebte. Ich griff nach dem Saum ihres T-Shirts und war ein wenig überrascht, als sie mir zuvorkam und es sich abstreifte. Ihr blondes Haar legte sich dabei um ihren Kopf wie ein Heiligenschein.

Sie hob eine ihrer Brauen und reckte das Kinn. „Jetzt bist du dran, Süßer."

Grinsend kam ich der Aufforderung nach und zog mir den Pulli über den Kopf. Ich mochte es, wie sie mich anschaute. Es war, als ob sie mehr entdeckte, als es rein äußerlich zu sehen gab. Ihr Blick schweifte über meinen Brustkorb, meine Bauchmuskeln und landete wieder in meinem Gesicht. Mit einem Finger zeichnete sie die Konturen der Narben nach, die mein letzter Tanz mit Novaks Jungs hinterlassen hatte. Den größten Schaden hatte dabei mein Bein davongetragen. Es war ein wulstiges Chaos von vernarbtem Gewebe und wieder zusammengenähtem Fleisch. Wenn sie die kleinen Unzulänglichkeiten an der Oberfläche nicht mochte, würde sie höchstwahrscheinlich das Weite suchen, sobald sie erkannte, was darunter verborgen war.

Ich ließ meine Fingerknöchel über ihre Brüste gleiten, dort, wo sie über den Rand ihres Spitzen-BHs ragten. Brysens Herz schlug unregelmäßig, sie reagierte mit einem tiefen Atemzug auf die Berührung. Ich setzte die Reise über ihre Seiten bis zum Verschluss am Rücken fort. Sie beugte sich vor, sodass ich die Haken am Verschluss öffnen und sie befreien konnte. Brysen rollte die Träger über die Arme runter und presste dann ihre nackten Brüste gegen meinen Oberkörper. Sie fühlte sich so gut an – so, als müsse das eigentlich immer so sein.

Sachte strich ich über die makellose Krümmung ihrer Wirbelsäule und lehnte mich nach vorn, damit ich ihr ins Ohr flüstern konnte. „Wenn ich mich um dich kümmern soll, musst du mehr Klamotten ablegen als bisher, Bry."

Ich leckte mit der Zungenspitze über die Konturen ihrer Ohrmuschel, woraufhin sie ihre Oberschenkel zusammendrückte und meine Beine dazwischen festhielt.

„Okay." Es war nur dahingehaucht, doch mein Schwanz wurde so hart, dass es fast wehtat.

Ich ließ ihr genügend Platz, damit sie ihre Jeans aufknöpfen konnte, half ihr dabei, die Schuhe loszuwerden, und kriegte all das irgendwie hin, ohne meinen Platz zwischen ihren langen Beinen nahe dem Zentrum ihrer Begierde verlassen zu müssen. Es gab nicht ein Fleckchen an ihr, das nicht schön und perfekt war. Sie gehörte zu der Sorte Mädchen, über die ein Junge eine Million Mal fantasieren konnte, ohne sich auch nur ein Mal das Gleiche vorstellen zu müssen. Ihr platinblondes Haar und diese endlose Fläche blasser seidener Haut verliehen ihr eine traumhafte Erscheinung, die nur wenige Mädchen besaßen. Ein Kerl brauchte sie bloß anzusehen, um zu kommen.

Mit beiden Händen packte ich ihre Hüften und schob sie an die äußerste Kante der Couch. Ich küsste sie heftig und konnte schmecken, wie bereit sie war. Ich spürte es an der Art, wie ihre Finger mein Haar zerzausten und daran zerrten. Sie war nicht schüchtern, und das war mehr als großartig. Ich beugte mich hinab, um ihren Hals zu liebkosen. Dabei strich ich an ihrem Rippenbogen entlang und hielt inne, um mit den Daumen die Schwellung ihrer Brüste zu berühren. Ihre Brustwarzen wurden hart, als sie gegen mich drückten. Ich drückte meine Lippen auf ihr Schlüsselbein, widerstand dem Drang, es mit meinem Mund zu markieren. Sie war so schön, und diese makellose Landschaft aus heller Haut mit etwas so Barbarischem zu verunzieren kam mir schon fast wie ein Verbrechen vor. Allerdings wusste ich, dass ich es sowieso machen würde.

Ich musste ihr einen kleinen Schubs geben, um genügend Abstand zwischen uns zu schaffen, damit ich ihren Nippel mit den Lippen umschließen konnte. Als ich das tat, stöhnte Brysen auf und zog fester an meinen Haaren. Ich reizte die Brustwarze mit der Zunge, bis sie keuchte. Sie wurde feucht, ihre Schenkel zitterten, ihr Brustkorb hob und senkte sich in schneller Folge. Dann benutzte ich die Zähne, wurde einen Hauch gröber und war gar nicht erstaunt, dass ihr das noch mehr zu gefallen schien.

Sie drückte meinen Kopf an sich und murmelte meinen Namen. Unwillkürlich hob sie die Hüften von dem zerschlissenen Stoff des Sofas, was mir sehr entgegenkam.

Ich schob meine Hände unter ihren Po, lehnte mich etwas zurück und grinste sie an. „Showtime."

Ihre Augen wurden noch größer, wenn das überhaupt möglich war, und sie grub die Zähne in ihre Unterlippe, sodass mein Schwanz fast von allein den Reißverschluss öffnete.

Ich drückte ihre Beine weiter auseinander, beugte mich etwas tiefer, um ihren Nabel lecken zu können, küsste sie darunter auf ihren Bauch und fuhr die Kurve ihres Beines entlang, die zu meinem anvisierten Ziel führte. Ich hörte, wie sie keuchte, und spürte, wie sie immer heißer wurde, während ich mich langsam den Stellen näherte, an denen sie förmlich danach flehte, dass ich sie dort berührte. Sie war leicht genug, sodass ich sie an meinen Mund heben konnte; ich hielt sie fest, als ich mit der Zungenspitze in ihre feuchte Hitze eintauchte. Sie schmeckte, wie sie aussah, teuer und göttlich, seidig und weich, und dies war ihr einziges Körperteil, das nicht permanent zu frösteln schien. Überall um meine Zunge herum wogte ihre Lust, und sie krallte die Nägel in mein Haar.

„Race ..."

Mein Name klang wie ein Betteln, mit dem sie nach mehr verlangte oder mich bat, aufzuhören. Mir war egal, was, denn allein ihr Geschmack machte mich süchtig, und dabei hatte ich noch gar nicht richtig angefangen ... Schließlich zog ich eine Hand unter ihr hervor, um sie zu etwas Besserem einsetzen zu können. Ich spreizte ihre Oberschenkel noch ein Stück weiter, saugte mich an ihr fest, bekam mit den Zähnen ihre Klit zu fassen und reizte sie. Ich war nicht gerade sanft, doch das schien sie nicht zu stören. Sie bog den Rücken, sodass sie damit kaum noch die Couch berührte, und drückte meinen Kopf so fest zwischen ihre Beine, dass ich lächeln musste. Nie war ich in einer schärferen Falle gewesen.

Ich ließ meine Zunge wieder und wieder um die harte Perle kreisen, während ich meine Finger in das Spiel einbezog und über ihr Innerstes strich, das sich bei der geringsten Berührung zuckend zusammenzog. Ich leckte und saugte an ihr, nutzte die Hand unter ihr, um ihren Hintern zu massieren, und merkte, wie sie anschwoll, wie sie mit dem ganzen Körper meine lustvollen Zärtlichkeiten erwiderte. Ich war noch nie mit einer Frau im Bett gewesen, die so aufrichtig reagierte. Sie murmelte zustimmend, stöhnte meinen Namen, wenn meine forschenden Finger den richtigen Punkt trafen, und machte sich nicht die Mühe, die physischen Signale vor mir zu verstecken, die ich ihr entlockte. Sie war nass und heiß, und das reichte schon, um in mir den Zweifel zu wecken, dass ich das hier zu Ende bringen konnte, ohne mich vorher total zu blamieren. Ich konnte mich nicht erinnern, jemals eine solche Erektion gehabt zu haben, jemals so hart gewesen zu sein, dass es wehtat.

Sie war kurz davor. Das hörte ich daran, dass sich ihrer Kehle ein heiseres Keuchen entrang. Ich bemerkte es daran, wie sie meine Zunge mit Lust flutete. Sie löste eine Hand von meinem Kopf, griff hinter sich und suchte meine Finger, mit denen ich noch immer ihren Po stützte. Sie fand sie, drückte sie, und ich sah, wie ihre geschlossenen Lider flatterten und wie sie mit den Lippen einen tonlosen Laut formte. Dann schien ihr Körper förmlich zu erbeben, doch ich ließ nicht von ihr, reizte sie immer weiter. Um meine Zunge und meine Finger herum spannte sie sich an, bevor sie auf meiner Hand in sich zusammensackte. Locker umschlang sie mit den Armen meinen Nacken, als ich mich von ihr löste und sie anschaute. Sie rutschte total entspannt von der Couchkante, sodass sie im nächsten Moment rittlings auf mir saß. Mein Schwanz winselte geradezu, als ihre feuchte Mitte meinen Reißverschluss traf.

Ihre himmelblauen Augen waren halb geschlossen, in ihrem Blick lag ein zufriedener Ausdruck. Hätte ich meine Arme nicht um diese nackte Frau gelegt, hätte ich mir jetzt wahrscheinlich anerkennend auf die Schulter geklopft. Doch ich erhielt keine Gelegenheit, mich in meinem Erfolg zu sonnen: Bevor ich es so richtig begriff, änderte sich ihr Verhalten binnen Sekunden von entgegenkommend und sanft zu nachdrücklich und aggressiv.

Sie verschloss meinen Mund mit ihrem, streichelte meine Zunge mit ihrer und küsste ihren eigenen Geschmack von meinen Lippen. Schließlich schob sie ihre kleine Hand zwischen uns und widmete sich meiner Gürtelschnalle. Ich drückte Brysen nach hinten, sodass ihre Schultern nun an der Ecke des Sofas ruhten, und stöhnte auf, als ihre Finger die pulsierende Spitze meiner Erektion streiften.

Ich wich ein Stück zurück, damit sie meinen Reißverschluss öffnen konnte, und bemerkte das bewundernde Funkeln in ihren Augen. Sie beugte sich vor, küsste mich noch mal, und ein bohrender Gedanke setzte sich in meinem Hinterkopf fest.

Mit einem Finger hob ich ihr Kinn und lehnte meine Stirn an ihre. „Ich habe kein Kondom."

Das passte zu meinem minimalistischen Dasein. Dinge nicht zu besitzen bedeutete, sie nicht zu vermissen, wenn sie weg waren. Das galt ebenso für das Urverlangen, Sex zu haben. Jetzt hätte ich allerdings jemanden für ein kleines Stückchen Latex umbringen können, denn wenn ich nicht sofort in ihren willigen und lustvollen Körper eindrang, würde ich wahrscheinlich sterben.

Brysen kraulte meinen Nacken, während sie mit der anderen Hand meinen schmerzenden Schaft streichelte, der durch die Öffnung meiner Jeans ragte. Zwischen ihren Fingern sah er gewaltig aus. Gott, allein zuzusehen, wie sie mich anfasste, war genug, um mich fast zum Höhepunkt zu bringen.

„Wir brauchen nicht wirklich eins", meinte sie leise. Als ich sie daraufhin mit hochgezogener Braue betrachtete, fügte sie hinzu: „Ich hatte ein ziemlich normales und aktives Leben, bevor ich wieder nach Hause gezogen bin. Ich bin geschützt und gesund – und wenn du es auch bist …"

Scheiße! Ich hatte seit diesem Missgeschick als Teenager, nach dem es einen Monat lang beim Pinkeln höllisch gebrannt hatte, keinen ungeschützten Sex mehr gehabt. Es war riskant, und auch wenn ich wie ein Chorknabe aussah, hatte ich so einige Sachen angestellt und war mit gefährlichen Frauen zusammen gewesen, sodass ich sicherlich nicht die beste Adresse war, wenn es darum ging, dieses Risiko zu wagen. Allerdings waren all diese leichtsinnigen Begegnungen mit Frauen eine Weile her, und ich machte nie denselben Fehler zweimal, also war ich blitzsauber.

Ich wollte Brysen mehr als meinen nächsten Atemzug, aber ich sah mich genötigt, zu sagen: „Brysen, das ist ein ziemlich gewagter Schritt, den du da mit mir gehen willst. Bist du sicher?"

Wenn sie Nein sagte, würde mein Schwanz abfallen, aber ich würde ihre Entscheidung akzeptieren.

Für einen endlosen Moment schaute sie mich stumm an. Ich konnte förmlich sehen, wie sie hinter ihrem glutheißen Blick nachdachte. Schließlich lehnte sie sich an mich, ihre Brüste streiften verführerisch meinen Brustkorb.

Sie rieb mit ihrer Nasenspitze über meine Wange, legte ihre Lippen an mein Ohr und flüsterte: „Du lässt mich jedes Risiko der Welt gern in Kauf nehmen, du Schöner." Dann knabberte sie an meinem Ohrläppchen, und das war's für mich.

Ich hob sie weit genug an, um den festen Jeansstoff aus dem Weg zu räumen, und ließ sie wieder herunter – direkt auf meine total bereite Erektion. Sie nahm mich tief in sich auf. Wir waren enger und fester verbunden, als ich es je zuvor mit einem Mädchen gewesen war. Brysen legte den Kopf in den Nacken, präsentierte mir ihren Hals, und ich konnte dem Verlangen, der Einladung nicht länger widerstehen, daran zu saugen und einen Knutschfleck zu hinterlassen.

Allmählich regte sie sich, hielt sich an meinen Schultern fest, damit sie sich auf- und abbewegen konnte, während ich mein Gewicht ein bisschen mehr auf die Knie verlagerte, um noch tiefer in sie zu stoßen. Ich vergrub meine Hände in ihrem Haar, küsste ihre geschlossenen Lider, ihre Nase und dann ihren Mund. Ich liebte es, sie zu küssen. Liebte es, wie sie schmeckte und auf mich reagierte. Ich hatte mehr Sex gehabt, als ich vermutlich zugeben sollte, aber ich hatte nie solchen Sex gehabt. Normalerweise lief es nach dem Motto „Rein, raus und ab nach Haus", doch mit ihr war es so viel mehr. Da gab es das langsame Anbahnen, das erotische Feuer, ihre Art, mich festzuhalten und mich wortlos zu bitten, ihr mehr zu geben. Die Art, wie sie meinen Namen wieder und wieder hauchte, wie sie mir in die Schulter biss, fest genug, dass ich vor Schmerzen aufstöhnte. Die Art, wie sie mich anwies, fester, schneller zu machen, und wenn ich nicht sofort reagierte, schaffte sie es irgendwie, eine Hand zwischen uns zu schieben, meine Eier zu umfassen und mich dadurch dazu zu bringen. Sie war draufgängerisch, und das gefiel mir. Ich war mir außerdem ziemlich sicher, dass ich drauf und dran war, mich in sie zu verlieben. Sie war schön, und kaum dass sie zum zweiten Mal den Lustgipfel erreichte, folgte ich ihr augenblicklich. Bebend verströmte ich mich in dieses besondere Mädchen, das meine reichlich unsichere und unruhige Welt garantiert noch mehr aus der Balance bringen würde.

Ich spürte die Nachbeben, die ihren weichen Körper erschütterten, und erhob mich schließlich mit ihr, damit ich sie auf die abgewetzte Couch legen konnte. Es bedurfte einiger Tricks, um uns dabei nicht voneinander zu lösen und gemeinsam auf das Sofa zu passen, doch zum Schluss lag ich noch immer sicher zwischen ihren langen Beinen, während sie die Arme locker um meinen Nacken schlang und mich mit leidenschaftstrunkenen Augen anschaute. Ich strich ihr einige zerzauste Haarsträhnen aus dem Gesicht und streichelte dabei mit den Daumen ihre Wangenknochen.

„Ich nehme das zurück", meinte ich leise. „Du bist viel schöner als der Mustang."

Brysen verdrehte die Augen und spreizte die Beine ein bisschen weiter, sodass ich besser in sie eintauchen konnte. „Ich fühle mich, als hätte ich in diesem Spiel den Kürzeren gezogen, mein Hübscher. Du hast mich jetzt schon zweimal nackt gesehen, und trotzdem hast du's irgendwie hingekriegt, beide Male fast angezogen zu bleiben."

Grinsend hob ich eine Braue. Ich bemerkte, wie sie mein Grübchen betrachtete, und spürte ihre körperliche Reaktion an dem Punkt, an dem wir noch vereint waren. Es begeisterte mich, wie wir beide aufeinander reagierten.

„Nicht alles an mir ist so hübsch." Ich presste ihre Hand auf die Narbe auf meiner Brust. „Novaks Jungs haben eine ganz schöne Nummer mit meinem Bein abgezogen, als sie Bax und Dovie verfolgten. Ich hatte Glück, dass sie mich nicht umgebracht haben, aber sie ließen mich mit einer lebenslangen Erinnerung daran zurück, was passiert, wenn du dich mit The Point anlegst und denkst, du könntest gewinnen."

Sie verzog das Gesicht und bewegte sich unter mir. Es fühlte sich super an, doch sie wollte offensichtlich aufstehen. Stöhnend löste ich mich aus ihrer Wärme, woraufhin sie sich erhob und auch mich auf die Füße zog. Ich wollte sie gerade fragen, was sie vorhatte, als sie mir schon wieder sehr nahe kam und meine Jeans samt Boxershorts nach unten schob. Der Anblick einer sexy nackten Blondine, die vor mir kniete, war nichts, was mein kürzlich befriedigter Schwanz so einfach ignorieren konnte, und Brysen sah mich mit hochgezogenen Brauen an. Ich hätte das gelassen hingenommen, sie angelächelt und mich möglichst locker gegeben, weil sie ja nun mal so scharf war. Doch ich konnte kaum atmen, während sie sich nun der übel zugerichteten Stelle an meinem Knie zuwandte, wo das Narbengewebe am hässlichsten, dicksten und knotigsten war, und mir darauf den sanftesten, leichtesten Kuss gab. Das löste etwas in mir aus, das ich im Brustkorb spürte; es ließ mein Herz so hüpfen, dass ich überrascht war, dass meine Rippen durch den Druck nicht brachen.

Mit den Fingern strich sie an der Außenseite an meinem Schenkel hinauf, küsste meinen Bauch direkt unterhalb des

Nabels und stellte sich vor mich hin. Sie schlang ihre Arme wieder um meinen Nacken und schmiegte die Wange an meinen Oberkörper. Noch nie war ich mit solcher Hingabe umarmt worden. Ich streichelte ihren Rücken, ließ meine Hände an ihrer Wirbelsäule entlanggleiten.

„Ich bin froh, dass du physisch nicht total perfekt bist, Race. Es ist schon schwer genug, mit all deiner offensichtlichen Perfektion umzugehen. Zu wissen, dass es Stellen gibt, an denen du nicht makellos bist, macht dich so viel menschlicher."

Ich ließ mich mit ihr erneut auf die Couch sinken, bedeckte sie mit meinem nicht perfekten Körper und küsste sie. „Es ist mehr an mir fehlerhaft als perfekt, Bry. Bleib lang genug, und du wirst es erleben."

Sie schien nicht in Eile zu sein, denn als ich ihr Knie ergriff und ihr Bein um mich legte, hob sie auch das andere aus eigenem Antrieb an und machte mir so Platz, damit ich erneut in sie gleiten konnte. Ihre geschlossenen Lider flatterten, und ein Lächeln huschte über ihr Gesicht.

Brysen richtete sich etwas auf und flüsterte an meinem Hals: „Danke, dass du dich heute Abend um mich gekümmert hast."

Sie hatte keine Ahnung. Als ich mich langsam zu bewegen begann und wir wieder eins waren, ahnte sie ja nicht, welche Anstrengungen ich unternehmen würde, um mich um sie zu kümmern. Und ich selbst ahnte es ebenso wenig.

9. KAPITEL

Brysen

Ich verbrachte die Nacht mit Race. Nicht dass es ein großes Opfer gewesen wäre, seine geschickten Finger und Lippen fast die ganze Zeit auf und in mir zu spüren. Aber bei Tageslicht betrachtet war ich von der Tatsache, dass ich alles hatte stehen und liegen lassen, dass ich mal nicht vernünftig gehandelt, sondern an mich gedacht hatte, ein wenig überfordert. Es war das erste Mal seit Ewigkeiten, dass ich mich wie ich selbst fühlte, dass sich ein Teil des Lebens, das ich mir wünschte, in meiner Reichweite befand. Und das wollte ich nicht verspielen. Allein dafür, dass ich es zugelassen hatte, dass er wieder und wieder ohne Kondom Sex mit mir gehabt hatte, hätte ich mir eigentlich in den Hintern treten sollen, aber ich nahm die Pille und war Herrin meiner Entscheidungen. Wenn ich nie wieder die Chance erhielt, mit Race zu schlafen, wüsste ich zumindest, dass ich *alles* von ihm bekommen hatte – und das war besser als alles andere bisher. Ich glaube, der Kick, das Unbekannte, wenn man mit einem Kerl wie ihm zusammen war, erleichterte es ihm, mich so heißzumachen.

Heute Morgen war er von mir heruntergeglitten, als sein Telefon geklingelt hatte. Er hatte einige Worte wie „Auszahlung" und „Gewinnmarge" gemurmelt. Er hatte seine Jeans ohne die Unterhose angezogen, was ich total sexy fand, hatte mich fest auf den Mund geküsst und mir gesagt, dass Bax den BMW in Ordnung bringen würde, und dann war diese goldene Pracht in einer Wolke aus hektischen Abschiedsgrüßen verschwunden.

Ich hatte keine Ahnung, ob ich ihn bald wiedersehen würde, und ehrlich gesagt war das auch okay für mich, denn ich wusste nicht, wie ich mit diesem extremen Wandel unserer Beziehung überhaupt umgehen sollte. Wir waren nie richtige Freunde gewesen, kannten uns nicht mal besonders gut jenseits dieser heftigen gegenseitigen Zuneigung. Doch je mehr ich über ihn erfuhr, desto klarer wurde mir, wie ähnlich wir uns waren. Sein Leben wirkte so klar strukturiert, aber unter der Oberfläche verbarg sich viel mehr, ging so viel mehr vor ... Am Vorabend hatte ich eigentlich nicht vorgehabt, meine ganze traurige Geschichte auszuplaudern; nachdem es mir trotzdem passiert war, hatte ich jedoch den Eindruck gehabt, dass mir eine Last von den Schultern gefallen war. Es war eine Erleichterung, dass jemand anders nun die Wahrheit darüber kannte, warum ich zu Hause tat, was ich tat. Auch wenn das Opfer, das ich brachte, vielleicht nicht von denjenigen bemerkt wurde, für die ich es brachte: Race wusste jetzt davon, und das war mir wichtig.

Ich stieg kurz unter die Dusche mit dem teuflisch heißen Wasser und ekelte mich ein wenig, als ich danach meine dreckigen Klamotten vom Abend zuvor anzog. Mein Gesicht war komplett ungeschminkt, mein Haar war feucht, und ich hatte einen ziemlich auffälligen Knutschfleck am Hals. Ich sah aus wie das Musterbeispiel für den „Morgen danach"; ich konnte nicht behaupten, dass mir das nicht gefiel. Meine Augen wirkten groß, doch mir fiel ein Glanz darin auf, den ich schon lange nicht mehr gesehen hatte. Dort in den blauen Tiefen versteckte sich vielleicht irgendwo sogar ein Teil von meinem alten Ich.

Ich sammelte meine Sachen ein, wappnete mich für alles, was Bax so von sich geben könnte, und begab mich auf die Suche nach meinem Auto. In der Werkstatt ging es hektisch zu. Diverse Maschinen liefen, eine Vielzahl männlicher Stimmen redete durcheinander, aus einem Radio dröhnte von irgendwoher laute Rockmusik. Dazu heulten etliche Motoren, und Abgase hingen in der Luft. Alle waren so beschäftigt, dass ich hoffte, ich würde niemandem auffallen, aber so viel Glück hatte ich natürlich nicht. Ein frisch geduschtes Mädchen, das aus Races Loft kam, blieb nicht unbemerkt. Ich errötete, als die mit Schmiere und Motoröl bedeckten Jungs mir wissende Blicke zuwarfen.

Dann sah ich Bax aus dem Büro kommen. In seinem Mundwinkel hing eine Zigarette, das Handy hatte er an sein Ohr gepresst. Als ich die Metalltreppe herabstieg, wandte er sich in meine Richtung und deutete mit seinem dunklen Schopf auf den hinteren Teil der Werkstatt. Alles an ihm wirkte düster und fordernd. Ich hatte keine Ahnung, warum Dovie nicht jedes Mal das Weite suchte, wenn er sie ansah. Mir reichte schon ein Blick in seine pechschwarzen Augen, um wie ein verängstigter kleiner Hase in die Ecke zu flitzen, die er angezeigt hatte.

Der BMW hatte vier neue Räder bekommen, und die neuen Felgen sahen wesentlich teurer aus als die serienmäßigen, die vergangene Nacht geklaut worden waren. Ich warf meine Handtasche und das MacBook auf den Beifahrersitz und stellte überrascht fest, dass sogar ein neues Radio eingebaut worden war. Ich schreckte auf, als Bax „Achtung!“ rief und mir die Schlüssel zuwarf. Ich fing sie und beobachtete ihn argwöhnisch, als er auf mich zukam. Ein Ring aus Rauch verließ seine Lippen, seine dunklen Augen verengten sich etwas, als er mich anschaute. Er hatte einen schwarzen Stern direkt neben seinem Auge tätowiert, und wie dieser sich zusammenzog und bewegte, war faszinierend zu beobachten. Er war das lebendige Beispiel eines Mannes, der in den Feuern gestählt worden war, die The Point nährten.

„War’s nett letzte Nacht?“ Es war plump und ging ihn nichts an, aber es war eine typische Bax-Frage.

Ich räusperte mich und hielt die Autoschlüssel fest umklammert. „Ja.“

Er nahm die Zigarette aus dem Mund und ließ sie auf den Boden fallen. Dann trat er sie mit dem Stiefel aus und fuhr sich über seine kurz geschorenen Haare. „Race hat was für dich übrig, aber zurzeit sind seine Position und seine Geschäfte in der Stadt ziemlich unsicher. In The Point gibt’s ja nie wirklich Stabilität, und im Moment sieht es so aus, als könne alles ganz plötzlich in sich zusammenfallen. Er muss deshalb einen kühlen Kopf bewahren und wachsam sein, oder er landet so richtig in der Scheiße. Wenn du also an seiner Seite bleiben willst, sollte dir klar sein, dass du dann auch drinsteckst."

Eine Warnung, so behutsam wie ein Bulldozer.

„Er hilft mir nur ein bisschen", erwiderte ich. „Ich habe Probleme mit einem Stalker. Ich habe nicht vor, ihn abzulenken oder ihn in Gefahr zu bringen."

Seine Mundwinkel verzogen sich zu einem leichten Grinsen, und da konnte ich sie wirklich sehen, seine innere Schönheit, die Dovie dazu gebracht hatte, sich Hals über Kopf in ihn zu verlieben. Beinahe hätte ich laut geseufzt.

„So wie du aussiehst und wie er jetzt schon auf dich abfährt, müsstest du eigentlich wissen, dass du bloß zu atmen brauchst, um ihn abzulenken", erklärte er. „Ich will damit bloß sagen, dass du das alles bedenken solltest, bevor du dich auf dieses Abenteuer einlässt. Hier geht's um mehr als ein paar geile Stunden."

Seine Direktheit überraschte mich. Ich holte tief Luft und starrte ihn mürrisch an.

Er legte den Kopf schräg und musterte mich einen Moment lang. „Dein Stalker ... Hast du irgendeine Ahnung, wer das sein könnte? Vielleicht ein Ex? Hast du Feinde?"

Ich schüttelte den Kopf. „Nein, da ist niemand. Ich habe etwa seit einem Jahr keine Dates mehr gehabt. Ich wohne bei meinen Eltern. Ich gehe zur Arbeit und in die Uni, und das war's. Ich bin langweilig. Ja, ich habe einigen Kerlen einen Korb gegeben, die mit mir ausgehen wollten, und ich bin ziemlich sicher, dass ein wissenschaftlicher Mitarbeiter an der Uni mein Leben ruinieren will, aber niemand hat mich bisher je offen bedroht."

„Aber anscheinend bist du für eine Person interessant genug, um sich richtig mit dir anzulegen, und da stellt dann jeder eine Bedrohung dar."

Seufzend strich ich mir einige nasse Strähnen aus dem Nacken. „Der Assistent ist ein Arschloch. Er wollte sich mit mir verabreden, und ich habe ihn ziemlich mies abblitzen lassen. Ich bin überzeugt, dass er seitdem meine Noten manipuliert und mir mit Absicht das Semester zur Hölle macht. Er ist der Einzige, dem ich in letzter Zeit schräg gekommen sein könnte, aber ich habe keinen Beweis dafür, dass er irgendwas Dubioses treibt."

Bax rieb sich das Kinn und hob eine dunkle Braue. „Hast du den Typen Race gegenüber erwähnt?"

„Nein. Er ist bloß so ein Mathe-Nerd. Er geht mir auf den Geist und will mir offensichtlich meine Note versauen, damit ich durch den Kurs rassle. Aber ich kann es nicht beweisen."

„Es braucht nicht viel, damit ein einsamer Kerl wegen eines schönen Mädchens die Nerven verliert."

Ich wusste nicht, was ich darauf antworten sollte, also starrten wir uns eine ganze Weile an, bis er eine neue Zigarette rausholte und sie sich in den Mund steckte.

Ich räusperte mich und bewegte mich in Richtung Auto. „Danke für die neuen Reifen."

„Bedank dich bei Race dafür."

Nun, ich war mir ziemlich sicher, dass ich das in der vergangenen Nacht ausgiebig getan hatte, doch das würde ich Bax bestimmt nicht auf die Nase binden.

„Ach, Bax", sagte ich, und er richtete seine dunklen Augen auf mich. „Die Sachen, die Race macht, die Geschäfte, in die er verwickelt ist ... Er kriegt das alles hin, oder?" Ich wollte nicht unbedingt eine ehrliche Antwort, aber mir war klar, ich würde sie bekommen.

Bax zündete die Zigarette an und zuckte mit seinen kräftigen Schultern. „Race ist der intelligenteste Kerl, den ich kenne. Er tut das, wovon er überzeugt ist. Er trifft drastische Entscheidungen, die häufig andere in seinem Umfeld betreffen – und nicht immer im positiven Sinn. Aber es sind seine Entscheidungen, und er wird ja wissen, was er tut."

Das klang nicht übermäßig beruhigend. Doch nun rief einer der Jungs nach Bax, und ich war angesichts einer kaputten Zylinderkopfdichtung oder so was sofort vergessen.

Ich verließ die Werkstatt. Mir schwirrte der Kopf. Die Erinnerungen an letzte Nacht ließen mich nicht los, und zudem malte ich mir aus, was Race zustoßen könnte, wenn er doch nicht clever genug war, all die Dinge unter Kontrolle zu halten, die ihn in The Point bedrohten. Ich mochte ihn. Ich mochte ihn sehr. Es war schwierig, das nicht zu tun, so charmant und liebenswert, wie er war. Aber es waren die Überraschungen, diese kleinen Geheimnisse, die ihn unwiderstehlich machten. Ich wollte ihn richtig kennenlernen, wollte am liebsten in sein goldenes Haupt, in sein Inneres hineinschauen können, um zu begreifen, was ihn antrieb. Zu blöd, dass ich weder die Zeit noch den Raum dazu hatte, herauszufinden, ob wir miteinander klarkommen könnten.

Als ich in meinen eigenen Teil der Stadt zurückkehrte, war meine Schwester zu Hause, meine Mutter war erstaunlich nüchtern und machte in der Küche Sandwiches, und mein Vater war wie üblich nirgends zu finden, obwohl Wochenende war. Ich eilte vorbei, hoffte, dass mein zerknittertes und ramponiertes Äußeres nicht für Unruhe sorgen würde, und zog mich in mein Zimmer zurück.

Karsen konnte sich vielleicht einreden, dass mit Mom alles in Ordnung war, wollte vielleicht die wenigen nüchternen und klaren Momente zwischen Moms Saufexzessen und den manischen Anfällen aufsaugen, aber das war ein Kraftakt, den ich nicht zu unternehmen bereit war, und eine Einstellung, die mir nicht passte. Ich ignorierte eine Entschuldigungs-SMS von Adria und antwortete auf eine süffisante von Dovie. Ich hatte nicht vor, irgendjemandem gegenüber zu verbergen, dass ich mit Race rummachte, aber ich wollte auch nicht damit angeben. Er war scharf, wir waren beide Singles, und ich war lange genug heiß auf ihn, sodass es sich anfühlte, als sei dieses Verlangen ein Teil von mir. Ganz bestimmt würde ich mich vor niemandem für dieses Bedürfnis, ihn *haben* zu müssen, rechtfertigen – nicht mal vor der wohlmeinenden Dovie.

Ich musste ein wenig darüber lächeln, dass so ein großer und krass aussehender Kerl wie Bax anfällig dafür war, über das Liebesleben seines Freundes zu tratschen wie ein Waschweib. Er war schließlich der Einzige, von dem Dovie wissen konnte, dass ich die Nacht mit ihrem Bruder verbracht hatte.

Ich legte mich aufs Bett, um den Nachmittag mit Hausaufgaben zu verbringen und all das aufzuarbeiten, was bei dem Computerabsturz verloren gegangen war. Nach ein paar Minuten klopfte meine Schwester an und steckte den Kopf zur Tür herein. Sie trug einen Teller mit einem der Sandwiches in der Hand und ein zögerliches Lächeln auf dem Gesicht.

„Möchtest du nicht mit Mom und mir zu Mittag essen?" Karsen trat ein, stellte das Tablett auf der Bettkante ab und setzte sich selbst auf die Ecke der Matratze.

„Nein. Mom zuzuschauen, wie sie in der Küche herumwerkelt, nachdem sie sie letzte Woche auseinandergenommen hat, kommt mir nicht richtig vor. Wieso bist du überhaupt zu Hause? Ich dachte, du wärst am Wochenende bei einer deiner Freundinnen."

Dass Karsen die Wochenenden woanders verbrachte, war in letzter Zeit zur Regel geworden, und ich konnte ihr wahrlich keinen Vorwurf machen. Wenn ich einen Ort gehabt hätte, um dorthin zu fliehen, wäre ich auch längst abgehauen. Mir war jedoch klar, dass Abstand die Probleme nicht lösen würde, die sich unter diesem Dach anbahnten.

Sie wickelte eine Strähne um den Finger und grinste mich an. „Ich bin heute Abend auf eine Party eingeladen, deshalb musste ich nach Hause, um mir was anderes zum Anziehen zu besorgen. Connie und ich gehen zusammen dahin, und ich übernachte bei ihr."

Ich runzelte die Stirn und betrachtete sie. Mir schoss Races Bemerkung durch den Kopf, dass meine Schwester irgendwann erwachsen werden und ihr Leben in die eigenen Hände nehmen würde, ohne dass ich dauernd auf sie aufpasste. „Was ist das für eine Party?"

Partys in The Hill waren eine unheimliche Sache. Nicht unheimlich im Sinne von „Renn um dein Leben“ wie die Partys in The Point, sondern unheimlich auf eine viel heimtückischere und fiese Weise. Die Jungs aus The Hill akzeptierten kein Nein; zudem konnten sich diese reichen Kids eine Menge Dinge verschaffen, die sie besser nicht in die Finger kriegen sollten. Ich war nicht Karsens Mutter, und ich wusste, dass sie ein schlaues Mädchen war, aber ich hatte nicht alles aufgegeben, an dem mir etwas lag, nur um jetzt zuzusehen, wie sie sich von irgendeinem Bubi mit einem tollen Auto ins Verderben quatschen ließ. Ich verdrehte fast die Augen, als mir meine aktuelle Situation mit meinem eigenen Kerl einfiel, der ja ursprünglich auch aus The Hill kam.

„Nichts Verrücktes. Nur ein paar Freunde, die sich bei diesem Parker zu Hause treffen. Ich glaube, er ist ganz nett. Er spielt Baseball, und Connie hängt mit seinem besten Freund ab.“ Karsen wurde rot und sah plötzlich ein wenig durcheinander aus.

„Du magst ihn.“

Sie senkte den Blick und strich mit den Fingern über meine Steppdecke. „Irgendwie schon.“

Seufzend legte ich meinen Computer zur Seite. Ich schlug die Beine übereinander und beugte mich zu ihr rüber. Ehrlich gesagt, ich war ein wenig eifersüchtig. Es schien so lange her zu sein, dass ich ein normales Mädchen gewesen war und für einen hübschen Jungen von der Schule geschwärmt hatte. Aber vor allem war ich glücklich darüber und zufrieden, dass sie – trotz all der Umbrüche in unserem Leben, trotz all der Belastungen, denen wir durch die Situation unserer Eltern ausgesetzt waren – immer noch ein Teenager sein konnte, der einfach rumhängen und Spaß haben wollte, wie sich das gehörte.

„Wie sieht er aus?“, fragte ich.

Sie kicherte, und ich nahm das Sandwich und biss ab. „Nicht annähernd so süß wie dein Kerl, aber immer noch scharf.“

Ich hätte mich fast an dem Bissen verschluckt, den ich gerade genommen hatte. „Ich habe keinen Kerl.“

Nun war es an ihr, mir einen forschenden Blick zuzuwerfen, während sie sich von der Bettkante erhob. „Du warst letzte Nacht weg. Du hattest nasse Haare, als du nach Hause gekommen bist. Und ich weiß nicht, ob du heute Morgen mal in den Spiegel geschaut hast, aber du hast einen Knutschfleck am Hals, der ungefähr die Größe von Texas hat. Und du lächelst. Ehrlich, ich freu mich. Es gibt keinen Grund, warum du dich nicht von einem heißen Typen verwöhnen lassen solltest. Und ich habe dich seit Ewigkeiten nicht mehr so verklärt lächeln sehen. Es ist eine schöne Veränderung."

Es war total unangebracht, dass meine kleine Schwester mich praktisch dafür abklatschte, flachgelegt worden zu sein, und ich hatte gar nicht bemerkt, dass ich lächelte. Oh Gott, was sollte ich nur mit Race machen?

„Sei einfach clever", erwiderte ich, „und tu heute Abend nichts Unüberlegtes, okay?"

„Mache ich doch nie, Brysen."

Ich wünschte, ich könnte das Gleiche von mir behaupten. Sie ließ mich allein, und ich beendete ein Projekt, schaute meine Mathe-Theorie-Notizen durch und schlief zwischendurch für einige Minuten ein. Ich musste dann ziemlich hektisch aufstehen und mich auf meine Abendschicht im Restaurant vorbereiten, denn das Nickerchen war nicht eingeplant gewesen. Aber mein Körper verlangte offensichtlich nach etwas Erholung – nach all den Anstrengungen der vergangenen Nacht. Ich hatte nie zuvor Sex gehabt, den ich noch so lange danach überall gespürt hatte. Eigentlich war das bereits Grund genug, misstrauisch gegenüber einer engeren Beziehung zu Race zu sein. Ein Mädchen konnte schnell süchtig nach solchen Gefühlen werden, und im Moment gab's in meinem Leben keinen Platz für ein frivoles Abhängigkeitsverhältnis.

Als ich die Treppe hinunterrannte und dabei das Haar, das mir ins Gesicht fiel, mit einer Klammer fixierte, bemerkte ich, dass Dad mittlerweile den Weg nach Hause gefunden hatte. Er lief zwischen Küche und Wohnzimmer umher, hatte das Telefon ans Ohr gepresst, während Mom auf der Couch saß und ihn mit glasigen Augen anstarrte. Sie hatte zwar anscheinend nicht getrunken, aber der ruhige Ausdruck vom Nachmittag war aus ihrem Gesicht gewichen.

„Was ist los?", fragte ich, ohne von den beiden eine ehrliche Antwort zu erwarten.

Dad hob eine Hand, und ich sah zu Mom, die mich jedoch ignorierte. Ich wollte sie beide erwürgen.

Ich wollte einfach gehen, wollte sie in ihrem eigenen Saft aus Unbehagen und Unzufriedenheit schmoren lassen, der stets die Luft in diesem Haus erfüllte. Gerade hatte ich die Haustür erreicht, als Dad mich am Handgelenk zurückhielt. Ich starrte ihn verblüfft an und schüttelte ihn ab. Sein Griff war fester als nötig, und bei genauerer Betrachtung entdeckte ich eine unheimliche Verzweiflung in seinem Blick, die mich nervös machte.

„Brysen, ich brauche dein Auto für ein paar Tage."

Ich konnte mir ein Lachen nicht verkneifen. Ich hatte alles aufgegeben, um wieder nach Hause zu kommen und für Karsen da zu sein. Außer dem Auto und der Uni war mir nichts geblieben. Die beiden Sachen, für die ich mir den Arsch abarbeitete, um sie mir leisten zu können. „Auf gar keinen Fall. Ich muss zur Arbeit, und ich werde nicht den Bus nehmen oder mir eine Mitfahrgelegenheit organisieren. Was ist mit dem Lexus los?"

Mom fuhr nicht mehr. Sie hatte ihren Führerschein nach dem Unfall verloren, aber Dad war es irgendwie gelungen, den netten Lexus-Geländewagen zu behalten.

Er musterte mich missmutig und blickte dann auf sein Telefon, das erneut klingelte. „Der ist für ein paar Tage in der Werkstatt. Sei nicht so egoistisch. Ich finanziere diese Familie, nicht du. Ich brauche deinen Wagen."

Ich lachte wieder, aber diesmal erstickte ich fast daran. „Nein."

Darüber gab es für mich keine Diskussion. Das Auto würde ich nicht hergeben, es war meine letzte Verbindung zu irgendeiner Form von Freiheit. Lieber würde ich meine Schuhsohle abschlecken, als hier in diesem Haus gefangen zu sein, ohne eine echte Option zu haben, woandershin zu können. Außerdem arbeitete ich hart, um den BMW halten zu können. Es würde ihm nicht gelingen, mir ein schlechtes Gewissen einzureden, weil ich ihm den Wagen nicht überließ.

Schließlich öffnete ich die Tür und ging hinaus, ohne mich noch mal umzudrehen. Ich hörte, dass er mir folgte, und als ich über die Schulter zurückschaute, sah ich Mom unsicher im Türrahmen stehen. Es war mir klar: Sobald sie konnte, würde sie zur Flasche greifen. Allein im Haus zu sein, während mein Vater sich im Büro einschloss, war ein Hauptauslöser für sie. Doch darüber konnte ich mir keinerlei Sorgen machen, es war einfach zu alltäglich mittlerweile. Ich war wütend, wirklich wütend. Als Dad wieder meinen Arm packte, schlug ich seine Hand weg, woraufhin er mit zorniger Miene zurückwich.

„Hör auf damit, Dad. Ich werde dir mein Auto nicht geben. Du kannst den Bus nehmen, laufen oder was weiß ich – eine Rikscha mieten. Ich lasse nicht zu, dass du mir ein weiteres Problem aufhalst."

„Das tue ich doch gar nicht, Brysen."

„Ach ja? Damit, dass du Mom die Küche zertrümmern lässt und nichts dagegen tust oder wenigstens nachguckst, ob es Karsen gut geht, halst du mir also kein neues Problem auf? Oder wie wär's mit der Tatsache, dass Mom nie das Haus verlässt, es aber immer irgendwie hinkriegt, eine Flasche Schnaps zur Hand zu haben? Das ist auch nicht mein Problem, nicht wahr?"

Ich schüttelte den Kopf und stolzierte zum BMW. Diese Dinge hatte ich ihm schon lange mal sagen wollen, und da war noch so viel mehr, aber ich erkannte an seinem stur gereckten Kinn und seinen zusammengekniffenen Augen, dass er bloß gehört hatte, dass ich mich weigerte, die Schlüssel herauszugeben. Es war die gleiche alte Geschichte. Weder er noch Mom hatten auch nur die geringste Ahnung, wie hart es für mich war, hier zu sein, und sie waren offensichtlich beide zu gefangen in ihrem eigenen Elend und in ihren bedauernswerten Entscheidungen, als dass es ihnen etwas ausmachte. Weshalb ich Karsen ganz bestimmt nicht allein in diesem Haus lassen würde, ob sie mich jetzt für immer brauchte oder nicht.

Mein Vater starrte mich ununterbrochen an, während ich aus der Einfahrt setzte, und hatte wieder das Telefon am Ohr. Ich war wütend, ich war frustriert, und vor allem hatte ich von dem Ganzen die Schnauze gestrichen voll. Ich wollte mich nicht mehr so fühlen, hilflos und nicht geschätzt. Als ich auf den Parkplatz des Restaurants fuhr, nahm ich mir ein bisschen Zeit, um mich umzuschauen und sicherzugehen, dass niemand mich beobachtete oder mir folgte. Ich gönnte mir auch eine impulsive Minute und rief Race an.

Es klingelte und klingelte, ohne dass er abhob, und ich hasste es, wie sehr mich das enttäuschte. Ich wusste nicht, was er nach letzter Nacht dachte, ob es für ihn ähnlich überwältigend und lebensverändernd gewesen war wie für mich. Jedenfalls war ich überzeugt, dass nur er in der Lage war, mein Unbehagen, das mich nach dem Streit mit Dad fest im Griff hatte, in bessere Laune umzuwandeln.

Als Ramon mich entdeckte, schenkte er mir einen wissenden Blick und grinste anzüglich. Zum Glück hatte ich gleich eine große Gruppe am Hals und konnte es so für den Großteil meiner Schicht vermeiden, aus dem Nähkästchen plaudern oder Fragen beantworten zu müssen. Ich war mies drauf, immer noch wütend auf meinen Vater und zugebenermaßen frustriert darüber, dass Race meinen Anruf nicht angenommen hatte, als mich eine meiner Kolleginnen während meiner Pause aufsuchte und mir mitteilte, dass ich einen neuen Tisch hatte. Ich verstand nicht, warum sich kein anderer darum kümmern konnte, aber sie erklärte, man hätte speziell nach mir verlangt. Da ich einen Stalker hatte, war ich entsprechend nervös, in den Speiseraum zurückzugehen, und überlegte, wer mich dort wohl erwarten würde.

Sobald ich das goldene Haar und das hüpfende Grübchen sah, löste sich jedoch etwas in meiner Brust, und zum ersten Mal, seit er mich heute Morgen im Bett zurückgelassen hatte, konnte ich wieder befreit durchatmen.

Ich ging zu dem Tisch und lehnte mich seitlich an die Sitzbank. Als er mich mit seinen kiefergrünen Augen musterte, bekam ich einen trockenen Mund.

„Hey", begrüßte ich ihn.

Er lachte mich an, und ich verkniff mir mühsam ein verträumtes Seufzen. Race Hartmans Lächeln sollte verboten sein. Es war eine gefährliche Geheimwaffe.

„Ich habe gesehen, dass du angerufen hast", meinte er. „Da wollte ich mal vorbeischauen und gucken, ob alles in Ordnung ist."

Erstaunt blinzelte ich ihn an und fummelte an der Naht meiner Schürze rum. Niemand hatte sich jemals so um mich gesorgt, dass er vorbeigekommen wäre, um nachzusehen, wie es mir ging. Mein Herz tat einen Sprung, und ich wollte wirklich dumme Dinge tun. „Alles okay. Ich hab bloß überlegt, was du heute Abend so vorhast. Meine Schwester ist nicht zu Hause, und ehrlich gesagt möchte ich überall sein, nur nicht dort. Ich weiß, es ist Wochenende, und du hast gewiss eine Million Dinge zu tun, aber ich dachte, es wäre einen Versuch wert."

Eine seiner Brauen tanzte auf seine Stirn hinauf, und er drehte sich ein bisschen, sodass er eine Hand auf meinen Schenkel legen konnte. Da ich einen Rock trug, berührte er mich über der Stelle, wo die Platzwunde von dem Sturz auf dem Parkplatz ausheilte. Es brauchte einen Moment, um meine Atmung in den Griff zu kriegen, während mir allein durch die Berührung seiner Finger heiß wurde. Ich war normalerweise nicht so unverblümt und direkt. Aber wie mir bereits in der vergangenen Nacht aufgefallen war: Race hatte etwas an sich, das in mir das Bedürfnis weckte, Grenzen zu überschreiten und mir auf der Stelle das zu nehmen, was ich wollte – ihn.

„Ich bin ziemlich beschäftigt“, erwiderte er. „Als du angerufen hast, war ich gerade bei der Arbeit. Das mache ich schon den ganzen Tag. Wann hast du denn Schluss hier?“

„Gegen eins.“

Er stand abrupt auf, und wir waren uns mit einem Mal ganz nah. Dann umfasste er meine Wange und drückte einen Kuss auf meine überraschten Lippen. „Wir treffen uns in der Werkstatt. Ich sende dir eine SMS mit dem Code, damit du durchs Tor kommst. Vielleicht werde ich nicht um Punkt eins da sein. Aber wenn du direkt von hier dorthin fährst, solltest du auch so spät noch keine Probleme haben in dieser Gegend.“

Ich wollte die Nacht mit ihm verbringen, wollte die Rückkehr zu meinem alten Ich spüren, so wie in der vergangenen Nacht. Stumm nickte ich, und sein Kinn stieß gegen meine Stirn.

Er streichelte sanft mit dem Daumen über meine Unterlippe. „Ich habe heute Nacht keinen ‚Lakaien‘ zur Verfügung, der dir folgen könnte, Bry. Also musst du auf dich selbst aufpassen, okay?“

Erneut nickte ich, und er trat einen Schritt zurück.

„Race …“, sagte ich, und seine grünen Augen richteten sich wieder auf mich, während ein leichtes Lächeln seine Mundwinkel umspielte. „Pass auch auf dich auf.“ Ich hatte das Gefühl, dass ihm das mal jemand sagen musste, bevor er sich auf den Weg machte, um Gott weiß was zu tun.

Ein Ausdruck huschte über sein Gesicht, ein Ausdruck, der mir einen Schauer über die Haut jagte.

„Sich zu vergewissern, dass es allen gut geht, scheint jetzt plötzlich wichtiger zu sein als noch vor Kurzem.“ Er gab mir einen letzten Kuss und ließ mich dann zurück.

Ich sah ihm hinterher und spürte eine atemlose Erwartung. Es fühlte sich toll an, rief in meinem Inneren jedoch zugleich auch eine gehörige Portion Sorge darüber hervor, auf was ich mich da eigentlich einließ.

Bis spät hatte ich an einem Tisch mit ein paar Halbstarken zu tun, sodass ich erst gegen halb zwei dazu kam, Ramon zu bitten, mich aus dem Restaurant zu begleiten. Ich war müde, zwang mich aber dazu, aufmerksam die gesamte Umgebung zu beobachten, während wir zum Auto liefen. Niemand sprang aus irgendwelchen Schatten hervor, kein Fahrzeug raste auf mich zu. Als Ramon mich mit einem kleinen Kuss auf die Wange und einem Augenzwinkern verabschiedete, fühlte ich mich eigentlich ganz gut.

Durch The Point zu kurven war nie ein Vergnügen. Es war traurig, wie der Verfall zunahm, je näher ich dem Herzen der Stadt kam. Aber nachdem ich mittlerweile mehr Zeit dort verbrachte und allmählich begriff, wie The Point tickte und sich vom Leben der Menschen ernährte, die darin wohnten, hatte ich nicht mehr so viel Angst vor jedem dunklen Etwas, das durch die Nacht huschte. Für einen Moment geriet ich jetzt jedoch beinahe in Panik, als ein grelles Scheinwerferpaar in meinem Rückspiegel auftauchte. Blinzelnd umklammerte ich das Lenkrad automatisch fester. Ich trat aufs Gaspedal, bog ab und seufzte erleichtert, als der Werkstatt-Monolith in Sichtweite erschien.

Ich hielt vor den massiven Toren und gab den PIN-Code ein, den Race mir vorhin geschickt hatte. Das Auto, das hinter mir gewesen war, fuhr ungebremst weiter, und mein Herz rutschte mir vom Hals in die Brust zurück. Ich entspannte mich noch mehr, als die gigantischen Metalltore sich hinter mir schlossen. So karg dieser Ort war, so industriell und abweisend er von außen wirkte: Es ließ sich nicht abstreiten, dass er wie eine Festung war, die die Wölfe der Straße fernhielt. Ich brauchte eine Minute, um meine Gedanken zu sortieren, zog meine Schürze aus und machte mich auf den Weg hinein. Ich hielt inne, als die Tore hinter mir quietschten und surrten, da jemand sie von außen geöffnet hatte.

Der Mustang kam dröhnend hereingefahren und wirbelte dabei eine Staubwolke auf. Race parkte direkt neben dem BMW und machte den Motor aus. Ich wedelte mit der Hand vor meinem Gesicht herum, damit ich durch den Staub überhaupt etwas erkennen konnte, und ging auf Race zu, um ihn zu begrüßen. Ich blieb wie angewurzelt stehen; mir fiel die Kinnlade herunter, als ich ihn erblickte. Er zuckte zusammen, als er mich sah, und spuckte einen Mundvoll Blut aus.

Sein Haar stand in alle Richtungen vom Kopf ab. Seine Unterlippe war tief gespalten. An einer seiner blonden Brauen klaffte ein Schnitt, aus dem Blut sickerte, und seine Wange war aufgedunsen und geschwollen. Sein Button-down-Hemd war am Kragen eingerissen, überall waren rosafarbene Blutspuren. Auf seinen Handrücken und den Knöcheln entdeckte ich schlimme Schürfwunden und Kratzer.

„Was ist passiert?" Ich klang, als hätte ich Helium eingeatmet, so hoch war meine Stimme vor Angst.

Erneut spuckte er aus und schüttelte eine Hand aus. Ich schreckte zurück, als dabei kleine Blutstropfen durch die Luft flogen.

„Arbeit halt", erwiderte er knapp.

Race bewegte sich langsam, wirkte aber sicher auf den Beinen, als er sich mir näherte. Ich streckte die Arme aus, um ihn aufzufangen, doch er hob abwehrend die Hände.

Er wich einen Schritt zurück. „Ich will mich erst sauber machen."

Ich runzelte die Stirn und folgte ihm durch die Halle. Er machte sich gar nicht erst die Mühe, das Licht einzuschalten. Als er auf der schmalen Treppe zum Loft leicht ins Stolpern geriet, stützte ich meine Hände in seinen Rücken und spürte, wie er bei der Berührung zitterte. Dieser Mann war so voller Widersprüche, dass ich nicht wusste, was ich tun sollte. Im Moment sah er nicht so hübsch und königlich aus wie sonst, sondern so wütend und aufgebracht, wie ich mich häufig fühlte.

„Komm, ich helfe dir, Race."

Er grummelte ein wenig, ließ sich dann aber ohne weiteren Protest von mir die restlichen Stufen in seine leere Wohnung hinaufführen. Ich ging direkt ins Badezimmer, machte das Licht an und wies ihn an, auf dem Klodeckel Platz zu nehmen, damit ich seine Wunden reinigen konnte, so wie er das neulich abends für mich getan hatte. Als ich mit einem sauberen Tuch ins Bad zurückkam, hatte er seinen Oberkörper frei gemacht und betrachtete sein Gesicht im Spiegel. Seine Miene wirkte abwesend und leer. Es war, als hätte er all seine Emotionen einfach ausgeschaltet.

„Was ist passiert?“, fragte ich.

Ich wusste nicht, ob er mir davon erzählen würde … Also zumindest nicht, wenn es ihn mit irgendwelchen kriminellen Aktivitäten in Verbindung brachte. Aber als ich begann, das getrocknete Blut von seinen Brauen zu reiben, seufzte er und rutschte etwas tiefer, sodass er sich ans Waschbecken lehnen konnte.

„Ich werde nie begreifen, warum Menschen den Drang haben, Dinge aufs Spiel zu setzen, die sie sich nicht zu verlieren leisten können“, gab er zurück.

„Stammt das hier von einem deiner Zocker?“

„Nein. Von jemandem, den einer der Typen, die Schulden bei mir haben, angeheuert hat, um nicht bezahlen zu müssen. Vermutlich hat ihn der Gorilla mehr gekostet, als er mir geschuldet hat. Der Kerl, den er geschickt hat, war echt ein Witz, aber trotzdem …“

Ich legte den Zeigefinger auf die Wunde in der Mitte seiner Unterlippe und blinzelte ihn an. „Sieht für mich nicht nach einem Witz aus.“

Er verzog das Gesicht. Ich beugte mich vor und küsste einen blauen Fleck, der über seinen Rippen langsam Gestalt annahm.

„Es könnte schlimmer sein. Es könnte immer schlimmer sein“, sagte er. „Der Typ wollte mich niederschlagen, nicht umbringen. Ich kann mich normalerweise in einem Kampf behaupten, aber ich hatte nicht damit gerechnet. Weshalb ich wie ein Idiot dastand, und ich hasse es, mich so zu fühlen. Ich weiß nicht, warum ich immer noch annehme, die Leute würden lieber den leichten und logischen Weg wählen. Nichts funktioniert hier so."

„Ich glaube, das funktioniert nirgends so."

Ich bewegte meinen Mund über seinen Körper und drückte die Lippen auf sein Brustbein. Die straffe Haut fühlte sich warm und nachgiebig an, und ich bemerkte, wie Race auf die sanften Liebkosungen reagierte. Seine Finger glitten durch mein Haar, während ich mit der Zunge seine Brustwarze reizte, und sein Herz schlug schneller.

Ich strich mit den Händen über seine Rippen und ließ sie an den Seiten oberhalb seiner provozierend tief sitzenden Jeans ruhen. Race war schlank und athletisch, sein Körper mit den scharfen Linien und festen Flächen wirkte wie aus Stein gemeißelt. Über den Hüften hatte er je einen harten Muskelkamm, der seine kräftige Gestalt schärfer konturierte. Ich wollte darüberlecken, jede seiner Kurven mit der Zungenspitze nachzeichnen. Lächelnd schob ich meine Finger unter den Bund des festen Jeansstoffes und gab ihm einen Kuss, als ich plötzlich die harte Spitze seines Schwanzes fühlte. Ich liebte es, dass er selbst bei schlechter Laune so schnell auf meine Zärtlichkeiten reagierte. Es machte all diese Wildheit, die er in mir auslöste, weniger einseitig.

„Jetzt bin ich dran, mich um dich zu kümmern", flüsterte ich, küsste ihn direkt über seinem Herzen und löste mich von ihm, damit ich mich seinem Gürtel widmen konnte.

„Brysen …" Seine Stimme war heiser und rau. „Ich weiß nicht, wie viel ich heute Nacht aushalte."

Fein. Ich würde ihn bis an die Grenzen bringen, so wie er es mit mir getan hatte, würde mit lindernden Berührungen und meiner brennenden Leidenschaft alles besser machen. Sein Gürtel ließ sich problemlos öffnen, und sein Schwanz war so hart, dass der Jeansstoff ihm beinahe wie von selbst Platz machte. Er war lang, steif, massiv und fühlte sich so richtig in meiner Hand an. Ich sah, wie sich Races Bauchmuskeln anspannten, wie sich sein Brustkorb unter seinen Atemzügen hob und senkte, wie die

Farbe seiner Augen wieder einmal von dem hübschen Grün zu einem intensiven Schwarz wechselte.

Ich kniete mich vor ihm hin. Diese Position hätte mich nervös machen sollen, hätte mich dazu bringen sollen, infrage zu stellen, wie weit ich eigentlich schon ging, um diesen Mann zu verwöhnen – tat sie aber nicht. Es gab mir das Gefühl, die Dinge im Griff zu haben und darüber bestimmen zu können, was zwischen uns passierte. Es gefiel mir, wie er nun mit seinen großen Händen fest und beharrlich meinen Hinterkopf hielt, während ich mich vorbeugte und die pralle Spitze seiner Erektion mit den Lippen umschloss. Ein tiefes Knurren entrang sich seiner Kehle, kaum dass ich meine Zunge über die Seiten seines Schafts gleiten ließ.

Er schmeckte wie Race. Irgendwie mysteriös und kostbar gleichzeitig. Sein feines goldenes Haar, das in einer schmalen Spur von seinem Bauchnabel herabführte, kitzelte meine Hand, als ich sie um seine Erektion legte, weil es unmöglich war, ihn ganz in den Mund aufzunehmen. Erneut machte er ein Geräusch, und seine Finger krallten sich fester in meinen Nacken und meine Haare. Ich saugte an ihm, leckte ihn, brachte ihn an den Punkt, an dem er unwillkürlich die Hüften entgegen den Bewegungen meines Mundes hob und senkte. Ich wollte meine andere Hand einsetzen, wollte ihn streicheln, ihn kraulen, ihn um den Verstand bringen, damit der Druck und die aufgestaute Anspannung in seinem Körper entweichen konnten, aber Race hatte genug davon, nichts zurückzugeben.

Überrascht schnappte ich nach Luft, da er mich hochzog und umdrehte und mich auf die Kante des Waschbeckens setzte, wo er sich zuvor angelehnt hatte. Ich leckte meine Unterlippe, woraufhin er leise fluchte, und schlang ihm die Beine um die Taille. Ungeduldig glitt er mit den Händen unter den Rock und streifte mir meinen Slip ab.

„Ich war noch nicht fertig." Ich wollte sinnlich und sexy klingen, hörte mich jedoch eher an wie Minnie Maus.

Er lächelte mich an, und sein Grübchen reichte aus, damit ich noch heißer und feuchter wurde. „Ich wäre beinahe gekommen, aber das wollte ich nicht. Ich will dich, Bry."

Race drängte sich zwischen meinen Beinen an mich, senkte den Kopf und presste seinen Mund auf meinen. Ich schreckte ein bisschen zurück, als ich Blut von seiner gespaltenen Lippe schmeckte. Aber eine Sekunde später drang er mit einem kräftigen Stoß in mich ein, und ich vergaß seine Wunde, küsste ihn hungrig. Es gab kein Vorspiel, kein behutsames Herantasten wie in der vergangenen Nacht. Trotzdem, der Druck seines festen Körpers, die Art, wie er sich an mir rieb – es fühlte sich himmlisch an. Ich klammerte mich an seine nackten Schultern, wobei ich vergeblich versuchte, die vielen Prellungen zu meiden, die seine Haut zierten.

Der Sex war fast schon animalisch. Anders als gestern ging es jetzt eher darum, das Ziel zu erreichen und dafür zu sorgen, dass der andere sich besser fühlte. Es war genauso intensiv, stark und wirkungsvoll. Es brachte meinen Körper genauso schnell dazu, zu reagieren, ließ die Hitze mich genauso durchfluten und wirbelte mein Inneres genauso durcheinander, doch diesmal verbarg sich noch etwas anderes dahinter, etwas, das es eindringlicher machte. Irgendetwas lag da in seinem Blick und in seinen Berührungen, das mir das Gefühl gab, dass ich heute mit der anderen Seite von Race zusammen war. Dies war der Race, der in The Point lebte und arbeitete. Der Race, der es mit einem Gangster aufgenommen und gewonnen hatte. Der Race, der keine Angst davor hatte, das Gesetz zu brechen. Der Race, der zerschunden und etwas seelenwund war, weil er dachte, dass er das Richtige tat, und niemand hier das wertschätzte. Er gab sich keine sonderliche Mühe, mich zu befriedigen, obwohl er natürlich gut war, er konnte gar nicht anders. Keuchend wand ich mich unter seinen Liebkosungen, und dazu brauchte er nur einige gekonnte Stöße, während seine Finger meinen willigen Körper erforschten. Ich wusste, das heute war etwas anderes.

Race fasste unter mein Shirt und riss es mir über den Kopf. Er küsste den Ansatz meiner Brüste, und ich bemerkte dieses fiebrige Lodern in seinen dunklen Augen, als er zusah, wie wir uns bewegten. Hier ging es darum, dass er nicht mehr daran denken wollte, was ihn wütend gemacht hatte; er wollte den Kerl hinter sich lassen, der er glaubte, hier in The Point sein zu müssen. In meiner Nähe fühlte er sich ebenfalls wie ein anderer Mensch, und während er nun geschickt seine Hand zwischen meine Oberschenkel gleiten ließ und mich noch weiter an die Kante des Waschbeckens dirigierte, auf der ich schon jetzt ziemlich unsicher balancierte, gab es kein Halten mehr gegen die Flut der Gefühle.

Ich flüsterte seinen Namen und erreichte in seinen Armen den Höhepunkt. Er presste die Zähne aufeinander und folgte mir. Nur ein Mann, der so heiß wie Race war, konnte bei einem Orgasmus so gut aussehen. Keuchend legte ich den Kopf an seinen Hals, während er mir bis zu den Spitzen durchs Haar strich.

„Besser jetzt?" Nun klang meine Stimme tatsächlich sinnlich und sexy.

Er lachte leicht und griff hinter mich, um den Verschluss meines BHs zu öffnen. „Nein, aber du machst es mir leicht, zu vergessen, wie beschissen die Dinge hier sein können."

Na ja, welches Mädchen hörte so was nicht gern von einem attraktiven Mann, während er sie hochhob und davontrug, um ihr noch mehr Vergnügen zu bereiten? Mit ihm zusammen zu sein sollte eigentlich dazu führen, dass es mir gut ging und ich mich normal fühlte; aber ich würde mich nicht beschweren, wenn ich den Gefallen zurückgeben konnte.

10. KAPITEL

Race

Mir tat alles weh. Jede einzelne Stelle an mir, die von den harten Fäusten getroffen worden war, jeder Körperteil, den ich zur Verteidigung eingesetzt hatte, schmerzte bis auf die Knochen. Ich fühlte mich komplett zerschlagen und geschunden, von innen heraus.

Der einzige Fleck, der nicht schmerzte oder wehtat, war der Punkt auf meiner Brust, auf dem Brysens Kopf lag. Im Schlaf ruhte ihr Ohr auf meinem Herzen, ihre Hand war um meine Taille geschlungen. Sie war wie die kühle Seite eines Kissens, wie Eisblumen auf der Fensterscheibe; sie kühlte alle Beulen und Prellungen. Obwohl ich eigentlich wegen ihr und all ihrer sexy und honigsüßen Nacktheit, mit der sie sich an mich presste, vor Lust hätte brennen müssen, empfand ich sie stattdessen wie eine erfrischende Brise, die durch den Smog und die verschmutzte Luft drang, die normalerweise meine Lungen fluteten. Ihr weißblondes Haar fühlte sich an wie Rohseide, wo es auf meiner Haut rieb, und ohne irgendeine Anstrengung brachte sie meinen ungeduldigen Leib unter der Decke in Wallung.

Da sie über Nacht bleiben wollte, mich über sie herfallen ließ, während ich zugleich nach einer Lösung suchte für all den Dreck, der mir durch den Kopf schwirrte, hatte ich es für das Mindeste gehalten, das Bett auszuziehen, damit sie halbwegs bequem schlafen konnte. Nicht dass ich ihr viel Ruhe gelassen hätte … Sie hatte etwas Einzigartiges an sich. Es hatte mit ihrer Art zu tun, wenn sie mit mir zusammen war. Dann wollte ich in sie hineinsehen, sie auseinandernehmen, mir anschauen, wie sie funktionierte, und jedes einzelne Teil anfassen. Sie war wie das beste Puzzle, das schwierigste Problem, das ich je zu lösen versucht hatte. Und ich mochte sie dadurch noch mehr als ohnehin schon.

Jetzt überlegte ich, was wohl der beste Weg war, sie aufzuwecken. Ob sie durchdrehen würde, wenn ich jedes Vorspiel wegließ und einfach meinen Mund zwischen ihre Beine drückte? Bisher hatte sie mich überrascht. Sie schien einverstanden mit allem zu sein, was ich machen wollte, was ich mit ihr machen wollte. Aber da wir gerade erst an der Oberfläche all der verlockenden Möglichkeiten gekratzt hatten, wusste ich noch nicht, wie weit sie mich gehen lassen würde und was bei ihr tabu war. Ich dagegen hatte keinerlei Grenzen, was sie betraf. Der Gedanke brachte mein Blut zum Kochen und ließ mich hart werden.

Ich ließ meine Hand an ihrer Seite hinabwandern, dachte, dass sie sich anfühlte wie all der Luxus und die schönen Dinge, die ich vor langer Zeit hinter mir gelassen hatte … In dem Moment wurde meine Chance, sie auf verführerische Weise zu wecken, durch das Klingeln des Telefons zunichtegemacht, das irgendwo auf dem Fußboden in meiner Hose steckte. Ich war daran gewöhnt, dass das verdammte Ding Tag und Nacht losschrillte. Andauernd wollten Leute mir Geld geben oder es von mir haben und achteten dabei nie auf die Uhrzeit. Woran ich allerdings gar nicht gewöhnt war, waren Anrufe meiner Mutter – nie. Diesen Klingelton hatte ich seit Monaten nicht gehört; selbst dann nicht, als Novaks Schläger mich beinahe totgeschlagen hatten und ich im Krankenhaus gelandet war. Sie hatte sich entschieden auf die „Race ist ein wertloser Haufen Scheiße"-Seite geschlagen, sobald mein Vater mich zur Persona non grata auf Schloss Hartman erklärt hatte. Sie hatte keine Ahnung, was für ein Mensch mein Vater wirklich war, und hatte kein Problem damit, ihm all seine Lügen über mich zu glauben, mit denen er rechtfertigen wollte, dass er mich enterbt und mir jeden einzelnen Penny weggenommen hatte.

Brysen murmelte etwas, und ihre Augen öffneten sich zögerlich. Sie brauchte eine Sekunde, um sich zu orientieren und sich zu erinnern, wo sie war. Dann stützte sie das Kinn auf die Hände und schaute mich unter dem Wirrwarr aus hellen Haaren an. „Willst du nicht rangehen?“

Wollte ich nicht, und jetzt klingelte es schon wieder. „Nicht wirklich.“

Brysen war nackt und lag auf mir, mein Gesicht tat weh, und ich war hart. Es gab hundert Sachen, die ich lieber tun wollte, als diesen Anruf zu beantworten.

„Arbeit?“, fragte sie.

Seufzend rutschte ich ein bisschen rüber, um das Handy vom Boden aufzuheben.

Sie drehte sich auf die Seite und nahm die Decke, die ich irgendwann während unserer gemeinsamen Nacht über uns gebreitet hatte. So zerzaust und befriedigt, wie sie war, sah sie einfach süß aus, aber wirkte auch so fehl am Platz in diesem dumpfen leeren Loft. Sie strich sich das Haar aus dem Gesicht und beobachtete mich aufmerksam.

„Ich wünschte, es wäre die Arbeit.“ Ich wischte mit dem Finger über das Display und setzte mich auf die Bettkante. Nur meine Vergangenheit konnte die Erektion erschlaffen lassen, die Brysen mit ihrer sexy kühlen Schönheit hervorgerufen hatte.

„Ist ’ne Weile her, Mom“, sagte ich ins Telefon.

Ich gab mir keine Mühe, die Bitterkeit und den Ärger in meiner Stimme zu verbergen, und bemerkte, wie Brysen mich besorgt musterte. Erneut seufzte ich, als sie nun aufstand und mit der Decke um ihren Körper ins Badezimmer ging.

„Race …“ Meine Mutter weinte, war fast schon hysterisch, und ich dachte noch, es sollte mir eigentlich was ausmachen.

„Was willst du?“ Ich klang wie ein Arschloch, doch das konnte ich nicht ändern. Ich bückte mich und griff nach meinen Jeans.

„Bitte komm zur Polizeiwache.“

Nach einer kurzen Pause fragte ich: „Warum?“

Sie machte ein glucksendes Geräusch, dann ein weiteres, das an ein verendendes Tier erinnerte. „Dein Vater ist verhaftet worden.“

Eigentlich wollte ich es nicht, aber ich brach in schallendes Gelächter aus. Ich hörte meine Mutter nach Luft schnappen, und sah Brysen aus dem Bad kommen. Sie war angezogen. So eine Schande!

„Das ist wirklich nicht komisch." Mom war fassungslos.

„Weswegen wurde er verhaftet?" Mein Vater war ein böser Mensch. Ein Krimineller auf mehr Ebenen, als ich es jemals sein könnte. Ich war nicht überrascht und konnte mir im Grunde auch nicht vorstellen, dass meine Mutter es war. Wie konnte sie so lange mit ihm verheiratet sein, mit ihm sein Leben teilen und all den Dreck und den Schmutz nicht bemerken, in dem er sich wälzte, um sie mit Pelzen und Diamanten behängen zu können?

„Ich weiß es nicht genau. Heute Morgen waren noch vor Sonnenaufgang ein paar FBI-Beamte da. Sie hatten Vollmachten und führten deinen Vater in Handschellen ab. Ich habe sofort unseren Anwalt angerufen." Wieder schluchzte sie, und ich schaute zu Brysen, die in Richtung Treppe nickte und anscheinend gehen wollte, ohne noch ein Wort zu mir zu sagen. Ich betrachtete sie finster und schüttelte den Kopf. „All unsere Konten sind eingefroren. Er will nicht mal zur Polizei gehen und mir dabei helfen, die Kaution für deinen Vater zu hinterlegen. Es ist kein Geld da."

Wow! Das Schicksal konnte richtig fies sein, wenn es wollte. „Das ist das FBI, Mom. Du kriegst ihn wahrscheinlich sowieso nicht gegen Kaution raus." Ganz sicher nicht, wenn er als Druckmittel gegen den letzten Rest von Novaks Bande benutzt werden oder dazu gebracht werden sollte, gegen Novaks Lieferanten vorzugehen. Mein Vater steckte bis zum Hals in dieser Scheiße mit drin, und ich war echt überrascht, dass sie den erbärmlichen Kerl erst jetzt zu fassen gekriegt hatten.

„Was soll ich bloß machen? Ich darf nicht mal im Haus bleiben." Sie klang verängstigt und verzweifelt.

Ich stand auf und ging zu Brysen, die mich still betrachtete. Als ich ganz nah vor ihr stand, legte ich eine Hand in ihren Nacken und drehte ihren Kopf, sodass sie mich ansah.

„Ich wüsste nicht, warum das mein Problem sein sollte“, sagte ich zu meiner Mutter. „Ohne lange darüber nachzudenken, hast du mich einfach rausgeschmissen in die Kälte.“

Eine volle Minute lang antwortete sie nicht, und ich nutzte die Zeit, um mich in einem endlos blauen Meer zu verlieren.

„Dein Vater meinte, wir hätten keine andere Wahl. Er hat mir erzählt, du würdest unter dem Einfluss von diesem Jungen stehen, von dem schrecklichen Lebensstil, in den er dich hineingezogen hat. Du hast dich entschieden, für ganze Jahre zu verschwinden und dein College-Stipendium mit irgendeinem Mädchen durchzubringen, Race. Dein Vater sagte, dich aus unserem Leben zu entfernen wäre der einzige Weg, damit du begreifst, was du aufgegeben hast. Dadurch solltest du wieder nach Hause kommen.“

Das zerrte an meinen Nerven. Ich knirschte mit den Zähnen, und Brysen strich mit den Händen über die Muster aus blauschwarzen Blutergüssen, die meine Rippen auf beiden Seiten zierten. Menschen mit Geld und Macht glaubten immer, die Oberhand zu haben und andere ohne jegliche Konsequenz manipulieren zu können.

Ich lehnte meine Stirn an die von Brysen. In einem Ton, der endgültig klang, sagte ich zu meiner Mutter: „Du kannst in die Stadt kommen und dir etwas Geld holen, aber nicht für Dad. Ich gebe dir genug, damit du dir ein Hotelzimmer nehmen und dort so lange bleiben kannst, bis du eine Strategie entwickelt hast.“

Als sie mir ins Wort fallen wollte, unterbrach ich sie und erklärte: „Dieses Mädchen, für das ich das Geld aus dem Stipendium gebraucht habe, war nicht irgendeine Fremde, Mom. Sie ist Dads Tochter, und er hat versucht, sie umbringen zu lassen. Einmal, bevor sie überhaupt geboren war, und dann ein zweites Mal, als ihre Mutter plötzlich wiederaufgetaucht ist und ihn erpressen wollte. Er ist ein verfluchtes Monster, und ich hoffe, er wendet sich gegen Novaks Bande, denn er wird es nie lebendig in den Zeugenstand schaffen. Was mich anbelangt, kann er mit Novak zusammen in der Hölle schmoren."

Ich legte auf, bevor sie irgendetwas erwidern konnte, und beugte mich vor, um diese Frau zu küssen, die stets dafür sorgte, dass all die schlimmen Dinge weniger Einfluss auf meinen Alltag hatten. Sie schmeckte nach Minze und Morgen, und als sie ihre Finger im Haar an meinem Hinterkopf vergrub und daran zupfte, stellte ich sicher, dass sie eins wusste: Wenn sie wollte, wäre ich mehr als bereit, wieder mit ihr ins Bett zu gehen. Allerdings war ich ein wenig übereifrig, und der tiefe Spalt in meiner Lippe platzte auf. Ich musste mich von ihr lösen, und während ich das tat, entdeckte ich einen Tropfen von meinem Blut mitten auf ihrem süßen rosa Mund. Mit dem Daumen wischte ich ihn weg und dachte dabei, dass genau das der Grund war, warum ich vorsichtig mit ihr sein musste. Ich wollte keinerlei Blut auf ihr sehen: nicht meines, nicht ihres, nicht die Ströme, die The Point so rücksichtslos vergoss.

„Ich bringe dich runter. Die Werkstatt ist sonntags geschlossen, aber Bax wird da sein." Ich vertraute meinem besten Freund, dass er die Klappe halten und sie nicht nerven würde, aber ich fühlte mich besser, mehr wie ein Gentleman, wenn ich sie durch die höhlenartige Riesengarage führte. Ich hatte immer noch so etwas wie Ritterlichkeit in mir, auch wenn diese kilometerweit unter anderen, schwierigeren Eigenschaften begraben war.

Ich machte mir nicht die Mühe, ein Shirt oder Schuhe anzuziehen, nahm sie bei der Hand und geleitete sie die Metalltreppe hinab. Es war kalt in der Werkstatt, weil ich ja nur halb angezogen war, und ich bemerkte, dass eines der großen Metalltore offen stand. Bax' Hemi 'Cuda war aufgebockt, aber er war nirgends zu sehen. Gerade wollte ich Brysen zu ihrem BMW führen, als sie plötzlich innehielt und ihre Finger aus meinem losen Griff befreite. Ich wollte sie fragen, was zum Teufel sie da tat, als sie sich in die Richtung umdrehte, in der die eingesackten Fahrzeuge an der Hinterwand geparkt waren.

Die riesige Flotte, die Bax für mich gesammelt hatte, wartete brav darauf, dass die Besitzer bezahlten. Im Halbdunkel der Innenbeleuchtung waren die Autos kaum zu erkennen. Wenn allerdings die Türen geöffnet waren, wurde im Licht der hellen Morgensonne mehr als deutlich, dass die Sammlung nicht zueinanderpassender Wagen nichts mit Bax' kunstvollen Restaurationsarbeiten oder seinen High-End-Reparaturen zu tun hatte.

„Brysen?", fragte ich, doch sie ignorierte mich und ging mit klarem Ziel direkt auf einen weißen Lexus-SUV zu, der zwischen den anderen gepfändeten Fahrzeugen stand.

Es war nicht der tollste Wagen aus der Gruppe. Auch nicht der schlechteste. Ich hatte keine Ahnung, warum sie ausgerechnet auf diesen wie eine wärmegeleitete Rakete zugesteuert war, bis sie sich zu mir umwandte. Das Blau ihrer Augen erinnerte nun nicht mehr an einen schönen Sommertag, sondern an einen tosenden Gewittersturm auf See.

„Wieso hast du diesen Wagen?", fragte sie.

Ich überlegte einen Moment lang, was ich darauf antworten sollte. Natürlich könnte ich lügen und ihr erzählen, dass er repariert werden sollte. Allerdings hatte ich den starken Eindruck, dass sie bereits mehr über den Grund wusste, warum er hier war, als mir lieb war.

Während ich sie streng anblickte, verschränkte ich die Arme vor meinem nackten Oberkörper. Die kalte hartherzige Masche hatte ich ebenso drauf wie alle Blaublüter. „Ich wüsste nicht, was dich das angeht, Bry."

Sie starrte mich mit offenem Mund an, und ich beobachtete, wie sich ein tiefes Rot über ihren Hals und ihr Gesicht breitete. Energisch schritt sie auf mich zu und stieß mir ihren Zeigefinger in die Brust. Ich hatte da eine Prellung von letzter Nacht, sodass ihre Berührung wehtat und mich noch finsterer dreinblicken ließ.

„Das ist das Auto meines Vaters, Race. Das Auto, das angeblich bei der Reparatur ist, weswegen er gestern *meinen* Wagen haben wollte. Es geht mich also durchaus was an, warum der Lexus hier bei dir steht."

Ich wich einen Schritt zurück und nahm aus dem Augenwinkel wahr, wie Bax aus seinem Büro kam. Seine Miene war starr. Und trotz des großen Abstands zwischen uns konnte ich erkennen, wie düster sein Blick war, als er ihn auf unseren Streit richtete. Bax ließ sich von niemandem in seine Geschäfte hineinpfuschen, und es war ihm egal, ob die Bedrohung aus einer überwiegend harmlosen hübschen Studentin bestand.

Ich packte sie am Ellbogen und zog sie zu den vorderen Parkplätzen hinüber, wo der BMW neben dem Mustang stand. „Du weißt, was ich mache, Bry. Tu nicht so, als hättest du keine Ahnung, bloß weil jetzt dein persönliches Umfeld betroffen ist."

Sie presste die Lippen aufeinander und kniff die Augen zusammen. „Mein Vater zockt nicht. Er ist Programmierer, Herrgott noch mal!"

Spieler gab es in allen Schichten, und, das wollte ich ihr nun nicht sagen, Computerleute gehörten zu den zwanghaftesten. Sie waren immer der Meinung, es entgegen aller Wahrscheinlichkeit schaffen zu können, das System zu überlisten. Weil ich es nicht vergessen konnte, selbst wenn ich es gewollt hätte, rief ich mir das Bild eines Mannes in den mittleren Jahren ins Gedächtnis, der mir vor einer Woche im Spanky's seine letzten Ersparnisse und seine Rentenversicherung angeboten und verzweifelt darum gebettelt hatte, zu einer privaten Spielrunde zugelassen zu werden. Er schuldete mir dreihunderttausend, und der Lexus deckte seine Schuld nicht mal annähernd. Ich hatte keine Ahnung gehabt, dass das Brysens Vater war, aber ehrlich gesagt war das auch egal. Mein Job war es, Geld zu kassieren, und nicht, Familien oder Väter vor sich selbst zu schützen.

„Jeder zockt auf irgendwas. Football, Pferde- oder Autorennen, und der Einsatz ist ihr Leben, billiger Sex und gefährliche Drogen. Oder Liebe." Ich sah sie scharf an. „Dass das dein Vater war, wusste ich nicht. Ich erkundige mich normalerweise nicht nach Namen und persönlichen Daten. Ich nehme nur das Bargeld und mache die Wette oder lasse sie am Tisch setzen."

Brysen holte tief Luft und schaute von mir zu der Parkbucht. „Gib das Auto zurück, Race", sagte sie leise und mit zittriger Stimme. Die Enthüllung über ihren Vater schockierte sie mehr als die Tatsache, dass ich ihm den Wagen weggenommen hatte, so viel war klar. Das hieß nicht, dass sie mich verstand oder mir verzeihen würde, aber wenigstens kannte ich den wahren Grund, warum sie aussah, als wollte sie mich vollkotzen.

Langsam schüttelte ich den Kopf und stellte sicher, dass sie den Ausdruck wahren Bedauerns in meinem Blick mitbekam. „Das kann ich nicht machen."

Sie atmete zischend aus und lief zu ihrem Auto.

Mit gerunzelter Stirn sah ich ihr nach und erklärte ganz direkt: „Dieses Business ist keins, in dem du dir viele Freunde machst, Bry. Ich frage die Leute nicht nach ihren Ausweisen, ich nehme bloß das Geld. Und wenn sie mir ihre Schulden nicht zurückzahlen können, dann nehme ich eben was anderes." Vielleicht brauchte sie den Rest gar nicht zu wissen, aber da wir schon so tief im Thema waren, fügte ich hinzu: „Der Lexus deckt nicht einmal ansatzweise den Betrag, den dein Vater mir schuldet, Brysen."

Ein Schatten legte sich über ihr hübsches Gesicht, und in ihrem Blick erkannte ich eine Mischung aus Traurigkeit und Wut. „Wenn du gewusst hättest, dass es mein Vater war, hätte das etwas geändert?"

Wenn sie mir nicht so wichtig gewesen wäre, hätte ich sie einfach angelogen.

„Nein. Ich hätte ihn trotzdem am Tisch Platz nehmen lassen, und ich hätte trotzdem den Lexus als Pfand genommen. Es ist nun mal mein Job."

Sie schüttelte den Kopf und sagte eisig: „Fick dich."

Ich zog eine Braue hoch. „Wann immer und wo immer du willst, schöne Frau."

Sie öffnete den Mund, als wollte sie etwas erwidern, rang sichtlich nach Worten, doch dann schüttelte sie nur erneut den Kopf. So leise, dass ich es kaum verstehen konnte, murmelte sie: „Dein Job ist scheiße, Race. Was du tust, ist nichts, mit dem ich irgendwas zu tun haben möchte. Du zerstörst Leben."

Jetzt verstand sie es also allmählich. Ich sagte nichts, als sie in ihr Auto stieg und wegfuhr. Als sich die Tore hinter ihr schlossen, kam es mir so vor, als hätte sie meine Welt für immer verlassen. Ich hätte sie gar nicht erst in die Festung lassen sollen. Diese Welt war trostlos und grau. Hier gab es keinen Platz für einen Sommerhimmel.

Bax trat von hinten an mich heran; ich nahm den beißenden Geruch von Rauch wahr, der immer an ihm hing. „Probleme?", fragte er.

Ich blickte ihn über die Schulter hinweg an und zuckte mit den Achseln. „Ihr Vater steckt tief drin, und sie wusste nicht mal, dass er überhaupt gern Karten spielt. Leider ist er beschissen darin und steht mit mindestens dreihunderttausend in der Kreide."

„Scheißdreck."

„Ja. Sie ist wohl noch angepisster von ihm als von mir, aber ich kann den Lexus nicht zurückgeben, und das hat sie verletzt."

„Wenn du ihn zurückgibst, stehst du als Weichei da."

Ich runzelte die Stirn. „Vor allem würde es so aussehen, als wäre das Abzahlen von Schulden nicht wichtig. Und das geht nicht."

„Was ist eigentlich mit dir passiert? Hat Nassir dich in den Pit geworfen?"

Der Pit war der blutbefleckte Kreis auf dem Betonboden, wo Männer sich mit bloßen Händen gegenseitig umzubringen versuchten und Studenten zu schlechtem House tanzten.

„Marcus Whaler wollte seine Schulden nicht bezahlen. Anstatt seinen Scheiß zu regeln, hat er irgendeinem Schläger die Hälfte von dem gegeben, was er mir schuldet, damit der mich überzeugt, Marcus vom Haken zu lassen." Ich grummelte. „Es hat nicht geklappt, und nun hat Marcus zwei gebrochene Kniescheiben."

„Was ist mit dem angeheuerten Schläger?"

„Hätte Marcus mehr Bares gehabt, wäre ich jetzt tot. Der Typ hatte keine Waffe. Das war bloß so ein Eisenfresser aus der Muckibude auf der Suche nach dem Kick und dem schnellen Geld. Nachdem ich ihn am Boden hatte, habe ich ihm gesagt, er solle Kontakt zu Nassir aufnehmen. Der Kerl wäre perfekt für den Pit bei einer Fight-Night. Und als ich über Geld redete, sah er bloß noch Dollarscheine. Dass er mich für Marcus fertigmachen sollte, war ihm wohl nicht mehr so wichtig."

„Du musst endlich damit anfangen, so eine verdammte Knarre bei dir zu tragen, Race. Diese ganze Scheiße wird immer gefährlicher."

Ich wollte mit ihm darüber nicht diskutieren und war das Thema leid. Außerdem musste ich mir langsam mal ein T-Shirt und Schuhe anziehen. Halb nackt in einer kargen Werkstatt rumzustehen war nicht das Allerbeste für meine angeschlagene Gesundheit. „Ja, ich weiß. Und ich werde mit Nassir reden, ein paar Schutzgeldeintreiber einzustellen. Um das große Geld will ich mich selbst weiter kümmern, aber die kleinen Summen – alles unter zehntausend – sollen die Laufburschen übernehmen. Ich hab's satt, als Sandsack herzuhalten."

Wir gingen zurück in die Werkstatt. Ich hob die Hände, um mir durchs Haar zu fahren, und zuckte zusammen, weil diese Bewegung an meinen wunden Seiten zerrte.

„Wirst du damit klarkommen, wenn dieses Mädchen nicht mehr vorbeischaut?", wollte Bax wissen.

Ich musterte ihn aus den Augenwinkeln. Mit keiner Frau war es mir je wirklich ernst gewesen, aber ich mochte Brysen, wollte sie gern behalten, wenn es möglich war. Doch mein Leben war nicht jedermanns Sache, und sie müsste sich schon freiwillig darauf einlassen, hier mit mir im Schützengraben zu liegen, sofern mehr als nur Spaß und Sexspielchen zwischen uns sein sollte.

„Ich weiß nicht. Vielleicht?“ Es war eine Frage, auf die ich im Moment keine Antwort hatte. „Ich kann mir jetzt um sie keine Gedanken machen. Das FBI hat heute eine Razzia auf Schloss Hartman gemacht und meinen Vater in Handschellen abgeführt. Sämtliche Konten sind eingefroren. Meine Mutter rief völlig panisch an.“

„Schwachsinn. Diesem Arschloch wirst du nicht raushelfen.“ Seine Stimme war um eine Oktave gesunken, und der Zorn und der Hass, die sein kräftiger Körper ausstrahlte, waren beinahe zu spüren. Mein Vater hatte versucht, Dovie umbringen zu lassen. Das war etwas, was Bax niemals vergessen würde. Wenn er je die Chance bekäme, würde er meinen Vater unter die Erde bringen, ohne lange darüber nachzudenken; das war mir völlig klar. Er liebte meine Schwester, und das war das Einzige, was seinem Leben Sinn gab.

„Nein. Ich hoffe, er sagt gegen Benny und den Rest der Bande aus. Die werden dafür sorgen, dass ihre Leute ihn abstechen, während er sitzt. Er wird es nie bis zum Prozess schaffen. Er ist viel zu weich.“

„Was, wenn das FBI ihn in Zeugenschutz nimmt – so wie diese Schlampe, die Dovie verraten hat?“

Wenn man ihn ins Zeugenschutzprogramm aufnehmen sollte, würde ich ihn aufspüren und ihn Bax überlassen, und ich würde mich nicht mal schuldig fühlen. Zumindest versuchte ich mir das einzureden. „Sollte das passieren, werde ich ihn finden, und du kannst dann tun, was du tun musst.“

Seine dunklen Augen maßen mich, um zu überprüfen, ob ich die Wahrheit sagte. Ich hasste es, dieses Misstrauen darin zu sehen, dass er einfach nicht abschütteln konnte. Zwar bereute ich nicht, die Entscheidungen getroffen zu haben, die ihn schließlich ins Gefängnis gebracht hatten; schließlich hatte es ihm das Leben gerettet und ihn auf dem einzig möglichen Weg von Novak befreit. Aber ich bereute sehr wohl, dass diese Entscheidungen das Band zerstört hatten, das uns immer verbunden hatte.

„Was ich tun muss, wird nicht schön sein", erwiderte Bax.

„Das ist mir klar. Apropos Dinge, die nicht schön sind: Meinst du, du kannst dir nächste Woche ein paar Stunden freischaufeln und mal mit mir bei der Uni vorbeischauen?"

Eine seiner pechschwarzen Brauen sauste nach oben. „Weil?"

Ich rieb mir den Nacken. „Ich glaube, es ist Zeit, dass jemand mit dem Assistenten plaudert, der Brysen das Leben so schwer macht."

Er lachte in sich hinein und ging zu dem Hemi. „Wird sie das so toll finden, wenn du dich da einmischst?"

„Wahrscheinlich nicht. Aber ich werde es trotzdem tun."

Er legte eine Hand auf den polierten Kotflügel des Wagens und schaute mir direkt in die Augen. „Glaubst du, der Grund, warum du so in dieses Mädchen verknallt bist, ist, dass sie dich daran erinnert, was du verloren hast? Sie ist ein strahlender Hochglanztyp, so ähnlich wie du, bevor ich dich in die Gosse runtergezogen habe."

Mit dem Finger berührte ich die Wunde in meiner Lippe und dachte über seine Worte nach. Brysen war tatsächlich strahlend und glänzend, doch in ihrem Inneren war sie hart und irgendwie draufgängerisch.

„Sie musste zurück zu ihren Eltern ziehen, um sich um ihre kleine Schwester zu kümmern. Sie wird von einem Irren verfolgt. Sie hat einen Scheißjob mit beschissenen Arbeitszeiten, aber sie hängt sich darein. Sie wird an der Uni gelinkt, weil sie irgendeinen Verlierer nicht ranlassen will. Und gerade hat sie rausgefunden, dass ihr Vater dem Kerl, mit dem sie es treibt, eine Unmenge Kohle schuldet und dass ich die Familienkutsche als Pfand eingesackt habe", erklärte ich. „Auf den ersten Blick mag sie dich an mein früheres Leben erinnern, aber innerlich ist sie komplett besetzt mit meinem neuen Leben."

Er senkte den Kopf und nickte leicht, und ich klopfte ihm freundschaftlich auf die Schulter. Es war, als ob ich gegen eine Ziegelmauer schlug.

„Abgesehen davon gab es kein Runterziehen in die Gosse“, fügte ich hinzu. „Ich habe dich auf die Straße gejagt, Bax. Ich glaube, damals habe ich gedacht, dass sich immer ein Ausweg finden würde, wenn ich wieder rauswollte.“

Er grummelte. „Ist es das, was du tust? Deshalb diese Geschäfte mit Nassir, das Geld und das Risiko? Suchst du immer noch nach einem Ausweg?“

War es das, was ich tat? Manchmal wusste ich es selbst nicht mehr so genau, aber zwei Dinge waren für mich dagegen absolut glasklar. „Du bist hier, und Dovie ist hier. Das heißt, wenn ich irgendwas in der Angelegenheit zu sagen habe, dann werde ich dies hier zu einem Ort machen, an dem es sich leben lässt.“

„Denkst du, dass du ganz allein The Point aus dem Feuer holen kannst?“

Ich wandte mich um und ging auf die Treppe zu. „Nein. Aber ich denke, dass ich das Feuer unter Kontrolle halten kann, und das ist eigentlich alles, was ich will.“

Ich wartete seine Antwort gar nicht erst ab. Mir tat alles weh, und ich brauchte dringend irgendwelche Schmerzmittel. Außerdem musste ich Titus anrufen und ihn fragen, ob er etwas über die Sache mit meinem Vater rausfinden konnte. Und noch viel wichtiger: Ich musste mir überlegen, wie es mit Brysen weitergehen sollte.

Ich hatte immer gedacht, dass ich gut auf mich selbst aufpassen konnte, dass ich smarter war als dieser schreckliche Ort, den ich nun schon seit Längerem mein Zuhause nannte. Jetzt war ich mir da nicht mehr so sicher. The Point existierte seit einer Ewigkeit, hatte das Gute und das Böse in allen möglichen Formen kommen und gehen sehen. Und das Einzige, was sich hier jemals änderte, waren die Jahreszeiten.

11. KAPITEL

Brysen

Ich war so voller Zorn, als ich nach Hause kam, dass ich eine Minute brauchte, bevor ich hineingehen konnte. Ich war wütend auf Race, wütend auf meinen Vater, wütend auf mich selbst, weil mir nicht früher aufgefallen war, dass etwas nicht stimmte – abgesehen von der Tatsache, dass mein Vater vor allem, was unter diesem Dach geschah, die Augen verschloss. Aber mehr als das ärgerte mich etwas anderes: Meine Eltern hatten zugesehen, wie ich mein Leben aufgegeben hatte und nach Hause zurückgekommen war, um hier alles wieder in Ordnung zu bringen; und jetzt hatte ich erfahren, dass keiner von beiden die Absicht hatte, die Abwärtsspirale aufzuhalten. Meine Mutter hatte kein Interesse daran, eine Entziehungskur zu machen oder sich professionelle Hilfe zu suchen. Und offensichtlich hatte mein Vater seine eigenen Suchtprobleme, die genauso schlimm und genauso verheerend für diese Familie waren. Es war alles so ungerecht. Ich spürte, wie mein Blut kochte. Meine unbändige Wut über die ganze Situation lag mir wie ein alles dominierender Geschmack auf der Zunge und war alles, was ich schmecken konnte.

Ich knallte die Autotür wesentlich fester zu als nötig und marschierte auf das Haus zu, ohne einen echten Plan zu haben. Die neuen Enthüllungen heizten mich an, und all die Dinge, die ich im vergangenen Jahr runtergeschluckt hatte, kamen jetzt wieder hoch, befreit aus dem Würgegriff, in dem ich sie normalerweise hielt. Ich stieß die Tür auf, ließ sie einfach offen und ging zielstrebig auf das verschlossene Büro meines Vaters zu. Ich klopfte nicht an und scherte mich nicht darum, mich anzukündigen oder irgendwelche Höflichkeiten auszutauschen. Ich stürmte hinein und kam direkt zur Sache.

Ruckartig wandte Dad sich vom Computerbildschirm ab, seine Augen waren weit aufgerissen. „Brysen?“

Ich stützte die Hände auf den Schreibtisch und beugte mich vor, sodass er keine andere Wahl hatte, als mich und nicht den Monitor anzuschauen. „Ich weiß, dass du den Lexus wegen Spielschulden verloren hast, Dad. Und ich weiß, dass er deine Schulden nicht mal annähernd ausgleicht.“

Seine Augen weiteten sich noch mehr, sofern das überhaupt möglich war, und ihm wich die Farbe aus dem Gesicht. „Wovon redest du?“

Ich stieß mich vom Schreibtisch ab und verschränkte in einer Abwehrhaltung die Arme vor der Brust. „Ich weiß es, Dad.“

„Du weißt gar nichts, kleines Mädchen.“ Sein Ton war scharf, und seine Wangen, die vor einer Minute noch bleich gewesen waren, färbten sich flammend rot. „Alles, was ich getan habe, habe ich getan, um diese Familie nach dem Unfall deiner Mutter über Wasser zu halten. Glaubst du denn, die Arztrechnungen wären günstig gewesen? Glaubst du, dass die Vergleichssumme, die wir der anderen Familie zahlen mussten, aus dem Nichts kam? Ich habe getan, was ich tun musste.“

„Ja, aber du hast nicht aufgehört, oder?“

Stumm starrte er mich an.

Ich starrte zurück. „Wie hoch sind deine Schulden, Dad?“

Er schnaufte und keuchte und lehnte sich in seinem Drehstuhl zurück. „Das geht dich nichts an. Ich habe alles im Griff.“

Ich wollte ihm irgendwas Hartes an den Kopf schmeißen. Er hatte ganz gewiss nicht alles unter Kontrolle. Das war total offensichtlich. „Was ist mit Mom? Weiß sie davon, oder ist das der Grund dafür, dass du kein Problem damit hast, ihr permanent Nachschub an Schnaps zu besorgen? Sie ist depressiv und total durch den Wind; vielleicht denkst du ja, wenn du ihr die Möglichkeit gibst, ihre eigene Dosis zu wählen, hast du sie nicht am Hals, während du verspielen kannst, was immer dieser Familie noch geblieben ist.“

Als er zusammenzuckte und aufsah, erkannte ich, wie sich die schreckliche Wahrheit meiner Worte in seinem Blick spiegelte. Was zum Teufel war los mit dieser Familie?

Er seufzte schwer und schlug die Hände vors Gesicht. Plötzlich wirkte er wie ein Hundertjähriger. „Es gibt nichts mehr zu verlieren, Brysen. Mein Rentenplan, unsere Ersparnisse, die Kreditkarten und mein Auto – alles weg." Seine Augen wurden glasig, und er sah wirklich verängstigt aus, als er fortfuhr: „Die Raten für das Haus konnte ich seit zig Monaten nicht mehr bezahlen. Vier Wochen nach deinem Einzug ist die Zwangsvollstreckung angeordnet worden. Zum Glück sind die Banken derzeit immer noch damit beschäftigt, sich aus dem Sumpf zu befreien, in den die Rezession sie gebracht hat. Aber irgendwann wird es passieren, und sobald die Bank übernimmt, müssen wir raus."

Mir stockte der Atem, und in meinem Inneren breitete sich eisige Kälte aus. Ich atmete langsam aus und bemerkte, wie der Raum in meinen Augenwinkeln verschwamm. „Du hast also die ganze Zeit gewusst, dass das Haus längst verloren ist und dass Karsen früher oder später zwangsläufig die Schule wechseln muss und herumgeschubst und entwurzelt wird?"

Er antwortete mir nicht, aber das brauchte er auch nicht. Die Wahrheit zeigte sich in allem, was im vergangenen Jahr in diesen Wänden passiert war.

Ich schüttelte den Kopf. „Du bist widerlich."

Damit drehte ich mich um und ging, um meine Mutter zu suchen. Es reichte. Ich würde ihr sagen, dass es höchste Zeit war, dass sie sich zur Therapie in einer Suchtklinik anmeldete, und dass es mir egal war, ob ich noch zwei weitere Jobs annehmen musste, um das zu bezahlen. Das Chaos im Hause Carter war mit dem heutigen Tag Geschichte.

„Brysen." Der Ton meines Vaters war schneidend, also blieb ich im Türrahmen stehen und schaute ihn über die Schulter hinweg an. „Wie hast du das rausgekriegt?"

Nun, das war eine heikle Frage, nicht wahr? Ich lachte kurz und bitter. „Race Hartman ist Dovies älterer Bruder. Wir haben in den letzten Wochen viel Zeit zusammen verbracht."

Er sprang auf und knallte die Hände auf die Schreibtischplatte. „Nein. Ich verbiete es dir. Das ist kein Mann, den du in deinem Leben haben solltest. Er ist gefährlich."

Ich wusste das, aber bisher war er höchstens anderen gegenüber gefährlich geworden, während er für mich alles getan hatte, um mich zu beschützen und sich um mich zu kümmern. Im Moment hatte ich den Eindruck, dass zwischen Race und meinem Dad auf jeden Fall Race das geringere Übel darstellte, auch wenn ich richtig sauer auf ihn war.

„Nein, Dad, ist er nicht. Menschen wie du, Menschen, die nicht wissen, wann sie aufhören müssen, selbst wenn klar ist, dass sie ihre Familie oder ihr Leben aufs Spiel setzen, das sind die gefährlichen. Race gibt Leuten wie dir bloß genügend Seil, damit du dich aufhängen kannst."

Mein Vater fluchte, dann wich die Wut in seinem Blick einem fragenden Ausdruck. „Wie nah steht dir Hartman eigentlich genau?"

Oh Gott, das hatte er eben nicht wirklich gefragt!

„Nein. Er wird dir meinetwegen nicht die Schulden erlassen oder dir den Lexus zurückgeben, Dad", erwiderte ich.

Nun war es an ihm, ein raues heiseres Lachen von sich zu geben. „Sei nicht so naiv, Brysen. Ich frage mich bloß, ob dein Freund dich so gernhat, dass ich lebend aus der Grube herauskomme, die ich mir selbst gegraben habe. Race hat einen Geschäftspartner, der es nicht besonders mag, betrogen zu werden. Wenn ich nicht wenigstens die Hälfte meiner Schulden begleiche, ist es ziemlich wahrscheinlich, dass du einen Anruf aus der Pathologie kriegst, um meine Leiche zu identifizieren."

Ich fand keine Worte, um darauf zu reagieren, also setzte ich meine unterbrochene Flucht aus dem Büro fort und ging zum Schlafzimmer meiner Eltern. Ich war sicher, dass Mom noch im Bett liegen würde. Als ich um die Ecke bog, stellte ich allerdings zu meiner Überraschung fest, dass sie im Flur an die Wand gelehnt stand. Sie weinte. Das Weinen war nichts Neues; dass sie nüchtern war und ihr Blick scharf und klar, hingegen schon.

„Er hat das Haus verspielt?"

„So sieht es zumindest aus", gab ich zurück.

Sie biss sich auf die Unterlippe und rang die Hände. „Es ist meine Schuld. Wenn ich nicht getrunken und diesen Unfall verursacht hätte, wäre nichts von alldem passiert."

Damit hatte sie nicht ganz unrecht, und so verzichtete ich auf Plattitüden und sinnlose Beschwichtigungen. Stattdessen sagte ich: „Nun, jetzt hast du die Chance, ein paar bessere Entscheidungen zu treffen, Mom. Du brauchst Hilfe, physisch und psychisch. Du musst eine Therapie machen, und du brauchst professionelle Hilfe, um deine Depression zu behandeln. All der Wodka dieser Welt wird dir nicht helfen, das in Griff zu kriegen."

Sie weinte noch mehr. „Ich kann das alles nicht glauben. Wie konnte er uns das antun?"

Ich wollte sie schütteln. Sie hatten beide einen großen Anteil an der Katastrophe, die sich gerade abspielte, aber die Zeit der Schuldzuweisungen war vorbei. „Mom …"

Sie unterbrach mich mit einem lauten Aufheulen. „Was soll aus dir und Karsen werden?"

Meiner Ansicht nach war es viel zu spät, sich darüber Sorgen zu machen. „Ich werde mich um Karsen kümmern, so wie ich es schon im vergangenen Jahr getan habe."

Sie schniefte ein wenig und legte eine Hand auf die Brust. Nach einem Moment der Stille neigte sie den Kopf in meine Richtung. „Deine Tante Eleanor in Texas wäre sicher bereit, euch Mädchen für eine Weile bei sich aufzunehmen."

Ich knirschte mit den Backenzähnen. Ich würde nicht nach Texas gehen. Es war heiß da, es war weit weg, und – so ungern ich es mir eingestehen wollte, weil er gerade ganz oben auf meiner schwarzen Liste stand – Race war nicht da, was es für mich automatisch unattraktiv machte.

„Mom, kümmere dich erst mal um dich selbst. Mir geht's gut, und ich werde dafür sorgen, dass es Karsen auch gut geht."

Mir war ja klar, dass sie ihre eigenen Sorgen hatte, dass sie nie so richtig körperlich und geistig gesund gewesen war. Doch wenn es jemals einen geeigneten Moment gegeben hatte, um sich zu erholen, sich aufzuraffen und ihr Bestes als Mutter zu geben, als Frau, die sich um ihre beiden Töchter sorgte, dann war dieser jetzt gekommen.

„Was ist mit dem Geld?", fragte sie.

Ja, das war ein Problem, über das ich kurz nachdenken musste, bevor ich eine Lösung dafür hatte. „Lass uns erst einen Platz für dich finden. Danach klären wir den Rest Schritt für Schritt, okay?"

Sie nickte und verschwand in ihrem Zimmer. Ein paar Sekunden später kam sie wieder heraus und drückte mir zwei Flaschen Wodka in die Hand. Eine war fast leer, die andere war noch ungeöffnet. Ich seufzte und ging in mein eigenes Zimmer, ohne noch ein Wort zu ihr zu sagen.

Es war ein beschissener Tag gewesen, und während ich versuchte, ihn auseinanderzunehmen und die Einzelteile neu zu sortieren, konnte ich nur an eins denken. Ich war so froh, dass Karsen nicht zu Hause gewesen war und miterlebt hatte, wie die letzte dünne Schicht von Normalität und Glück in unserer Familie weggerissen worden war.

Tatsächlich freute ich mich auf die Uni am Montag. Ich musste aus dem Haus raus und brauchte etwas Luft. Als ich Karsen zur Schule brachte, bemerkte ich, dass sie ahnte, dass etwas los war, auch wenn sie mich nicht direkt fragte. Ich wollte sie ablenken, indem ich sie mit ihrer Verabredung und dem kleinen Knutschfleck an ihrem Hals aufzog. Das ging aber total nach hinten los: Sie wies darauf hin, dass Race ja erstklassige Arbeit darin geleistet hatte, seine besitzanzeigenden Kennzeichnungen überall auf meiner blassen Haut zu verteilen. Ein weiterer Grund, ernsthaft genervt von diesem sexy Arsch zu sein.

Ich startete den Tag, während die Gedanken in meinem Kopf unaufhörlich kreisten. Bei Drew fasste ich mich sehr kurz, als er sich mit mehr als nur freundlicher Neugier in der Stimme nach meinem Wochenende erkundigte. Adria ignorierte ich und tat so, als existierte sie nicht, als sie mit mir reden wollte. Und als ich im Mathe-Theorie-Seminar meine letzte Arbeit zurückbekam, fing ich beinahe an zu heulen. Nach allem, was passiert war, war es die dicke fette Sechs darauf, die mich fast zusammenklappen ließ. Wenn ich nicht das rachsüchtige Funkeln in den Augen des Assis gesehen hätte, wenn mich nicht viele schwerere Sorgen bedrückt hätten, hätte ich womöglich etwas Unüberlegtes getan. Das war nun also ein weiteres auf dem mittlerweile gigantischen Stapel von Problemen, die ich nacheinander abarbeiten musste. Andererseits, wenn ich die Uni schmeißen musste, um einen weiteren Job anzunehmen, spielte es ja keine Rolle, ob ich durch diesen Kurs fiel oder meinen Durchschnitt versaute.

Ich wich Drew aus und sagte sogar das Kaffeetrinken mit Dovie ab, um direkt zur Arbeit gehen zu können und nicht mit irgendwem kommunizieren zu müssen. Ich war zurzeit keine gute Gesellschaft für zivilisierte Menschen, und das merkten wohl auch meine Gäste. Ramon warf mir Seitenblicke zu, und als die Schicht endlich vorüber war, trieb er mich in die Enge und piesackte mich, bis ich ihm in einer etwas aufgehübschten Version erzählte, was los war. Ich erwähnte die Zockerei nicht und ging insgesamt nicht sehr ins Detail, aber am Ende der Zusammenfassung zitterte ich und versuchte, meine Gefühle unter Verschluss zu halten, bis ich merkte, dass es zu schwer wurde.

Ich ließ mich von ihm umarmen, während ich gegen die Tränen ankämpfte. Er gab mir einen Kuss auf mein Haar und versicherte mir, dass alles gut werden würde. Das lag leider nicht im Bereich des Möglichen, und da ich das wusste, begann ich noch stärker zu zittern. Als er mich zu meinem Auto brachte, beschlich mich wieder diese unheimliche Ahnung, dass mich jemand beobachtete. Ich konzentrierte mich darauf, den Parkplatz und jegliche drohende Gefahr im Auge zu behalten.

„Was ist mit deinem Wagen?"

Ich sah zu Ramon und runzelte die Stirn. „Was soll damit sein?"

Er zuckte leicht mit den Schultern. „Sieht gut aus, und er ist sicher was wert. Wenn du wirklich in Not bist, könntest du ihn verkaufen."

Ich schaute den BMW an und dann ihn. „Ich zahle ihn noch ab."

„Macht nichts. BMWs sind Klassiker, und reiche Leute wollen so was immer haben. Verkauf ihn, zahl die Raten ab, und nimm den Rest des Geldes, um deiner Schwester und dir ein neues Leben aufzubauen. Du müsstest dir keine Sorgen mehr um die Kosten für den BMW machen, und du hättest ein finanzielles Polster, wenn auch ein dünnes."

Puh. Das klang total vernünftig – und der Plan gefiel mir überhaupt nicht. Ich liebte mein Auto. Für mich stellte es wirklich meine letzte Verbindung zur Unabhängigkeit dar.

„Das hilft mir aber nicht dabei weiter, herauszufinden, wie ich das Geld für meine Mutter auftreiben soll", entgegnete ich.

Ramon beugte sich vor, küsste mich auf die Wange und bugsierte mich ins Auto. „Süße, deine Eltern sind schon erwachsen. Es ist nicht dein Job, dich um sie zu kümmern. Es war ihr Job, sich um dich zu kümmern, und darin haben sie ganz furchtbar versagt. Du hast gerade zu viel um die Ohren, um auch nur daran zu denken, irgendjemand anderen als Karsen und dich zu retten."

Vielleicht stimmte das, aber ich hatte keine Ahnung, wie ich all das einfach loslassen sollte, nachdem ich mich so lang daran festgeklammert hatte.

Ich wollte nicht nach Hause, war jedoch auch noch nicht bereit, wieder mit Race zu reden. Nicht dass er versucht hatte, mich zu erreichen. Ich war unsicher, was wir einander zu sagen hätten, und ich hasste es, dass sich alles zwischen uns so unfertig und unbefriedigend anfühlte. Ich musste wirklich und wahrhaftig herausfinden, ob ich mit Race und allem, was ihn so umgab, umgehen konnte. Es war keine Lüge gewesen, als ich ihm an den Kopf geworfen hatte, dass ich seinen Job beschissen fand und dass er die Leben anderer zerstörte. Das Einzige, was mich davon abhielt, mich komplett von ihm abzuwenden, war die Tatsache, dass ich es genau spürte: Er wusste, dass ich recht hatte, und Spaß machte ihm seine Arbeit nicht. Aus seiner Sicht leistete er bloß einen Dienst, den The Point brauchte, um sich nicht selbst auszuschlachten.

Am Dienstag ging es so weiter. Ich hatte in der Nacht nicht sehr gut geschlafen, und das hatte eher damit zu tun, dass ich einen straffen warmen Körper zum Ankuscheln und das Gefühl von goldenem Haar auf meiner Haut vermisst hatte, als mit dem Stress, mein unstetes Leben in den Griff zu kriegen. Karsen sagte mir, dass ich scheiße aussah, und Adria auszuweichen und Drew zu verjagen war heute doppelt so anstrengend wie am Vortag. Es war so schlimm, dass ich ernsthaft überlegte, mich bei der Arbeit krankzumelden, aber da die Wurzel allen Übels ja im Moment das Geld war, beschloss ich, dass das keine gute Idee war.

In der Mitte der Woche war ich total erschöpft davon, mich ständig im Kreis zu drehen. Ich würde den BMW verkaufen, ich würde aus dem Mathe-Theorie-Seminar aussteigen, auch wenn das bedeuten sollte, mein Diplom zu verschieben, und ich hatte mich entschlossen, Race nach der Schicht heute Abend anzurufen. Ich war es leid, die Dinge um mich herum einfach passieren zu lassen. Ich musste mein Leben endlich wieder selbst bestimmen. Als Drew mich vor der Klasse abpasste, ließ ich es zu, dass er mich anhielt, und war sogar kurz davor, mich dafür zu entschuldigen, in den letzten Tagen so kurz angebunden gewesen zu sein, doch ich wurde davon überrascht, dass der Professor uns unterbrach.

Ich mochte ihn nicht. Er hatte mich ignoriert, als ich mit ihm über den Assistenten sprechen wollte. Und er hatte mich immer wieder abgewiesen, als ich ihn gebeten hatte, sich diejenigen Noten einmal anzusehen, die ich für ungerechtfertigt hielt. Ich nahm an, der Mann hielt mich für nichts weiter als eine typische dumme Blondine, und als solche, so dachte er bestimmt, würde ich bestimmt versuchen, eine Extrawurst zu kriegen. Es war auch nicht sehr hilfreich, dass ich außer meinem Bauchgefühl keinerlei konkrete Beweise dafür hatte, dass an meine Arbeit wesentlich strengere Maßstäbe bei der Bewertung angesetzt wurden als bei den anderen im Seminar. Und wenn der Professor schon nicht auf mich hörte, würde es wohl auch nichts bringen, die nächsthöhere Instanz anzurufen.

„Ms. Carter, hätten Sie eine Minute für mich nach dem Kurs? Ich würde Sie gern in meinem Büro sprechen."

Ich seufzte. Die Aussicht war nicht sehr verlockend, mir von ihm anhören zu müssen, dass ich durchfallen würde und keine Chance hätte, mit dem Notenschnitt mein Diplom zu bekommen. Ich klemmte eine Haarsträhne hinter mein Ohr und nickte. „Natürlich, Professor Hammond."

Er schob seine Brille auf die Nase und ging in den Seminarraum.

Drew verzog das Gesicht und folgte mir zu unseren Sitzplätzen. „Worum geht es?"

„Er möchte mir wahrscheinlich sagen, wie sehr ich gerade im Arsch bin."

„Das ist nicht cool, Brysen."

War es auch nicht. Aber ich wusste nicht, welche Alternativen mir blieben. Ich wollte Drew schon wieder sagen, dass es mir leidtat, all meine Zickigkeit und meinen Stress in der letzten Woche an ihm ausgelassen zu haben. Alles in allem war er ein netter Kerl, und die Tatsache, dass er mich mochte und ihn das manchmal einige Grenzen überschreiten ließ, war nicht Grund genug für mich, ohne Anlass gemein zu ihm zu sein. Wie auch immer, die Worte erstarben mir auf der Zunge, als mein Todfeind, der Assi aus der Hölle, den Raum betrat. Normalerweise schaute er direkt zu mir und grinste, offensichtlich meinen weiteren akademischen Niedergang planend. Doch heute schaute er überallhin, nur nicht zu mir, während er zum Professor lief und etwas zu ihm sagte – zu leise, als dass wir anderen es hätten hören können.

Der Professor gab einen überraschten Laut von sich, als er den Assi schockiert anstarrte und sich dann laut genug räusperte, sodass der gesamte Kurs die Aufmerksamkeit auf diesen Mistkerl von einem Assistenten richtete, der sich mit gesenktem Kopf daranmachte, den Raum zu verlassen. Ich tauschte einen verwirrten Blick mit Drew aus, als der Professor sich erhob und im vorderen Teil des Raumes auf und ab ging.

„Elliot hat mich gerade darüber informiert, dass er um seine Versetzung gebeten hat. In diesem Semester wird er nicht weiter als Assistent für diesen Kurs arbeiten. Das ist für mich ein ziemlicher Verlust. Elliot war bisher allein für die Benotung und die Auswertung der Arbeiten zuständig."

Ja, war er. Der schmierige Bastard. Ich wollte vor Erleichterung seufzen. Ohne diesen Wichser hatte ich vielleicht noch eine Chance, meine Noten aus den Gedärmen der Versagerhölle zu holen.

Der Professor räusperte sich erneut, und ich spürte, wie sein Blick schließlich auf mir landete. „Elliot hat mich zudem gebeten, einige spezielle Arbeiten zu überprüfen; er meinte, er habe das Konzept in den Unterlagen unter Umständen nicht richtig verstanden und deshalb falsche Anmerkungen gemacht. Ich werde also all unsere vergangenen Arbeiten noch mal durchgehen und damit sicherstellen, dass jeder die korrekte Note kriegt und alle auf dem letzten Stand sind, bevor wir gemeinsam den Stoff vor der Abschlussprüfung wiederholen."

Heilige Scheiße! Das konnte jetzt nicht wahr sein. Ich würde endlich mal etwas Luft schnappen können. War das wirklich möglich? Ich schaute zu Drew, um meine ausgelassene Freude zu teilen, aber er beobachtete mit zusammengekniffenen Augen den hektischen Abgang des Assis und achtete überhaupt nicht auf mich. Ich war so begeistert, dass ich seinen Arm drückte, woraufhin er sich mir zuwandte und ein kleines Lächeln aufsetzte. Hätte ich nicht mitten im Seminar gesessen, ich hätte ihn vor überschäumender Freude umarmt.

Das Seminar flog nur so dahin, und als ich am Pult des Professors vorbeiging, betrachtete er mich über die Ränder seiner Brillengläser hinweg.

Verlegen zuckte er mit den Schultern. „Elliot hat mir gesagt, er sei in diesem Semester ungerechtfertigt streng zu Ihnen gewesen, Ms. Carter. Unser Treffen können wir verschieben, bis ich die Chance hatte, die Umstände näher zu untersuchen. Ich werde mir all Ihre Fragebögen, Tests und Arbeiten noch einmal anschauen."

Ich legte den Kopf schräg und sah ihn an. „Nichts für ungut, Sir, aber ich hatte Ihnen ja bei mehreren Gelegenheiten erzählt, dass er unfair war und dass ich das Gefühl hatte, er würde einen persönlichen Rachefeldzug gegen mich führen. Sie haben mich und meine Bedenken einfach ignoriert."

Er besaß so viel Anstand, eine entschuldigende und reumütige Miene aufzusetzen. „Der Neid der Besitzlosen, Ms. Carter. Das passiert jedes Semester. Eine attraktive junge Frau schneidet nicht ganz so gut ab, wie sie denkt, und es ist immer mein Fehler oder der Fehler des Assistenten, aber nie der Fehler der Studentin. Ich habe gelernt, mich in der Hinsicht taub zu stellen. Dieser Vorfall ist eine gute Mahnung für mich, aufmerksam zu sein und mich nicht nur an die übliche Routine zu halten. Falls ich irgendwelche Ungenauigkeiten entdecke, werde ich sie korrigieren."

„Vielen Dank."

Am liebsten wollte ich mich hüpfend auf den Weg zum nächsten Seminar machen, so aufgeregt war ich. Ich war bereits ein wenig spät dran und hätte beinahe Dovie über den Haufen gerannt, als ich über den Campus raste. Sie sah zerzaust und zerknittert aus, und ihre Bluse war falsch geknöpft. Ich blieb für einen Moment stehen und wies sie darauf hin, während ich ihr hastig von den jüngsten Entwicklungen in meinem akademischen Drama berichtete.

Sie errötete, ihre helle Haut färbte sich pink, als sie ihr Äußeres wieder in Ordnung brachte. Ihre grünen Augen funkelten belustigt. „Ich habe Race und Bax getroffen, als ich zu meinem ersten Seminar hergekommen bin. Bax wollte sich richtig verabschieden."

Sie warf ihr orangerotes Haar zurück und fragte mich, ob sie wieder präsentabel war. Ich bestätigte ihr das, doch ihre vorherige Bemerkung ließ mich nicht los.

„Warum waren Race und Bax hier?"

Dafür konnte es eine Menge Gründe geben, keiner davon besonders erfreulich, da war ich mir sicher. Doch dann erinnerte ich mich daran, dass der Assistent nicht mal in der Lage gewesen war, mich anzuschauen. Tatsächlich schien er sich sogar davor gefürchtet zu haben, dass sein Blick mich treffen könnte – so als ob es schreckliche Konsequenzen nach sich gezogen hätte, wenn das passiert wäre.

Sie zuckte mit einer Schulter. „Das ist eine der Sachen, die Bax nicht mit mir besprechen wollte."

Mich beschlich der leise Verdacht, dass ich ziemlich genau wusste, was sie getan hatten. „Stört dich das nicht? Macht es dich nicht verrückt, dass er Dinge vor dir verbirgt?"

Sie zog ihre kupferfarbenen Brauen hoch und grinste mich an. „Nein. Hätte ich ihn danach gefragt, was er vorhatte, hätte er es mir gesagt. Aber meistens fühle ich mich besser, wenn ich es nicht weiß. Bax führt ein beängstigendes und gefährliches Leben, doch er lässt es in The Point zurück, wenn er zu mir nach

Hause kommt, und ich möchte auch, dass es dortbleibt. Ich vertraue ihm, dass er auf sich aufpasst und mich beschützt, und das ist alles, was für mich zählt."

Wow, das war entweder total durchdacht oder sehr kurzsichtig.

Mit fester Stimme fuhr sie fort: „Das Gleiche gilt für Race." Sie musterte mich, als ob sie darüber im Bilde war, was zwischen mir und ihrem wunderbaren goldenen Bruder gelaufen war, und ich zuckte zusammen. „Diese Typen nehmen alles, was du hast, Brysen. Aber im Gegenzug geben sie dir alles, was sie haben, um es zu ersetzen. Das ist eine besondere Verpflichtung, und du musst zulassen, dass sie dich und dein Leben erfüllen."

Ich atmete tief aus, sodass meine Haare in der Luft flatterten. „Ich weiß nicht, ob ich ohne Weiteres bereit bin, jemandem alles zu geben – ganz zu schweigen davon, einem Kerl wie Race alles zu geben. Seine Welt macht mir Angst. Mein Vater schuldet ihm einen Haufen Geld, Dovie."

Mitgefühl stand ihr ins Gesicht geschrieben, und ihre Sommersprossen hoben sich deutlich von dem hellen Nasenrücken ab. „Es ist nicht nur seine Welt, Bry, es ist auch meine. Es ist Bax' Welt, und wenn dein Vater gezockt hat, dann ist es auch ein bisschen deine. The Point diskriminiert niemanden, aber zeichnet jeden in gewisser Weise, der damit in Berührung kommt. Das Ding ist, The Point nicht zu fürchten, sondern anzunehmen und dir dort deinen eigenen Platz zu schaffen." Sie stupste mich mit der Schulter an. „Es klingt für mich so, als ob du glaubst, dass dein Platz an der Seite von Race sein könnte."

„Um neben ihm auf seinem befleckten Thron zu sitzen? Würde mich das zur Königin machen?"

Sie lachte und wandte sich zum Gehen, da wir jetzt beide richtig, richtig spät dran waren für die nächsten Seminare. „Ein befleckter Thron für einen befleckten König in einem befleckten Königreich. Kriegst du es hin, die befleckte Königin zu sein? Er mag dich genug, um dich in seine Welt zu lassen, Brysen.

Entweder magst du ihn so sehr, um das Gleiche zu tun, oder eben nicht. Hey, ich muss los, aber denk drüber nach, was ich dir gesagt habe.“

Ich mochte Race, das war nicht das Problem. Ich hasste alles, das ihn umgab, und hatte absolut keine Ahnung, wie ich das voneinander trennen sollte. Doch mir war ebenso klar, dass niemand sonst in meinem Leben die Herausforderung angenommen und mir geholfen hatte, eins der scheinbar unüberwindlichen Probleme zu lösen, die sich über mir aufgestapelt hatten. Und das allein machte die Entscheidung, ihm wenigstens dafür zu danken, zum Selbstgänger.

Wenn ich jetzt noch all die kribbelnden Teile meines Körpers zum Schweigen bringen konnte, die mich anschrien, dass wir beide nackt sein müssten, wenn ich ihm wirklich meine Dankbarkeit beweisen wollte, wäre das superhilfreich.

Ich hatte zwar massenweise Befürchtungen und Vorbehalte, was Races Welt und seinen Anteil daran betraf, sie am Laufen zu halten. Aber es schien, als ob meine Hormone von diesen berechtigten Einwänden nicht überzeugt waren und mein dummes Herz sich im Fadenkreuz meines Körpers und meines Verstandes befand, die unterschiedliche Signale darauf abfeuerten.

12. KAPITEL

Race

Ich wartete ungeduldig, bis Bax meine Schwester vernascht hatte, und lehnte mich an den Kotflügel seines Wagens. Nach all dieser Zeit überraschte es mich immer noch, wie sie miteinander umgingen. Bax war so düster, so verwurzelt in allem, was gewalttätig und unvorhersehbar war an diesem Ort, an dem er alles getan hatte, um zu überleben. Dovie war süß, und trotz aller Entbehrungen, die sie durchzustehen gezwungen gewesen war, hatte sie nie zugelassen, dass irgendetwas ihre Güte negativ beeinflusst hätte. Ich wusste, dass sie sich liebten, dass nichts auf dieser Welt, nichts, was The Point mit sich brachte, sie jemals trennen konnte, und das war wunderschön. Es machte sie auch zu einer Kraft, mit der man rechnen musste. Dovie hatte Bax einen Grund zu leben gegeben, etwas, für das es sich zu kämpfen lohnte, und Bax hatte ihr etwas gegeben, das ganz ihr gehörte. Nicht ein Tag verging, an dem ich nicht glücklich war, die beiden auf meiner Seite zu haben.

Aber ich hatte jetzt wirklich dringendere Dinge im Kopf, als die Tatsache, dass Bax seine Hände unter Dovies Bluse hatte. Der wieselige Assistent hatte klein beigegeben und ausgepackt, kaum dass ich ihn im leeren Vorlesungssaal gestellt hatte. Ich wusste nicht, ob es daran gelegen hatte, dass ich ihn an seinem Kragen hochgehoben und wie eine Stoffpuppe geschüttelt hatte, oder ob es Bax' stille bedrohliche Anwesenheit gewesen war: Der Kerl hatte sofort losgeheult und geplappert und bereits nach ein paar Sekunden gestanden, dass er Brysens Notenschnitt absichtlich hatte abstürzen lassen. Hätte ich ihn noch etwas mehr bedrängt, hätte sich dieser Schleimhaufen wahrscheinlich in die Hosen gemacht, aber die Informationen, die er ausgespuckt hatte, waren wesentlich wertvoller für mich, als seine Erniedrigung es gewesen wäre.

Ich hatte ihn losgelassen und ihm gesagt, dass er das Seminar wechseln sollte oder besser noch die Uni, und er hatte nichts dagegen einzuwenden gehabt. Ich hatte ihm geraten, Brysen verflucht noch mal in Ruhe zu lassen. Daraufhin hatte er mir verraten, warum er sie so brutal gemobbt hatte, warum er so wild entschlossen gewesen war, ihr Semester zu ruinieren, und es waren diese Gründe, die mir seitdem nicht aus dem Kopf gingen. Ja, Brysen hatte ihm einen Korb gegeben, als er sie um ein Date gebeten hatte, und sie war nicht besonders taktvoll dabei vorgegangen. Doch dann behauptete er, dass sie ihn online weiterhin damit belästigt hätte. Er stammelte, dass sie ihm hämische SMS geschickt hätte, schreckliche E-Mails, in denen sie ihm schrieb, dass ein Typ wie er niemals eine Chance bei ihr hätte. Sie hätte hässliche Sachen über ihn auf seiner Facebook-Seite gepostet und dafür gesorgt, dass er wie ein Idiot dastand und sich auch so fühlte. Nach seiner Aussage verhielt Brysen sich wie eine typische verwöhnte, fiese Göre, und er war ihre Zielscheibe. Er nannte sie eine Mobberin, ohne das Wort zu benutzen. Also schlug er auf die einzige Art, die er kannte, zurück – indem er es an ihren Noten ausließ.

Das Problem, das ich mit dem Szenario hatte, das er mir schilderte, war, dass ich genau wusste, wie beschäftigt Brysen war, und dass ich ihren alten Computer auseinandergenommen hatte. Sie hatte nicht mal eine eigene Facebook-Seite, und die einzige E-Mail-Adresse, die sie benutzte, war die, zu der alle Studenten Zugang hatten, und die war über die Uni registriert. Die Korrespondenz, die ich hatte retten können, war meist langweiliges Zeug über die Uni und Projekte gewesen. Mir war nichts Alarmierendes aufgefallen, nichts, was die Geschichte gedeckt hätte, die mir der Kerl da vorhin aufgetischt hatte. Aber seine Reaktion und seine sofortige Bereitschaft, zu gehen, hatten mich ins Grübeln gebracht. Was ging da wirklich vor sich? Brysen hatte nicht nur einen Stalker; auch im Hintergrund wurde ihr das Leben schwer gemacht. Das gefiel mir alles gar nicht.

Ich schaute kurz auf, als Bax jetzt zu mir kam. Eigentlich wollte ich ihn anscheißen, dass er meine Schwester am helllichten Tag befummelte, aber kam nicht dazu, weil mein Telefon klingelte. Ich wollte nicht rangehen, als ich erkannte, dass es Nassir war, doch ich tat es trotzdem. Business war halt Business.

„Was gibt's?"

„Du musst deinen Arsch in den District bewegen." Nassir klang wütend.

„Ähm, warum?" Ich bedeutete Bax, kurz zu warten, woraufhin er sich an den Kotflügel auf der anderen Seite lehnte und sich eine Zigarette in den Mund steckte.

„Weil jemand die Scheiße aus Roxie geprügelt und ihr eine Botschaft für uns mitgegeben hat."

Ich machte große Augen und sah zu Bax. Roxie war ziemlich viel herumgekommen und konnte gut davon leben. Sie und Bax kannten sich ewig, hatten sich kennengelernt, lange bevor sie begonnen hatte, ihr Geld auf der Straße zu verdienen. Seit er mit Dovie zusammen war, hatte er keinen Kontakt mehr zu ihr, aber das würde ihn richtig wütend machen.

„Und wie lautet die Botschaft?", fragte ich.

Nassir fluchte, und im Hintergrund hörte ich jemanden leise und schmerzvoll aufstöhnen. Er schnauzte Chuck an, herauszufinden, warum der Arzt so lange brauchte, und antwortete mir erst dann: „Dass dies erst der Anfang war."

„Scheiße. Hat sie irgendeine Ahnung, wer das gewesen ist?"

„Sie kann kaum sprechen. Sieht so aus, als hätte ihr jemand ins Gesicht getreten. Ich konnte bloß verstehen, dass sie einen normalen Kunden, einen Stammgast, erwartet hat, und als sie die Tür öffnete, stand ein anderer davor. Wer immer das war: Er meint es offensichtlich ernst. Sie sieht furchtbar aus."

Niemand hatte es verdient, so zu leiden, auch wenn der Beruf die Gefahr anzog.

„Ich dachte, du passt auf die Mädchen auf, die für dich arbeiten, Nassir. Wie konnte das passieren?"

„Denk bloß nicht, du könntest infrage stellen, wie ich mein Geschäft führe, Race. Ich habe Leute auf der Straße, die die Mädchen im Auge behalten. Wenn sie neue Kunden annehmen, wenn sie bizarre Anfragen kriegen, wenn sie glauben, etwas sei merkwürdig – ich lasse sie nichts tun, was sie oder das Geschäft irgendeinem Risiko aussetzen könnte. Wie gesagt, Roxie hat erzählt, es sei ein Routine-Date gewesen und es habe keinerlei Warnsignale gegeben. Wer immer dieser Kerl ist, er weiß, wie Orte wie The District funktionieren. Er wusste, dass sie einen Neukunden nicht allein treffen würde."

Ich fluchte. „Mit wem hatte sie die geplante Verabredung?"

Nassir schwieg, und ich hörte, wie er dieselbe Frage in den Raum stellte. Mehr Gestöhne war zu vernehmen, dann eine strenge Frauenstimme, die ihn einen Bastard nannte. Das musste Honor sein; niemand sonst besaß den Mumm, so mit Nassir zu reden.

„Ich glaube, sie versucht zu sagen, Marcus Irgendwas", erwiderte er schließlich.

Mist, Marcus schloss jede Menge neuer Freundschaften in letzter Zeit.

„Marcus Whaler?"

Nassir wiederholte meine Frage und wurde abgelenkt, als nun offenbar der Arzt auftauchte. „Ja."

Ich atmete tief durch. „Marcus Whaler liegt zurzeit im Krankenhaus, weil ich seine Kniescheiben letztes Wochenende mit einem Reifenheber bearbeitet habe. Was zum Teufel geht hier vor?"

„Ich habe keine Ahnung, aber das muss sofort aufhören." Nassirs Ton wandelte sich von wütend in eiskalt. Dann war er am furchterregendsten.

„Bax ist hier bei mir. Ich werde einen kleinen Zwischenstopp im Krankenhaus einlegen und mir mal anhören, was Marcus so zu sagen hat. Glaubst du, dieser Kerl hat Verbindungen zu Novak? Könnte er vielleicht einer der Typen sein, die dem FBI durch die Lappen gegangen sind?"

„Es ist mir scheißegal, wer er ist. Das ist jetzt unsere Stadt, und ich werde alles tun, was nötig ist, um sie zu beschützen."

Ich war ganz seiner Meinung. „Schick mir eine SMS, und lass mich wissen, wie es ihr geht."

Damit beendete ich das Gespräch und schaute Bax an. Seine Schultern waren angespannt, und der Blick in seinen dunklen Augen hatte eine Tiefe angenommen, die, wie ich wusste, bedeutete, dass er gar nicht glücklich war.

Ich legte mein Handy weg und rieb mir den Nacken. „Roxie wurde zusammengeschlagen. Sie ist gerade im Spanky's und wird vom Arzt behandelt. Nassir sagt, es sieht ziemlich übel aus."

Bax schnippte seine Zigarette weg und stieß sich vom Wagen ab. „Einer ihrer Kunden?" Seine Stimme war ähnlich streng wie seine Miene.

„Nein. Anscheinend hat ihr jemand eine Falle gestellt, um eine ziemlich deutliche Botschaft an mich und Nassir zu senden. Er hat sie wohl angewiesen, uns mitzuteilen, dass dies erst der Anfang sei."

Er starrte mich einen Moment lang an, bevor er auf die andere Seite des Autos ging. „Das ist das Problem, wenn man versucht, an Orten wie diesem die Oberhand zu gewinnen: The Point schlägt immer zurück, und meistens sind es die Unschuldigen, die darunter zu leiden haben."

Ich stieg ein und schaute aus dem Fenster, als er mit quietschenden Reifen die Parklücke verließ.

„Fahr zum Krankenhaus", sagte ich, doch er antwortete nicht, während wir durch den dichten Verkehr rasten. „Der Typ, mit dem sie eigentlich verabredet war, liegt da. Ich will mit ihm reden."

„Reden wird überschätzt, wenn ein Mädchen verletzt wird, Race."

Aus den Augenwinkeln beobachtete ich ihn und erklärte: „Das ist derselbe Kerl, der um seine Schulden herumkommen wollte, indem er diesen Schläger angeheuert hat, der mich fertigmachen sollte. Der geht nirgendwohin, Bax. Ich habe ihm beide Kniescheiben zertrümmert, nachdem ich den Gorilla los war."

Er wandte sich zu mir um, und seine Mundwinkel verzogen sich zu einem leichten Lächeln. „Wusste gar nicht, dass du das draufhast."

Ich schnitt eine Grimasse. „Echt nicht? Dein Handgelenk ist schließlich nicht von allein gebrochen, als wir uns in jener Nacht zum ersten Mal begegnet sind, oder?"

Er lachte in sich hinein. „Ja, das hat mich damals allerdings überrascht. Ich hatte dich für ein leichtes Opfer gehalten, mit all deinem blonden Haar und dieser weichlichen Reicher-Bubi-Ausstrahlung, mit der du herumstolziert bist. Komisch, mit dir war noch nie irgendetwas einfach."

„Das stimmt wohl. Glaubst du, dass es das wert war – nach allem, was wir zusammen durchgemacht haben?"

Er zuckte mit der Schulter und steuerte auf den Krankenhausparkplatz zu. „Deine Schwester ist es wert. Die Werkstatt ist es wert. Dass du und Titus es aus diesem Sturm aus Niederschlägen und Kugeln herausgeschafft habt, ist es wert. Ich schätze, es kommt ganz darauf an, wie man die Dinge sieht. Ich war zu lange hier, um noch darauf zu hoffen, dass es jemals einfacher wird. Doch jetzt mittendrin zu stecken ist etwas anderes. Ich habe einen Grund dafür, das zu tun, was ich tue."

„Und der wäre?" Natürlich kannte ich die Antwort bereits, aber ihn die Worte aussprechen zu hören würde eine Menge der Sorgen zerstreuen, die ich noch immer hegte, was meine Schwester und ihn betraf.

„Dovie. Das Gute, das Schlechte und alles, was dazwischenliegt, das tue ich nur für sie."

„Ich auch, Bax. Ich auch."

Er schaute mich an, und in dem Moment waren wir uns beide endlich absolut einig darüber, was gerade in unserer Welt passierte und welche Rollen wir dabei zu spielen hatten. Wir beide waren bereit, alles für diejenigen zu opfern, die wir liebten, und es war uns egal, zu was für Männern uns das machte.

Marcus zu finden war leicht. Ich musste bloß fragen, wo der weinerliche Schmierlappen mit den zwei gebrochenen Beinen lag. Marcus war eben eher ein Vollpfosten und nicht wirklich der Typ, der sich bei irgendwem beliebt machte. Speziell nicht bei den hübschen Krankenschwestern, die sich um ihn kümmerten und die er als Beute betrachtete. Als wir sein Zimmer betraten, bemerkten wir sofort, dass er auf irgendwelchen extremen Schmerzmitteln war, denn anstatt durchzudrehen und Hilfe zu rufen, schenkte er mir nur ein vernebeltes Grinsen.

Beide Beine waren von der Mitte der Oberschenkel bis zu den Füßen eingegipst und steckten in einer Vorrichtung, die an der Decke befestigt war, damit sie in erhöhter Lage über dem Herzen hingen. Er sah eher aus wie eine Mumie als wie ein Mann. Eins seiner Augen war noch zugeschwollen von dem Schlag, den ich ihm versetzt hatte, doch das breite schlaffe Grinsen auf seinem Gesicht ließ mich überlegen, wie viel wir überhaupt aus ihm rauskriegen würden.

„Rassssse." Mein Name verwandelte sich in einen lang gezogenen Zischlaut, und Marcus richtete seine glasigen Augen auf Bax. „Hast du ihn mitgebracht, damit er den Job zu Ende bringt?"

Knurrend lehnte Bax sich mit einer Schulter an den Türrahmen. „Für mich sieht's so aus, als hätte er das schon ganz gut allein hingekriegt."

„Fick dich."

Bax zog eine Augenbraue hoch. „Tut mir leid, Mann, du bist nicht mein Typ."

„Marcus, wem hast du von deinem Date heute mit Roxie erzählt?"

Sein von den Schmerzmitteln verschleierter Blick wanderte zu mir. „Woher weißt du von Roxie?"

Marcus war nicht nur ein echt mieser Pokerspieler, er war auch noch verheiratet und hatte zwei kleine Kinder. Der Typ war ein echter Hauptgewinn.

„Jemand ist bei ihr aufgetaucht, und weil sie dich erwartete, hat sie die Tür geöffnet. Er hat sie schlimm verletzt, und deswegen sind ziemlich viele Leute stinksauer. Zwei davon befinden sich gerade hier in diesem Zimmer, und du willst nicht wissen, was Nassir dir antut, wenn du mir nicht ein paar Antworten gibst."

Er versuchte, den Kopf zu schütteln, der jedoch nur von einer Seite auf die andere rollte. „Ich weiß gar nichts. Ich kann mich nicht bewegen und habe mich nicht von der Stelle gerührt, seit die Sanitäter mich hier abgeladen haben. Außerdem ist meine Frau mit den Kids immer wieder hier, und ich werde den Teufel tun und einen Anruf bei einer Hure riskieren, wenn sie das mitkriegen könnte."

Ich zog eine Braue hoch und umklammerte das Geländer am Fußende des Bettes. „Es war eine langfristige Verabredung, Marcus. Wer wusste davon?"

Seine Lider schlossen sich, und er zuckte leicht. „Ich musste meine Frau anlügen und ihr erzählen, dass mich ein Auto angefahren hat. Leck mich, Race. Was kannst du mir denn noch antun? Ich kann mindestens vier Monate lang nicht laufen, und wer weiß, wie lange ich danach noch einen Rollstuhl brauche."

Typisch Junkie. Immer waren die anderen schuld. Es war meine Schuld, dass er mit einer schwachen Hand aufs Ganze gehen und bluffen wollte. Es war meine Schuld, dass er vierzigtausend Dollar riskiert hatte, die er nicht besaß. Und natürlich war es auch meine Schuld, dass ich mich nicht einfach zurückgelehnt und Prügel kassiert hatte, damit er ungeschoren davonkommen konnte. Es gab nichts Ärgerlicheres, als wenn jemand mich für seine eigenen Fehlentscheidungen verantwortlich machte. Das wollte ich Marcus gerade mitteilen, als Bax plötzlich die Tür hinter sich zuzog und ans Kopfende des Bettes trat. So zugedröhnt er auch war, Marcus riss die Augen auf, und Angst vermischte sich mit den Schmerzmitteln in seinem Blut.

Marcus öffnete die Lippen, um zu schreien, doch Bax war schneller. Er drückte dem unbeweglichen Mann seine schwere Hand auf den Mund und zog eins der Kissen unter Marcus' Kopf hervor. Dann schnappte er sich den Rufschalter, damit er außer Reichweite war, und nahm die Dinge selbst in die Hand. Ich hätte zusammenzucken oder zumindest protestieren sollen, als Bax das flache Kissen auf Marcus' Gesicht legte und zudrückte. Marcus krallte sich an Bax' Armen fest, und sein Oberkörper hob und senkte sich heftig, als er gurgelnde Geräusche ausstieß. Seine eingegipsten Beine klapperten in der Vorrichtung, die sie in der Schwebe hielt. Bax schaute zu mir hin, und ich zuckte mit den Schultern. Was sollte ich an diesem Punkt denn noch groß sagen?

Bax nahm das Kissen hoch, und ich hörte Marcus' keuchende Atemzüge.

„Ein Wichser, der seine Schulden nicht zahlt, ist eine Sache; ein Stück Scheiße, das seine Frau betrügt, eine andere", sagte Bax. „Aber jeder, der untätig herumsteht, während eine Frau verletzt wird, hat das Recht auf sein irdisches Dasein verwirkt. Ich habe absolut keine Skrupel, dich von deinem Elend zu erlösen, Arschloch."

Bax war schon furchterregend, ohne dass er sich anstrengen musste. Aber wenn er sich richtig Mühe gab, konnte er dem Teufel glatt seinen Sitz an der Spitze der Angst einflößenden Nahrungskette des Bösen streitig machen.

Tränen strömten über Marcus' Wangen, und aus seiner Nase tröpfelte Rotz. „Ihr habt ja beide den Verstand verloren."

Ich seufzte. „Nein, aber mir läuft langsam die Zeit weg." Ich nickte Bax zu, der sich erneut drohend über dem verletzten Mann aufbaute.

Marcus hob abwehrend die Hände und schüttelte heftig den Kopf. „So ein Typ kam hierher, in der Nacht nach meiner Einlieferung. Er versprach mir genügend Geld, um meine Schulden bei euch zu bezahlen, wenn ich ihm Zugang zu einem von Nassirs Mädchen verschaffen würde. Ich hab ihm gesagt, dass Nassir vorsichtig ist, dass er weiß, was er tut, und niemals zulässt, dass eins der Mädchen ohne Begleitung einen neuen Kunden trifft." Er schaute zwischen mir und Bax hin und her und schluckte. „Ich habe ihm gesagt, dass ich mein Date mit Roxie beibehalte und dass er an meiner Stelle zu ihr gehen kann, wenn er noch fünftausend obendrauf legt."

Bax' Kehle entrang sich ein tiefes Knurren.

Erneut streckte Marcus die Arme aus; er schien ernsthaft zu glauben, dass er sich den dunklen gefährlichen Mann auf diese Art vom Leib halten konnte. „Ich kannte den Typ nicht, habe ihn nie zuvor gesehen. Ich glaube, er war nicht von hier."

„Er war aus The Hill?"

Marcus blinzelte verwirrt, als ob die Frage keinen Sinn ergab. „Nein. Aus einem anderen Land. Er hatte einen Akzent."

Bax und ich sahen uns verdutzt an. Niemand von außerhalb kam absichtlich nach The Point.

„Was für ein Akzent?" Bax' Stimme grollte wie eine Kieselsteinlawine.

„Ich weiß nicht … wirklich nicht. Irisch, schottisch, britisch, südafrikanisch. Bitte lasst mich in Ruhe." Er wimmerte, und Bax musterte ihn angewidert, bevor er zu mir ans Fußende des Betts kam.

„Wo ist mein Geld?", fragte ich.

Marcus starrte mich an. „Was?"

Ich verschränkte die Arme vor der Brust und kniff die Augen zusammen. „Du hast gesagt, dass er dir genug Geld gegeben hat, um deine Schulden zu bezahlen, plus fünftausend on top. Wo ist mein Geld, Marcus?"

Der Raum war winzig, und so war es kaum zu übersehen, wie er probierte, überallhin zu gucken, nur nicht zu der kleinen schwarzen Reisetasche, die jemand nachlässig unter den Stuhl neben dem Bett geschoben hatte. Ich deutete mit dem Kopf in die entsprechende Richtung, und Bax ging hin, um die Tasche aufzuheben. Ich hörte den Reißverschluss, dann nickte er.

Freudlos lächelnd legte ich eine Hand auf Marcus' Fuß. „Ich bin fertig mit dir. Ich habe die Faxen dicke, Marcus. Halt dich von Nassirs Mädchen fern; lass dich am besten nie mehr in The Point blicken."

Dann zog ich mit aller Kraft an dem Kabel, das den Fuß, auf den ich mich lehnte, in der Schwebe hielt, bis es sich aus dem Gestell löste, an dem es befestigt war. Es riss mit einem Knall, das Gipsbein krachte aufs Bett, und Marcus schrie aus vollem Hals. Bax und ich gingen gerade, als zwei Schwestern über den Flur auf die Tür zurannten. Bax hatte die Tasche über seine Schulter geworfen, und ich folgte ihm nach draußen zum Parkplatz. Keiner von uns sagte ein Wort.

Als wir im Auto saßen und Richtung Werkstatt fuhren, musste ich einfach fragen: „Ein Typ mit einem Akzent?"

Bax schwieg eine Weile, dann schüttelte er den Kopf. „Ich habe keine Ahnung."

„Ich treffe mich morgen sowieso mit Titus, um herauszufinden, was er über meinen Dad weiß. Dann frage ich ihn."

„Mir gefällt das nicht."

Wir waren so daran gewöhnt, genau zu wissen, wer der Feind war, was in der Dunkelheit auf uns wartete. Diese neue Wendung war alles andere als willkommen.

„Mir auch nicht." Und ich mochte mir nicht mal vorstellen, wie Nassir auf diese neue unbekannte Bedrohung reagieren würde. Eigentlich sollten wir die neue Macht in The Point sein, nicht irgendeine zwielichtige Gestalt mit Rache im Herzen und einem Akzent, die sich genauso gut wie wir in dieser Schattenwelt zurechtfand.

Den Rest des Weges legten wir in brütender Stille zurück, die nur durch mein Tippen unterbrochen wurde, als ich Nassir eine SMS mit dem neuesten Update zu unserer Situation schickte.

Seine Antwort bestand aus einem Haufen Flüche. Gerade wollte ich mein Handy weglegen, als ich zu meiner Überraschung feststellte, dass Brysen anrief. Ich war der Meinung gewesen, dass sie immer noch sauer auf mich war, und hatte vorgehabt, ihr bis zum Wochenende Zeit zu geben, um in ihrem eigenen Saft zu schmoren. Dann wollte ich sie aufsuchen – ob sie sich dann abgeregt hatte oder nicht.

„Hallo?", meldete ich mich.

„Wo bist du?" Kein Vorgeplänkel, und sie klang auch nicht besonders glücklich.

„Auf dem Weg zurück zur Werkstatt."

„Gut. Ich treffe dich da."

„Äh, okay."

Sie legte ohne ein weiteres Wort auf.

Verwirrt starrte ich auf das jetzt tote Telefon. Dann schaute ich Bax an, der mich nur angrinste. „Sie trifft mich in der Werkstatt."

„Wahrscheinlich hat sie von unserem Besuch bei diesem Assi erfahren."

„Scheiße."

„Klang sie sauer?", erkundigte er sich.

„Nein … Ich meine, nicht wirklich. Schwer zu sagen bei ihr."

„Dann schmeiße ich dich dort raus und fahre zu Roxie, um nach ihr zu sehen."

Ich brummte zustimmend. „Aber erzähl Dovie besser vorher, was du vorhast."

„Ernsthaft, Kumpel, du musst endlich mal in deinen Dickschädel kriegen, dass das zwischen deiner Schwester und mir das ganz große Ding ist. Sie vertraut mir. Sie weiß, dass die Sache mit Roxie für immer vorbei ist. Niemand spielt mehr eine Rolle außer ihr."

Er mochte ja wahnsinnig in meine kleine Schwester verliebt sein, aber ansonsten konnte er in grundlegenden Gefühlsfragen ein ziemlicher Idiot sein.

„Bax, du hast mit Roxie geschlafen, und sie war die Erste, zu der du gegangen bist, als du aus dem Gefängnis kamst. Ja, Dovie vertraut dir. Trotzdem würde es sie verletzen, wenn sie von jemand anderem hört, dass du in The District ein Mädchen besuchst, mit dem du mal liiert warst. Erklär ihr die Lage einfach, um ihr solchen Herzschmerz zu ersparen, okay?“

Er knurrte nur, doch als der Hemi vor dem Tor der Werkstatt anhielt und ich die Beifahrertür öffnete, beobachtete ich, wie er das Handy aus der Tasche seines Kapuzenpullis zog. Ich sagte, wir könnten uns später noch kurzschließen, wies ihn an, das Bargeld, das wir bei Marcus eingesammelt hatten, zu Nassir zu bringen, und tippte gerade vor dem Tor den Sicherheitscode ein, als Brysens BMW um die Ecke bog. Sie fuhr hindurch, und ich wollte ihr gerade folgen, als ein anderes Auto auf der Straße vorbeiraste. Normalerweise hätte ich nicht weiter darüber nachgedacht, aber bei all den Dingen, die diese Blondine derzeit wie hungrige Geier umkreisten, fiel es mir schwer, an einen Zufall zu glauben. Ich wartete einen Moment, um zu sehen, ob der Wagen vielleicht drehte und noch mal vorbeikam, hatte aber kein Glück.

Das Tor schloss sich hinter mir, und ich ging auf Brysens Wagen zu. Er war leer, und sie war nirgends zu sehen, aber sie war oft genug hier gewesen, um den Weg durch die Seitentür in die Werkstatt zu finden. Ich wusste nicht, ob es ein gutes oder ein schlechtes Zeichen war, dass sie in meinem Zuhause auf mich wartete, aber ich hatte keine Angst vor ihr, und mir war auch egal, was sie zu sagen hatte. Ich war nicht bereit, sie gehen zu lassen. Mir war klar, dass es hohe Hürden gab, die mich daran hinderten, sie so ohne Weiteres für mich zu beanspruchen, doch das hielt keinen meiner Urinstinkte auf, es trotzdem zu wollen.

Ich stieg die Stufen zum Loft hinauf und blieb wie angewurzelt im Eingang stehen. Brysen saß im Schneidersitz auf dem immer noch ausgeklappten Schlafsofa, in der einen Hand die beschlagene Flasche Scotch aus dem Kühlschrank, in der anderen ein halb volles Glas. Das platinblonde Haar hatte sie hinter ihre Ohren geschoben, ihre taubenblauen Augen waren auf mich gerichtet. Das alles reichte bereits aus, um meinen Schwanz erwartungsvoll zucken zu lassen, aber die Tatsache, dass sie offenbar nichts als eins meiner Hemden trug, ließ schwarze Punkte vor meinen Augen tanzen. Alles Blut floss aus meinem Hirn, um sich unterhalb meines Gürtels zu sammeln.

Sie nahm einen Schluck von der bernsteinfarbenen Flüssigkeit, und ich musste ein Stöhnen unterdrücken, als ihre Zunge hervorkam, um einen abtrünnigen Tropfen von der Unterlippe zu lecken. „Wirst du meinem Dad wehtun, Race?"

Ich stieß einen tiefen Seufzer aus und schlenderte zum Bett, um ihr die Flasche wegzunehmen. Dann schaute ich auf sie herab und murmelte: „Ich habe dich noch nie angelogen, Bry, und ich fange jetzt nicht damit an. Auch wenn das bedeuten sollte, dass du dich wieder anziehst und abhaust."

Sie legte den Kopf schräg und leerte ihr Glas. „Ich muss die Wahrheit wissen."

„Ich weiß nicht, was mit deinem Vater passieren wird, Brysen. Er schuldet mir viel Geld, und irgendwann muss er einen Weg finden, es mir zurückzuzahlen. Aber so viel kann ich dir sagen: Tote Männer zahlen nicht. Es kann sein, dass wir demnächst mal ein Gespräch mit ihm führen und ihm unmissverständlich klarmachen müssen, dass er gut beraten wäre, das Geld aufzutreiben, aber viel mehr wird nicht passieren – vorerst."

Das war so weit entfernt von einer beruhigenden Antwort, dass ich fest damit rechnete, sie würde wieder ausflippen und verschwinden. Daher drehte ich den Verschluss der Flasche auf und vernichtete den Rest Whiskey in einem langen brennenden Schluck. Ich musste einen kühlenden Atemzug durch meine Zähne nehmen. Der Scotch schmeckte rauchig und erdig.

„Es gibt kein Geld, Race. Das Haus wird zwangsversteigert, er hat seine Altersversorgung verspielt, und du hast schon sein Auto. Es ist nichts mehr da."

Sie klang so traurig, so besiegt, dass ich sie am liebsten in die Arme nehmen und ihr versichern wollte, dass alles gut werden würde, aber wie gesagt – ich wollte jetzt nicht damit anfangen, sie anzulügen.

„Das passiert öfter, als du denkst." Es war scheiße, aber so sah die harte Realität nun mal aus, und es bereitete mir längst keine Kopfschmerzen mehr, die gleiche Story wieder und wieder zu hören. Doch diesmal war da noch was anderes, etwas in ihren blauen Augen, das tiefer ging als Vorbehalte oder Enttäuschung, das mir einen Stich des Bedauerns versetzte und die eiserne Rüstung durchdrang, in die ich mich in geschäftlichen Belangen für gewöhnlich hüllte. Ich hatte ihr versprochen, mich um sie zu kümmern und sie zu beschützen, und trotzdem verursachte ich ihr indirekt noch mehr Kummer. Und diese Erkenntnis weckte den ersten Anflug echter Reue in mir über das, was ich in The Point tat – vor allem, wenn ich daran dachte, wie sehr sie bereits unter den Fehlentscheidungen anderer Leute gelitten hatte.

Jetzt war sie an der Reihe, tief zu seufzen. Sie streckte sich zur anderen Seite des Sofas, um ihr leeres Glas auf den Boden zu stellen. Die Bewegung gewährte mir eine perfekte Aussicht auf ihren sehr nackten Hintern, und diesmal konnte ich das Stöhnen nicht mehr zurückhalten. Sie zog die Brauen hoch und erhob sich auf die Knie, um über das Bett auf mich zuzukrabbeln, bis sie direkt vor mir war. Ihr Kinn war gereckt, ihre blauen Augen durchbohrten mich förmlich.

„Hast du irgendwas damit zu tun, dass der Assi aus der Hölle plötzlich das Seminar gewechselt hat? Der Professor will sich alle meine Arbeiten aus dem gesamten Semester noch mal anschauen, und jetzt werde ich vermutlich bestehen."

Ich hob die Hand, in der ich nicht die kalte Flasche hielt, legte sie an ihre Wange und strich mit dem Daumen über ihre samtweiche Unterlippe. „Du bist ein toller Mensch und ein süßes Mädchen. Ich habe die Nase voll davon, dass das Leben ständig auf dir rumtrampelt. Wir müssen über diesen Assi reden, Brysen. Irgendwas stimmt da nicht."

Sie verzog das Gesicht, drehte dann aber den Kopf, um einen Kuss auf meine Handfläche zu drücken, den ich bis tief in mein Inneres hinein spürte, bis in die letzten reinen Stellen meiner Seele, die nicht von dem Leben, für das ich mich entschieden hatte, befleckt und gezeichnet waren.

„Versuchst du etwa gerade, dich um mich zu kümmern, Race?"

„Die Betonung liegt auf ‚versuchen'. Bisher beträgt meine Erfolgsrate nur fünfzig Prozent."

Sie lachte trocken und umfasste meine Taille. „Warum? Warum willst du neben all den anderen Dingen auch noch mich in deinem Leben, obwohl dir klar sein muss, dass ich das alles vielleicht nicht ertragen kann? Ich bin nicht Dovie. Ich bin nicht von der Straße, Race. Deine Welt macht mir eine Heidenangst."

Ich ließ die Flasche auf den Boden fallen, ohne darauf zu achten, ob sie zerbrach. Dann berührte ich das superweiche Haar an Brysens Schläfen und hob ihr Gesicht an, damit wir uns anschauen und sie mir nicht ausweichen konnte.

„Das weiß ich, Bry. Trotzdem bist du hier, und deshalb will ich dich darin haben. Du machst all die hässlichen Dinge ein bisschen weniger scheußlich. Und außerdem …" Ich beugte mich weiter vor, sodass sie meine Worte an ihren geöffneten Lippen fühlen konnte, statt sie zu hören. „… ist deine Welt im Moment genauso beängstigend wie meine."

Zaghaft atmete sie aus, bevor sie sich auf den Knien so weit aufrichtete, dass unsere Münder nur einen Atemzug voneinander entfernt waren. „Ich wollte mir wirklich einreden, dass ich dich hassen könnte. Ich wollte glauben, du wärst das Schlimmste, was mir widerfahren ist. Aber jedes Mal, wenn ich dich sehe, stellt sich heraus, dass du das Beste bist, was mir je passiert ist."

Ich ließ meinen Mund über ihren gleiten, zeichnete mit der Zunge die geschwungene Linie ihrer Oberlippe nach. Brysen zitterte und krallte ihre Finger in mein T-Shirt.

„Ich bin kein sehr guter Mensch", sagte ich rau. „Aber ich kenne den Unterschied zwischen Richtig und Falsch. Ich habe genug davon, dass hier an diesem Ort immer die Falschen gewinnen, und ich habe genug davon, dass die Falschen ständig versuchen, einen bei lebendigem Leib aufzufressen. Deshalb werde ich alles in meiner Macht Stehende tun, um zu verhindern, dass sie sich an dir festbeißen."

Und dann war ich durch mit dem Reden. Sie war fast nackt, sie war wunderschön, und sie war zu mir gekommen. Ich wollte sie küssen und mich mit ihr aufs Bett sinken lassen, aber sie überlistete mich, indem sie die Hände an meinem Rücken hinaufschob, sich weiter nach oben zog und meinen Mund mit einem Kuss verschloss. Sie schmeckte berauschend, nach Whiskey ein bisschen nach Eichenholz, darunter herb und zugleich süß – wie die beste Delikatesse, die ich je gekostet hatte. Meine Gedanken von vorhin kamen mir nun noch richtiger vor: Ich war längst nicht mit ihr fertig, und wenn es so weiterging, dann bezweifelte ich ernsthaft, dass ich es jemals sein würde. Ich war mehr als bereit, mich in sie zu verlieben, und als sie sich zurücklehnte und mich zu sich auf die Matratze zog, ließ ich mich fallen, und nichts auf der Welt hätte mich glücklicher machen können.

13. KAPITEL

Brysen

Ich hatte nicht vorgehabt, ihn zu verführen oder in Versuchung zu führen. Aber als ich ihn am Tor stehen gesehen hatte – wie vollkommenes gleißendes Gold, wie ein glänzendes Licht an einem trostlosen und dunklen Ort –, hatten sich meine Absichten spontan geändert. Es hatte einfach etwas, wie mühelos er sich mit den beiden Häuten bewegte, die er abwechselnd zur Schau trug: die des umwerfend attraktiven jungen Blaublüters und, inzwischen typischer für ihn, die des gnadenlosen und gebrochenen Königs der Straßen. In beiden Rollen war er für mich schlicht unwiderstehlich.

Es gab so viele unbeantwortete Fragen und so viele Hürden zwischen uns. Doch als ich es vorhin im Kopf aufs Wesentliche runtergebrochen hatte, während ich mich auf dem Weg in den kargen kleinen Raum ausgezogen hatte, der mir mittlerweile einladender und mehr wie ein Zuhause vorkam als das Haus der Lügen, in dem ich das vergangene Jahr gelebt hatte, war mir etwas klar geworden: Race war der einzige Mensch, der es immer ehrlich mit mir gemeint hatte. Er war außerdem der einzige Mensch in der jüngeren Vergangenheit, der keine Anstrengung scheute, etwas für mich zu tun, statt von mir zu erwarten, alles in Ordnung zu bringen. Ich hatte nicht länger leugnen können, dass allein diese Tatsache den Wunsch in mir weckte, ihm um den Hals zu fallen und ihn so fest zu umarmen, dass keiner von uns je verloren gehen konnte.

Jetzt hatte ich es eilig, ihn zumindest auf denselben Nacktheitslevel zu bringen wie mich selbst. Als sein T-Shirt verschwunden war, erwischte ich mich jedoch dabei, dass ich nicht still all diese straffen Muskeln bewunderte, die mich aufs Bett drückten, sondern mit beiden Händen gedankenverloren über seine Blutergüsse strich, die zu einem hässlichen Grüngelb verblasst waren. Es war immer da, unter seiner glänzenden polierten Fassade. Die Unbarmherzigkeit, die sein wahres Wesen ausmachte. Die beiden Seiten des Mannes, der Race Hartman war. Ich spreizte die Beine, als er sein Knie dazwischen drängte, und keuchte leise, als er seinen harten Körper fester gegen meinen presste. Ich legte einen Arm über seine Schulter und ließ den anderen in den äußerst knapp bemessenen Raum zwischen uns gleiten, um an seine Gürtelschnalle und den Reißverschluss zu gelangen. Ich spürte, wie er im Rhythmus unserer rasenden Herzen pulsierte, wie heiß und begierig er war. Als ich meine Finger unter den Bund seiner Hose bewegte und seine Erregung spürte, stöhnte er auf. Niemand brannte vor Energie und Leben so sehr wie Race. Ich wollte beides verschlingen – und ihn gleich mit.

Er schob mir das Hemd, das ich beschlagnahmt hatte, von den Schultern und beugte sich vor, um von einem Ende zum anderen über mein Schlüsselbein zu lecken. Danach wiederholte er das Ganze in die andere Richtung und stoppte in der Mitte. Als er nun den Blick hob und sein sexy Grübchen aufblitzen ließ, erschauerte ich vom Kopf bis in die Zehen. Das Grün seiner Augen verdunkelte sich, und das bewies mir, dass ihm meine Reaktion nicht entgangen war. Seine Hose war mir im Weg, ich musste sie dringend loswerden, bevor er mir komplett den Verstand raubte. Genau das war allerdings anscheinend seine Absicht, als er das Gesicht wieder senkte und eine meiner zuckenden Brustspitzen mit den Lippen umschloss.

Es war nicht nur die Hitze seines Munds oder die Art, wie er die Zunge um meine Brustwarze kreisen ließ, die mich buchstäblich von der Matratze abheben ließ. Es war vor allem die Art, wie er meine andere Brust beinahe ehrfürchtig berührte und dabei gegen meine bereits prickelnde Haut summte, als wäre ich ein köstliches Dessert, das man ihm bislang vorenthalten hatte; er schien jedes sinnliche Werkzeug einsetzen zu wollen, über das er verfügte, um mich zu verschlingen. Beides brachte meine

Hände derart zum Zittern, dass es sich schwieriger gestaltete als gedacht, seine pochende Erektion aus der Enge der Jeans zu befreien.

„Race?“ Sein Name war gleichzeitig Frage und Flehen.

Er antwortete mit einem Stöhnen, löste sich von mir und stützte sich mit einem Arm ab, um mir dabei zu helfen, den Rest seiner Kleidung abzustreifen. Meine Handgelenke waren noch immer in den Ärmeln seines Shirts gefangen, und als ich Anstalten machte, mich herauszuwinden, schüttelte er den Kopf, wobei einige goldene Strähnen in seine mit dunklem Verlangen glühenden Augen flogen.

„Mir gefällt es, wenn du dich in etwas verfängst, das mir gehört.“

Er packte meine Schenkel und schlang sie um seine schmale Taille. Als er sich wieder auf mich herabsenkte, presste sich alles, was an ihm heiß und hart war, gegen das Warme und Schmelzende in mir. Ich wollte ihm meine Hüften entgegenstrecken, um ihn in mich aufzunehmen, aber er legte eine Hand an mein Gesicht und zeichnete mit dem Zeigefinger die Kurve meiner Braue nach, die ich fragend gehoben hatte.

„Wir werden das nicht so machen, Bry.“ Er gab mir einen Kuss auf den Wangenknochen, dann auf die Schläfe, während ich über seine Rippen strich, ganz vorsichtig wegen seiner noch nicht verheilten Wunden.

„Wie meinst du das, Race?“

Er nahm sich die andere Seite meines Gesichts vor und verteilte auch dort sanfte Küsse, während ich mich ihm unwillkürlich entgegenreckte. Ich konnte spüren, wie bereit er war, fühlte die Perlen seiner Erregung feucht und warm an den Innenseiten meiner Schenkel, aber aus irgendeinem Grund hielt er sich gerade außerhalb meiner Reichweite.

„Rein, raus und ab nach Haus – das tun wir einander nicht an“, erwiderte er. „Die Gründe, weswegen du hier bist, sind mir letztlich scheißegal. Wichtig ist mir langfristig nur, dass du überhaupt hier bist, und wenn du hier bist, werde ich dir ganz bestimmt keinen Anlass geben, es zu bereuen."

Heißes Begehren flammte in seinen Augen auf, dann küsste er mich. Er küsste mich mit seinem Mund – es kam mir vor, als küsse er mich mit seinem ganzen Körper, als er endlich in mich eindrang. Er küsste mich mit seinen rauen Händen, die mein Gesicht umfassten, sodass ich nicht wegschauen konnte, und er küsste mich mit etwas anderem, etwas Bedeutungsvollerem, während ich sein Herz an meiner Brust pochen fühlte. Ich hob die Hüften, um ihn noch tiefer in meinen tobenden Körper eindringen zu lassen, und schlang die Beine fester um seine Taille.

„Es ist nicht immer einfach. Du bist nicht immer einfach, aber ich habe noch keine Sekunde bereut, Race."

Wir keuchten beide auf, während er sich neben meinem Kopf abstützte und sich zu bewegen begann. Der Sex mit Race war immer überraschend; jedes Mal, wenn unsere Körper miteinander verschmolzen, schien es, als ob jeder ein Stück von sich selbst beim anderen ließ. Ich sah, wie sein Blick sich noch weiter verdunkelte, hörte, wie sein Atem leicht stockte, als seine feuchte Haut auf meine traf.

Ich knabberte an seinem Ohrläppchen, küsste die empfindliche Haut dahinter und vergrub meine Nase in seiner Halsgrube, während mein Körper anfing, um ihn herum zu beben und zu zucken. Sein Rhythmus wurde schneller, und er ließ eine Hand zwischen uns gleiten. Die Adern und Muskeln an dem Arm, mit dem er sich abstützte, traten hervor und beugten sich in einer berauschenden Demonstration von Stärke. Ich wollte ihm sagen, dass er sich nicht die Mühe zu machen brauchte, mit den Fingern nachzuhelfen, weil ich schon fast da war. Seine Worte, die Art, wie er mich anschaute, mich küsste, mit meinem Mund Liebe machte, so innig wie mit dem Rest von mir, ließen mich bereits den Gipfel erklimmen. Ich spürte, wie mein Inneres sich verflüssigte, wie begierig sich meine Muskeln anspannten. Der ganze Raum roch nach Sex und teurem Scotch. Es war unglaublich sexy.

Doch Race war nun mal Race und musste noch einen draufsetzen. Er kitzelte meinen Bauchnabel, woraufhin ich an seiner Schulter kicherte, und dann waren seine Finger dort, wo gefesselte Lust sich wand und darum flehte, befreit zu werden. Geschickt glitt er mit den Händen bis zu der Stelle, an der wir vereint waren, bis in meine feuchte Hitze, bis ins Ziel. Er drückte seinen Daumen nach unten und veränderte zugleich ganz leicht seine Position, stieß jetzt so hart und tief in mich hinein, wie er konnte. Mir stockte der Atem, und ich konnte die Augen nicht offen halten, so gewaltig war die Woge von Empfindungen, die mich durchflutete. Vielleicht habe ich seinen Namen geschrien; vielleicht wurde ich auch einen Moment lang ohnmächtig, denn das Nächste, was ich mitbekam, war, wie er selbst mitgerissen wurde und die süße Erlösung fand. Er stöhnte in meinen Mund hinein, bevor er auf mich sank und unsere Lippen mit einem letzten seelenverschmelzenden Kuss versiegelte.

Wir blieben eine ganze Weile so liegen, stumm und befriedigt. Ich konnte spüren, wie sich die Erkenntnis über uns senkte, dass es mehr, so viel mehr als reiner Sex war, wenn wir miteinander schliefen. Schließlich musste ich mich ein bisschen freistrampeln, um Luft zu kriegen, denn auch wenn er nicht massig war, so war er doch groß und schwer, und zudem wollte ich nicht auf der nassen Stelle im Bett liegen bleiben. Er lachte, als ich ihm das sagte, und rollte mit mir ein Stück zur Seite, wobei er diesmal unten landete. Er half mir, sein jetzt hoffnungslos zerknittertes Hemd auszuziehen, und schaffte es irgendwie, dabei in mir zu bleiben. Ich würde mich gewiss nicht darüber beklagen, und ich mochte die Art, wie er Strähnen meines Haars um seine Finger wickelte und mir langsam über den Rücken strich.

„Darf ich dich was fragen, Bry?"

Meine Wange ruhte auf seiner Brust, daher gingen seine Worte mir durch und durch. Ich gähnte und rieb mit der Nasenspitze über mein steinhartes Kissen. „Ist es eine unangenehme Frage?

Dann lieber nicht, denn es geht mir gerade großartig, und das ist in letzter Zeit nicht besonders oft vorgekommen."

Seine unstete Hand landete auf meinem nackten Hintern. Er versetzte mir einen leichten Klaps und lachte leise. Die Vibration ließ mich innerlich selig dahinschmelzen.

„Warum haben deine Eltern dir einen Jungennamen gegeben?", fragte er. „Ich meine, du bist definitiv ein Mädchen, und Brysen klingt nach einem Typen, der dir in der Grundschule das Geld fürs Mittagessen wegnimmt."

Ich regte mich ein bisschen und seufzte, als er seine Finger noch weiter hinabwandern ließ.

„Ich sollte eigentlich ein Junge sein. Auf dem letzten Ultraschallbild war angeblich ein Schniedel zu sehen, daher haben meine Eltern absolut nicht mit einem Mädchen gerechnet. Sie hatten das Kinderzimmer schon komplett in Blau eingerichtet, und der Name war auch ausgesucht. Und dann kam ich, und ich nehme mal an, sie waren zu faul oder zu gleichgültig, um ihn zu ändern." Ich zuckte mit den Schultern und küsste ihn aufs Brustbein. „Als ich klein war, habe ich meinen Namen gehasst, aber allmählich bin ich da hineingewachsen. Spätestens als Karsen kam, musste ich wohl dazu stehen, denn immerhin haben sie ihr ja auch einen Jungennamen gegeben."

Er bewegte die Beine, und ich fühlte, wie seine untere Hälfte sich wieder zu regen begann. Ich hätte jetzt gut ein bisschen schlafen können, aber Race, in all seiner überirdischen Herrlichkeit, schien bereit für die zweite Runde.

Ich stützte das Kinn auf die Arme, die ich auf seiner Brust verschränkt hatte, und grinste ihn an. „Echt jetzt?"

Race ließ sein Grübchen aufblitzen, und ich stöhnte auf, weil das eine todsichere Methode war, mich scharfzumachen. Ich spürte, wie ich mich um ihn herum unwillkürlich anspannte. Er streckte die Arme über den Kopf, und ich genoss dabei das Spiel seiner Sehnen und Muskeln, das mir das Wasser im Mund zusammenlaufen ließ.

„Wie gesagt, du magst einen Jungennamen haben, aber du bist durch und durch ein Mädchen.“ Er betrachtete mich so lüstern, dass mich sofort eine prickelnde Gänsehaut überzog. „Deine Eltern waren also schon immer selbstsüchtige Ärsche?“

Mir war zwar nicht ganz klar, wie er unser Nachglühen in einen Seelenstriptease verwandelt hatte, doch ich fand es gleichzeitig tröstlich und antörnend. Abgesehen davon war ich viel zu entspannt, um über Zeit und Ort dieser Therapiestunde zu streiten.

„Ich habe nie wirklich darüber nachgedacht“, antwortete ich. „Wir hatten ein schönes Haus, Karsen und ich hatten immer neue Kleider und haben relativ gute Schulen besucht. Wir waren nie reich wie die Leute aus The Hill, aber wir waren weit davon entfernt, arm zu sein. Ich wusste nichts von The Point oder der anderen Seite der Straße, bis meine Mom diesen Unfall hatte. Als ihr Einkommen dann wegfiel, ging es abwärts mit uns. Im Grunde waren es sowieso immer nur Karsen und ich. Also tat ich, was ich tun musste.“

„Du hast versucht, die Familie zusammenzuhalten.“

Ich nickte und wackelte ein bisschen mit den Hüften, was dazu führte, dass seine hübschen Augen zurückrollten. Es gefiel mir, dass ich diese Art von Kontrolle über jemanden hatte, der mühelos all meine Vorbehalte und Einwände entkräften konnte. Außerdem war es irgendwie berauschend, auf einen Mann, der so machtvoll war wie Race, eine derart unwiderstehliche sexuelle Anziehungskraft auszuüben.

„Ich dachte lange Zeit, dass ich es ihnen schuldig war“, erklärte ich. „Sie haben sich schließlich um mich gekümmert, zumindest oberflächlich. Und jetzt war es eben an mir, mich um sie zu kümmern. Aber dann habe ich festgestellt, dass sie aus Wunden bluten, die sie sich selbst zugefügt haben.“

Er stöhnte und bewegte ungeduldig seine Hüften. In meinem Bauch tanzten tausend Schmetterlinge. Das hier war der intimste Flirt, das aufregendste Vorspiel. Ich strich mit den Lippen über seine flache Brustwarze.

„Warum hat deine Mom eigentlich nie eine Anzeige wegen Trunkenheit am Steuer und fahrlässiger Tötung gekriegt?"

Ich rieb mit der Nasenspitze über seine Brust und stieß einen tiefen Seufzer aus. „Sie hat sich am Rücken verletzt und war sehr lange im Krankenhaus. Ich denke, keiner hat je versucht zu beweisen, dass sie tatsächlich betrunken war. Es hat nie einen Bluttest gegeben. Die Familie des Opfers erhielt eine Entschädigung und bekam zusätzlich Geld von Dad angeboten. Die Leute waren aus The Point, daher glaube ich, sie haben es genommen und dafür auf weitere Schritte verzichtet. Ich habe nicht mehr zu Hause gewohnt, als das alles passierte, und kenne daher nur die Folgen. Aber es war eine durch und durch hässliche Geschichte."

Seine Hand lag wieder auf meinem Hintern, und mit dem Bein schob er mein Knie beiseite, sodass ich es anzog und neben ihm aufstellte. Ich spürte, wie er in mir härter und größer wurde.

„War deine Mom immer so durch den Wind?" Er schob seine andere Hand in meinen Nacken und unter mein Haar. Mit dem Daumen massierte er mich dort sanft, und ich schmiegte mich wie eine Katze an ihn.

„Sie war schon immer launisch und unberechenbar. Als Kinder fanden wir das sogar irgendwie gut. Ich hatte keine Ahnung, wie deprimierend und gefährlich es sein konnte, bis ich ein Teenager war. Sie wurde eine Zeit lang medikamentös behandelt, aber als mein Dad anfing, rund um die Uhr zu arbeiten, hörte sie wohl wieder mit den Tabletten auf und fing stattdessen an zu trinken. Es war praktisch ein Flehen um Aufmerksamkeit. Sie weiß von seiner Spielsucht und hat sich bereit erklärt, Hilfe für ihre eigenen Probleme zu suchen. Jetzt muss ich nur noch herausfinden, wie ich das bezahlen soll. Selbst die günstigste Entzugsklinik verlangt fünfzehntausend Dollar pro Patient."

Er brummte etwas Unverständliches, und ich konnte ihn fast denken hören. Ich hätte wissen müssen, dass Races Hirn genauso golden und vielschichtig war wie er selbst.

Dann küsste er mich auf den Scheitel und strich über meinen Po und meine Taille. Seine Berührung war federleicht. Sie löste eine Serie prickelnder Schauder in mir aus und brachte meine Muskeln dazu, sich zusammenzuziehen. Stöhnend stützte ich mich auf seiner Brust ab und schaute ihn an. Es gefiel mir, wie seine Augen die Farbe wechselten. Er würde nie verbergen können, wie sehr er mich begehrte; bei dem Gedanken wurde mir warm ums Herz. Mit beiden Händen umfasste er nun meine Hüften, hatte sich zu seiner vollen Größe aufgerichtet. Seine Wangen färbten sich rot, und er grinste mich an. Er sah aus wie ein zufriedener antiker Herrscher nach der Eroberung eines fremden Reichs.

Bevor er damit anfangen konnte, uns wieder auf Touren zu bringen, berührte ich sein viel zu hübsches Gesicht. Ich strich mit dem Daumen über das Grübchen und schaute ihn an. „Was ist mit dir?"

Seine blonden Brauen zogen sich zusammen, und seine Nasenflügel blähten sich leicht. „Was soll mit mir sein?"

Warum mussten alle Jungs bloß so stur sein? Okay, er war steinhart und bereit, loszulegen, aber ich hatte meine Vergangenheit nicht gerade vor seinen Füßen ausgebreitet, um nichts zurückzubekommen.

„Was ist mit deiner Familie, Race?"

Er seufzte und schüttelte den Kopf. „Bax und Dovie sind meine Familie. In gewisser Weise auch noch Bax' Bruder Titus, aber da hört es dann auf. Mein Dad ist ein skrupelloses, mörderisches Stück Scheiße, und ich dachte immer, meine Mom wäre zu weich, um sich damit auseinanderzusetzen. Doch wie sich herausgestellt hat, liebt sie dieses Monster tatsächlich – und niemanden sonst. Ich toleriere sie, mehr nicht. Ich schäme mich, das Blut meiner Eltern in mir zu haben."

Wow! Ich hatte gewusst, dass es Streit in seiner Familie gegeben hatte, dass er enterbt worden war und es Probleme gab, weil sein Vater sich weigerte, Dovie als seine Tochter anzuerkennen, aber ich hatte keine Ahnung gehabt, wie sehr Race seine Eltern verabscheute.

„Tut mir leid", sagte ich leise.

„Das muss es nicht. Als ich wie sie gelebt habe, war ich ein total verwöhntes Arschloch. Ich musste erst meinen Platz in der Welt finden, meine wahre Familie und meine wahre Heimat, um zu verstehen, worum es im Leben geht." Seine Augen glitzerten spitzbübisch, und er ließ eine Hand von meiner Seite zwischen meine Schenkel gleiten, um meinen geheimsten Punkt zu erforschen. „Ich weiß eine gute Sache zu schätzen, wenn sie mir in den Schoß fällt, Brysen. Das kannst du mir glauben."

Ich hätte geantwortet, doch seine Fingerspitzen spielten bereits mit meiner Klit, und mein Verstand schaltete sich ab, damit ich mich voll auf sein breites Grinsen und die Lust konzentrieren konnte, die er mir bereitete. Ich konnte nicht einfach auf ihm sitzen bleiben, während wir uns ausruhten und uns gegenseitig neckten, das wollte er mir wohl damit zu verstehen geben. Ich fasste seine Bauchmuskeln an und streichelte sie ganz langsam, auf und ab, auf und ab, woraufhin er mich intensiver reizte. Sein Bauch zog sich zusammen, und mit der anderen Hand kniff er in eine meiner schmerzlich angespannten Brustwarzen. Mann, Race war wirklich gut im Multitasking! Wie es schien, war er überhaupt verdammt gut in allem, was er tat. Während ich ihn ritt und er mich zu einem weiteren bewusstseinsverändernden Orgasmus streichelte, fragte ich mich, ob dieses Gute das Böse wettmachte, das, wie ich wusste, nicht allzu weit dahinter lauerte.

Er machte mich fertig. Wir trieben es die ganze Nacht; er ließ nur gerade so lange von mir ab, dass ich Karsen wenigstens eine SMS schreiben konnte, um sie wissen lassen, dass ich nicht nach Hause kommen würde. Ich kam erst zum Schlafen, als die Sonne längst aufgegangen war, und die Tatsache, dass ich mich nicht durch den Lärm stören ließ, der aus der Werkstatt unter mir drang, zeigte, wie erschöpft ich war.

Ich öffnete die Augen, als die Matratze sich auf Höhe meiner Schulter senkte. Eine Tasse Kaffee tauchte in meinem verschwommenen Blickfeld auf, ein Kuss landete auf meiner Schläfe. Ich rappelte mich hoch und strich mir die Haare aus dem Gesicht.

Race trug dunkle Jeans und einen grauen Pulli mit V-Ausschnitt. Sein Haar war feucht, und er war unrasiert. Er sah zum Anbeißen aus, doch seine Miene war ernst.

„Guten Morgen“, sagte ich. Während ich gierig den Kaffee in mich hineinschüttete, ging mir auf, dass ich hier nackt im Bett hockte, während er voll bekleidet war. Sogleich machte ich mich daran, die Decke um meinen Körper zu wickeln.

Race lachte und zog sie mir weg. „Wohl eher guten Nachmittag. Falls du frühe Seminare hattest, hast du sie verpasst.“

Oh Mist!

Er verschränkte die Arme und musterte mich mit diesem Ausdruck auf dem Gesicht, der, wie ich langsam lernte, bedeutete, dass etwas nicht stimmte. „Weißt du noch, wie ich dir gestern Abend gesagt habe, dass wir über diesen Assi sprechen müssen?“

Wie sollte ich mich an irgendwas erinnern, das vor den wundervollen Dingen passiert war, die er mit seinem Mund und seinen Händen in mir ausgelöst hatte?

„Wirf mir mal ein Hemd oder so was rüber“, erwiderte ich. „Das hilft meinem Gedächtnis vielleicht auf die Sprünge.“

Er hob eine Braue, drehte sich aber um und wühlte in seinem einzigen Schrank herum. Schließlich reichte er mir ein schwarzes T-Shirt, das ich rasch überzog. Daran würde ich denken müssen: Wenn ich mich das nächste Mal auszog und in seinem Bett auf ihn wartete, musste ich dafür sorgen, dass meine eigenen Klamotten in Reichweite waren.

Als ich meine Blöße bedeckt hatte, schob ich meine Haare hinters Ohr und sah fragend zu ihm hoch. „Was ist denn mit ihm?“

„Er hat sofort zugegeben, dass er mit voller Absicht versucht hat, deine Zensuren zu drücken und damit deinen Notendurchschnitt zu versauen. Ihm war jeder noch so kleine Vorwand recht, um dir Punkte abzuziehen."

Ich schnaubte. Race war gut zehn Zentimeter größer als mein Erzfeind, und es war gänzlich ausgeschlossen, dass sich ein Akademiker, der an wissenschaftliche Auseinandersetzungen gewöhnt war, gegen die selbstbewusste Arroganz und Intensität von Typen wie Race behaupten konnte. Wenn man dann noch Bax dazurechnete, der sich nicht mal Mühe geben musste, um wie ein Verbrecher auszusehen, war es schon echt beeindruckend, dass Elliot, der Assistent, nach der Begegnung mit den beiden nicht umgehend seine Koffer gepackt hatte und in einen anderen Bundesstaat geflüchtet war. „So ein Arschloch! Das alles nur, weil ich nicht mit ihm ausgehen wollte."

Race verzog das Gesicht. „Nein, und genau darüber will ich ja mit dir reden. Er war zwar enttäuscht, weil du Nein gesagt hattest, aber es war keine große Sache für ihn – bis jemand anfing, sich per SMS und E-Mail über ihn lustig zu machen und seine persönliche Niederlage auf öffentlichen Plattformen auszubreiten, um ihn zum Gespött der Leute zu machen."

Ich war baff. „Was?"

„Jemand, der sich für dich ausgegeben hat, schickte ihm irgendwelche abgefuckte Scheiße. Hässliches Zeug, das jeden auf die Palme gebracht hätte. Es ging durch all die sozialen Netzwerke, die er benutzt, sprang ihm von überallher ins Gesicht. Aus Rache hat er dann deine Zensuren gedrückt."

Ich hätte beinahe meine Kaffeetasse aufs Bett fallen lassen. „Aber ich war das nicht. Ich würde niemals so etwas tun. Ich habe nicht mal einen Facebook- oder Twitter-Account, und ich habe ihm nie eine SMS geschickt. Vielleicht mal eine E-Mail wegen irgendwelchem Uni-Kram, aber das war's."

Verzweifelt hoffte ich, dass er mir glaubte. Er sollte nicht denken, dass ich mir irgendwas von diesem ganzen Mist selbst zuzuschreiben hatte – nicht nachdem er sich so angestrengt hatte, für mich einzutreten.

„Beruhige dich, Bry." Er strich mir übers Haar und ließ die Hand auf meiner Schulter ruhen. „Ich habe ja jeden Quadratzentimeter deines Computers durchsucht, um möglichst viele deiner Daten zu retten. Ich weiß, dass du nichts mit diesem Scheiß zu tun hast, aber das ändert nichts daran, dass jemand es in deinem Namen getan hat. Jemand wollte dich überfahren und versucht jetzt auf etwas subtilere Weise, dein Leben zu zerstören. Offenbar gibt es da draußen einen Menschen, der ein ernsthaftes Hühnchen mit dir zu rupfen hat, und ich muss rausfinden, wer es ist."

„Das ist doch verrückt."

„Ich weiß. Gleich treffe ich mich mit Titus, und danach bringe ich deinen alten Laptop zu einem Freund. Der soll ihn sich noch mal vornehmen, vielleicht kriegt er ja mehr raus als ich. Außerdem frage ich ihn, ob er irgendwie entschlüsseln kann, woher diese Nachrichten von deinem falschen Ich kommen."

Ich konnte ihn nur stumm anstarren. Mir fiel nichts ein, was ich sagen konnte.

Race stupste mich leicht mit dem Fingerknöchel gegen das Kinn und schnalzte mit der Zunge. „Mach dir keine Sorgen, Bry. Wir kriegen das schon hin."

„Bevor oder nachdem ich alles verloren habe?"

„Wenn dir jemand etwas wegnehmen will, muss er erst mal an mir vorbeikommen." Er drückte seinen Mund auf meinen, stand auf und fuhr sich durch sein blondes Haar, sodass es in alle Richtungen abstand. „Übrigens, ich glaube, ich habe eine Idee, wie ich dir helfen kann, damit deine Mutter die Therapie machen kann."

Instinktiv zuckte ich zurück und schwang die Beine über die Bettkante. „Auf keinen Fall leihe ich mir fünfzehntausend Dollar von dir, Race. Ich könnte das Geld nie zurückzahlen, und ich finde die Vorstellung, es von dir zu nehmen, während wir miteinander ins Bett gehen, zum Kotzen."

Leise fluchend verschränkte er die Arme vor der Brust. „Das zwischen uns ist mehr, wir gehen nicht nur miteinander ins

Bett – krieg das endlich mal in deinen hübschen Kopf. Und du weißt, dass ich es nicht so gemeint habe. Aber ich kenne einen Kerl, der mir was schuldet und möglicherweise einigen Einfluss in einer Entzugsklinik hier in der Stadt hat. Nicht unbedingt in der allerbesten Gegend, doch ich denke, ich kann da was drehen."

Ich ließ mich so weit nach vorn sacken, dass meine Stirn meine Knie berührte. „Tut mir leid, ich bin es nicht gewohnt, dass jemand ehrlich versucht, mir zu helfen. Mein erster Reflex ist immer: Bei mir ist alles scheiße, und ich will dich da nicht automatisch mit reinziehen." Ich lachte leise und legte den Kopf schräg, um zu ihm hochschauen zu können. „Einer deiner Gefolgsleute?"

Er brummte etwas und ging zur Kochnische, um seine Schlüssel zu holen. „Nein. Ein ziemlich anständiger Kerl, der gern bei Baseballspielen wettet. Doch sein Team hatte eine Scheißsaison, und jetzt steckt er in Schwierigkeiten. Er hat einiges versucht, um da rauszukommen, sich bislang allerdings nur tiefer reingeritten. Wenn ich ihm anbiete, dass wir quitt sind, wenn er das mit deiner Mom einfädeln kann, lässt er sich diese Chance sicher nicht entgehen. Ich kann nichts versprechen, aber einen Versuch ist es allemal wert." Er kam noch mal zurück und gab mir einen Kuss, der dazu führte, dass ich mich in seinen Armen wand, und nicht nur deshalb, weil ich Angst hatte, ihn mit meinem Morgenatem umzuhauen. „Ich ruf dich später an, um dir zu sagen, was sich ergeben hat."

Damit ließ er mich zurück, und ich grübelte, wie es kommen konnte, dass ich eben noch hoffnungslos in einer Existenz festsaß, die sich wie ein Schatten dessen anfühlte, was sie sein sollte, und im nächsten Moment mitten in einem Leben voller Gefahren und Risiken steckte, dessen Dreh- und Angelpunkt ein Typ namens Race war. Es tat so gut, dass er eingreifen und alles aufwischen wollte, was im vergangenen Jahr übergekocht war, aber es machte mich auch argwöhnisch.

Race war offensichtlich ein Problemlöser, er hatte immer auf alles eine Antwort parat, doch als ich nach der Zukunft meines Vaters gefragt hatte, war er ausgewichen. Ich mochte Race, war wahrscheinlich sogar dabei, mich in ihn zu verlieben; ich wusste jedoch nicht, was daraus werden würde, wenn ich mitbekommen sollte, dass er meinem Dad etwas antat. Es war genau der Widerspruch, mit dem ich, was ihn betraf, ständig ringen musste. Auf der einen Seite machte er etwas so Wundervolles, wie meiner Mutter die Hilfe zu verschaffen, die sie so dringend brauchte. Und dann zeigte er sein anderes Gesicht und drohte meinem Vater mit Rache. Ich kam nicht richtig damit klar, Gefühle für einen Mann zu hegen, der diese beiden Dinge in einem Atemzug tun konnte.

Nachdem ich zu dem Schluss kam, dass ich für dieses Dilemma im Moment – und vielleicht auch künftig – keine Lösung finden würde, stand ich endlich auf, um zu duschen und mich vorzeigbar zu machen. Ich zog die Sachen von gestern an und beschloss, die Uni zu schwänzen und erst heute Abend zur Arbeit zu gehen. Auf der Suche nach etwas Essbarem durchforstete ich Races Mini-Apartment, wurde allerdings nicht fündig. Wie konnte er bloß so leben? Es sprach ja einiges dafür, mit leichtem Gepäck zu reisen und sein Herz nicht an zu viele Dinge zu hängen, aber andererseits hatte er dieses grandiose Auto, und ich sah ja, wie er sich kleidete. In allen anderen Bereichen jedoch trieb er das Prinzip „einfach leben“ auf die Spitze, und ich kannte ihn inzwischen gut genug, um zu wissen, dass es dafür einen Grund geben musste.

Mein knurrender Magen erlaubte mir nicht, noch länger ohne irgendeine Form von Nahrung in diesem Loft zu bleiben, also stieg ich die Treppe in die Werkstatt hinunter. Sobald er mich entdeckte, streckte Bax den Kopf aus seiner Bürotür. Offenbar war Race nicht der Einzige, der hier ein Auge auf mich hatte. Bax nickte mir zu und machte Anstalten, wieder hineinzugehen, als ich seinen Namen rief. Er drehte sich um und lehnte sich mit einer muskulösen Schulter an den Türrahmen.

Ich ging zu ihm, schob all die alten Ängste und Vorbehalte beiseite, die ich ihm gegenüber hatte, legte meine Arme um seine schmale Taille und drückte ihn fest an mich.

Er verspannte sich und wich zurück. „Was zum Teufel soll das denn?"

Seine schwarzen Brauen waren so hochgezogen, dass sie praktisch im Haaransatz verschwanden, und der tätowierte Stern neben seinem Auge zuckte. Bax war offenbar keiner, den man einfach so aus Dankbarkeit umarmen konnte.

„Ich wollte mich nur dafür bedanken, dass du mir diesen grässlichen Kerl aus meinem Seminar vom Leib geschafft hast. Das weiß ich wirklich zu schätzen. Und falls du jemanden kennst, der daran interessiert sein könnte, mein Auto zu kaufen, wäre es toll, wenn du einen Kontakt herstellen würdest. Ich habe es noch nicht ganz abbezahlt, aber beim Verkauf muss genug rumkommen, um irgendwo ein kleines Apartment für meine Schwester und mich zu mieten."

„Bedank dich mit Worten, nicht mit Umarmungen. Ich hab sowieso bloß rumgestanden. Race war stocksauer, und dieser Typ hat das gemerkt. Wenn jemand so tief in deinem Leben rumpfuscht", sagte er und musterte mich eindringlich, „heißt das, dass jemand dich nicht nur verletzen, sondern dein gesamtes Leben von innen heraus zerstören will."

Ich biss mir auf die Unterlippe. „Race meint, dass dieser Jemand ein Hühnchen mit mir zu rupfen hat."

Er nickte und sah mich ernst an. „Sieht ganz danach aus."

Na schön, aber ich konnte jetzt nichts dagegen unternehmen. Nicht, bevor ich nicht wenigstens irgendeine Idee hatte, wer es sein könnte.

„Sagst du mir Bescheid wegen des Autos?", bat ich ihn.

„Ich halte die Augen offen. BMWs verkaufen sich immer gut, aber du weißt, dass Race durchdreht, wenn du den Wagen vertickst und in irgendeinen Slum ziehst."

„Race kann nicht alle meine Probleme lösen. Er hilft mir schon genug."

Bax knurrte etwas Unverständliches und wandte sich zum Gehen. „Wenn man ihm ein Problem bringt, will er es ausräumen", erklärte er dann in sachlichem Ton. „So ist er nun mal mit den Leuten, die ihm wichtig sind, und wenn du dir nicht helfen lassen willst, nimmt er die Angelegenheit trotzdem in die Hand. Bring ihn nicht dazu, dass er es heimlich tut, damit du später einen Grund hast, wütend auf ihn zu sein. Das wäre nicht fair, und ihr seid beide zu klug für so was."

„Warum kümmert dich das überhaupt, Bax?"

Er starrte mich über die Schulter hinweg an, und ich beobachtete, wie er in seinen Taschen nach Zigaretten suchte. „Race und ich haben ziemlich viel zusammen erlebt. Das meiste war gut, aber längst nicht alles. Ich liebe seine Schwester und weiß daher, wie es ist, jemanden zu haben, für den man eine ganze Stadt zerstören würde. Race wird alles und jeden in Stücke reißen, wenn er eine Bedrohung für dich wittert, daher musst du ihn vorsichtig behandeln. Mit Typen wie uns zusammen zu sein ..." Er zuckte mit den Schultern und steckte sich eine Zigarette in den Mund. „Das ist so, als ob du in eine geladene Pistole verliebt bist, und du bist die Sicherung."

Ich wollte ihm sagen, dass ich nicht in Race verliebt war und dass ich nicht genug Kraft übrig hatte, um seine Sicherung zu sein. Doch Bax' dunkle Augen konnten die Wahrheit erkennen, das war mir klar, daher machte ich mir nicht die Mühe, zu lügen. Ich drehte mich einfach um, ging davon und fragte mich dabei, wie ich Races Sicherung sein sollte, wenn ich nicht mal mit einer Waffe umgehen konnte.

14. KAPITEL

Race

„Dein Alter ist schon eine ganz spezielle Nummer."

Ich trommelte ungeduldig mit den Fingern auf die Tischplatte und starrte Titus unheilvoll an, während der einen Hamburger und Pommes in sich reinstopfte. Er hatte die Krawatte nach hinten über seine Schulter geworfen und Senf am Kinn. Trotzdem schaffte er es, tough und wehrhaft auszusehen, allerdings auf eine total andere Art als Bax. Zudem sah er extrem erschöpft aus, als hätte er sein Bett seit Tagen nicht mehr gesehen.

„Was du nicht sagst", stieß ich gepresst hervor.

Wir saßen in dem runtergekommenen Imbiss gegenüber der Polizeistation, und es wimmelte nur so von Bullen. Manche in Uniform, manche in Zivil, doch alle beobachteten mich aus den Augenwinkeln und überlegten offenbar, was ich hier mitten unter ihnen zu suchen hatte. Es war, als ob man den Wolf dazu eingeladen hätte, mit den Schafen zu essen, und das passte ihnen überhaupt nicht. Ich wäre womöglich etwas besorgter gewesen, wenn Titus sich einen Deut um seine Kollegen geschert hätte, aber er mampfte bloß weiter vor sich hin, während ich versuchte, ihm Informationen über meinen Dad aus der Nase zu ziehen. Was sich deutlich einfacher gestaltet hätte, wenn er nicht ständig das Thema gewechselt hätte: Er wollte über die Toten reden und darüber, wer Roxie überfallen hatte.

„Du hast echt keine Ahnung, wer dahinterstecken könnte?", fragte er mit vollem Mund.

Ich verdrehte entnervt die Augen. „Glaubst du ernsthaft, dass ich, wenn ich irgendeinen Hinweis auf den Täter hätte, nicht längst mit dir gesprochen hätte – oder mit Bax? Er ist total wütend wegen der Sache mit Roxie, und Nassir schätzt es gar nicht, wenn man seine Geschäfte stört, also würde es garantiert irgendwo eine Leiche geben."

Er verschluckte sich und griff zu seinem Getränk. „Du darfst so was nicht zu mir sagen, Race. Ich bin ein Cop."

Ich zuckte mit den Schultern. „Aber es stimmt."

„Es mag ja stimmen, doch wenn du so redest, schaffst du einen Vorsatz."

„Keiner weiß was, Titus."

Einen Moment lang schaute er mich nachdenklich an, dann zog er seinen Schlips wieder nach vorn, wischte sich Gesicht und Hände ab und schob den jetzt komplett leeren Teller zur Seite. „Dein Dad meint, dass er beide Seiten gegeneinander ausspielen kann. Er will den Behörden gerade so viele Informationen liefern, dass er im Zeugenschutzprogramm landet, aber nicht genug, um den Rest von Novaks Leuten so gegen sich aufzubringen, dass sie ihn ausschalten wollen."

Ich schnaubte verächtlich. Das klang nach meinem Vater. Er versuchte immer, alles zu seinem Vorteil hinzubiegen. „Die Behörde hat sein gesamtes Vermögen eingefroren."

„Das ist üblich in Fällen, in denen es um organisiertes Verbrechen geht. Damit die Kriminellen ihr schmutziges Geld nicht für ihre Verteidigung verwenden können."

„Wie stehen die Chancen, dass er sich da rauswindet und ins Programm kommt?"

Titus' dunkle Brauen schossen praktisch nach oben. „Seit Novaks Tod ist der Staatsanwalt nicht mehr so scharf darauf, Benny und den Rest der Bande um jeden Preis festzunageln. Er will lieber Frischfleisch sehen." Er sah mich scharf an. „Kann gut sein, dass dein Dad vor der Grand Jury aussagt und danach verschwindet."

Ich knirschte mit den Zähnen. „Er hat versucht, Dovie umbringen zu lassen."

Titus lehnte sich zurück und nickte. „Ich weiß. Aber unser Justizsystem ist vor allem daran interessiert, den Sumpf von

Waffen, Drogen und Sex trockenzulegen, den Novak so clever angelegt hat. Sie wollen seine Zulieferer und seine Verbindungen, und die kriegen sie, indem sie Leuten wie deinem Dad und Benny Deals anbieten, um sie zum Reden zu bringen."

Ich stöhnte laut auf. „Ein neues Leben für meinen Dad wäre schon schlimm genug, aber wenn Bax herausfindet, dass Benny einen Deal kriegt, dreht er komplett durch."

Titus' Mundwinkel senkten sich, und seine Miene wurde härter. „Ich weiß. Darum habe ich ihm noch nichts davon erzählt. Das FBI glaubt, dass deine Mutter mehr weiß, als sie sagt. Sie haben sie schon zweimal befragt."

„Ich glaube nicht, dass sie was weiß. Ich schätze, sie ist ihm einfach blind gefolgt."

Titus starrte mich stumm an. Scheiße. Es war schwer genug, zu verdauen, dass mein Dad fähig war, sein eigenes Fleisch und Blut zu töten; wenn meine Mom das auch noch mitgekriegt und untätig zugesehen hatte ... Meine Familie war wirklich ein Saustall.

„Wie auch immer, mein Dad kommt nicht ohne Konsequenzen davon."

„Wenn er sich auf den Deal einlässt, schon."

Ich hob eine Braue. „Das FBI kann ihn ins Zeugenschutzprogramm stecken, aber ich finde ihn trotzdem."

Er fluchte leise. „Mann, du sollst mir diesen Scheiß doch nicht erzählen! Zumal ja an allem, was du auskochst, mein idiotischer Bruder beteiligt ist."

Diesmal war ich derjenige, der daraufhin das Thema wechselte. Wie ich Brysen letzte Nacht gesagt hatte: Ich hatte die Nase voll davon, dass immer die Falschen gewannen. Und mein Dad war definitiv einer von den Falschen. „Der Stalker meines Mädchens hat übrigens noch eins draufgesetzt. Statt sie körperlich anzugreifen, zerstört er ihre Existenz mit anderen Mitteln. Er hat ihr mit seinen Manipulationen beinahe das ganze Semester versaut und damit ihren Abschluss gefährdet."

Er legte den Kopf schräg. „Dein Mädchen?"

„Ja, meins." Und das war sie. Sie war die perfekte Verbindung zwischen dem, der ich war, und dem, der ich sein musste, um zu überleben, und ich würde den Teufel tun und sie wieder hergeben. Nicht, wenn sie die Rückkehr zu mir selbst so leicht und vergnüglich machte.

„Bist du sicher, dass sie keinen wütenden Ex hat oder vielleicht einen alten Freund, dem sie übel mitgespielt hat? Wenn ein Stalker sich die Mühe macht, das Leben des Objekts seiner Besessenheit derart gründlich zu zerstören, dann ist das normalerweise ein Versuch, das Opfer zu isolieren, bis er der einzige Mensch ist, an den es sich noch wenden kann, um Hilfe zu finden."

„Sie schwört, dass es in ihrer Vergangenheit niemanden gibt, der derart wild darauf sein könnte, ihr Leben zu ruinieren."

Er fuhr sich mit dem Daumen übers Kinn, und ich konnte praktisch sehen, wie sich die Zahnrädchen in seinem Polizistenkopf drehten. „Wer immer das ist, hat jede Menge Wut gegen sie aufgestaut. Er sieht sie ganz klar als Ziel, als wichtige Figur in seinem Leben. Was ist denn mit dem Rest ihrer Familie? Könnte es sein, dass der Stalker ihr all das antut, um dadurch den eigentlichen Schuldigen zu bestrafen?"

Ich blinzelte einmal, zweimal und spürte, wie sich in meinem Bauch ein mulmiges Gefühl zusammenbraute. „Ihr Dad schuldet mir über dreihunderttausend Dollar, ihre Mom trinkt und ist ein emotionales Wrack. Da gibt es jede Menge Spielraum, auf die beiden wütend zu sein und es an Brysen auszulassen."

Er nickte grimmig. „Lässt sie dich in der schmutzigen Wäsche ihrer Eltern wühlen, um mehr herauszufinden?"

„Das mit ihrem Dad und dem Geld weiß sie. Und sie sagt, dass ihre Mom sich endlich helfen lassen will. Ich glaube, sie hat vor einem Jahr einen schweren Unfall verursacht, bei dem ein Mann gestorben ist."

Sobald die Worte über meine Lippen gekommen waren, starrten wir uns an, und so langsam fiel der Groschen. Ich fluchte leise.

Titus beugte sich vor. „Gab es Überlebende?"

„Ja. Brysen sagt, dass nur der Vater umkam."

„Eine trauernde Familie ist schon mal ein vielversprechender Ansatz. Ich suche den Unfallbericht raus und schaue, was ich ausgraben kann."

„Das weiß ich zu schätzen, Titus."

„Als Gegenleistung gibst du mir Bescheid, wenn du irgendwas über den geheimnisvollen Mann mit dem Akzent erfährst."

„Sobald ich was höre, lasse ich es dich wissen."

Wir rutschten beide ans jeweilige Ende der Sitzbank in der Nische, in der wir gesessen hatten, als er mir eine Hand auf die Schulter legte, um mich aufzuhalten.

„Diese Angelegenheit mit deinem Dad … lass sie los, Race. Die schlimmste Strafe für solche Typen ist ein dröges Mittelstandsleben irgendwo in Iowa, mit einem Taschengeld von der Regierung. Er ist dann niemand und hat nichts, und das ist für einen Mann wie ihn schlimmer als der Tod."

Gerade wollte ich dagegenhalten, dass nur der Tod die angemessene Strafe für jemanden war, der bereit war, seine eigene Tochter zu ermorden, nur um unangenehme Fragen zu vermeiden, als die Türen des Imbisses aufflogen und ein uniformierter Polizist hereinstürmte.

„Hat hier jemand einen roten Mustang?"

Ich wechselte einen Blick mit Titus und stand auf. „Der gehört mir."

„Ich habe schon die Feuerwehr gerufen, aber Sie sollten wohl besser rauskommen. Das verdammte Ding brannte bereits lichterloh, als ich auf den Parkplatz gefahren bin."

Ich rannte nach draußen, dicht gefolgt von Titus. Natürlich hatte sich schon eine Gruppe von Gaffern um das Auto versammelt, um zu beobachten, wie die orangegelben Flammen über den kirschroten Lack tanzten. Der Gestank von Benzin und Rauch war nahezu überwältigend, und zwei Polizisten in Uniform versuchten, die Leute aus der Gefahrenzone zu drängen.

„Race."

Ich sah aus dem Augenwinkel zu Titus. „Sag jetzt nichts, Titus. Verdammt, ich liebe dieses Auto."

Er ignorierte meine Aufforderung. In der Ferne hörte man Sirenen heulen. „Wenn du so viele Feinde hast, dass du nicht mehr weißt, in welche Richtung du schauen sollst, um deinen Arsch zu schützen …" Er machte eine bedeutungsvolle Pause, um sicherzugehen, dass ich kapierte, was er mir sagte. „Dann ist das eine verflucht gefährliche Situation."

Ich zog eine schmerzliche Grimasse, als die Windschutzscheibe zersprang und nach innen fiel. Das Auto war ein Totalschaden, und der Verlust brach ein kleines Stück meines Herzens. Es war der erste Wagen, den ich mir selbst gekauft hatte, ohne das Geld meines Vaters. Er war damals schwer runtergekommen gewesen, aber Bax hatte wahre Wunder vollbracht. Dieser Mustang war das Einzige, das mir von Anfang an gehört hatte, und jetzt war er nur noch ein schwarzer qualmender Berg aus verschmortem Metall und geschmolzenem Gummi. Mein Herz tat weh, und mein Blut kochte vor Wut.

„War das der geheimnisvolle Mann mit dem Akzent, oder hat es mit deinem Mädchen zu tun?"

Ich hatte keine Ahnung, und es war mir auch egal. Wer immer hinter diesem Anschlag steckte, würde dafür bezahlen. Die Feuerwehr bog mit quietschenden Reifen auf den Parkplatz, und ich schaute schweigend und mit zusammengebissenen Zähnen zu, wie die Männer mit Hochdruck Wasser auf den Schrotthaufen spritzten, der mal mein wunderschönes Auto gewesen war. Die Menge zerstreute sich.

Titus schlug mir auf die Schulter und schüttelte mich leicht. „Vor der Polizeistation sind Überwachungskameras. Ich schaue mal, ob es ein Bild vom Täter gibt oder vielleicht vom Nummernschild. Komm, ich fahre dich zurück zur Werkstatt."

Ich atmete tief durch und strich mit einer Hand über mein Gesicht. „Okay."

Wegen Brysens Computer musste ich noch zu meinem Technikfreak, aber das ging nicht ohne Auto. Zum Glück standen immer ein paar überzählige Wagen in der Werkstatt herum.

Ich stieg in Titus' langweilige Polizisten-Limousine, schloss die Augen und rieb mir die Schläfen so fest, wie ich konnte. Das Ende des Mustangs ließ meine Verlustängste aufleben, und ich konnte den wütend kreisenden Gedanken, dass mir alles, was mir lieb und teuer war, wieder entrissen werden könnte, nicht aus meinem Kopf verbannen. Ich war verrückt nach einem Mädchen, das von einem Wahnsinnigen verfolgt wurde, meine Schwester hatte sich mit dem gefährlichsten Menschen in The Point eingelassen, und mein Geschäftspartner würde mich umbringen, ohne mit der Wimper zu zucken, wenn es ihm in den Kram passte. Meine Haut fühlte sich plötzlich zu eng an für meinen Körper, und direkt unter der Oberfläche meiner Selbstbeherrschung brodelte eine explosive Nervosität. Dass The Point über mein eigenes Schicksal entscheiden würde, nahm ich als selbstverständlich hin. Aber ich wusste, dass es mich brechen würde, wenn Dovie oder Brysen oder sogar meinem scheinbar unverwundbaren besten Freund etwas zustieße.

Es war Spätnachmittag, als wir die Werkstatt erreichten, und die meisten von Bax' Jungs waren schon weg, aber sein Hemi stand noch auf dem Parkplatz. Ich hatte keine Lust, ihm zu erklären, warum ich mit Titus und nicht mit meinem Wagen fuhr, aber Bax kam bereits mit einer Zigarette im Mundwinkel und dem Handy in der Hand auf uns zu.

Abschätzig musterte er die unauffällige Limousine und schaute danach zwischen mir und seinem Bruder hin und her. „Wie willst du mit diesem Stück Scheiße eigentlich jemals jemanden einholen?" Er trat gegen den Kotflügel und musste sich dann rasch ducken, um Titus' Fausthieb zu entgehen.

„Du würdest nicht so einen Mist reden, wenn du wüsstest, was sich unter der Haube verbirgt. Es ist ein Polizeiauto, Blödmann, es soll nicht auffallen."

Bax schnaubte und warf seine Kippe auf den Boden. „Wo ist der Mustang?"

Ich strich mir durchs Haar und zog frustriert an den hellen Strähnen. „Die Überreste stehen auf dem Parkplatz von dem Imbiss gegenüber der Polizeiwache."

Ihm fielen fast die Augen aus dem Kopf, und er starrte mich fassungslos an.

Ich seufzte. „Titus will nachgucken, ob die Überwachungskamera irgendwas dazu hergibt, wer ihn abgefackelt hat. Keine Ahnung, ob es dabei um mich ging oder ob dieser Irre, der hinter Bry her ist, wieder zugeschlagen hat. Aber ich brauche für den Rest des Tages ein Auto, ich hab noch ein paar Sachen zu erledigen."

Er rieb mit dem Daumen über sein Kinn, genau wie Titus es immer machte. „Warum fragst du Brysen nicht, ob sie dir ihren BMW verkauft?", meinte er. „Sie hat mich heute gebeten, einen Käufer dafür zu finden."

Unwillkürlich zuckte ich, knirschte mit den Zähnen. „Was?", stieß ich hervor, und das eine Wort brachte meine Überraschung und meinen Ärger unmissverständlich rüber.

Er grinste feixend, und nachdem er Titus gebeten hatte, die Motorhaube der Limousine zu öffnen, erzählte er: „Sie sagt, dass sie das Geld braucht, um ein Apartment für sich und ihre Schwester zu mieten, da ihr Dad ja ein wertloses Arschloch ist und so weiter. Ich hab ihr geraten, dass sie darüber mit dir reden soll, denn für das, was sie für den BMW kriegt, könnte sie sich nur eine Scheißbude leisten."

„Sie zieht mit ihrer Schwester nicht in die Slums." Auf keinen Fall würde sie das tun, zum Teufel!

„Ich hab ihr erklärt, dass du das sagen würdest. Ich finde es ziemlich krass von ihr, dass sie versucht, ihre Scheißsituation zu bewältigen, und bereit ist, dafür Opfer zu bringen. Sie sah mir eigentlich ein bisschen zu schick aus, um sich die Hände schmutzig zu machen. Ich bin froh, dass ich mich da geirrt habe, für den Fall, dass sie sich mit dir einlassen sollte. Blut geht nur schwer raus. Da bleiben meist Flecken."

„Herrgott, Bax!", brüllte Titus.

Bax hob eine Schulter. „Das ist nichts als die Wahrheit."

„Mit euch rumzuhängen ist weder für meinen Blutdruck gut noch für meine Karriere." Sein Tonfall legte nahe, dass das kein Scherz war.

Ich sah meinen Freund aus schmalen Augen an. „Erzählst du das auch Dovie? Dass Blut schwer rausgeht?"

Seine schwarzen Augen waren wie bodenlose Gruben. Es gab kein Ende und kein Licht.

„Deine Schwester weiß ganz genau, wie schwer Blut sich abwaschen lässt, Race. Sie sieht es jedes Mal, wenn sie sich anzieht und die Narbe bedeckt, die Novak auf ihrer Brust hinterlassen hat. Sie sieht es jedes Mal, wenn ich nach Hause komme von irgendwoher, wo ich nicht hätte sein sollen, und sie mich nicht fragen will, wo ich gewesen bin, weil sie weiß, dass die Antwort ihr Angst machen würde. Blut gehört zu dem Leben, das wir führen, und Brysen muss das wissen, wenn sie hierbleiben will."

Ich wusste nicht, ob sie das wollte, aber ich hatte keine Probleme damit, mir einzugestehen, dass ich wollte, dass sie blieb. Wenn ich nach all dem scheußlichen Zeug, mit dem ich mich täglich herumschlagen musste, zu ihr nach Hause kommen könnte, wäre das der beste Weg, damit ich mich weiter aufs Wesentliche konzentrieren konnte. Jemanden wie sie zu haben und verlieren zu können ... war eine gewaltige Motivation, um sicherzustellen, dass die Teile von mir, die einfach nur Race waren, intakt blieben. Bei ihr brauchte ich nicht Race, der Buchmacher, zu sein, Race, der Kredithai, Race, der Vollstrecker. Bei ihr konnte ich ein ganz normaler Typ sein, der sein ganz normales Mädchen glücklich machte.

„Sollte das Ziel nicht sein, das Blut von den Leuten, die man liebt, fernzuhalten?"

Zuerst dachte ich, Bax hätte mich nicht gehört, weil sein Kopf irgendwo im Motor der Limousine steckte. Dann richtete er sich auf und grinste seinen Bruder an. „Das ist ein V10. Wer hat den da reingepackt und dafür gesorgt, dass diese Klapperkiste die Drehzahl überhaupt aushalten kann?"

Ein Schatten huschte über Titus' Gesicht. „Gus."

Bax' Augen wurden noch dunkler.

Gus war für Bax wie ein Vater gewesen. Ihm hatte die Werkstatt gehört, und er hatte mir Unterschlupf gewährt, als ich zurückgekommen war, um Rache an Novak zu üben. Er hatte auch Novaks Werkstatt für geklaute Autos betrieben, und als der nunmehr verblichene Gangster von seinem Verrat erfahren hatte, ließ er Gus umbringen. Vor meinen Augen. Während Benny und die anderen Jungs mich zusammengeschlagen, mein Bein gebrochen und meinen Schädel so oft gegen den Betonboden geknallt hatten, bis ich durch das Blut in meinen Augen und die Dunkelheit in meinem Kopf nichts mehr hatte erkennen können. Trotzdem war es mir irgendwie gelungen, mitzukriegen, wie einer von Novaks Schlägern eine Schrotflinte auf Gus gerichtet und ihm ein Loch in die Brust geschossen hatte.

Bax fuhr sich übers Gesicht. Dann schloss er die Motorhaube der Limousine und zog eine Zigarette aus seiner Tasche. Er deutete damit auf mich. „Das ist exakt der Grund, warum es besser ist, die Menschen, die du liebst, an das Blut zu gewöhnen, Race. Selbst wenn sie Bescheid wissen, wenn sie kapiert haben, wie dieser Ort funktioniert, werden schlimme Dinge passieren – ganz egal, wer gerade das Tor bewacht."

Diese Unterhaltung wurde immer deprimierender, und ich war schon total am Boden zerstört wegen meines Autos. Also trollte ich mich, nachdem ich Bax eingeschärft hatte, dass er nicht mal dran denken sollte, Brysen dabei zu helfen, ihr Auto zu verscherbeln. Die Brüder fingen an, über Motoren und Pferdestärken zu diskutieren, als ob Blut und Tod keine wichtigen Themen für sie waren. Mir war natürlich klar, dass es zur brutalen Realität dieses Ortes gehörte, Menschen, die man bewunderte und respektierte, auch weit vor ihrer Zeit zu verlieren. Aber sich nicht mal eine Minute zu gönnen, um zu würdigen, was für eine Riesenscheiße das war – damit konnte ich mich irgendwie nicht abfinden.

Vielleicht lag es ja daran, dass ich Gus tatsächlich hatte sterben sehen, oder daran, dass ich noch immer Schuldgefühle hatte, weil der Automechaniker Novak bloß meinetwegen unangenehm aufgefallen war. Doch der Gedanke an ihn und daran, warum heute Bax die Werkstatt leitete, deprimierte mich und rief einen Haufen weiterer bitterer Erinnerungen wach, die praktisch hinter allem lauerten, mit dem ich mich beschäftigte.

Ich schnappte mir ein paar Autoschlüssel aus Bax' Büro und entschied mich dann für einen brandneuen Chevy Stingray, der einem Dermatologen gehörte, der sich dummerweise Geld von mir geliehen hatte, um sein Studentendarlehen abzubezahlen. In Anbetracht der Tatsache, dass ich fünfunddreißig Prozent Zinsen nahm, war mir schleierhaft, was ihn da geritten hatte, aber der Wagen war super und wirkte sexy und schnell. Wenn der Hautarzt nicht zahlen konnte, würde ich ihn vielleicht einfach behalten. Ich hatte nicht das Herz, noch mal einen Oldtimer zu restaurieren. Dazu hatte es viel zu sehr geschmerzt, den Mustang brennen zu sehen.

Ich holte Brysens kaputten Laptop aus dem Loft und rief meinen Kumpel Stark an, um ihm zu sagen, dass ich unterwegs war. Stark war der ultimative Computer-Nerd. Er hatte vermutlich seit fünf Jahren kein Tageslicht mehr gesehen, da er ja immer vor diesem oder jenem Spiel hing. Doch er würde Dinge aufspüren können, die ich auf dem Rechner übersehen hatte, und daher war ich bereit, mich in sein mit Chipstüten und Colaflaschen zugemülltes Reich zu wagen, um endlich einige Antworten zu bekommen. Stark war der einzige Mensch aus The Hill, mit dem ich noch Kontakt hatte. Er war ebenfalls ein ehemals reiches Kid, das von seinen wohlhabenden Eltern entsorgt worden war. Allerdings war Stark enterbt worden, weil man ihn nach einer Razzia des Verfassungsschutzes, die bei den oberen Zehntausend monatelang Klatschthema Nummer eins gewesen war, zum nationalen Sicherheitsrisiko erklärt hatte. Es war wohl doch keine so tolle Idee gewesen, eine hochgeheime NSA-Datenbank zu hacken, um herauszufinden, wen und was die Regierung alles abhörte.

Zum Glück war der Junge ein absolutes Genie und hatte rasch eine Firma für Softwareentwicklung gefunden, die ihm das Geld nun eimerweise zuschaufelte, nur um Zugang zu seinem Superhirn zu haben. Er verdiente fast so viel wie ich, indem er einfach nur E-Mails beantwortete, die die Firma ihm schickte.

Ich parkte vor dem ansehnlichen Stadthaus an der Grenze von The Hill. Als Stark die Tür öffnete, musste ich mir wieder mal eingestehen, dass er nicht aussah wie die Hacker und Gamer, die ich sonst so kannte. Er war ein paar Zentimeter kleiner als ich und hatte dunkle, rötlich schimmernde Haare; eine schwarze Hornbrille, Marke Buddy Holly, umrahmte seine stechenden grauen Augen. All das mochte ja noch ins traditionelle Bild eines Nerds passen – nicht aber die Tatsache, dass der Typ muskelbepackt war. Er hatte einen Waschbrettbauch wie ein Actionheld im Kino und war so kräftig, dass er vermutlich im Pit gegen jeden von Nassirs bedröhnten Schlägern bestehen könnte. Außerdem war er von oben bis unten tätowiert.

Die bunten Tattoos fingen an seinen Schlüsselbeinen an und wanden sich von dort an den massiven Armen entlang bis auf seine Handrücken. Ich konnte nicht alle Designs deuten und kannte auch nicht alle Figuren, aber alles wirkte sehr hell und detailliert und ließ absolut nicht darauf schließen, dass Stark eigentlich ein sanfter, freundlicher Kerl war, der seinen Lebensunterhalt damit verdiente, im Internet herumzuspielen. Er sah genauso nach Gangster aus wie Bax.

„Hey, Mann. Danke, dass du dir das hier mal anschaust." Ich reichte ihm den Laptop und folgte ihm in seine dunkle Höhle.

Überall standen Elektrogeräte, Computer und Fernseher, und alles schien miteinander verkabelt zu sein. So ungefähr stellte ich mir das Kommandozentrum eines Raumschiffs vor. Ich nahm das Bier, das er mir gab, und setzte mich in einen gigantischen Ledersessel, der vor einem Flachbildschirm von der Größe einer Kinoleinwand stand.

Stark ließ sich auf der Couch nieder und begann, auf der Tastatur des Rechners herumzuhämmern. „Wonach genau suche ich, wenn die Festplatte hinüber ist?"

Ich zuckte mit den Schultern. „Nach allem, was da nicht hingehört. Mein Mädchen hat einen Stalker, der ihr das Leben zur Hölle macht. Er hat falsche E-Mail- und Facebook-Accounts und sogar eine falsche Telefonnummer angelegt und sich für sie ausgegeben. Wer immer es sein mag: Er ist schon ziemlich tief in ihre Welt eingedrungen."

Über den Rand des Laptops schaute er mich an. „Du hast ein Mädchen?"

„Warum fragt das eigentlich jeder?"

Er grinste mich an. „Ich kenne dich ziemlich lange, Race. Ich erinnere mich, wie du ein Mädchen nach dem anderen genagelt hast, bevor du dich mit Bax zusammengetan und angefangen hast, lieber mit Autos rumzumachen als mit Cheerleadern."

Ich ließ mich tiefer in den Sessel sinken. „Ich schätze, seit ich weiß, dass ich eine kleine Schwester habe, die täglich um ihr Überleben kämpfen musste, hat sich meine Perspektive etwas gewandelt – auch auf die Hühner, mit denen ich früher meine Zeit verschwendet habe."

Ich hatte nie wie ein Heiliger gelebt, doch nachdem ich Dovie kennengelernt und unter meine Fittiche genommen hatte, stellte ich sicher, dass jedes Mädchen, das ich vögelte, die Spielregeln kannte. Ich wollte bloß *das eine*, und damit mussten sie einverstanden sein. Das war einer der Hauptgründe, warum ich von Anfang an gewusst hatte, dass Brysen etwas Besonderes war. Sie hatte sich nicht von meinem Charme einlullen lassen oder von meiner gut geölten Flirt-Routine, und schon deshalb hatte ich sie erobern wollen. Trotz ihrer gespielten Abneigung war mir sofort klar gewesen, dass es mir nicht nur darum ging, sie ins Bett zu kriegen. Ich wollte, dass ihre himmelblauen Augen mich anblickten, als sei ich ihr Held; ich wollte, dass sie mich anlächelte, weil ich sie glücklich machte; ich wollte, dass ihre hübsche helle Haut rosig und warm wurde, weil ich sie antörnte und sie mich genauso sehr begehrte wie ich sie.

„Wie geht's Dovie?" Er tippte jetzt schneller, dann ertönte ein Geräusch, und Starks Brauen schossen über dem Rand seiner Brille hinaus nach oben.

„Gut. Sie hat einen Job, der ihr gefällt, und verdient ganz gut. Sie geht aufs College, um ihren Abschluss zu machen, und trotz allem, was ich über sie und Bax zu wissen glaubte, scheinen die beiden das perfekte Paar zu sein. Es funktioniert. Sie ist glücklich, und sie macht ihn glücklich – na ja, Bax' Version von glücklich. Mehr kann ich als Freund und Bruder ja wohl nicht verlangen."

Lachend schüttelte er den Kopf. „Dass du es ernst meinst mit einem Mädchen, ist schon ziemlich erstaunlich. Dass Bax sich ein Nest gebaut hat, ist schlicht unglaublich. Ich hätte fest damit gerechnet, dass er für den Rest seiner Tage im Knast landet – nicht, dass er Vater, Mutter, Kind spielt."

„Er ist ein Glückspilz, und ich glaube, er hat mehr als neun Leben", erwiderte ich leichthin.

Stark murmelte etwas Zustimmendes und sah dann stirnrunzelnd von dem Rechner auf. „Auf diesen Computer ist jede Menge Spionagesoftware geladen worden, Race. Die Festplatte hat das meiste gefressen, als sie den Geist aufgegeben hat, aber hier sind noch überall Spuren davon."

„Was meinst du?"

„Hier drauf ist ein Keylogger, dann noch ein Code, der jemandem erlaubt, aus der Ferne alles zu sehen, was die Kamera gerade im Visier hat. Es gibt ein Programm, das alles spiegelt, was sie auf ihrem Monitor aufruft, und es auf den Computer des anderen projiziert. Wann immer sie diesen Rechner für irgendwas benutzt hat, wurde sie ausspioniert. Dieses Ding hier ist eine weit geöffnete Tür in das Leben deines Mädchens."

Ich starrte ihn an. Wie hatte mir das alles entgehen können, als ich auf dem Laptop nach ihren Unterlagen für die Uni gesucht hatte? „Du willst mich wohl verarschen."

„Absolut nicht. Wenn man versucht, herauszufinden, woher die falschen E-Mails und Account-Einträge kamen, dann landet man wieder genau hier, bei ihrer IP-Adresse. Wer steht ihr so nahe, dass er diesen ganzen Kram ohne ihr Wissen auf dem Ding installieren konnte? Und warum ist ihr nichts aufgefallen? Solche Programme brauchen jede Menge Speicher, und die Installation dauert ewig. Sie muss ihren Computer freiwillig jemandem überlassen haben, damit dieses Zeug draufgespielt werden konnte."

„Das glaub ich einfach nicht!"

„Ich auch nicht. Das hier ist echt heftiger ‚Big Brother sieht alles'-Scheiß. So was benutzen normalerweise nur das Militär und die Regierung. Da hast du es mit einem ganz schön besessenen Irren zu tun."

Ich wollte den Laptop nehmen und ihn in eine Million Teile zertrümmern, aber noch viel mehr wollte ich denjenigen finden, der Brysen derart terrorisiert und praktisch vergewaltigt hatte, um ihn mit bloßen Händen zu erwürgen. Gegen das, was ich mit diesem Schwein tun würde, wären ein Montierhebel und zerschmetterte Kniescheiben das reinste Kinderspiel. „Gibt es eine Möglichkeit, den anderen Computer ausfindig zu machen?"

„Wenn die Festplatte nicht so eine Wüste wäre, würde ich das wahrscheinlich hinkriegen. Sie hatte echt Glück, dass das Ding so alt ist und den Geist aufgegeben hat. Keine Ahnung, wie lange all diese Software im Hintergrund mitgelaufen ist."

Es war tatsächlich schwer zu sagen, wie lange Brysen schon im Visier dieses Irren war, und das machte mich unsagbar wütend. Für gewöhnlich dachte ich erst nach, bevor ich handelte, doch jetzt schrien mein Herz und meine ursprünglichsten Instinkte nach Blut. Ich würde alles, wirklich alles tun, um sie zu schützen. Mein verdammtes Hirn konnte mich mal.

15. KAPITEL

Brysen

Es war viel schwieriger, als ich gedacht hatte. Zwar zählte meine Mom längst nicht mehr zu meinen Lieblingsmenschen, doch es versetzte mir einen Stich, als ich zusah, wie sie die Papiere unterzeichnete, die sie für die nächsten drei Monate hier festhalten würden, ohne Kontakt zur Außenwelt. Sie wirkte ängstlich, ihre Hände zitterten. Karsen versuchte, sich unauffällig die Tränen von den Wangen zu wischen, und ich versuchte einfach nur, die Nerven zu behalten. Die Klinik hatte uns keinen alternativen Termin eingeräumt, und Karsen und ich hatten anschließend noch einen langen Schul- beziehungsweise Uni-Tag vor uns.

Der Typ, mit dem Race diesen Deal abgeschlossen hatte, half uns widerwillig dabei, das Prozedere für die Einweisung zu beschleunigen. Es war klar, dass er dafür ein paar Regeln gebrochen hatte und große Probleme kriegen würde, wenn jemand herausfand, wie meine Mutter einen der begehrten Plätze in dieser Therapieeinrichtung ergattert hatte. Er betonte darum mindestens fünfmal, dass sie sofort in hohem Bogen rausfliegen würde, wenn sie gegen die Ordnung verstieß, ihre Medikamente nicht nahm oder irgendeinen anderen Fehler machte – und dass er in diesem Fall seine Schuld bei Race dennoch als beglichen betrachten würde. Mom nickte nur wie eine Marionette und versicherte jedem, der es hören wollte, dass sie bereit war, sich helfen zu lassen.

Ich fragte mich, ob ihr wirklich klar war, was es hieß, sich helfen zu lassen. Nämlich, dass sie sich der Tatsache stellen musste, dass sie einem Menschen das Leben genommen hatte. Und dass sie damit klarkommen musste, dass es nach dem Ende der Therapie kein Zuhause mehr geben würde, in das sie zurückkehren konnte. Seit der Glücksspiel-Offenbarung hatte ich nicht viel von meinem Dad gesehen, aber im Briefkasten stapelten sich Mahnungen und Androhungen von Zwangsversteigerung von diversen Banken und Hypothekengebern.

Es war jetzt zwei Wochen her, seit die Dinge zwischen Race und mir sich in eine neue Richtung entwickelt hatten. Zwei Wochen, in denen er alle Hebel in Bewegung gesetzt hatte, um meiner Mom diesen Therapieplatz zu verschaffen. Zwei Wochen, in denen er darauf bestanden hatte, dass ein monströser Kerl mit einer Narbe im Gesicht und chronisch finsterer Miene, der auf den schlichten Namen Booker hörte, mir auf Schritt und Tritt folgte. Zwei Wochen, in denen die Bank eine finale Aufforderung geschickt hatte, in der uns klipp und klar mitgeteilt wurde, dass wir bis zum Ende des Monats zahlen oder ausziehen mussten. Und, was vielleicht am wichtigsten war, zwei Wochen, in denen mir klar wurde, wie schrecklich alles war, wenn ich meinen goldenen Gott nicht sah, und wie wahnsinnig ich ihn vermisste.

Aber ich hatte so viel um die Ohren: Ich musste die Sache mit meiner Mom klären, mir überlegen, wo Karsen und ich künftig wohnen sollten, und mein Uni-Leben organisieren, nun, da ich wieder auf dem richtigen Weg war. Da war einfach keine Zeit geblieben, um Race zu treffen. Ich hatte ihn eigentlich am Wochenende sehen wollen, aber da hatte eine Fight-Night im Pit stattgefunden, außerdem irgendein Play-off-Spiel, und deshalb war er nicht da gewesen. Als ich ihn endlich auf einem seiner vielen Handys erreicht hatte, war mir zu meiner großen Freude klar geworden, dass er unserer Trennung ebenso wenig abgewinnen konnte wie ich. Er hatte mir aufgetragen, umgehend Booker zu alarmieren, falls mir irgendwas komisch vorkommen sollte. Ich hatte dem Riesen bereits meinen neuen Laptop aushändigen müssen und ängstlich beobachtet, wie er mit seinen Pranken daran herumgefummelt und nach Gott weiß was gesucht hatte. Falls eine Spionagesoftware darauf installiert war, hatte er sie jedenfalls nicht finden können, was Race zwar etwas beruhigt hatte, aber nicht dazu geführt hatte, dass ich mich weniger in meiner Privatsphäre gestört fühlte.

Es war nicht so, dass ich etwas gegen einen Bewacher hatte, der augenscheinlich imstande war, jedem den Kopf abzureißen, der ihn nur schief anguckte. Mich störte eher die Tatsache, dass er nicht redete und nicht sonderlich begeistert darüber schien, mein Babysitter zu sein. Er war ein paar Jahre älter als ich und noch viel größer als Bax und Race. Er hatte kurzes schwarzes Haar, das er glatt aus seiner hohen Stirn zurückkämmte, wodurch die Narbe, die über seiner Braue begann und sich von dort gerade bis zum Kiefer runterzog, noch mehr hervorstach. Eine Schande, wirklich, denn ansonsten war er ein echt gut aussehender Mann. Seine Augen waren von einem hübschen, stechenden metallischen Blau, so hell, dass sie wie silberne Spiegel wirkten, und sie saßen in einem starken Gesicht mit harten, scharf definierten und atemberaubend maskulinen Zügen. Wäre die Narbe nicht, hätte er Race in der Abteilung „Mädchenschwarm" glatt Konkurrenz machen können, und es gefiel mir überhaupt nicht, wie meine kleine Schwester ihm immer dann, wenn sie glaubte, dass keiner hinsah, verstohlene Blicke zuwarf.

„Keine Angst, Mom. Sie stellen dich hier auf die richtigen Medikamente ein und helfen dir, dein Leben wieder auf die Reihe zu kriegen." Ich legte eine Hand auf ihre Schulter und versuchte, nicht zusammenzuzucken, als ich spürte, wie sie unter meiner sanften Berührung erzitterte. „Es ist der einzige Weg."

Karsen nickte und biss sich auf die Lippe. Sie sah so jung und zerbrechlich aus, und es tat mir unendlich leid, dass sie diesen ganzen Mist miterleben musste.

Mom folgte meiner Blickrichtung und flüsterte so leise, dass nur ich es hören konnte: „Was wollt ihr denn jetzt machen? Das Haus … Es ist kein Geld da."

Sie schien aufrichtig bestürzt zu sein, dass wir mit so widrigen Umständen zurechtkommen mussten, und ich musste meine gesamte Selbstbeherrschung aufbieten, um sie nicht darauf hinzuweisen, dass ihre Anteilnahme ein bisschen zu spät kam. Wenn sie sich nicht angetrunken hinters Steuer gesetzt hätte, wenn sie sich stärker darum bemüht hätte, ihre Behandlung durchzuhalten, oder wenn sie meinen gleichgültigen und selbstsüchtigen Vater verlassen hätte, bevor alles den Bach runtergegangen war, dann hätte ich ihr die Reue- und Schamgefühle vielleicht abgekauft. Jetzt bereiteten sie mir nur Magenschmerzen, und in meinem Inneren kämpften Ärger und Fassungslosigkeit um die Vorherrschaft.

„Mach dir keine Sorgen um uns, Mom. Mir fällt schon was ein."

Sie füllte den letzten Bogen aus und überreichte den dicken Papierstapel einer Frau im Krankenhauskittel, die unser unbehagliches Familientreffen schon länger von der Seite beobachtet hatte. Die Angestellte verkündete, dass wir fünf Minuten Zeit hatten, um uns zu verabschieden, bevor Mom ein Zimmer zugewiesen wurde. Karsen gab den Versuch auf, ihre Tränen zu verstecken, und legte beide Arme um den zitternden Körper unserer Mutter. Sie sagte ihr, dass sie sie liebte, und Mom plapperte die Gefühlsbekundung mechanisch nach. Nachdem sie sich voneinander gelöst hatten, wandte meine Mutter sich mir zu, aber ich schüttelte stumm den Kopf. Ich wollte, dass sie Hilfe bekam, damit sie meiner Schwester danach so was Ähnliches wie ein gesundes Eltern-Kind-Verhältnis bieten konnte. Doch ich würde nicht so tun, als wären wir rein zufällig an diesem Tiefpunkt gelandet.

Ich nahm ihre Hand und drückte sie. „Ich möchte wirklich, dass du die Unterstützung bekommst, die du brauchst, Mom. Bitte nutze diese Chance. Du kriegst keine andere."

Race würden irgendwann die Leute ausgehen, denen er Gefälligkeiten abpressen konnte, und wenn meine Mutter diese Gelegenheit verspielte, gab es nichts mehr, was ich tun konnte, um unsere Familie wieder in Ordnung zu bringen.

Karsen schmiegte sich an mich, und ich legte einen Arm um sie, während wir zusahen, wie Mom weggeführt wurde. Mom blickte noch einmal über die Schulter zu uns, und ich spürte, wie Karsens dünner Körper bebte. Sie war zu weich für das hier. Wie um alles in der Welt sollte ich sie aus einem hübschen Vorstadthaus in eine Spelunke im Bauch der Stadt verpflanzen, wenn sie nicht mal ertragen konnte, wer unsere Mutter wirklich war?

„Alles wird gut." Ich wollte zuversichtlich klingen, aber es kam müde und traurig rüber.

„Hoffentlich. Seit langer Zeit ist nichts mehr gut gewesen."

Die Worte zerrissen mir das Herz, und ich zog sie enger an mich. „Das tut mir so leid."

Sie seufzte und stieß mich mit dem Ellbogen an, so wie wir das früher oft getan hatten, als wir jünger gewesen und ungestümer miteinander umgegangen waren. „Du hast getan, was du konntest, damit es zumindest von außen okay aussah, Brysen. Doch wenn kein anderer sich Mühe gibt, um die Fassade aufrechtzuerhalten, dann sieht man eben die Risse. Das ist nicht deine Schuld."

„Nein, aber ich gebe uns nicht auf."

Ihre mahagonibraunen Augen blitzten mich an. „Das weiß ich."

Ich führte sie aus dem Wartebereich und durch die Vordertüren nach draußen. Die Entzugsklinik wirkte weniger wie ein Krankenhaus, sondern eher wie ein nettes Day-Spa, in dem Mittelklasse-Ladies gern mal einen Nachmittag verbrachten. Als wir den Parkplatz erreichten, setzte ich meine Sonnenbrille auf.

Karsen schaute sofort zu dem großen schwarzen Pick-up, der neben meinem BMW parkte. „Warum folgt dieser Typ uns noch mal überallhin?"

Sie machte keinen Hehl daraus, dass sie den Grobian auf dem Fahrersitz anstarrte, und die Art, wie er seine Zähne aufblitzen ließ, gefiel mir gar nicht – wie ein hungriger Wolf. Schon öfter hatte sie mich gefragt, warum der finster dreinblickende Mann und sein massiver Pick-up immer in der Nähe auftauchten, sobald wir uns irgendwohin bewegten.

Ausflüchte brachten jetzt nichts mehr, also sagte ich ihr die Wahrheit. „Weil Race sich Sorgen um mich macht. Jemand hat mich über meinen alten Computer ausspioniert und wollte mich neulich nach der Arbeit verletzen. Race kennt einige ziemlich Furcht einflößende Leute, Booker ist offenbar einer davon. Er hofft, dass ein Pseudo-Bodyguard mir den Stalker vom Leib hält."

Die Neuigkeiten über meinen Laptop hatten mich beinahe umgehauen. Ich hatte eine Stunde lang geheult und dann Race angebrüllt, als er gefragt hatte, wer eine Gelegenheit gehabt haben könnte, die Spyware auf den Rechner zu laden. Wenn ich das gewusst hätte, wäre ich gar nicht erst in dieser Scheiße gelandet. Nachdem ich mitten im Gespräch aufgelegt und anschließend fast ein Loch in den Boden gerannt hatte, waren meine Schuldgefühle stärker geworden: Ich hatte meinen Frust ausgerechnet an dem Menschen ausgelassen, der mir bloß helfen wollte. Bevor ich ihn anrufen und mich entschuldigen konnte, hatte er mir eine SMS mit einem Foto von Booker geschickt und mir mitgeteilt, dass ich einen neuen Schatten hätte. Dieser Berg von einem Mann würde mir ab sofort auf Schritt und Tritt folgen, ob mir das nun passte oder nicht. Danach hatte Race eine weitere SMS geschickt, in der er schrieb, dass er, sollte ich je wieder einfach auflegen, binnen zehn Minuten vor meiner Tür stünde, und was dann käme, würde mir nicht gefallen. Ich hatte mich zwar über seine Drohung geärgert, konnte seinen Standpunkt aber verstehen, also hatte ich ihm bloß geantwortet, dass es mir leidtäte und ich es gar nicht erwarten könnte, bis er *tatsächlich* vor meiner Tür auftauchte.

Klar, dass Karsen mit ihrem hemmungslos romantischen Gemüt den unwichtigsten Teil meines Berichts beachtete. „Also ist Race jetzt dein Freund?"

Ich sah sie nur von der Seite an und öffnete die Türen meines Autos. Erst nachdem wir uns angeschnallt hatten, erklärte ich: „Ich glaube eher nicht, dass Race der Beziehungstyp ist."

Sie wandte sich ab und schaute aus dem Beifahrerfenster. Ich brauchte einen Moment, um zu kapieren, dass sie total auf den Rückspiegel und den Pick-up hinter uns fixiert war.

„Aber er hat jemanden beauftragt, dich zu beschützen, und dir mit Mom geholfen“, sagte sie. „Außerdem schickt er dauernd SMS und ruft an, und ich weiß, dass du in den Nächten, wenn du nach der Arbeit nicht nach Hause kommst, bei ihm bist. Wenn er also nicht dein Freund ist, was ist er dann?“

Ich war nicht sicher, ob ich diese Frage beantworten konnte. Race war viele Dinge – nicht nur für mich, sondern generell. „Er ist mir wichtig, und ich weiß, dass er mich mag. Ich bin schon länger ziemlich in ihn verknallt. Aber er kommt aus einer ganz anderen Welt als ich, und ich bin noch dabei, herauszufinden, ob ich da hineinpassen könnte.“

Sie drehte den Kopf, um mich anzuschauen, und begann, an den Fäden zu zupfen, die das Loch am Knie ihrer Jeans zusammenhielten. „Weil er in The Point wohnt?“

Ich schnaubte. Wenn es nur so einfach zu erklären wäre! „Nein. Race kommt nicht aus The Point. Doch jetzt, wo er dort ist, hat er anscheinend beschlossen, dass er für diesen Ort verantwortlich ist. Dass er hier sozusagen der Boss ist. Er ist nicht direkt das, was man einen gesetzestreuen Bürger nennt, und obwohl ich davon überzeugt bin, dass er ein guter Mann ist, der schwere Entscheidungen zu treffen hat, sind diese Entscheidungen doch oft ziemlich scheiße, und sie betreffen nicht nur ihn. Ich bin nicht sicher, ob ich ein Teil dieses Lebens sein kann, auch wenn ich mit ihm zusammen sein will.“

Sie starrte wieder in den Spiegel und erwiderte mit gesenkter Stimme: „Wenn er nett zu dir ist, sich um dich kümmert und dich glücklich macht, dann sollten die Entscheidungen, die er fällen muss und die andere betreffen, keine Rolle spielen. Die Menschen verletzen einander ständig, und wenn du einen Kerl hast, der sich die größte Mühe gibt, dir nicht wehzutun, ist das alles, was zählt. Ob reich, arm oder irgendwo dazwischen.“

„Das ist eine ziemlich trostlose Einstellung für eine Sechzehnjährige, Karsen."

Sie strich sich das Haar hinters Ohr, so wie ich es immer tat, und sah mich wieder an. „Mom und Dad haben sich irgendwann mal geliebt, aber am Ende haben sie sich gegenseitig verletzt. Und uns. Die Jungs an meiner Schule glauben, sie dürften sich alles herausnehmen, nur weil ihre Adresse die richtige Postleitzahl hat, und es ist ihnen total egal, wem sie dabei wehtun. Dovie wäre fast gestorben – wegen ein paar schlechter Männer und der Aktionen von fremden Leuten, die nicht das Geringste mit ihr zu tun gehabt haben. Schmerz lauert überall, Brysen. Ich bin nicht blind. Und jede Entscheidung, die man trifft, hat Folgen für andere Menschen. Du brauchst dir doch bloß anzuschauen, wo wir gerade unsere Mom zurückgelassen haben."

Heilige Scheiße! Ich hatte geglaubt, dass ich sie abschirmte und vor all dem Bösen beschützte, das auf unserer Türschwelle lauerte, und dabei sah sie das alles viel klarer, als ich es je getan hatte.

„Da ist natürlich was dran", gab ich zurück.

Ihre Mundwinkel verzogen sich zu einem kleinen Grinsen, das mich mitten ins Herz traf. Ich vergötterte jeden einzelnen Wesenszug dieses Kindes.

„Außerdem ist Race echt scharf", erklärte sie weiter. „Du wärst eine Idiotin, wenn du dir die Chance entgehen lässt, mit jemandem zusammen zu sein, der dermaßen heiß ist."

Ich musste lachen, vor allem, weil sie natürlich völlig recht hatte. Es wäre idiotisch, nicht alles auszukosten, was Race mir so willig anbot. Inklusive seiner sexy Person.

Allmählich näherten wir uns ihrer Schule, wo ich sie rauslassen wollte, doch ihre Worte von eben nagten an mir. Karsen war eine Friedensstifterin, ein Mädchen, das sich wünschte, dass alle gut miteinander klarkamen und glücklich waren. Ihre Aussage, dass die Jungs an ihrer Schule sich alles Mögliche herausnahmen, machte mich unsicher.

„Hey, dieser Junge, den du mochtest", meinte ich. „Was ist aus dem geworden?"

Sie hob eine Schulter und ließ sie wieder fallen. Ihr Blick war starr auf den Spiegel und den Pick-up gerichtet. „Er war nicht so nett, wie ich dachte."

Ich spürte, wie mein Kiefer sich verkrampfte, und meine Finger schlossen sich reflexartig fester um das Lenkrad. „Was heißt das genau?"

Sie zuckte beim scharfen Klang meiner Stimme zusammen und antwortete: „Das heißt, dass ich nicht wirklich in The Hill wohne, sondern nur am Rand, und deshalb zwar gut genug zum Rummachen bin, aber nicht gut genug für ein echtes Date. Sobald mir das klar wurde und ich ihn sitzen gelassen habe, wurde er ziemlich widerlich. Er war nur noch fies zu mir und hat wieder und wieder versucht, mich auf sein Niveau herabzuziehen." Abrupt wandte sie mir das Gesicht zu und hielt meinem Blick stand, ohne mit der Wimper zu zucken. „Typen wie Parker gehören exakt zu dem Menschenschlag, der auf keinen Fall mit den schwierigen Entscheidungen dieser Welt betraut werden darf, Brysen. Er ist ein durch und durch grässlicher Mensch und wird mit den Jahren nur böser und hasserfüllter werden. Es geht uns allen besser, wenn die schlechten Dinge im Leben von Männern wie Race gemanagt werden. In dem steckt wenigstens irgendwo tief drinnen etwas Gutes."

Wir hielten vor der Highschool, und sie beugte sich zu mir und gab mir einen schmatzenden Kuss auf die Wange. Dann stieg sie aus und senkte den Kopf, um mich ein letztes Mal anzusehen. „Dadurch, dass Race das Ganze von außen betrachtet, gibt er uns allen die Chance auf einen Neustart. Nimm dir den Rat zu Herzen, den du Mom gegeben hast, und verspiele diese Chance nicht. Ich hab dich lieb."

Sie warf die Tür zu, und ich blickte ihr nach, bis sie in der Menge ähnlich gekleideter Teenager verschwand. Mir entging nicht, wie sie übermütig nicht etwa mir, sondern dem Koloss im

Pick-up hinter mir zuwinkte. Es konnte keinen Neuanfang für die Carters geben. Nicht nachdem unsere Eltern es fertiggebracht hatten, unser früheres Leben so spektakulär in Trümmer zu legen.

Während der Fahrt zum College grübelte ich über Karsens Worte nach, darüber, wie abgeklärt sie für ihr Alter war und wie nutzlos meine Bemühungen gewesen waren, sie von den harschen Realitäten unserer Familie und der Welt abzuschirmen. Es machte mich irgendwie fertig, dass meine kleine Schwester das, was um uns herum vor sich ging, offenbar besser im Griff hatte als ich. An meinem Ziel angekommen, sprang ich ziemlich angepisst aus dem BMW und lief zu dem Pick-up, der im Leerlauf auf dem Parkplatz hielt.

Ich schob mir die Sonnenbrille auf den Kopf und zwang mich, direkt in diese hellen Augen zu schauen, ohne dabei die bösartige Narbe zu streifen. „Ich habe den ganzen Tag Seminare, du kannst dir also bis sieben oder so freinehmen."

Booker ließ einen seiner kräftigen Arme aus dem Fenster baumeln und hob die mit dem Mangel behaftete dunkle Braue, wodurch er noch bedrohlicher wirkte. „Bist du sicher, dass ich dich nicht zur Vorlesung begleiten und deine Bücher tragen soll?"

Sarkasmus triefte aus seinen Worten, ich konnte ihn fast berühren.

Ich legte den Kopf schräg und hob ebenfalls eine Braue. „Du hast ja offenbar absolut keine Lust auf den Job. Was genau hat Race gegen dich in der Hand?"

Er stieß ein trockenes bellendes Lachen aus und strich über sein vor Gel glänzendes Haar. „Ich mag ja wie ein Trottel aussehen, aber ich bin in The Point aufgewachsen. Daher weiß ich, auf welches Pferd ich in diesem Rennen setzen muss, wenn ich mit all meinen lebenswichtigen Organen davonkommen will."

Ich verdrehte die Augen über seine ach so clevere Metapher. „Race hat nichts gegen mich in der Hand, und ich schulde ihm verdammt noch mal gar nichts. Ich habe mich für diesen Job angeboten, Blondie, weil ich möchte, dass dein hübscher Junge auf lange Sicht *mir* etwas schuldet. Außerdem gibt es schlimmere Pflichten, als zwei hübschen Mädchen zu folgen, auch wenn ich mich dabei bis jetzt zu Tode langweile."

Jesus! Offenbar tat in Races Welt niemand irgendwas aus der Güte seines Herzens heraus. So langsam fing ich an zu glauben, dass mein goldener Gott als einziger unter all den Schatten überhaupt über diesen speziellen Körperteil verfügte.

„Meine Schwester ist noch ein Kind, behalt also deine Augen bei dir, *Gigantor*." Ich rückte den Riemen meiner Umhängetasche zurecht und kniff die Augen zusammen. „Was immer deine Gründe sind: Ich fände es gut, wenn du dich darauf beschränken würdest, *mich* im Auge zu behalten."

„Schätzchen, ich bin erst seit Kurzem aus dem Knast raus und habe nicht die geringste Lust, wegen eines hübschen jungen Dings gleich wieder hinter Gitter zu wandern. Und ich habe ebenso wenig Lust, dass meine Einzelteile über die gesamte City verstreut werden, weil ich mich bei deinem Jungen unbeliebt mache. Wie gesagt, ich sehe vielleicht wie eine Dumpfbacke aus, aber der Schein kann trügen."

Damit rannte er bei mir offene Türen ein, also winkte ich ihm kurz zu und ging auf das Gebäude zu, in dem mein Statistik-Seminar stattfand. Eins stand fest: Die Typen, die zu meinem Leben gehörten, seit ich mich mit Race eingelassen hatte, zählten zweifellos zu den interessantesten und furchterregendsten, die einem Mädchen über den Weg laufen konnten. Was sagte es wohl über mich aus, dass mir ihre Gesellschaft lieber war als die der Verbindungsstudenten und Akademiker, die um mich herumwuselten, während wir alle die Treppe zur zweiten Etage hochtrampelten?

Ich war so in Gedanken versunken, dass ich nicht weiter reagierte, als mich jemand von der Seite anrempelte. Ich schüttelte die Berührung einfach ab, ohne mich umzudrehen, um herauszufinden, wer der Übeltäter war. Die Treppe war voller Studenten, und alle hatten sperrige Taschen mit Büchern und anderen Lehrmaterialien, daher war ich sicher, dass keine Absicht dahintersteckte und mich bloß jemand, der in Eile war, versehentlich geschubst hatte. Gerade wollte ich mich aus dem Zentrum des Schwarms herauswinden, als ich einen zweiten Stoß spürte, diesmal fester. Ich drehte den Kopf, um dem Trampel zu sagen, dass er gefälligst aufpassen sollte. Das war ein Fehler.

Ich stand mit einem Fuß auf der Treppe, der andere hing in der Luft, und meine schwere Tasche störte mein Gleichgewicht. Das Geländer war außerhalb meiner Reichweite, und es gab auch sonst nichts, an dem ich mich festhalten konnte; ich hatte keinerlei Bodenhaftung, die mich daran hindern konnte, nach hinten wegzukippen, als jemand mir einen so heftigen Schlag in die Seite verpasste, dass ich kopfüber in die entgegengesetzte Richtung stürzte. Die Menschen um mich herum stoben erschrocken auseinander und ließen mich einfach fallen. Es wäre nicht so schlimm gewesen, denn schließlich fielen dauernd Leute die Treppe hinunter. Doch als plötzlich wie aus dem Nichts zwei grobe Hände auftauchten und mir einen letzten brutalen Stoß versetzten, um sicherzustellen, dass ich mit dem größtmöglichen Schwung auf den harten Zementboden eine Etage tiefer knallte, war klar, dass das Ganze nicht gut ausgehen würde. Ich stieß einen Schrei aus, der in einem atemlosen Keuchen endete, da der Aufprall unmittelbar bevorstand.

Glücklicherweise versäumte ein argloses und unaufmerksames Wesen, das augenscheinlich nichts von dem drohenden Aufschlag mitbekommen hatte, sich rechtzeitig in Sicherheit zu bringen, und bremste meinen freien Fall. Ich landete halb auf ihm, halb auf dem Boden. Leider war es die obere Hälfte, die auf den mit Linoleum bedeckten Beton krachte. Mein Kopf machte ein abscheuliches Geräusch, und vor meinen Augen explodierten ganze Galaxien aus Schmerz. Ich konnte mein eigenes Blut riechen und vernahm das dumpfe Raunen besorgter Stimmen, als sich eine Menschenmenge um mich versammelte. Ich hörte, wie jemand meinen Namen rief, und drehte meinen Kopf in die Richtung, woraufhin jedes einzelne Nervenende brennende, geradezu elektrische Schmerzen aussendete. Dunkelheit begann, mein verschwommenes Sichtfeld zu füllen, und ich wollte rufen, dass ich gestoßen worden war, dass jemand versucht hatte, mich zu verletzen. Aber mehr als alles andere wollte ich, dass jemand Race anrief. Ich brauchte ihn.

Ich hörte, wie jemand von einem Sturz sprach, und wollte brüllen, dass ich gestoßen worden war, aber das metallische kupferartige Aroma von Blut wurde immer stärker, ich konnte es sogar schmecken. Es war so viel einfacher, die Augen zu schließen und der Dunkelheit, die sich auf mich legte wie eine Decke, nachzugeben. Es war so leicht, endlich loszulassen, und ich erlaubte der Dunkelheit, mich auszufüllen und einzuhüllen.

„Ich lasse euch beide auf keinen Fall zurück in euer Haus. Nicht nach dem, was heute passiert ist."

Ich konnte meine Augen nicht öffnen, aber durch die wabernde Wolke, in der ich schwebte, war Races Stimme deutlich zu vernehmen und auch die Wut darin.

Karsens Stimme zitterte, als sie ihm antwortete: „Es scheint nirgendwo mehr sicher zu sein."

Race fluchte, und ich spürte sanfte Finger über meine Stirn tanzen. Ich erkannte seine Berührung immer und überall, selbst von Schmerzen überwältigt und halb ohnmächtig.

„Das werde ich ändern. Sobald sie aufwacht, fahre ich in die Uni. Irgendjemand muss gesehen haben, was genau passiert ist, und wenn ich jedem einzelnen Studenten auf diesem Campus ein blaues Auge verpassen oder die Nase brechen muss, um Antworten zu bekommen, dann werde ich das eben tun."

Karsen schniefte, und ich hätte gern die Augen aufgemacht und ihr gesagt, dass sie nicht weinen sollte, aber es ging nicht. Die Dunkelheit war warm und einladend, und während ich dort war, musste ich mir keine Gedanken über schwierige Dinge machen, zum Beispiel darüber, dass wir das Haus verlieren würden, dass ich dabei war, mich in einen Kriminellen zu verlieben, oder dass jemand offensichtlich versuchte mich umzubringen. Es war eine nette Abwechslung.

„Wenn sie aufwacht, will der Arzt bestimmt eine Computertomografie machen. Sie hat sich den Kopf wirklich sehr, sehr hart angeschlagen.“ Karsens Stimme war immer noch zittrig.

Die sanften Finger, die meine Stirn liebkosten, glitten zu meinen Brauen. Ich wollte mich so gern anschmiegen, mich von ihm beruhigen lassen, zulassen, dass er sich ab sofort um alles kümmerte. Ich wusste, dass er es tun würde, wenn ich einfach alles losließ und ihm einen Teil davon überantwortete. Und das jagte mir eine Heidenangst ein. Ich wagte nicht mal, mir auszumalen, was es bedeutete, auf Race angewiesen zu sein, der ja bereits das Schicksal einer ganzen Stadt unsicher in seinen Händen balancierte.

„Dann ist es ja ein Glück, dass deine Schwester so einen Dickschädel hat. Sie kommt wieder in Ordnung. Sie muss bloß die Augen aufmachen. Ich weiß, dass du mich hören kannst, Bry. Öffne diese blauen Augen für mich.“

Karsen lachte so traurig, dass ich sie am liebsten umarmt hätte. „Sie dreht durch, wenn sie sieht, was sie mit ihren Haaren machen mussten, um ihren Hinterkopf zu nähen.“

Meine Haare! Ich riss die Augen auf, und ein Stöhnen entrang sich meiner Brust, als das Licht über mich herfiel. Mir tat alles weh, was einem nur wehtun konnte.

„Was ist mit meinen Haaren?“ Okay, das war total oberflächlich von mir, schließlich gab es weitaus drängendere Fragen, aber verdammt, ich hatte tolles Haar! Und nun einen Grund mehr, auf diesen Stalker wütend zu sein, der in mein Leben eingedrungen war. Meine Stimme war total heiser und klang in meinen Ohren dünn und blechern.

Races zärtliche Streicheleinheiten hörten mitten in der Bewegung auf, er beugte sich über mich, und plötzlich sah ich nur noch seine dunkelgrünen Augen vor mir. Hinter der Sorge in seinem Blick tanzten beängstigende Schatten, und sein Mund war zu einem dünnen Strich zusammengepresst. „Da ist sie ja. Karsen, schnapp dir doch mal eben eine der Schwestern, und lass sie wissen, dass sie aufgewacht ist."

Der grüne Wald kam näher, und seine Lippen strichen über meine.

„Du glaubst nicht, was ich mir für Sorgen gemacht habe, Brysen." Sein Ton war schroff.

Ich hätte so gern sein Gesicht berührt, aber im Moment bereitete mir sogar das Blinzeln stechende Schmerzen. „Ich bin die Treppe hinuntergestoßen worden."

„Ich weiß. Du bist sämtliche Stufen bis auf den Boden heruntergefallen. Du hast eine große Platzwunde am Hinterkopf gehabt und tonnenweise Blut verloren. Du warst vier Stunden lang bewusstlos. Der Arzt hatte Sorge, dass du einen Bluterguss im Hirn hast."

Das klang alles ziemlich ernst. Ich stöhnte erneut auf und konzentrierte mich auf etwas, das ich tatsächlich begreifen konnte. „Was ist mit meinem Haar?"

Er seufzte an meinen Lippen und richtete sich auf. Dann legte er eine Hand an meine Wange und ließ sein Wahnsinnsgrübchen aufblitzen. „Du wirst einen Haarschnitt brauchen, wenn du wieder auf den Beinen bist. Die Wunde an deinem Hinterkopf musste mit nicht weniger als dreißig Stichen genäht werden. Du hast dir wirklich ganz schön die Birne aufgeschlagen, hübsches Mädchen."

Ich fluchte leise und blinzelte zu ihm hoch. „Schöne Scheiße, Race." Mir war klar, dass er verstehen würde, dass ich nicht nur meine verkorkste Frisur meinte.

„Er steigert sich. Ich glaube nicht, dass du noch sicher bist, auch nicht mit Booker im Schlepptau. Ich werde einen Ort finden, an dem du mit Karsen bleiben kannst, bis ich mit diesem Typ fertig bin. Ich habe die Nase voll von diesen Spielchen, ich werde nicht mehr abwarten, was er als Nächstes für dich in petto hat. Du bist mir zu wichtig, um dein Leben zu riskieren."

Nun, das reichte ja wohl, um mein Herz zum Schmelzen zu bringen. Oder es hätte jedenfalls gereicht, wenn ich mein Herz durch all die Schmerzen, die meinen Körper überschwemmten, überhaupt gespürt hätte.

„Was soll ich denn jetzt machen?"

Wieder senkte er den Kopf, und diesmal schwang in seinem Kuss eine Wildheit mit, die ich schmecken konnte. „Du bleibst noch eine Weile hier. Wir wollen doch sichergehen, dass du hundertprozentig wiederhergestellt bist. Ich werde Booker bitten, hier bei dir zu bleiben, und suche einen sicheren Platz für deine Schwester. Danach werde ich so lange an allen möglichen Bäumen rütteln, bis dieses Arschloch mir vor die Füße fällt." Er richtete sich auf und griff nach meiner schlaffen Hand.

Ich drückte seine Finger und schloss die Augen. „Du kannst meine Schwester nicht in eine Werkstatt für gestohlene Autos bringen. Danke, dass du sie in Sicherheit bringen willst, aber das ist kein Ort für sie, Race."

Er lachte leise. „Es ist ja nur manchmal eine Werkstatt für gestohlene Autos, aber ich weiß, dass das nichts für sie ist. Ich habe etwas anderes im Sinn. Vertrau mir einfach, Brysen."

Ich öffnete die Augen, damit er meinem Blick entnehmen konnte, was ich fühlte. Ich hoffte zumindest, das funktionierte durch den Schmerz hindurch. „Das tue ich. Ich dachte nicht, dass ich das fertigbringen würde, aber im Moment bist du die einzige Konstante in meinem Leben, der ich vertraue."

„Ich werde auf dich aufpassen."

Ich ließ meine Augen zufallen und drückte noch einmal seine Finger. Draußen vor der Tür hörte ich Karsen sprechen und das leise Murmeln einer anderen Stimme, die ihr Fragen stellte. Ich war bereit, den Dingen ihren Lauf zu lassen. Ich konnte nicht mehr alles kontrollieren, und ich hatte nicht gelogen. Ich vertraute Race. Mir war klar, dass er es so meinte, wenn er sagte, dass er auf mich aufpassen würde, und ich war endlich bereit, das zuzulassen. Noch mehr als das: Ich war bereit, mir von ihm dabei helfen zu lassen, auf meine Schwester aufzupassen. Ich konnte nur hoffen, dass er uns nicht enttäuschte, denn wenn Race an dieser Aufgabe scheiterte, dann würde keiner von uns mit dem Leben davonkommen, das wusste ich. Ich wusste es einfach.

Er verabschiedete sich leise und versprach, dass er so schnell wie möglich zurückkommen würde. Außerdem erinnerte er mich daran, dass Booker, der bedrohlich wirkende Riese, direkt vor meiner Tür Stellung bezogen hatte, sodass ich ruhig schlafen konnte und mir keine Sorgen zu machen brauchte, dass jemand mich attackierte, während ich mich nicht bewegen konnte. Was natürlich leichter gesagt als getan war.

Dann war er weg, und meine Schwester nahm seinen Platz ein. Ich rang mir für sie ein grimassierendes Lächeln ab, konnte meine schweren Lider aber nicht noch einmal aufschlagen. Ich zupfte an ihrer Hand, die auf meiner lag, und fragte: „Wie schlimm ist mein Haar? Ganz ehrlich?"

Ihr scharfes Einatmen war Antwort genug. Wenn Race meinen Stalker aufstöberte, konnte ich hoffentlich einen Moment mit ihm allein sein – mit ihm und einer Schere. Rache war schließlich süß.

16. KAPITEL

Race

Ich war frustriert, und das machte mich unvorsichtig. Es war Samstagnacht, ich war müde und hatte die Nase voll davon, dass keiner die Antworten hatte, die ich brauchte. Außerdem war ich total sauer, dass Booker derjenige gewesen war, der Brysen an den Ort gebracht hatte, den ich für sie und Karsen gesichert hatte. Die Ärzte hatten sie drei volle Tage zur Beobachtung im Krankenhaus behalten, aber jetzt war sie aus der Gefahrenzone, und die einzigen Spätfolgen waren ein dumpfer Kopfschmerz und ein grässlicher Haarschnitt. Ich wollte bei ihr sein, aber zwischen der Fight-Night am Freitag und dem brennenden Bedürfnis, denjenigen zu finden, der sie terrorisierte, hatte es nur für einige kurze Besuche und ein paar eilige Telefonate gereicht. Ich kam mir vor wie der letzte Drecksack, aber ihre Sicherheit war mir wichtiger als alles andere. Ich hätte derjenige sein sollen, der sie aus dem Krankenhaus nach Hause brachte. Ich hätte derjenige sein sollen, der sie in Sicherheit brachte – nicht Booker. Es stank wirklich zum Himmel, dass ich mich um so viele andere Dinge kümmern musste. Und hier war ich nun also, wieder auf einer Studentenparty. Doch diesmal hatte ich Bax dabei, und diesmal war ich hundertmal gefährlicher, weil ich nicht hier war, um Geld einzutreiben. Ich wollte Informationen.

Die Hintertür, durch die ich Brysen vor einer gefühlten Ewigkeit nach draußen gezogen hatte, war repariert worden, aber klüger geworden waren diese College-Kids offenbar nicht. Der, den ich mir griff, um Hinweise aus ihm rauszuschütteln, war ein Freund von dem Kerl, der damals seine Waffe gegen mich gezückt hatte und dann mit einem gebrochenen Genick geendet war. Während ich die strampelnde Saufnase durch die feiernden

Massen an einen etwas intimeren Ort schleifte, zog er eine Riesenshow ab. Er beschimpfte mich wüst, brüllte, dass er mir einen Scheiß schuldete, und führte sich so auf, als wäre er ein ganz großes Tier. Der Trottel wusste bereits, was passierte, wenn man eine Pistole auf mich richtete, und war wie sein Freund zu jung und arrogant, um irgendwelche mildernden Umstände geltend machen zu können, jedenfalls, was mich betraf. Als er mir einen stümperhaften Schlag versetzte, riss mein ohnehin hauchdünner Geduldsfaden.

Jetzt lag der Verbindungstyp unter mir, mein Knie auf seiner Brust, mein Unterarm, an dem er verzweifelt zerrte, auf seiner Kehle. Seine Wangen blähten sich auf und fielen wieder zusammen, während er angestrengt nach Luft schnappte, doch ich lockerte meinen Würgegriff nicht. Seine Augen traten hervor, seine Haut nahm einen kränklichen Blauton an, aber ich hatte nicht vor, ihn aufstehen zu lassen.

„Wenn er bewusstlos wird, kann er dir gar nichts sagen." Bax klang gelangweilt, aber er hatte ja recht.

Ich hob also meinen Arm, ballte die Faust und schlug dem College-Typen damit auf den Mund, sodass seine Lippen aufplatzten und hellrotes Blut über seine Zähne und sein Kinn strömte. Dann stand ich auf, wobei ich darauf achtete, mein Knie so fest wie möglich gegen sein Brustbein zu drücken.

Der Kerl keuchte und spuckte einen Mundvoll Blut aus. „Was willst du, Hartman? Ich schulde dir keinen verdammten Cent." Er stützte sich auf die Ellbogen und funkelte mich wütend an.

In diesem Moment klingelte Bax' Telefon.

Nachdem er es aus der Tasche seines Kapuzenpullis geholt hatte, schaute er auf das Display und hob eine dunkle Braue. „Titus."

Ich nickte, und er ging ein Stück zur Seite, um den Anruf seines Bruders entgegenzunehmen.

Dann verschränkte ich die Arme und starrte finster auf meine Beute herab. „Kennst du Brysen Carter?"

Noch einmal spuckte er Blut. „Klar. Scharfe Braut, zieht aber kaum um die Häuser und kommt auch sonst eher abweisend rüber, daher wird sie eigentlich nie angebaggert."

„Jemand hat sie vor ein paar Tagen die Treppe runtergestoßen, als sie auf dem Weg in ein Seminar war. Wer würde wohl so was tun?"

Er stöhnte und rappelte sich in eine sitzende Position auf. „Keine verdammte Ahnung. Wie gesagt, sie bleibt meist für sich und kann, ehrlich gesagt, ein ziemliches Biest sein. Vielleicht hat sie sich ja mit dem falschen Kerl angelegt."

Ich starrte ihn mit zusammengekniffenen Augen an. „Welcher Kerl?"

„Was geht dich das überhaupt an? Vögelst du sie?"

Also, im Ernst, dieser Junge war dümmer, als die Polizei erlaubte. Ohne groß darüber nachzudenken, beugte ich mich etwas vor und ließ meine Faust mit voller Wucht gegen die linke Seite seines Kopfes krachen. So hart, dass die Haut am Knöchel meines Mittelfingers aufplatzte, der Typ überrascht aufschrie und zur Seite kippte. Ich schüttelte meine Hand, erhob mich und fragte noch einmal: „Welcher Kerl?"

Er hob beschwichtigend die Hände und umfasste dann sein Gesicht. „Sie hängt oft mit diesem Drew Donner rum. Er folgt ihr wie ein Hündchen überallhin. Offensichtlich will er mehr als Freundschaft, doch Brysen lässt ihn nicht ran. Der Typ ist ziemlich anstrengend und ein bisschen daneben. Er ist vor einem Jahr an dieses College gewechselt, hat aber keinen Anschluss gesucht und feiert auch nicht mit uns. Er rennt immer bloß hinter Brysen her. Eine Zeit lang wurde sogar gemunkelt, dass er eine Art Nervenzusammenbruch hatte, als er nicht in alle Seminare kam, die sie belegt hat, weil ihm ein paar zwingend erforderliche Voraussetzungen fehlten. Ich weiß ja nicht, wie das bei dir ist, aber ich würde wegen einer Tussi, die sowieso nicht die Beine breit macht, bestimmt nicht so einen großen Wirbel veranstalten."

Einen Moment lang starrte ich ihn schweigend an und versuchte, seine Aussage mit allem zusammenzubringen, was ich sonst wusste. Brysen hatte diesen Drew nie erwähnt.

Gerade wollte ich den Verbindungstypen fragen, wo der Kerl zu finden war, als Bax' Hand auf meiner Schulter landete. Ich drehte mich um, und mir rutschte das Herz in die Hose, als ich bemerkte, dass seine dunklen Augen noch schwärzer waren als üblich. Das bedeutete schlechte Nachrichten – richtig schlechte Nachrichten.

„Wir müssen los. Jetzt." Sein Ton ließ keinen Spielraum für Widerspruch.

Ich senkte das Kinn, um anzudeuten, dass die unausgesprochene Dringlichkeit bei mir angekommen war.

Zu dem College-Jungen, der immer noch vor meinen Füßen lag, sagte ich: „Wenn dir irgendwas auffällt, irgendwas Ungewöhnliches in Zusammenhang mit diesem Drew, rufst du mich an." Damit drehte ich mich auf dem Absatz um und folgte Bax durch die Menge betrunkener Partygäste.

Als wir den Hemi erreichten, warf Bax mir über das Autodach einen Blick zu, während wir die Türen aufrissen. „Das war nicht Titus, sondern Nassir. Er versucht seit einer Stunde, dich zu erreichen."

Ich schluckte eine ganze Reihe schmutziger Wörter runter. „Gestern war Fight-Night. Er wartet vermutlich auf seinen Anteil. Ich hatte andere Dinge im Kopf."

„Darum geht es nicht." Bax' Braue verschwand fast in seinem Haaransatz. „Das Pit ist explodiert."

Ich starrte ihn an, als ob er in einer anderen Sprache gesprochen hätte. „Was?"

„Nassir sagt, dass der Club plötzlich in Flammen stand. Die Bullen sind da, Feuerwehr und Rettungsdienst ebenfalls. Der Laden war voll, schließlich ist ja Samstagabend." Seufzend schüttelte er den Kopf. „Sie holen Leichen raus."

Heilige Scheiße! Da brachte jemand dieses Spiel auf eine völlig neue Stufe, um Nassir und mir zu zeigen, dass wir gar nichts im Griff hatten. Und seine Argumente waren so drastisch und tödlich, dass wir es nicht länger ignorieren konnten.

„Wie konnte denn jemand durch die ganzen Sicherheitsvorkehrungen kommen, mit denen Nassir den Club aufgerüstet hat?", fragte ich.

Wir stiegen ein, und der Motor heulte auf wie ein wildes Tier. Die gepflegten Vorgärten und teuren Anwesen von The Hill flogen nebelhaft an uns vorbei, während wir zurück ins Herz der Stadt rasten.

„Weiß er auch nicht", antwortete Bax. „So wie es aussieht, wurde hochprofessioneller Sprengstoff benutzt. Nassir meint, dass alles in Schutt und Asche liegt."

„Wie ist er da heil rausgekommen?" Ich mochte Nassir nicht, aber ich war froh, dass er okay war, wenn die Zerstörung tatsächlich so verheerend war, wie Bax schilderte.

„Er war im Spanky's."

Ich schaute Bax an. Er hatte eine Hand am Steuer und steckte mit der anderen eine Zigarette zwischen seine Lippen. Seine kräftigen Brauen bildeten über der Nasenwurzel tiefe Furchen, und hinter der schwarzen Tinte seiner Augen flackerte es unheilvoll.

„Warum war er an einem Samstagabend im Spanky's und nicht im Pit?" Etwas verspätet fragte ich mich, ob auch die Hunderttausende von Dollars, die wir durch den Club geleitet hatten, dem Inferno entkommen waren.

Bax warf mir einen Blick zu und zündete die Zigarette an. „Ich nehme an, aus dem gleichen Grund, aus dem du eben irgendeiner College-Dumpfbacke die Scheiße aus dem Leib geprügelt hast, statt zu Hause bei deiner Freundin zu sein."

„Er macht sich Sorgen um die Mädchen."

„Ja, vor allem wohl um ein bestimmtes Mädchen. Keiner will, dass die Mädels irgendwas von diesem Scheiß ausbaden müssen, schon gar nicht unsere Mädels. Wir müssen rausfinden, wer hinter den Attacken steckt. Niemand bekennt sich dazu, keiner macht Anstalten, sich The Point unter den Nagel zu reißen. Sieht aus, als ob die euch bloß zeigen wollen, dass sie euch jederzeit in die Suppe spucken können und ihr absolut nichts dagegen tun könnt. Das Ganze kommt mir vor wie ein total krankes Spiel."

Mir kam es nicht wie ein Spiel vor. Mir kam es wie eine Frage von Leben und Tod vor. Mein Bauch fühlte sich an, als wäre er mit Steinen gefüllt, und in meinem Blut brannte der Zorn. The Point war nichts Tolles. Nach allem Schmerz und Elend, die das Leben dort so vielen gebracht hatte, ließ es sich nur schwer rechtfertigen, um solch einen Ort zu kämpfen und ihn lebendig zu halten. Aber er gehörte mir. Er war mein Zuhause. Es mochte ein Königreich sein, das niemand sonst regieren wollte – doch ich würde es tun, bis es mich umbrachte, und ich würde auf keinen Fall zulassen, dass irgendein unbekannter Eindringling dieses Reich von innen heraus zerstörte. Nicht wenn ich es verhindern konnte.

Während ich darüber nachgrübelte, wie mein nächster Schritt aussehen sollte, schickte ich Stark eine SMS und bat ihn, so viele Informationen wie möglich über Drew Donner auszugraben. Es war das erste greifbare Indiz, mit dem ich arbeiten konnte. Ich hoffte, dass sich endlich etwas Konkretes daraus ergeben würde. Ich wollte diese Angelegenheit mit Brysen möglichst schnell vom Tisch haben.

Die Szene, die sich uns vor der Lagerhalle bot, erinnerte an einen Katastrophenfilm. Die alte Fabrik war nie besonders hübsch gewesen; die mit Graffiti bedeckten Wände und die bröselnden Ziegel hatten die perfekte Tarnung für die Exzesse und Ausschweifungen geboten, die sich hinter der zerfallenen Fassade abgespielt hatten. Jetzt sah alles noch grässlicher aus. Die Mauern, die noch standen, waren pechschwarz, die stählernen Stützpfeiler verbogen und halb geschmolzen, sämtliche Fensterscheiben zerbrochen. Das Gebäude war nur noch eine ausgebrannte Hülle aus Stein und Mörtel. Die Luft war erfüllt vom Gestank nach Rauch und etwas viel Schlimmerem. Überall standen Polizeiautos herum, und ich versuchte, beim Anblick der diversen Transporter mit der Aufschrift *Gerichtsmedizin* nicht zusammenzuzucken.

Bax und ich stiegen aus, und während wir die Rettungsmannschaften beobachteten, die über den Schauplatz des Anschlags hasteten, senkte sich eine schwere Stille über uns. Ich konnte Nassir nirgends entdecken, aber Bax stieß einen leisen Pfiff aus und deutete mit dem Kopf in die Richtung, in der Titus' unauffällige Limousine parkte. Der Detective und mein unsteter Geschäftspartner standen nebeneinander, die Gesichter von beiden waren gezeichnet von wahnsinniger Wut. Titus redete schnell und wild gestikulierend auf Nassir ein, der die Überreste seines Clubs musterte. Seine Kiefermuskeln mahlten, und sogar aus der Distanz konnte ich den Zorn sehen, der in seinen karamellbraunen Augen blitzte, als wir zu den beiden Männern gingen.

„Das ist kein Witz", sagte Titus. „Wir reden hier über militärtauglichen Sprengstoff, Nassir. Das geht weit über zwei Leichen in einer finsteren Seitengasse hinaus. Die haben da bisher sechs Leute rausgezogen. Keiner davon älter als Dovie, verdammte Scheiße! Das hier kann nicht so einfach unter den Teppich gekehrt werden."

Nassirs Wange zuckte. Er sah mich an, dann das zerstörte Gebäude. „Es soll auch gar nicht unter den Teppich gekehrt werden. Finde heraus, wer dahintersteckt, Bulle."

Das klang nicht gut, und es war nicht davon auszugehen, dass Titus den Übeltäter aufstöberte und dann an Nassir auslieferte, damit der seiner Form von Gerechtigkeit frönen konnte. Bax' Bruder funktionierte nicht nach den Regeln von The Point, er scherte sich nur um das Gesetz.

„Wie ist er überhaupt reingekommen?" Meine Frage galt beiden, doch Titus war derjenige, der antwortete.

Er drehte sich zu uns um, lockerte seine Krawatte und fuhr sich mit beiden Händen durchs Haar. „Nicht rein, sondern rauf", zischte er. „Der Brandherd befindet sich offenbar auf dem Dach. So wie es aussieht, gab es da oben eine große Explosion, und dann ging eine Reihe kleinerer Sprengsätze innerhalb des Gebäudes hoch, deshalb gab es so viele Opfer. Erstaunlicherweise hat dieser Typ …" Er wies mit dem Daumen auf Nassir. „… dafür gesorgt, dass im Club die Brandschutzordnung eingehalten wurde. Ohne die Sprinkleranlage hätte es noch mehr Tote gegeben."

Was mich betraf, waren sechs Tote schon mehr als genug, und als ich bemerkte, wie sich Nassirs Brauen über seinen funkelnden Augen zusammenzogen, wusste ich, dass er meine Meinung teilte.

„Eine der Tänzerinnen hat mich angerufen, weil im Spanky's ein paar Typen Ärger gemacht haben", erzählte Nassir. „Sie sagte, dass Chuck alle Hände voll zu tun hätte und sie alle Angst hätten. Ich bin dann zum Stripclub gefahren und war kaum durch die Tür, als ich den Anruf kriegte, dass das Pit brannte. Wer immer dahintersteckt, wollte mich nicht hier haben, als der Sprengstoff hochging. Das Ganze war von langer Hand vorbereitet. Ich sollte zuschauen, wie sich alles, wofür ich so hart gearbeitet habe, in Rauch auflöst."

Titus seufzte.

Ich fragte: „Auch das ganze Geld?"

Nassir schüttelte den Kopf und stieß sich vom Auto ab. „Dem Geld geht's gut. Ich bin ja von Natur aus vorsichtig. Nur so konnte ich so lange am Leben bleiben." Er sah Titus scharf an. „Ich meine es ernst, Bulle. Wenn du einen Namen hast, will ich ihn wissen."

Titus sagte nichts dazu, und Nassir stapfte davon, das Handy ans Ohr gedrückt. Ich schaute zu Bax.

Der wechselte einen Blick mit seinem Bruder und hob dann die Schultern. „Hier gibt es nichts mehr für uns zu tun."

Titus knurrte zustimmend. „Nein. Geht nach Hause, und seid froh, dass ihr heute Abend was anderes vorhattet. Sonst würdet ihr jetzt vielleicht in einem dieser Transporter liegen oder unten in der Polizeistation gegrillt werden."

Unwillkürlich sah ich zu den weißen Vans der Gerichtsmedizin und verzog das Gesicht. Ich wollte nicht an die Menschen denken, deren Samstagabend mit einer Fahrt ins Leichenschauhaus endete, aber es war unmöglich, es nicht zu tun. Das hier war der Preis, den The Point den Leuten abverlangte, die sich in seine Tiefen wagten. Ich verlor mich in düsteren Grübeleien. Langsam kam es mir so vor, als ob trotz all meiner Bemühungen und trotz des unnachgiebigen Würgegriffs, in den ich diesen Ort genommen hatte, am Ende doch immer das Schlimmste passierte und die Bösen gewannen.

Ich wurde aus meinen Überlegungen gerissen, als Bax mir auf die Schulter schlug.

„Los, fahr heim zu deinem Mädel. Heute Nacht läuft sowieso nichts mehr." Er klang, als ob es ein Tag wie jeder andere gewesen wäre, als ob es bloß eine kleine Störung im Stromnetz gegeben hätte, das diese Stadt am Laufen hielt. Sein beiläufiger Ton jagte mir einen kalten Schauder über den Rücken.

„Na schön."

Auf dem kurzen Weg zur Werkstatt, wo ich meinen Stingray holen wollte, fragte er mich, ob alles okay wäre.

Ich ließ mir Zeit für die Antwort. „Ich bin nicht sicher. Das hier ist The Point. Ein Ort, der eigentlich selbst auf sich aufpassen kann, weil nichts und niemand schlimmer ist. Ich weiß nicht, wie ich es finden soll, dass dieser Ort jetzt attackiert wird und verliert."

Er brummte nachdenklich. „Aber das hier ist mehr. The Point ist mehr als eine Warnung für verwöhnte Tussis oder eine falsche Abzweigung von The Hill. Ganz egal, wie hässlich dieser Ort und wie brutal und hart das Leben hier ist, es ist trotzdem ein Zuhause. Meins und deins. Und wenn du mit ansehen musst, wie dein Zuhause kaputt gemacht wird, und du weißt, dass die Bedrohung total real ist und von außen kommt, dann willst du darum kämpfen. Auch wenn dir vollkommen klar ist, dass The Point sich umgekehrt einen Scheiß um dich schert und ungerührt zuschauen würde, wie du verrottest."

Er hatte natürlich völlig recht. The Point mochte ein Königreich sein, in dem vieles faul war, aber es war *mein* angegammeltes Königreich, und ich würde keinem Außenseiter erlauben, es niederzureißen. Obwohl ich nie gedacht hätte, dass es mal so weit kommen würde, war ich in dieser Sache ganz bei Nassir. Wenn wir denjenigen hatten, der diese mörderische blutige Botschaft ins Herz meiner Stadt geschickt hatte, dann würde es keinen langen Arm des Gesetzes geben, kein Streben nach Gerechtigkeit – sondern nur Rache und Vergeltung im Namen dieses Orts, der bei Weitem nicht so unverwundbar war, wie er schien.

Ich verabschiedete mich von Bax, und er trat aufs Gas, um möglichst schnell nach Hause zu meiner Schwester zu kommen. Dieses drängende Bedürfnis konnte ich jetzt ein bisschen besser verstehen, da ich selbst an nichts anderes denken konnte als an Brysen und daran, wie ich für ihre Sicherheit sorgen konnte. Sie war meine Verbindung zu einer Welt ohne die Gewalt und die Machenschaften, die meinen Alltag bestimmten. Ich brauchte sie, wenn ich diesen Krieg gewinnen wollte. Sie ließ mich mein Ziel nicht aus den Augen verlieren.

Ich fuhr zu dem Apartmentkomplex am Hafen. Die Stadtrandlage war ideal: weit genug entfernt vom Herzen von The Point, um sicher zu sein, und doch nicht so nah an The Hill und den Vorstädten, dass man hier nach zwei Mädchen aus der oberen Mittelschicht gesucht hätte. Das möblierte Apartment, in dem ich sie untergebracht hatte, war von meinem Dad als heimliches Liebesnest benutzt worden. Hierher war er mit all den Weibern gekommen, mit denen er meine Mutter betrogen hatte. Er hatte bar dafür bezahlt, daher war es den Behörden durchgerutscht, als sie alle Vermögenswerte eingefroren hatten, die irgendwie mit dem Namen Hartman in Zusammenhang gebracht werden konnten. Ich wusste bloß davon, weil Novak mit dem größten Vergnügen jeden Dreck vor mir ausgebreitet hatte, den mein Dad am Stecken hatte – um zu demonstrieren, wie tief mein Erzeuger in seiner Tasche steckte, und um mich auf Linie zu bringen. Nachdem ich ein paar Hände geschüttelt und den Hausverwalter nach allen Regeln der Kunst geschmiert hatte, war jeder Hinweis auf die Eigentümerschaft meines Dads getilgt. Ich hatte keinerlei Skrupel, die Besitzurkunde auf Brysen umschreiben zu lassen. Klar, wenn das Ganze jemals vor Gericht landen würde, wäre das Ding Makulatur, aber im Moment gehörte die Wohnung ihr, auch wenn sie es nicht wusste oder später vielleicht gar nicht wollte.

Ich parkte in der Tiefgarage und nahm den Fahrstuhl in die obere Etage. Das Apartment lag zum Wasser hin – mit Blick auf die Kais. Wenn The Point eine bessere Gegend wäre, in einer schöneren Stadt, dann wäre die Aussicht sensationell gewesen. Unter den herrschenden Umständen sah man, so weit das Auge reichte, nur Smog, verrostete Schiffe und mürrische Hafenarbeiter. Ich stieß die Wohnungstür auf und starrte direkt in den Lauf einer Pistole. Booker machte seit Brysens Treppensturz keine halben Sachen mehr. Er mochte nicht unbedingt der sentimentale oder mitfühlende Typ sein, aber er war auch nicht der Typ, der gern Niederlagen einsteckte. Er nahm die Attacke auf Brysen persönlich, was mir nur recht sein konnte.

Er senkte die Waffe, und die Narbe, die sich über eine Hälfte seines Gesichts zog, zuckte. „Ich wusste nicht, dass du heute herkommen wolltest.“ Er legte die Pistole weg.

Ich schloss die Tür hinter mir. „Mein Mädchen ist hier. Wo sollte ich sonst sein?“

Booker schnaubte und griff nach einer geöffneten Bierdose, die auf dem Couchtisch stand. „Das solltest du ihr besser mal sagen. Sie war nicht gerade begeistert, dass ich derjenige war, der sie heute vom Krankenhaus hierher gebracht hat. Und ich durfte ihre Laune dann ausbaden. Ein echtes Sonnenscheinchen war sie, das kann ich dir versichern.“

Beschämt verzog ich das Gesicht. Ich hätte mir die Zeit nehmen und sie herbringen müssen. Ich war wirklich scheiße in diesem Beziehungskram. Sie sollte für mich immer an erster Stelle kommen.

„Und die Kleine …" Er hob die Brauen. „Die bringt sich irgendwann noch in Schwierigkeiten. Ständig läuft sie mit diesen riesigen Welpenaugen rum, als ob sie nach einem Herrchen sucht, das ihr ein gutes Zuhause gibt. Ich würde sie einsperren, bis sie aus dem Schutzalter raus ist."

„Ich werde das im Hinterkopf behalten."

„Soll ich hierbleiben, oder kommst du allein klar?"

„Du kannst abhauen."

Er kippte den Rest seines Biers hinunter. „Ein kleines Vöglein hat mir gezwitschert, dass du die Angewohnheit hast, unbewaffnet rumzulaufen." Dovie. Meine Schwester machte sich dauernd Sorgen um alle, nur nicht um sich selbst. Er deutete zum Küchentresen, wo er eben die Pistole abgelegt hatte. „Du weißt, wie man damit umgeht?"

Mein Blick war Antwort genug. Ich lebte schon ziemlich lange in The Point. Mein Geschäftspartner war Nassir, mein bester Freund Bax. Natürlich wusste ich, wie man eine Waffe benutzte. Ich zog nur einfach vor, es nicht zu tun.

„Okay. Viel Glück mit deinem Mädchen. Ich glaube, du kannst es gebrauchen." Damit verschwand Booker durch die Tür nach draußen.

Ich schaute auf die Pistole, die er zurückgelassen hatte. Keine Frage, mein Leben änderte sich gerade. Manches wurde besser, vieles schlechter. Der Trick war, die richtige Balance zu finden. Ich nahm die Waffe und legte sie oben auf den Kühlschrank, damit sie mir erst mal aus den Augen war. Danach ging ich zur Treppe, die nach oben ins Schlafzimmer führte, das samt angeschlossenem Bad die gesamte obere Etage des Apartments einnahm. Das Licht war an, und ich dachte, dass Brysen im Bett lag und Fernsehen guckte oder so was. Als ich den großen Raum leer vorfand, blieb ich verblüfft stehen und blickte mich um, als ob ich sie hier irgendwo hätte übersehen können. Dann hörte ich ein leises Geräusch, das durch die angelehnte Badezimmertür zu mir drang.

Ich streifte die Schuhe ab und machte mich auf, mein Mädchen zu finden. Sie stand vor dem Waschbecken, in der einen Hand eine Schere, in der anderen einen Kamm. Ihr platinblonder Bob war verschwunden. Als ich hinter sie trat, trafen sich unsere Blicke im Spiegel. Sie legte die Schere hin und strich verlegen über ihr kurzes Haar. Beim Anblick der Armee kleiner schwarzer Stiche, die ihren Hinterkopf zierten, biss ich die Zähne zusammen.

„Besser habe ich es nicht hingekriegt." Sie klang nervös und unsicher.

Von vorn sah es gar nicht mal so schlecht aus. Die Haare schmiegten sich kurz und glatt um ihr Gesicht, über die Stirn fiel ein schnurgerader Pony. Der Hinterkopf war praktisch geschoren, bis auf ein paar Strähnen, die gerade lang genug waren, um das obere Ende der Wunde zu bedecken. Es war schick und modern und zugleich retro. Sie hätte glatt als Bonnie durchgehen können, mit mir als Clyde an ihrer Seite.

„Tut mir leid, dass ich nicht da war, als du entlassen wurdest", sagte ich. „Ich habe zu viel Zeit und Energie damit verschwendet, nach dem Typen zu suchen, der dich die Treppe runtergestoßen hat. Stattdessen hätte ich dich lieber abholen und nach Hause bringen sollen."

Sie drehte sich um und lehnte sich ans Waschbecken, sodass ich gleichzeitig sie und mein eigenes Spiegelbild anschaute. Ich bemerkte, wie meine Augen dunkler wurden, nur weil ich mich im selben Raum aufhielt wie sie.

„Nach Hause? Ich weiß ja nicht mal, wo ich bin, Race. Woher kommt diese Wohnung? Warum dürfen wir sie benutzen? Ich habe eine Million Fragen, und du warst nicht da, um sie zu beantworten. Ganz abgesehen davon, dass ich auf Schritt und Tritt über Booker stolpere, was für keinen von uns beiden ein Vergnügen ist. Ich hasse das alles."

Mir fiel nichts anderes ein, als sie weiter stumm anzustarren. Denn klar, sie *sollte* das alles auch hassen, aber ich tat mein Bestes. Ihr Blick senkte sich, und sie machte einen Schritt vorwärts und ergriff meine Hand. Ich hatte meine aufgeplatzten Knöchel ganz vergessen und auch das getrocknete Blut, das meine Handrücken bedeckte.

„Deine Hände sind ganz blutig."

Mein Lachen klang erstickt. „Du hast ja keine Ahnung."

Sie funkelte mich verärgert an, und ich schob mich seufzend an ihr vorbei ans Waschbecken, um das Blut abzuwaschen. Das machte ich immer so: das Blut einfach durch den Abfluss spülen.

„Mein Dad hat die Wohnung benutzt, um hier seine Geliebten flachzulegen", erklärte ich. „Sie ist weit genug weg von The Hill, um der Aufmerksamkeit meiner Mutter zu entgehen. Der Hausverwalter ist eine dubiose Ratte, also habe ich ihn bestochen, und jetzt gibt es keinerlei Datenspur, die dieses Apartment mit irgendwem aus meiner Familie in Verbindung bringen könnte. Ich habe ihn die Besitzurkunde auf deinen Namen umschreiben lassen. Es ist nicht ganz wasserdicht, aber fürs Erste kannst du mit Karsen hier wohnen, auch wenn wir diese Scheiße mit deinem Stalker hinter uns haben. Ich weiß, dass du dir Sorgen gemacht hast, wie es weitergehen soll, nachdem dein Alter dafür gesorgt hat, dass euer Haus zwangsversteigert wird. Jetzt habt ihr einen Ort, an dem ihr bleiben könnt."

Ich hörte, wie sie einen leisen kehligen Laut ausstieß. Dann lagen ihre Hände auf meinen in dem Becken, und sie half mir, die letzten Reste dieser schrecklichen Nacht abzuwaschen. Wieder trafen sich unsere Blicke im Spiegel. Aus ihren blauen Augen leuchteten mir ihre ganze Angst, ihre ganze Unsicherheit und ihre vielen Fragen entgegen, aber ich erkannte darin auch Dankbarkeit, Hoffnung und etwas noch Tieferes, und daran würde ich mich festhalten.

„Ich hätte heute da sein sollen, Bry."

Sie stellte das Wasser ab und schmiegte eine Wange an meine Schulter. „Nein. Ich verstehe, dass bei dir gerade viel los ist und dass du verzweifelt versuchst, herauszufinden, wer mir das angetan hat. Ich habe dich einfach nur vermisst und fühle mich besser, wenn du in der Nähe bist. Aber ich weiß, dass ich dich mit The Point teilen muss."

Ich strich über ihr frisch gestutztes Haar. Es mochte kurz und ein bisschen abgefahren sein, aber es war immer noch weich wie Seide zwischen meinen nassen Fingern. „Das solltest du aber nicht tun müssen."

Freudlos lachte sie auf. „In einer perfekten Welt vielleicht. Aber soweit ich weiß, ist weder The Hill noch The Point perfekt – und auch nichts, was zwischen den beiden Vierteln liegt. Und so müssen wir eben das Beste aus dem machen, was wir haben."

Ich legte meine Hand um ihren Nacken. „Verlieben wir uns gerade ineinander, Bry?"

Sie lachte wieder und entzog sich mir. „Vermutlich. Warum auch nicht? Unser Leben ist ein einziges Chaos; jemand versucht, mich umzubringen, und du steckst mitten in einem Krieg um die Stadt. Unter besseren Umständen kann man sich doch kaum verlieben, oder?"

Sie war definitiv die perfekte Bonnie zu meinem Clyde.

Ich folgte ihr ins Schlafzimmer. „Glaubst du, wir überleben das?" Ich war noch nie verliebt gewesen, und bislang kam es mir vor wie eine besondere Art von Kampf, den ich zu gewinnen versuchte.

Sie seufzte. „Keine Ahnung, ich will es doch schwer hoffen."

Ich musste unbedingt das Thema wechseln, bevor sie oder ich diese Sache zwischen uns aus Vernunftgründen cancelte. „Was weißt du über Drew Donner?"

Brysen faltete gerade die Tagesdecke zusammen, die auf dem breiten Bett lag, daher antwortete sie mir über die Schulter hinweg. „Wir haben dieses Semester viele gemeinsame Seminare. Er ist ganz nett, deshalb lernen wir manchmal zusammen."

„Er hat dich nie gefragt, ob du mit ihm ausgehen willst oder so was?"

Sie zog die schwarze Hose aus und trug jetzt nur noch ein Tanktop und einen winzigen Slip. Wir befanden uns mitten in einem ernsthaften Gespräch, doch mein Hirn schaltete umgehend ab, und ich konnte nichts anderes tun, als ihre langen Beine zu betrachten, während sie sich auf die Bettkante setzte. An einem Knie hatte sie immer noch eine kleine rote Wunde von ihrem Beinah-Unfall auf dem Parkplatz, und die Erinnerung daran, dass sie neulich und auch jetzt wieder verletzt worden war, reichte aus, um meine Gedanken zur Räson zu bringen.

Für einen langen Moment musterte sie mich und erwiderte schließlich: „Er hat keinen Hehl daraus gemacht, dass er gern mehr wäre als bloß ein Freund, aber ich bin nie auf ihn abgefahren und habe ihm das gesagt. Er ist nicht gerade beglückt darüber, aber er drängt mich auch nicht."

Ich ging auf sie zu und hielt erst an, als ich die Bettseite erreicht und Position zwischen ihren Beinen bezogen hatte. Dann beugte ich mich vor, bis sie nur durch ihre abgestützten Ellbogen aufrecht gehalten wurde und ich praktisch auf ihr lag. „Und warum bist du nicht auf ihn abgefahren?"

Ihr Atem ging schneller, und sie ließ sich nach hinten fallen, sodass wir beide aufs Bett sanken und ich sie komplett bedeckte. Sie vergrub ihre Hände in meinen Haaren und gab meinen ernsten Blick zurück. „Weil ich auf dich abgefahren bin, obwohl ich das gar nicht wollte, und ich wusste, dass da kein anderer mithalten kann."

Und ob da kein anderer mithalten konnte! Seit sehr langer Zeit war mir nichts mehr so unter die Haut gegangen wie dieses Mädchen, und die Anziehung zwischen uns war etwas, nach dem die meisten Menschen ein Leben lang suchten. Es spielte keine Rolle, dass meine Welt gefährlich war, dass es für sie ein Risiko bedeutete, mit mir zusammen zu sein. Wir waren einfach füreinander geschaffen, und kein durchgeknallter Stalker und kein besseres Wissen würden uns auseinanderbringen.

Ich küsste sie hart und schnell und wollte mich dann zurückziehen. Immerhin war sie verletzt, und ich hatte nicht vor, noch mehr Schaden anzurichten, aber ihr Griff wurde fester, und sie ließ mich nicht gehen.

„Ich lasse ihn gerade von jemandem checken", sagte ich. „Die Typen an deinem College nehmen es sich anscheinend ziemlich zu Herzen, wenn du ihnen eine Abfuhr erteilst. Ich will wissen, was dieser Kerl vorhat."

Ihre Augen glitzerten, und als sie ein Bein um meine Taille schlang, lagen plötzlich, ohne dass ich es wollte, meine Hände auf ihrer nackten Haut. „Er hat gar nichts vor. Er ist bloß ein typischer College-Junge. Er würde mir nie wehtun. Dazu hat er keinen Grund."

Ich streichelte über ihre Hüfte, und mein Herzschlag beschleunigte sich. Aber ich durfte nicht vergessen, dass sie wahrscheinlich mörderische Kopfschmerzen hatte. Ich küsste sie auf die Braue. „Ich lasse ihn trotzdem checken. Brysen, du bist heute Morgen erst aus dem Krankenhaus gekommen. Lass mich los, dann gehen wir schlafen. Ich habe dir doch gesagt, dass ich mich um dich kümmere."

Sie löste eine Hand aus dem Todesgriff in meinem Haar und strich über meine Schultern. Danach ließ sie das andere Bein dem Beispiel des ersten folgen, sodass ich mich auf einmal in einer atemberaubenden Umarmung wiederfand, und das Einzige, was meine wachsende Erektion von ihrer warmen Mitte trennte, waren ihr Slip und meine Jeans.

„Ich habe dich vermisst, Race. Ich möchte ja, dass du dich um mich kümmerst. Aber bitte auf diese Weise."

Der Einwand, dass sie doch verletzt war, lag mir bereits auf der Zunge, löste sich allerdings in Luft auf, da sie mich küsste, als hätten wir uns seit Monaten nicht mehr gesehen. Ich ließ mich in ihren Kuss fallen, in die Verführung ihrer Zunge, die meine zum Tanzen verlockte. Ich gab den Forderungen ihrer Zähne nach, die sie benutzte, um ihre Wünsche und Bedürfnisse unmissverständlich klarzumachen. Widerstand war zwecklos. Ich umfasste ihre Hüften und nutzte die Hebelwirkung, um uns beide in die Mitte des Bettes zu manövrieren. Dabei hielt sie mich fest umklammert, als hätte sie Angst, dass ich verschwinden könnte. Sie war fast nackt und lag unter mir – es gab keinen anderen Ort auf der ganzen Welt, an dem ich jetzt lieber gewesen wäre.

Ich zog ihr das Tanktop aus, sorgfältig darauf bedacht, die empfindliche Stelle an ihrem Hinterkopf zu schonen, und ließ sie mir die Jeans aufknöpfen. Mit Händen und Füßen versuchte sie, mir die Hose herunterzuzerren. Dann grinste ich sie an und erhob mich auf die Knie, um den Rest selbst zu erledigen. Mein Herz schlug förmlich einen Purzelbaum, als sie den Zeigefinger in das Grübchen auf meiner Wange bohrte. Sie sah lächelnd zu mir auf, während ich meine Finger in ihren Slip gleiten ließ und am Saum zog.

Sie würde immer mein Lieblingsgeschenk sein, das ich mit Hingabe auspackte.

„Du bist wirklich was Besonderes, Race Hartman."

Ihr Bauch bebte ein bisschen, als ich meine Zungenspitze in das kleine gewölbte Loch ihres Nabels tauchte.

„Das Gleiche habe ich gerade über dich gedacht."

Ich durfte nicht vergessen, dass sie zerbrechlich, verwundbar und allzu menschlich war. Ich durfte sie nicht all den entfesselten Dingen aussetzen, die ich normalerweise tat, wenn ich mit ihr schlief. Für gewöhnlich war sie mein Hafen im Sturm, der um uns herum tobte, aber heute Nacht brauchte sie Sanftheit, und ich musste ihr zeigen, dass sie bei mir sicher war.

Vom Bauchnabel ließ ich meine Lippen an ihr herabgleiten, über ihren Hüftknochen, als sie sich ungeduldig unter mir wand. Ihre Oberschenkel waren bereits gespreizt, daher war es nicht schwierig, meinen Mund zu den Stellen zu bewegen, die vor Begehren schon ganz feucht waren. Dass sie genauso scharf auf mich war wie ich auf sie, machte mich ganz verrückt. Da war Leidenschaft, da war Hunger, da war ein Verlangen, das meine Hoden sich zusammenziehen und mir das Wasser im Munde zusammenlaufen ließ, so sehr sehnte ich mich danach, sie zu schmecken.

Kaum dass ich mit der Zunge über ihre Spalte strich, keuchte sie meinen Namen. Ihre Finger krallten sich schmerzhaft in meine Ohren. Mit den Schultern drückte ich ihre Beine noch weiter auseinander, sodass ich auch meine Hände ins Spiel bringen konnte. Ich hörte sie stöhnen, war aber so auf meine Tätigkeit fokussiert, so berauscht davon, wie sie in meinen Mund hineinschmolz, dass ich nicht aufhörte, um herauszufinden, ob es ein Laut der Lust oder des Schmerzes war. Ihre Klit pochte, als ich sie mit den Zähnen streifte, und ihre Schenkel rieben sich an meinem Kopf, während sie sich meinen Liebkosungen entgegenbog. Ich spürte, wie ihr Inneres sich zusammenzog, spürte die Feuchtigkeit, die sich um meine Fingerspitzen sammelte, während sie über den Gipfel stürzte und dabei meinen Namen schluchzend hervorpresste. Wenn ich das Glück hätte, sie für den Rest meiner Tage derart erregen zu können, würde ich den ganzen anderen Mist, den das Leben tagtäglich über mir auskippte, mit einem Lächeln hinnehmen.

Ihre Beine hingen schlaff über meinen Schultern. Ich ließ sie heruntergleiten, sodass sie links und rechts neben mir lagen, bevor ich mich wieder auf sie schob. Kurz verharrte ich, um ihre hübschen rosigen Brustwarzen mit den Lippen zu umschließen, dann noch mal, damit ich ihren geschwungenen Hals liebkosen konnte. Meine Erektion war steinhart, und ich wollte nichts anderes mehr, als in ihr zu versinken und für immer dortzubleiben. Ich stützte mich mit den Armen über ihr ab und wartete, bis diese himmelblauen Augen sich öffneten und mich anschauten. Ihre Wangen waren gerötet, um ihren Mund spielte ein sanftes Lächeln – ich hatte nie zuvor etwas Schöneres gesehen. Ich würde jedes Vermögen aufgeben, in jeden Krieg ziehen, jede Verletzung in Kauf nehmen, wenn sie mein Lohn war.

Sie strich mit beiden Händen über meine Rippen und schlang ihre Beine erneut um meine Taille. Dann bog sie sich mir gerade so weit entgegen, dass die Spitze meines Schwanzes in ihre einladende Hitze eintauchte.

„Ich brauche dich." Ihre Stimme war heiser und ein bisschen zittrig.

Schließlich schob ich eine Hand unter sie, packte ihren knackigen Hintern und drückte sie an mich, während ich mich langsam in der Wiege ihrer Schenkel niederließ und wir beide auf die Matratze sanken.

Ich bedeckte ihren Mund mit meinem und flüsterte dicht an ihren Lippen: „Ich brauche dich auch, Bry."

Alles, was ich hatte, legte ich in diesen Kuss, mein ganzes Herz. Ich ließ sie spüren, dass sie für mich das Ende der Straße war: Nach ihr gab es nichts mehr. Und dann, als ich mich zu bewegen begann, in sie eindrang, mich an ihr rieb, ahmte ich mit der Zunge die Bewegungen meiner unteren Körperhälfte nach. Sie wand sich unter mir und grub ihre Fingernägel in meine Schultern. Ich wollte in sie hineinstoßen, sie so hart nehmen, wie ich das sonst tat, aber ich wollte ihr nicht wehtun, und hinter der Lust, hinter dem heiß und sexy glühenden Blau in ihrem Blick, schwebte ein Schatten des Unbehagens, der mich zurückhielt. Sie musste mörderische Kopfschmerzen haben.

Ihre inneren Muskeln zitterten um meinen Schwanz, ihr Herz hämmerte im gleichen Rhythmus wie meins, ihre Brustwarzen drückten sich hart und spitz in meine Brust. Ihre Zunge strich an meiner entlang, und ihr Griff war genauso verzweifelt, genauso bedürftig wie meiner. Ich spürte, wie sich die Lust unten an meinem Rückgrat zusammenballte, spürte, wie mich immer wieder Schauer überliefen.

Unseren wilden Kuss unterbrechend, hob ich den Kopf und sagte: „Du musst mit mir kommen."

Brysen warf den Kopf von einer Seite auf die andere und ließ die Hüften kreisen, während ich versuchte, die Wucht meiner Stöße abzumildern.

Sie legte die Arme um mich und hob eine Braue. „Dann hör auf, hier rumzupfuschen, und gib's mir."

Ich musste lachen. „Ich will deinem Kopf nicht wehtun, Klugscheißerin."

„Lenk mich einfach ab, mein Hübscher."

Oh, Mann. Das war eine Herausforderung, der ich mich voll und ganz gewachsen fühlte. Ich stützte meine Hände links und rechts neben ihr auf, suchte ihren Blick und machte, was sie wollte: Ich gab's ihr.

Und so stieß ich in sie, bewegte mich auf ihr und rieb unsere Körper so fest aneinander, als ob ich versuchte, uns miteinander zu verschmelzen – was womöglich ja auch zutraf. Da ich bereits so nah dran war, so kurz davor, zu kommen, allein schon deshalb, weil sie nackt und willig unter mir lag, dauerte es nur ein paar Minuten, bis ich mich in ihr verströmte, ohne zu wissen, ob sie bei mir war oder nicht. Zum Glück war sie eine lautstarke Geliebte und leicht zu durchschauen, denn kaum hatte ich mich in ihr ergossen, hörte ich sie seufzen und spürte, wie sie um mich herum pulsierte.

Ich wartete einen Moment, bis wir beide wieder normal atmeten, und rollte mich dann auf den Rücken, sodass ich neben ihr zu liegen kam.

Sie verschränkte ihre Finger mit meinen und küsste jeden einzelnen meiner aufgeplatzten Knöchel. „Danke, dass du dich um mich gekümmert hast, Race."

Natürlich meinte sie nicht den Sex, auch wenn das meinem Ego wahnsinnig geschmeichelt hätte.

„Danke, dass du mir etwas Gutes gibst, zu dem ich immer wieder zurückkommen kann, Brysen."

Sie war die Balance, die ich so verzweifelt brauchte.

17. KAPITEL

Brysen

In Anbetracht unserer außerplanmäßigen Aktivitäten am Vorabend war ich überrascht, dass meine rasenden Kopfschmerzen zu einem dumpfen Pochen abgeflaut waren, als Race mich weckte und mir sagte, dass er losmusste. Ich war noch total verschlafen und ein bisschen benommen, daher wusste ich nicht, ob er wirklich irgendwas davon erzählte, dass Nassirs Club niedergebrannt war, oder ob ich das nur träumte. Jedenfalls schlief ich wieder ein, kaum dass die Schlafzimmertür hinter ihm ins Schloss gefallen war, und wachte erst wieder auf, als ich das atemlose, schrille Lachen meiner Schwester hörte und den Duft des Specks roch, der irgendwo im Apartment gebrutzelt wurde. Eigentlich sollte ich mir heute noch nicht die Haare waschen, aber meine Stiche juckten, daher beschloss ich, die Anweisung des Arztes zu missachten, und ging kurz unter die Dusche. Es war kein Vergnügen, anschließend in den beschlagenen Spiegel zu schauen.

Meine Frisur sah zwar nicht wie das grässlichste Styling des Planeten aus, aber ich hatte dunkle Ringe unter den Augen und zwei senkrechte Falten neben den Mundwinkeln, die gestern noch nicht da gewesen waren. Die Tatsache, dass jemand hinter mir her war, mir nach dem Leben trachtete, dieser finstere Schatten, der mich jagte, fing allmählich an, mir an die Substanz zu gehen, und das konnte man mir vom Gesicht ablesen. Obwohl Race eingesprungen war und sich um die anderen gewaltigen Probleme kümmerte, die das Leben über mir auskippte – meine Mom, eine Wohnung für Karsen und mich, damit wir nicht obdachlos wurden, unser beider Sicherheit –, war das alles doch etwas viel für mich gewesen. Kein Wunder, dass ich im Moment deutlich älter wirkte als einundzwanzig.

Da ich hier in der Wohnung nichts anderes hatte als meine Handtasche und die kleine Reisetasche, die Karsen für mich gepackt hatte, als ich im Krankenhaus gewesen war, konnte ich nicht mal irgendwelche Zaubertricks mit Make-up veranstalten, um besser auszusehen. Allerdings war es ja auch nicht so, dass ich irgendwen beeindrucken musste. Karsen hatte mich schon in schlimmeren Zuständen gesehen, und dieser vergrübelte Riese Booker hatte unmissverständlich klargestellt, dass wir keine Freunde mehr werden würden. Er benahm sich, als wäre es ganz allein meine Schuld, dass mich jemand die Treppe heruntergestoßen hatte – und dass ich mir nur deshalb den Schädel aufgeschlagen hatte, um ihn vor Race dumm dastehen zu lassen. Er war noch übellauniger und gereizter als vorher, und ich konnte beim besten Willen nicht nachvollziehen, warum meine Schwester so ein Geschiss um ihn machte. Abgesehen davon, dass es mir absolut nicht passte.

Ich schlüpfte in eine Yogahose und ein ausgeleiertes Sweatshirt und lief die Treppe runter, um meiner kleinen Schwester ihre unangebrachte Flirt-Tour zu vermasseln. Als ich um die Ecke bog, sah ich zu meiner Überraschung, dass Booker an der Spüle stand und abwusch, während meine Schwester an der Kücheninsel saß, ein Sandwich vor sich.

Sie machte große Augen, als sie mein gestutztes Haar betrachtete, aber ihr Blick war anerkennend. „Das ist echt süß. Schräg und ein bisschen punkrockig. Kaum zu glauben, dass du das selbst so hingekriegt hast."

Meine Schwester würde niemals irgendwas Schlechtes über was auch immer sagen. Sie war viel zu lieb dafür.

„Es ist eine einzige Katastrophe, aber immer noch besser als das Geschnippel, das sie mir im Krankenhaus verpasst haben. Hat Booker dir was zu essen gemacht?" Ich setzte mich auf den Küchenhocker neben sie und klaute die Hälfte ihres Speck-Tomate-Sandwichs.

„Nein. Ich habe gekocht, und er übernimmt den Abwasch",

erwiderte sie. Der große bullige Kerl brummte etwas Unverständliches, drehte sich jedoch nicht um. Karsen lächelte mich an und deutete auf das moderne, hübsch möblierte Apartment. Es war nicht gerade in der tollsten Gegend der Stadt, aber ich musste zugeben, dass diese Lösung um Längen besser war als das Loft über der Werkstatt. „Ist diese Wohnung super oder was? Race sagt, wir können so lange hierbleiben, wie wir wollen."

„Race steckt eben voller Überraschungen", sagte ich trocken.

Booker lachte leise in sich hinein. „Er hatte es heute Morgen schrecklich eilig. Und er hat mir Millionen Fragen über deinen Freund an der Uni gestellt." Damit wandte er sich zu mir um und musterte mich forschend.

Ich zuckte mit den Schultern. „Er ist nur ein Freund."

Er schnaubte missbilligend und verschränkte seine kräftigen Arme vor der Brust. „Mädchen, die so aussehen wie du, haben keine Typen als Freunde. Verdammt, sogar Mädchen, die nicht so aussehen wie du, haben keine Typen als Freunde! Glaub mir, Blondie, jeder Kerl, der länger als eine Sekunde mit einer Frau herumhängt, wartet bloß auf seine Chance, ihr an die Wäsche zu gehen."

Beinahe verschluckte ich mich an dem Bissen, den ich im Mund hatte. Ich warf meiner Schwester einen hastigen Seitenblick zu und funkelte dann verärgert Booker an. „So ein Quatsch! Nicht alle Männer sind solche Neandertaler wie du."

Er zog die Augenbraue hoch, die von der hässlichen Narbe zerschnitten wurde, und starrte mich durchdringend an. „Oh doch, das sind sie. Ein paar können bloß besser verstecken, dass sie eigentlich nur vögeln wollen."

„Wie auch immer ..." Ich wechselte das Thema und sagte zu Karsen: „Drew ist harmlos, und er war auch nie in der Nähe meines Computers, daher kann er nichts mit dieser gruseligen Überwachungssoftware zu tun haben."

Karsen stieß einen erstickten Laut aus, woraufhin Booker die Stirn runzelte und ich sie besorgt anschaute.

Sie packte meinen Unterarm, und ihre braunen Augen nahmen die Hälfte ihres Gesichts ein. „Das stimmt nicht. Weißt du nicht mehr, dass ich dir vor ein paar Monaten meinen Computer borgen musste, weil du deinen für eine Woche an Adria ausgeliehen hattest, als ihrer schlappgemacht hat? Du warst damals sauer, weil Drew ihn dir zurückbrachte, obwohl Adria doch diejenige war, die ihn benutzt hatte. Er sagte, sie hätte zu viel zu tun und daher ihn gebeten, sich um die Rückgabe zu kümmern. Du hast dich sogar darüber beschwert, dass der Rechner plötzlich so langsam war, und Adria vorgeworfen, sie hätte ihn mit einem Virus oder so was infiziert. Und du warst total neidisch, als sie einen brandneuen Laptop kriegte – als Ersatz für ihren kaputten."

Ich konnte mich absolut nicht daran erinnern, aber ich hatte in den letzten Monaten auch ziemlich viel um die Ohren gehabt. Adria war außerdem selbstsüchtig und brauchte so oft Hilfe, dass dieses eine Mal sich nicht besonders tief eingeprägt hatte oder mir irgendwie seltsam vorgekommen war. Doch jetzt, als Karsen es erwähnte, fiel mir wieder ein, wie Drew den Computer zurückgebracht und ungewöhnlich begeistert gewirkt hatte, den Botenjungen spielen zu dürfen. Karsen, typisch Teenager, konnte sich vermutlich noch in allen Einzelheiten daran erinnern, wie es gewesen war, eine Weile von ihrem Rechner und sämtlichen sozialen Medien abgeschnitten zu sein.

„Ja, Scheiße!" Bookers harte Züge nahmen einen fast mörderischen Ausdruck an. „Ich muss Race anrufen und ihm das erzählen, bevor er sich diesen Typ schnappt."

Ein Schauder lief mir über den Rücken, und ein ungutes Gefühl breitete sich in meinem Magen aus. Ich konnte wirklich nicht glauben, dass Drew je absichtlich jemandem wehtun würde. Er war doch bloß ein schnöseliger College-Boy, der sich ein bisschen verknallt hatte. Allerdings konnte ich mir im Moment nur bei sehr wenigen Menschen sicher sein, dass sie mir nicht nach dem Leben trachteten: Race und Karsen – und eventuell Booker, auch wenn ich mir über ihn in diesem Punkt noch nicht so ganz im Klaren war.

Er zog sein Handy aus der Hosentasche und ging ins Wohnzimmer, um zu telefonieren. Karsen und ich wechselten einen besorgten Blick. Sie schien kurz davor zu sein, ihr Mittagessen wieder von sich zu geben, daher erklärte ich in meinem autoritärsten Ton: „Alles wird gut. Race kümmert sich um die Angelegenheit, und danach leben wir unser normales Leben weiter."

Sie öffnete den Mund, um zu antworten, doch in der Sekunde klingelte mein Telefon oben im Schlafzimmer. Warum rief Dovie mich an, wo sie doch wusste, dass ich in einem sicheren Versteck war? Sofort zogen furchtbare Bilder an meinem geistigen Auge vorbei, von Race, der verwundet war – oder Schlimmeres.

„Hallo", meldete ich mich. Ich war völlig außer Atem, als ich das Handy erreichte, aber nicht mal mein lautes Keuchen konnte das Schluchzen am anderen Ende der Leitung übertönen. Dovie war mir nie hysterisch vorgekommen, daher überschlugen sich meine Gedanken geradezu mit Schreckensszenarien, in denen Race und Bax vorkamen.

„Dovie, was ist passiert?" Ich wollte sie nicht so scharf anfahren, wo sie doch offensichtlich verzweifelt war, aber ich konnte nicht anders.

„Ich ... Bax und ich ... wir haben uns furchtbar gestritten. Es war schlimm."

Ich ließ mich auf die Bettkante sinken und atmete erleichtert aus. „Worüber denn?"

Dovie machte ein glucksendes Geräusch, und mein Herz zog sich vor Mitgefühl zusammen. Sie klang so gar nicht wie das toughe, knallharte Mädchen, das ich kannte. „Ich habe ihm gesagt, dass er aufhören soll, mit Race zu arbeiten, dass ich ihn aus alldem raushaben will. Nassirs Club ist letzte Nacht abgebrannt. Menschen sind gestorben, Brysen. Ich will mich nicht an jedem einzelnen Tag meines Lebens fragen müssen, ob er heil nach

Hause kommt. Ich schaffe das nicht mehr. Es bringt mich um, mir ständig um ihn und Race Sorgen zu machen."

Wow, das ging ziemlich ans Eingemachte, und ich konnte mir lebhaft vorstellen, dass ihre Vorhaltungen nicht gut angekommen waren. Bax kam mir nicht vor wie jemand, der sich Ultimaten stellen ließ, da mochte er Dovie noch so sehr lieben.

„Das tut mir so leid, Dovie. Aber wenn er Zeit hatte, über deine Worte nachzudenken, beruhigt er sich bestimmt wieder, und ihr könnt noch mal darüber reden."

Sie schniefte. „Ich weiß nicht. Er ist heute früh wie ein Wilder hier rausgestürmt. Seit der Sache mit Novak habe ich ihn nicht mehr so wütend gesehen."

Leise fluchend strich ich mir durch mein superkurzes Haar. Ich wusste nicht, was ich sagen sollte, damit sie sich besser fühlte. Doch wie sich herausstellte, brauchte sie bloß eine Schulter, an der sie sich ausweinen konnte.

„Brysen, ich kann mich jetzt nicht auf den Unterricht konzentrieren, und ich will auch nicht allein zu Hause sein. Ich weiß, dass Race dich an einem sicheren Ort versteckt hat, aber kannst du mir sagen, wo du bist, damit ich vorbeikommen kann? Um zu reden?"

Natürlich konnte ich ihr diese Bitte nicht abschlagen. Dovie war eine tolle Freundin, und sie klang so fertig und traurig, dass ich sie dringend in die Arme nehmen wollte.

„Die genaue Adresse kenne ich nicht", sagte ich. „Aber wir sind am Hafen, und die Apartmentanlage ist sehr nett und gepflegt. Jedenfalls für The Point. Direkt gegenüber ist eine Bar, die Rabbit Hole heißt. Wir sind im oberen Stockwerk."

Sie stieß einen erstickten Laut aus, dann hörte ich sie keuchen. Dovie benahm sich total merkwürdig, und plötzlich prickelte meine Kopfhaut, und die neuerdings geschorenen Haare in meinem Nacken richteten sich auf. Ich vertraute Dovie bedingungslos, doch in letzter Zeit schien jeder und alles in meinem Leben darauf aus zu sein, mir zu schaden, und das durfte ich nicht außer Acht lassen.

„Ähhh … und wer genau ist ‚wir'?" Sie klang, als hätte sie einen Frosch im Hals.

„Karsen und der Typ, den ich liebevoll *Gigantor* nenne. Er heißt Booker und ist mein inoffizieller Babysitter, bis Race meinen Stalker erwischt hat."

Erneut stieß sie einen merkwürdigen Laut aus, diesmal fast so, als hätte sie echte körperliche Schmerzen.

So langsam fing ich an, mir Sorgen um sie zu machen. „Alles in Ordnung, Dovie? Du klingst nicht besonders gut."

Sie hustete. „Doch, ich bin okay. Ich flippe nur gerade ein bisschen aus, das ist alles. Hey, ist der Typ, der auf dich aufpasst, eigentlich bewaffnet?"

Das war eine ziemlich spezifische Frage, und der eigenartige Verlauf unserer Unterhaltung brachte mich ins Grübeln, ob ich ehrlich antworten sollte oder nicht. Ich entschied mich für eine ausweichende Nichtantwort. „Keine Ahnung. Wahrscheinlich. Er sieht aus wie ein moderner Scharfrichter oder vielleicht ein Auftragskiller. Ich glaube, jeder, der irgendwie mit Race zu tun hat, läuft bewaffnet durch die Gegend. Dein Freund eingeschlossen."

„Ja, Bax trägt eine Waffe, und wir beide haben Race endlos in den Ohren gelegen, dass er auch eine tragen soll." Ihr Ton hatte sich leicht verändert. „Manchmal bleibt einem in The Point nichts anderes übrig, als auf das Schlimmste gefasst zu sein." Sie stieß ein Keuchen aus, und jetzt war ich wirklich alarmiert. All meine Instinkte sagten mir, ja, sie schrien es geradezu, dass hier etwas ganz und gar nicht stimmte, ich war bloß nicht sicher, was genau vor sich ging oder was ich am Telefon dagegen tun konnte. „Brysen, ich bin gleich bei dir. Äh … sei bereit für mich, okay?"

Dann war die Leitung tot, und ich starrte einige endlose Sekunden auf mein Handy. Schließlich sprang ich auf und stürzte förmlich zurück in die Küche, was meinem pochenden Kopf nicht besonders bekam.

„Wer war das?", fragte Karsen erschrocken, und mir wurde klar, dass ich ziemlich beängstigend aussehen musste, während immer mehr Gedanken über das seltsame Telefonat durch mein Hirn wirbelten. Die Härchen auf meinen Armen stellten sich auf, und mir gefror das Blut in den Adern.

„Dovie. Aber sie klang total bizarr. Sie sagte, sie hätte sich schrecklich mit Bax gestritten und müsste dringend herkommen, um darüber zu reden." Ich fing an, hektisch auf und ab zu laufen, fuhr mir mit beiden Händen durchs Haar und zuckte zusammen, als ich dabei an meinen Nähten zerrte. Ich ließ das gesamte Gespräch noch einmal Revue passieren und versuchte, herauszufinden, was genau meine Alarmglocken hatte schrillen lassen, was mich zu dem Schluss gebracht hatte, dass alles … irgendwie daneben war.

In dem Moment fluchte Booker so laut, dass die Wände wackelten, kam hastig auf mich zu und bereitete meinem aufgescheuchten Rumgerenne ein abruptes Ende, indem er die Hände auf meine Schultern legte und mich zwang, ihm ins Gesicht zu schauen. „Hast du ihr gesagt, wo wir sind?"

Ich erwiderte seinen rasiermesserscharfen Blick mit einer defensiven Grimasse. „Sie ist meine beste Freundin, und sie klang total verzweifelt. Natürlich habe ich ihr gesagt, wo ich bin." Was ich mittlerweile aber aus tiefster Seele bereute.

Booker deutete an mir vorbei auf Karsen. „Okay, kleines Welpenmädchen, du verfrachtest deinen Arsch jetzt in das Zimmer dahinten und bleibst dort. Schließ die Tür ab, und schieb jedes Möbelstück davor, das du bewegen kannst. Und komm unter keinen Umständen raus. Nicht für mich, nicht für deine Schwester – für nichts und niemanden. Verstanden?" Sein barscher Ton ließ keinen Spielraum für Argumente.

Karsen fielen fast die Augen aus dem Kopf, und sie schaute mich panisch an. „Warum? Was ist denn los?"

Er ließ mich los und ging auf Karsen zu, um sie in Bewegung zu setzen.

Ich schüttelte langsam den Kopf, wütend auf mich selbst und meine Blödheit. „Ich glaube, Dovie steckt in Schwierigkeiten, und bin ziemlich sicher, dass sie sie hierher mitbringt. Mach, was Booker sagt, Karsen. Wenn es sicher ist, schicke ich dir eine SMS, dass du rauskommen kannst. Bis dahin bleibst du, wo du bist."

Sie schauderte. „Ich verstehe das nicht. Dovie würde nie jemandem etwas tun."

Plötzlich fügten sich die Puzzleteile in meinem Kopf zu einem Bild zusammen, und alles, was falsch an der Situation war, leuchtete hell und klar durch die Angst, die in mir aufstieg. „Nein, das würde sie nicht. Sie würde sich auch nie mit Bax streiten und dann anrufen, um sich bei mir auszuheulen. So etwas tut sie nicht." Ich drückte die Schulter meiner Schwester. „Bitte mach, was Booker dir sagt."

Wir starrten einander einen langen Moment an, und in ihrem Blick entdeckte ich lauter Dinge, die sie in ihrem zarten Alter noch gar nicht wissen sollte. Endlich nickte sie und lief den Flur hinunter in ihr Zimmer. Booker ging zu der Tür, die sie hinter sich geschlossen hatte, und wartete, bis das scharrende Geräusch von Möbeln, die über den Boden geschoben wurden, durch das Apartment drang.

Danach kam er zu mir zurück. Noch nie hatte ich jemanden gesehen, der derart Furcht einflößend wirkte und so wild entschlossen, eine Sache durchzuziehen. „Dovie gehört zu uns", sagte er. „Sie weiß, dass Race bei dem Gedanken durchdreht, jemand könnte wissen, wo du bist. Sie ist viel zu clever, um danach zu fragen. Hier stinkt etwas ganz gewaltig. Du gehst jetzt nach oben und machst das Gleiche, was ich deiner Schwester gesagt habe." Von irgendwo hinter seinem Rücken holte er eine fies aussehende Pistole hervor und hielt sie mir hin. „Kannst du damit umgehen, Blondie?"

Benommen schüttelte ich den Kopf. Ich war nie auch nur in die Nähe einer Waffe gekommen. Wie alles in meinem Leben, seit ich mich in The Point verstrickt hatte, wirkte sie kalt und tödlich und gleichzeitig absolut unvermeidlich. „Nein. Ich habe noch nie eine Pistole in der Hand gehabt."

Er fluchte erneut und setzte dabei jedes schmutzige Wort, das er kannte, äußerst kreativ ein. Dann öffnete er ein paar Schubladen, bis er gefunden hatte, was er suchte: ein übel aussehendes Fleischermesser, das er vor mir auf die Arbeitsplatte knallte. „Nimm das hier." Wieder ließ sein Ton keine Widerrede zu. „Wenn du es benutzen musst, ist die Kacke am Dampfen, und ich weiß nicht, was ich sonst noch tun kann, außer dir viel Glück zu wünschen, Blondie. Und jetzt beweg deinen Arsch nach oben."

Seine letzten Worte wurden von einem Klopfen an der Wohnungstür übertönt. Ich schluckte und sah mit geweiteten Augen zu, wie er sich an mir vorbeischob und zur Tür ging, jeder Muskel angespannt wie bei einem Raubtier kurz vor dem Angriff. Das Hämmern wurde lauter, und noch immer stand ich wie angewurzelt da. Ich riss mich zusammen und rannte auf die Treppe zu, in der festen Absicht, mich so lange im Bad zu verbarrikadieren, bis Booker Entwarnung gab. Doch bevor ich die erste Stufe erreichte, hörte ich es ein paarmal laut knallen, dann ertönte das Geräusch von splitterndem Holz. Auf Bookers Brust bildete sich ein blutroter Fleck, und er drehte sich zu mir um, wollte mir sagen, dass ich weglaufen sollte. In diesem Moment flog die Tür krachend auf, und ich beobachtete voller Entsetzen, wie Booker seine Waffe zog. Wieder knallten Schüsse durchs Haus. Es klang wie auf einem Schießstand oder bei einer Schießerei im Wilden Westen, aber es war mitten am Tag in der Hafengegend, und dieser Apartmentkomplex hatte seine besten Tage offensichtlich hinter sich, sonst hätte Race mich hier nicht so problemlos untergekriegt. Ich erwartete also keine Hilfe von den Nachbarn aus den anderen Wohnungen. Schon gar nicht jetzt, da die ganze Etage nach Blut und Schießpulver roch.

In The Point kämpfte jeder für sich selbst; die Leute wussten, wie man zur anderen Seite schaute, wenn es für jemanden brenzlig wurde. Ich schob mich rückwärts die Treppe hoch, hatte aber erst ein paar Stufen zurückgelegt, als Bookers riesige Gestalt schwankte. Ein scharlachroter Kreis breitete sich beängstigend schnell auf seinem Rücken aus, und er sank auf die Knie. Ein weiterer Schuss peitschte, und er fiel vornüber auf die Türschwelle. Seine Waffe polterte nutzlos zu Boden. Ich schrie, war jedoch klug genug, mich dabei umzudrehen und die restlichen Stufen hinaufzurennen. Ich musste Race anrufen. Ich brauchte Schutz, und das Einzige, was mir einfiel, war, so viele Türen und so viel Distanz wie möglich zwischen mich und den Schützen zu bringen.

Ich hatte Angst um Booker. Ich hatte Angst um Dovie. Ich hatte Angst um meine Schwester, und ich hatte Angst um mich.

Mein Handy schimmerte wie ein Leuchtfeuer auf dem Bett, wo ich es nach dem Telefonat mit Dovie liegen gelassen hatte. Ich stürzte darauf zu, um damit ins Bad zu laufen und von dort aus Hilfe herbeizurufen, als mich etwas Schweres von hinten traf und zu Boden schleuderte. Der Schmerz explodierte in meinem ohnehin malträtierten Schädel, ich schrie auf. Ich wollte mich freistrampeln, wurde aber brutal auf den Rücken gedreht und spürte das drückende Gewicht jetzt auf meiner Brust. Jemand riss meine Arme rücksichtslos nach oben, und ich schrie noch einmal auf, wurde dann jedoch totenstill, als sich der Lauf einer Pistole zwischen meine Augen presste.

Ich lag ganz ruhig da, während Schock und Begreifen sich wie eine Flutwelle in mir ausbreiteten und ich in Drews durchgeknallte blaue Augen starrte. Mein Kopf schmerzte, meine Welt geriet gerade völlig aus den Fugen, aber es gab nicht den geringsten Zweifel daran: Der Typ, der eben auf Booker geschossen hatte und nun seine Waffe auf die Mitte meiner Stirn richtete, war jemand, den ich bis vor ein paar Minuten als Freund betrachtet hatte. Doch den unbekümmerten Jungen, mit dem ich zum Unterricht gegangen war und dessen Aufzeichnungen ich mir ausgeliehen hatte, gab es nicht mehr. Dieser Kerl hier hatte keinerlei Ähnlichkeit mit einem ausgeglichenen, mitfühlenden menschlichen Wesen. Er sah völlig gestört aus. Seine Wangen waren hochrot, sein Atem zischte wie ein Blasebalg. Ich konnte den Hass, den er mit jeder Faser ausstrahlte, förmlich spüren, als er mir den Pistolenlauf noch fester gegen die Stirn stieß.

„Vielen Dank, dass du mich wegen deines Bodyguards gewarnt hast, Brysen", sagte er. „Das erleichtert mir die Sache ungemein."

Ich schnappte entsetzt nach Luft. „Wo ist Dovie?" Meine Stimme war schwach, ich konnte selbst hören, wie verängstigt ich klang.

Er lachte wie ein Irrer und beugte sich vor, sodass unsere Blicke sich über der Pistole trafen. Ich sah, wie sein Finger am Abzug zuckte, und war ziemlich sicher, dass ich sterben würde. „Sie hat ihren Zweck erfüllt. Das hier hat mit niemanden außer uns beiden zu tun. Ich musste nur erst deinen Beschützer aus dem Weg räumen. Er ist bloß eine weitere Leiche in deinem Keller."

Ich hatte keine Ahnung, wovon er sprach. „Was?" Ich wackelte mit den Fingern, die langsam taub wurden, was ihn allerdings dazu brachte, meine Arme weiter nach oben zu drücken und mir die Waffe so fest gegen den Schädel zu pressen, als wollte er sie durch mein Gesicht stoßen.

Dann richtete er sich etwas auf, fuhr mit dem Pistolenlauf an meiner Wange, meiner Nase entlang und bohrte ihn schließlich in die weiche Haut unter meinem Kinn. „Du übernimmst nie Verantwortung für die Leute, die du tötest. Machst dir nicht mal die Mühe, das Blut von deinen Händen zu waschen, nicht wahr, Brysen?"

Noch immer konnte ich ihm nicht folgen, also hielt ich den Mund und starrte ihn an. Tränen brannten in meinen Augen, aber nach allem, was er mir angetan hatte, indem er vorgegeben hatte, mein Freund zu sein, nur um mich besser quälen zu können, würde ich ihm auf keinen Fall die Genugtuung gönnen, mich weinen zu sehen. Ich bewegte vorsichtig die Hüften, um festzustellen, ob ich ihn eventuell abwerfen konnte, und musste fast kotzen, als ich sein anzügliches Grinsen sah.

„Ich habe kein Blut an den Händen, Drew. Du bist derjenige, der versucht hat, mich zu überfahren, der mir nachspioniert und mich die Treppe runtergestoßen hat. Du bist derjenige, der vor Blut trieft. Was habe ich dir jemals getan, um das hier zu verdienen?"

Er hob die Pistole und schlug mir den Knauf seitlich ins Gesicht. Ich sah ein ganzes Sternensystem und brüllte auf. Der scharfe stechende Schmerz nahm mir den Atem, vor meinen Augen tanzten schwarze Punkte. Drew zog mich an den Händen in eine halb sitzende Position und baute sich vor mir auf.

„Du spielst nicht nach den Regeln", blaffte er mich an. „Du denkst, dass du besser bist als jeder andere. Du glaubst, du bist etwas Besonderes."

Das glaubte ich zwar absolut nicht, aber es kam mir dumm vor, zu argumentieren, während es in meinen Ohren klingelte und mein Kopf dröhnte. „Geht es darum, dass ich nicht mit dir ausgehen wollte? Du willst mich umbringen, weil ich keine romantischen Gefühle für dich habe?"

Ich klang verwirrt, und das lag nicht nur an den Schmerzen, die mich benommen machten. Nichts von alldem ergab einen Sinn, und ich musste dringend meinen Verstand befreien und einen Ausweg finden. Meine Schwester brauchte mich, Race brauchte mich, und wenn ich mich weiter von diesem Wahnsinnigen in die Opferrolle drängen ließ, würde ich die beiden im Stich lassen. Was ich nicht vorhatte.

„Nein, du dämliche Schlampe." Wieder knallte die Pistole gegen meinen Kopf, und diesmal spürte ich, wie die Haut aufplatzte. Der metallische Geruch meines Bluts stieg mir in die Nase. Mein Hals konnte das Gewicht meines Kopfes nicht mehr tragen, sodass er gegen den Bettrahmen prallte. „Es geht darum, dass ihr, du und deine Familie, meint, Gesetze würden für euch nicht gelten. Dass ihr glaubt, bloß weil ihr Geld und Beziehungen habt, könntet ihr die Gerechtigkeit austricksen. Deine Mom hat mein Leben ruiniert, weil sie ein blödes betrunkenes Stück Scheiße ist – und was ist passiert? Gar nichts. Dein Dad hat mal kurz das Portemonnaie geschwenkt und der jämmerlichen, mitleiderregenden Familie aus The Point ein bisschen Geld zugeworfen. Er hat mit ein paar Leuten geredet – und Simsalabim, alles war wieder gut. Aber meine Mom ist süchtig nach Schmerzmitteln, und mein kleiner Bruder hat sich eine Kugel in den Kopf gejagt, weil er es nicht ertragen konnte, sein Leben lang im Rollstuhl zu sitzen. Und was ist mit euch Carters? Ihr macht weiter, als sei nichts passiert. Dein Dad und deine Mom, sogar deine perfekte kleine Schwester, alle glücklich und zufrieden in eurer verdammten heilen Welt. Ihr haltet euch für unangreifbar."

Oh, verdammt! An seiner Stelle wäre ich auch wütend auf meine Familie. Er ließ nun meine Arme los, ich sank zurück und presste meine zitternden Finger an die Schläfen. Wenn mir nicht so schwindelig gewesen wäre, hätte ich mich mit den Beinen wegschieben können, aber ich musste weiterhin gegen die Dunkelheit ankämpfen, die mich zu überwältigen drohte. Dann legte er die Pistole zur Seite, umfasste meinen Hals und drückte zu. Ich hatte keine Chance. Ich zerrte an seinen Händen, aber er war zu entschlossen, zu verloren in seiner Rage. Für ihn war ich kein Mensch, sondern nur ein Mittel zum Zweck.

„Ich habe NorthCrest verlassen und bin nach Hause zurückgekommen, um meiner Mom zu helfen. Sie hat das Blutgeld von deinem Dad und die Lebensversicherung meines Vaters dazu verwendet, noch mehr Pillen zu kaufen, statt an ihre Zukunft zu denken. Oder an mich. NorthCrest ist ein Elite-College. Aber nachdem mein Dad tot war und meine Mom abhängig von Opiaten, konnte ich es mir nicht mehr leisten, dorthin zu gehen. Ich kam zurück, sah, was deine Familie meiner angetan hatte, und da wurde mir klar, dass ich etwas unternehmen musste. Also habe ich mich unter dem Nachnamen meiner Mutter hier an der Uni eingeschrieben und dafür gesorgt, dass ich in all deinen Seminaren lande."

Während er sprach, drückte er immer fester zu, und die Dunkelheit gewann langsam die Überhand. Ich konnte nicht atmen und unterhalb meines Halses auch nichts mehr spüren. Meine Hände fielen schlaff an meine Seiten.

„Ich konnte durch die Risse in eurer Fassade blicken. Ich wusste, dass dein Dad spielsüchtig ist und den falschen Leuten viel Geld schuldet. Ich wusste, dass deine Mom so schlecht beieinander ist wie meine: betrunken, nachlässig und immer nur einen Schritt vom Abgrund entfernt. Ich wusste, dass deine Schwester in der Schule gemobbt wird, weil die allmächtigen Carters nicht wirklich aus The Hill sind und ihre Mitschüler das mitbekommen haben. Alle waren elende Versager und drauf und dran, so zu enden wie meine eigene Familie – alle bis auf dich." Er schüttelte mich wie eine Stoffpuppe, und ich gab ein schwaches Quieken von mir.

„Ich wollte, dass du dich in mich verliebst. Ich wollte dich im Sturm erobern und dann zerstören. Du solltest auf dem Scherbenhaufen deines Lebens sitzen bleiben, aber du hast mich nicht mal auf Armeslänge an dich herangelassen. Und dann bist du wieder bei deinen Eltern eingezogen und hast so riesige Pflaster auf eure Wunden geklebt, dass der Rest der Welt vergessen konnte, wie grässlich die Carters sind. Du hast alles zusammengehalten, gerade als ich zuschauen wollte, wie es zerbröselte, und dafür musst du sterben. Dafür musst du leiden, und wenn ich mit dir fertig bin, nehme ich mir deine Schwester vor."

Wieder schüttelte er mich. Ich war sicher, dass er mich erwürgen würde, wenn es mir nicht gelang, mich zu befreien, und dann würde er Karsen quälen. Das durfte ich nicht zulassen. Ich versuchte, bei Bewusstsein zu bleiben und genug Energie zu sammeln, um mich zu wehren. Plötzlich brüllte Drew laut auf und ließ mich los. Er rappelte sich aus seiner über mir kauernden

Stellung auf, wodurch ich auf einmal Platz hatte, mich auf die Arme und Knie zu stützen und von ihm wegzukriechen.

Karsen stand hinter ihm, die Hände auf den Mund gelegt. Die Tränen schossen nur so aus ihren Augen, und sie zitterte wie Espenlaub. Das große Messer, das ich unten in der Küche vergessen hatte, steckte in Drews Schulter. Er drehte sich fluchend um sich selbst. Karsen packte meine Hand und zog mich auf die Beine, während ich sie anschrie, sie solle weglaufen. Drews Pistole lag zu nah bei ihm, als dass ich sie hätte greifen können. Ich schwankte und ließ mich von meiner Schwester die Treppe herunterziehen. Immer wieder wurde mir schwarz vor Augen, und in meinen Ohren rauschte ein tosender Wildbach, aber ich wusste, dass ich sie zumindest aus der Wohnung bringen musste, bevor ich ohnmächtig wurde.

Sie kreischte laut, als sie Booker bäuchlings und blutend in der offenen Tür liegen sah, und blieb abrupt stehen. Ich prallte gegen sie, und wir kamen beide ins Taumeln.

„Er ist verletzt."

„Ich weiß", erwiderte ich, „aber du musst weitergehen!"

Sie rührte sich nicht vom Fleck, obwohl ich sie von hinten anschob. Hinter mir hörte ich ein Brüllen, das an ein verwundetes Tier erinnerte, und ich begriff, dass unser Zeitfenster sich rapide schloss.

„Karsen, beweg dich! Du musst hier raus!" Ich packte sie am Arm und wollte sie zur Wohnungstür ziehen, die schief in den Angeln hing.

Donnernde Schritte trampelten die Treppe herunter, und mir blieb keine Sekunde mehr, um über das weitere Vorgehen nachzudenken. Ich würde nicht zulassen, dass Drew einer von uns etwas antat. Ja, die Tragödie, die uns aneinanderkettete, war schrecklich. Dennoch war ich nicht bereit, für die Sünden meiner Eltern zu bezahlen, und ich würde ganz bestimmt nicht erlauben, dass Karsen noch mehr darunter leiden musste, als sie das bisher sowieso schon tat.

Die Pistole, die Booker gezogen hatte, als Drew durch die Tür geballert hatte, war neben der Couch gelandet. Ich hatte zwar keine Ahnung, wie man sie benutzte, hoffte jedoch, dass allein der Anblick uns genug Zeit verschaffen konnte, um aus der Wohnung zu flüchten und Hilfe zu rufen.

Karsen hatte sich von mir und meinen verzweifelten Versuchen, sie aus der Gefahrenzone zu lotsen, losgerissen und kniete nun neben Booker, ihre Hände auf seinem Rücken, blutbedeckt, während sie ängstlich seinen Namen flüsterte.

Ich hob die Waffe auf und richtete sie auf das untere Ende der Treppe, wobei ich darauf achtete, dass ich direkt vor meiner Schwester und Booker stand. Ich hatte nie zuvor eine Pistole abgefeuert, aber ich würde es tun, um diesen Wahnsinn ein für alle Mal zu beenden.

Drew stolperte und torkelte über die Stufen wie ein Betrunkener. In einer Hand baumelte die Pistole, in der anderen das blutige Messer. Eine seiner Schultern hing in einem merkwürdigen Winkel herab, und sein Gesichtsausdruck war monströs und unmenschlich. Er war buchstäblich nicht wiederzuerkennen.

Er hob die Hand mit der Pistole und starrte mich an. „Wer von uns beiden ist wohl schneller, Brysen?"

Das wollte ich gar nicht herausfinden. Ich krümmte den Finger um den Abzug und musste die Augen zusammenkneifen, um durch die wabernden Linien und tanzenden schwarzen Punkte in meinem Blickfeld hindurchzusehen. Der Wildbach zwischen meinen Ohren hatte sich in einen Wasserfall verwandelt, und ich musste mich schwer konzentrieren, um aufrecht stehen zu bleiben.

„Ich will das überhaupt nicht wissen, Drew. Ist denn noch nicht genug Schaden angerichtet worden? Haben wir beide nicht schon genug verloren?" Mein Finger zuckte am Abzug, und ich versuchte mich davon zu überzeugen, dass ich abdrücken musste, auch wenn ich es wirklich nicht wollte.

Er brüllte wieder, und die Mündung seiner Pistole blitzte auf, kurz bevor neben meinem Kopf etwas explodierte. Ich spürte einen heißen Luftzug an der Wange und hätte schwören können, die Kugel an mir vorbeifliegen zu sehen. Aber ich spürte keinen weiteren Schmerz, und nichts deutete darauf hin, dass ich getroffen worden war. Stattdessen beobachtete ich, wie sich direkt über einem von Drews Augen ein perfekt gerundetes Loch bildete. Er taumelte vorwärts und landete auf den Knien, keuchend und röchelnd. Das Messer und die Pistole fielen auf den Teppich, Drew kippte nach vorn aufs Gesicht. Aus dem Einschussloch in seinem Kopf sickerte langsam Blut.

Ich wirbelte herum und brach prompt in Tränen aus, als ich Dovie entdeckte. Sie stand in der zertrümmerten Tür und hielt einen kleinen schwarzen Revolver vor sich.

Sie sah furchtbar aus. Ihre hübschen grünen Augen waren von blauschwarzen Blutergüssen umrandet, ihre Nase blutete, und eine hässliche Schnittwunde zierte ihre Wange. Sie war so blass, dass ihre Sommersprossen stärker als sonst hervorstachen. Dovie wirkte ganz so, als ob jemand ihr die Scheiße aus dem Leib geprügelt hatte, aber die Waffe in ihrer Hand war ruhig, und ihr Mund bildete eine harte Linie.

Als sie bemerkte, wie ich sie anstarrte, schüttelte sie sich ein bisschen. Entsetzt schnappte sie nach Luft, als sie Booker sah, und sagte zu mir: „Ich habe Bax schon verständigt. Er und Race sind auf dem Weg hierher."

Sie warf Karsen ihr Handy zu und wies sie an, einen Krankenwagen für den blutenden Bodyguard zu rufen. Danach kam sie zu mir, umfasste sanft meine Arme und zwang mich, die Pistole zu senken, die ich immer noch umklammerte wie eine Rettungsleine.

Sie nahm sie mir ab und betrachtete sie stirnrunzelnd. „Die war noch gesichert."

Für den Bruchteil einer Sekunde betrachtete ich sie, bevor ich endgültig hysterisch zu weinen begann. Dovie legte die Arme um mich und hielt mich fest, doch ich konnte gar nicht mehr aufhören zu zittern.

Zwei Männer lagen niedergeschossen und blutend zu meinen Füßen. Ich hatte mein Leben vor meinen Augen vorüberziehen sehen, und meine Schwester sorgte sich mehr um einen verwundeten Gangster als um ihre eigene Sicherheit. Ich konnte nicht fassen, dass Dovie sich benahm, als ob so was jeden Tag passierte. Das alles war ein bisschen viel für mich.

„Ich dachte, dass er dir was angetan hat, Dovie."

Sie ließ Bookers Waffe fallen und steckte sich ihre eigene in den Hosenbund. Dann rieb sie meine Arme, als wollte sie mich wärmen. „Er hat mich auf dem Parkplatz der Uni überfallen. Bax hatte mir schon erzählt, dass Race seinetwegen auf dem Kriegspfad ist, daher wusste ich sofort, was los war. Er hat mir die Pistole an den Kopf gehalten und mich gezwungen, dich anzurufen. Ich hoffte, dass du merken würdest, dass etwas nicht stimmte, wollte aber auch nicht zu offensichtlich sein. Der Idiot wollte mein Auto nehmen, falls es eine Überwachungskamera am Gebäude gab. Nachdem wir vorgefahren waren, hat er mir eins mit der Pistole übergezogen, sodass ich für ein paar Minuten ausgeknockt war. Aber ich lebe lange genug in The Point, um nie ohne irgendeine Art Waffe unterwegs zu sein. Ich habe mir den Revolver aus dem Handschuhfach geschnappt und gebetet, dass es noch nicht zu spät war. Für Booker war ich wohl zu spät, aber für dich bin ich noch rechtzeitig gekommen. Du musst dringend lernen, wie man mit einer Waffe umgeht, Brysen. Race soll es dir beibringen."

Unglaublich, wie ruhig und gefasst sie klang. Ich selbst konnte nur weinen und mich von ihr trösten lassen.

Irgendwo in der Ferne heulten Sirenen, genau zur rechten Zeit, denn Booker stöhnte plötzlich leise auf.

Karsens Kopf fuhr ruckartig hoch. „Er lebt!", schrie sie.

Im selben Moment näherten sich trampelnde Schritte, und Männerstimmen riefen „Was zum Teufel …?" und „Heilige

Scheiße!" Dann erschienen Race und Bax im Eingang und stießen sich gegenseitig aus dem Weg, um schneller in die Wohnung zu kommen.

Bax stürzte auf Dovie zu, schaute zu dem Revolver in ihrer Hose und zu Drews bewegungslosem Körper und hob eine Braue. „Das wird ja langsam zur Gewohnheit." Er legte einen Finger unter ihr Kinn und begutachtete finster ihr ramponiertes Gesicht. „Autsch, Rotschopf." Er zog ihr die Waffe aus dem Bund und ließ sie verschwinden.

Ich fiel Race um den Hals, als er auf mich zukam, und er fing mich auf, umarmte mich, wiegte mich an seiner Brust und rieb seine Wange an meiner.

„Ich wollte dich anrufen, um dich vor ihm zu warnen", sagte er. „Ich ahnte, dass etwas nicht stimmte, als ich weder dich noch Dovie erreicht habe. Zum Glück bist du okay."

Die Sirenen kamen näher, und ich drückte ihn so fest, wie ich konnte. „Ich glaube nicht, dass ich jemals wieder okay sein werde." Ich musste an die Tragödie denken, die so leicht hätte verhindert werden können. Es war herzzerreißend. „Was machen wir mit ihm?"

Ich wollte nicht mal Drews Namen aussprechen. Er kam mir jetzt so komplett unmenschlich vor, dass sich so etwas Simples wie ein Name falsch anfühlte, wenn es um ihn ging. Ich schmiegte mich noch enger an Race und spürte seine Hand auf meinem Haar.

„Bax hat Titus bereits angerufen", antwortete er. „Er weiß von dem Stalking und den Anschlägen auf dein Leben und kommt her, um sich um alles zu kümmern. Mach dir keinen Kopf, Brysen. Ich weiß, dass ich bislang als Beschützer auf voller Linie versagt habe, aber ich verspreche, dass ich künftig besser auf dich aufpasse."

Ich schnaubte an seinem Hals. „Du hast als Beschützer einen besseren Job gemacht als jeder andere in meinem Leben, Race. Du kannst ja nicht überall gleichzeitig sein. Und wer hätte ahnen können, dass Drew es über Dovie versucht? Er war verrückt, und es ist traurig, aber wahr, dass er tatsächlich so was wie einen Grund dazu hatte."

Er wollte wohl etwas erwidern, aber in dem Moment stürmte eine ganzes Rudel Sanitäter herein, gefolgt von einem großen Kerl, der wie eine etwas ältere, etwas geschliffenere Version von Bax aussah. Der Typ marschierte herein wie jemand, der automatisch in jeder Situation das Sagen hatte. Seine hellen blauen Augen wirkten, als ob er schon alles gesehen hatte und ihn nichts mehr überraschen konnte.

Er musterte Bax und Dovie, dann mich und Race. „Jedes verdammte Mal, wenn du einen Notfall meldest, rechne ich damit, dass du derjenige mit den Kugeln im Leib bist, wenn ich am Tatort eintreffe, Bax."

Ich hörte Bax leise lachen, sah, wie Dovie die Augen verdrehte, und kapierte plötzlich, dass das hier für alle anderen tatsächlich bloß ein ganz normaler Tag in The Point war. Wie um alles in der Welt sollte ich mich je an diese Art von Leben gewöhnen? Ich schloss die Augen, lehnte den Kopf an Races Hals und gab der wabernden Schwärze nach, die die ganze Zeit an mir gezerrt hatte. Ich brauchte jetzt einfach ein paar Minuten in dieser Dunkelheit, um das alles hier vorüberziehen zu lassen. Später würde ich mich dann mit der Tatsache auseinandersetzen, dass die Dinge in The Point nun mal so funktionierten.

18. KAPITEL

Race

Als Brysen in meinen Armen zusammensackte, blieb mir praktisch das Herz stehen, und ich hätte sie fast fallen lassen. Ich brüllte nach einem der Sanitäter, die gerade dabei waren, Booker auf eine Trage zu bugsieren. Drew war von Titus für DOA erklärt worden, also für tot bei Ankunft der Ordnungskräfte, daher wurde ihm nicht besonders viel Aufmerksamkeit zuteil. Ich ließ Brysen sanft auf den Boden gleiten. Sobald sie flach auf dem Rücken lag, öffneten sich ihre Augen, und ich atmete erleichtert auf.

Ich wollte mich von ihr lösen, damit die Notfallsanitäter sich um sie kümmern konnten, aber sie hielt meinen Hals weiter in eiserner Umklammerung. Jetzt, da die Angst und Panik langsam abebbten, sah ich erst die fiesen Blutergüsse, die an ihrer Schläfe und ihrer Wange aufblühten.

„Mein Kopf tut weh." Sie klang, als ob sie einen Monat lang nur Glas gegessen hätte, und ihr Blick war verschwommen und unkoordiniert.

„Ich weiß. Lass diese Jungs mal einen Blick auf dich werfen, Bry. Du musst wieder ins Krankenhaus." Ich wandte mich an den jungen Sanitäter, der mir am nächsten stand: „Sie hatte erst vor ein paar Tagen eine schwere Gehirnerschütterung."

Er nickte und versuchte, sich meinem Mädchen zu widmen, aber sie ließ mich einfach nicht los. „Wahrscheinlich braucht sie noch mal eine Computertomografie."

Brysens Wimmern war für mich wie einen Fausthieb in den Magen. Schon wieder hatte ich sie im Stich gelassen, war nicht für sie da gewesen, als sie mich am meisten gebraucht hatte. Als Stark vorhin angerufen hatte, waren Bax und ich gerade dabei gewesen, unser unrechtmäßig erworbenes Vermögen vom Spanky's in die Werkstatt zu schaffen.

Nassir hatte den Laden komplett dichtgemacht. Er war immer kalt und irgendwie reptilienartig gewesen, aber nachdem da nun eine unbekannte Bedrohung lauerte und die Einschläge immer näher kamen, verwandelte er sich in ein ausgewachsenes gewalttätiges Raubtier. Er wollte Vergeltung, er wollte Blutrache, er wollte über Leichen gehen, und nichts und niemand würde ihm dabei im Wege stehen. Es schien ihm auch nichts auszumachen, dass Bax und ich knapp zwei Millionen Dollar aus seinem Blickfeld entfernten. Wer behauptete, dass Verbrechen sich nicht auszahlte, hatte offenbar nie versucht, sich auf der falschen Seite des Gesetzes zu betätigen. Verbrechen zahlte sich sehr wohl aus – und wie! Deshalb gab es so viel davon in der modernen Welt. Ich hatte es für eine clevere Idee gehalten, das Geschäftliche auf die Reihe zu kriegen, während wir auf die Informationen gewartet hatten, um die ich Stark gebeten hatte. Sobald ich alles Nötige über Drew Donner wusste, wollte ich zum College fahren, um mich um ihn zu kümmern.

Stark erklärte, dass es in den Unterlagen niemanden mit dem Namen Drew Donner gab. Der Typ hatte nicht existiert, bevor er vor einem Jahr an der Uni aufgetaucht war, offenbar aus dem Nichts. Daraufhin bat ich ihn, zu checken, ob er einen Drew oder Andrew finden konnte, der in irgendeiner Verbindung zu Brysen und ihrer Familie stand. Er hatte nur Sekunden gebraucht, um auf Andrew Bohlen zu stoßen, den Sohn des Mannes, den Brysens Mom getötet hatte, als sie betrunken am Steuer gesessen hatte. Der Scheißer hatte also einen ziemlich triftigen Grund, um durchzudrehen, aber das hieß noch lange nicht, dass er das Recht hatte, mein Mädchen zu verletzen.

Ich ließ alles stehen und liegen, sagte Bax, dass wir dringend losmüssten, und wir machten uns auf den Weg zum Apartment. Die Lage spitzte sich dramatisch zu, die Spannung stieg geradezu explosionsartig, als ich weder Brysen noch Karsen oder Booker erreichen konnte, und Bax trat beinahe das Gaspedal durch den Unterboden, während er Dovie nicht ein-, nicht zweimal, auch nicht dreimal, sondern zehnmal anrief und immer nur auf der Mailbox landete. Da stimmte was nicht, und zwar ganz und gar nicht. Als wir das Gebäude erreichten und davor den unverkennbaren Road Runner sahen, den Dovie wahllos und mit offenen Türen abgestellt hatte, war ich fast schon überzeugt davon, dass meine Schwester und mein Mädchen da oben in ihrem Blut lagen, weil ich nicht dort gewesen war, wo ich sein sollte.

Beim Anblick von Karsen, die weinend vor Booker kauerte, während das Blut aus den Einschusswunden auf seinem Rücken strömte, gefror mir jeder einzelne Blutstropfen in den Adern. Bax hatte keinerlei Skrupel, mich über den Haufen zu rennen, um durch die zertrümmerte Tür in die Wohnung zu gelangen. Ich musste mich dazu zwingen, Brysen zu suchen, so groß war meine Angst vor dem, was ich finden könnte.

Sie zitterte wie Espenlaub und sah aus wie ein Gespenst, aber sie stand aufrecht und blutete nur aus ein paar oberflächlichen Wunden im Gesicht und am Kopf. Sie starrte Dovie schockiert an, und nachdem Bax den Revolver aus dem Hosenbund seiner Freundin gezogen hatte, um die Waffe selbst einzustecken, erkannte ich auch, warum. Meine Schwester war augenscheinlich ziemlich heftig zusammengeschlagen worden, wirkte jedoch nicht etwa gebrochen, sondern wütend und genervt – als wäre es bloß eine lästige, aber unerhebliche Unterbrechung ihres geschäftigen Alltags gewesen, Brysen das Leben zu retten und von einem Typ verprügelt zu werden, der doppelt so groß war wie sie. Sie schaute zu Bax auf und grinste ihn schief an, und plötzlich begriff ich, wie vollkommen meine kleine Schwester sich in das Leben an diesem Ort integriert hatte. Sie war jetzt ebenso ein Teil von The Point wie Bax.

Und während ich spürte, wie Brysen in meinen Armen bebte, wurde mir klar, dass sie ebenfalls irgendwann eine Entscheidung darüber treffen musste, wie viel von sich selbst sie in diesen Ort einbringen wollte. So, wie meine Schwester es getan hatte.

„Lass mich nicht los." Ihr Flüstern war so leise, dass ich fast glaubte, es geträumt zu haben.

Ich beugte mich zu ihr herunter, um sie zu küssen, und beteuerte dicht an ihren zitternden Lippen: „Niemals."

Titus blaffte Befehle und leitete den Verkehr um, während Booker und Brysen in die Rettungswagen gebracht wurden. Er erklärte, dass er noch die Aussagen der Mädchen brauchte, und nahm Bax die Waffe ab, als ein Haufen Leute, auf deren Jacken *Gerichtsmedizin* stand, das Chaos weiter aufmischte. Ich blendete das alles aus und kletterte mit Karsen zu Brysen in den Krankenwagen. Die jüngere Carter-Tochter hatte eigentlich mit Booker fahren wollen, aber Brysen hatte mich scharf angesehen, sodass ich ihrer Schwester den Wunsch freundlich abgeschlagen hatte und sie nun mit in den anderen Transporter nahm. Ich hatte keine Ahnung, ob Booker durchkommen würde, aber das war nicht meine Sorge. Er wusste ja, wie die Dinge hier liefen, und hatte sich dennoch darauf eingelassen.

Als der Wagen anfuhr, wimmerte Brysen leise, und ich ging zu ihr und umschloss ihre eiskalten Finger. Karsen kuschelte sich an meine Seite, und wir schauten einträchtig auf den verletzten und ramponierten Menschen, den wir beide liebten.

Ich seufzte und legte einen Arm um die Schultern des jüngeren Mädchens. „Ich hätte zu Hause bleiben und für euch da sein sollen." Oder Brysen zumindest mitteilen sollen, dass ich die Pistole, die Booker mir gegeben hatte, oben auf dem Kühlschrank deponiert hatte; dann hätte sie wenigstens irgendeine Art Schutz vor ihrem Folterer gehabt.

Brysen öffnete den Mund, um etwas zu sagen, doch was immer es war, ging in einem entsetzlich klingenden Stöhnen unter.

Der Sanitäter schaute kurz zu mir, bevor er sich wieder ihr zuwandte. „Liegen Sie still, und versuchen Sie, nicht zu reden. Sie kriegen da eine wirklich scheußliche Beule an der Schläfe, außerdem ist die Naht an ihrem Hinterkopf an einigen Stellen aufgeplatzt. Versuchen Sie sich zu entspannen, bis wir Sie zu einem Arzt geschafft haben."

Ich drückte ihre Hand.

„So darfst du nicht denken", erklärte Karsen leise. „Brysen wollte mich vor der Tatsache beschützen, dass unsere Familie seit einem Jahr zerfiel. Ich bin nicht blind, und ich bin nicht blöd. Klar, dadurch, dass sie nach Hause gekommen ist, konnte sie das Unvermeidliche ein bisschen hinausschieben, aber all die schlimmen Dinge wären irgendwann sowieso geschehen – ob nun mit ihr im Haus oder ohne sie. Bei dir ist es das Gleiche. Wenn du heute da gewesen wärst, dann wäre dieser Typ vielleicht nicht aufgetaucht. Vielleicht hätte er Brysen an der Uni abgepasst und sie in ein Auto gezerrt, wie er es mit Dovie gemacht hat. Vielleicht hätte er noch mal versucht, sie zu überfahren, oder sie eine noch tiefere Treppe hinuntergestoßen. Schlimme Dinge passieren, und wir müssen einen Weg finden, damit umzugehen. Er wollte ihr wehtun, und er hätte dich genauso niedergeschossen wie Booker, um zu ihr zu gelangen. Nichts von alldem ist deine Schuld, keiner von uns hat irgendeine Schuld daran. Ich weigere mich, dafür geradezustehen, dass meine Mom – eine funktionstüchtige Erwachsene – beschlossen hat, betrunken Auto zu fahren, und dadurch die Familie dieses Jungen zerstört hat. So etwas kommt nun mal vor, wenn schlechte Menschen schlechte Entscheidungen treffen. Es ist nicht richtig, dass Brysen für die Fehler bezahlen musste, die jemand anders gemacht hat."

Ich bemerkte, wie Brysen zu ihrer Schwester schaute und ihre Augen sich wieder mit Tränen füllten, und atmete tief durch. Mir war gar nicht aufgefallen, dass ich die Luft angehalten hatte.

„Solltest du mit sechzehn wirklich schon so zynisch sein?", fragte ich. Mein Ton war scherzhaft, doch im Grunde meinte ich es so.

Karsen schnaubte verächtlich und schüttelte den Kopf. „Ich bin nicht zynisch. Ich bin realistisch."

Meinetwegen konnte sie es nennen, wie sie wollte. Aber sie war viel zu scharfsinnig und viel zu abgeklärt für ein hübsches junges Ding aus der Vorstadt.

Der Rettungswagen hielt an, und kurz darauf wurde Brysen in die Notaufnahme gerollt. Ich folgte den Sanitätern langsam, während Karsen sich verzweifelt in der belebten Halle umsah.

„Sie haben ihn wahrscheinlich gleich in den OP gebracht", sagte ich zu ihr.

Sofort lief sie knallrot an und zupfte an ihren Haaren herum, genau wie Brysen. „Willst du nicht wissen, ob er wieder in Ordnung kommt? Er ist angeschossen worden, weil er uns schützen wollte."

Ich kannte Booker nicht besonders gut, aber ich wusste, aus welchem Material er geschnitzt war: aus dem gleichen unbeugsamen Stahl, aus dem auch Bax bestand. Typen wie Booker opferten sich nicht, weil sie so ritterlich, selbstlos und tapfer waren. Typen wie er sprangen in den Kugelhagel, weil sie der Meinung waren, dass sie ohnehin dort enden würden. Sie nahmen das Risiko jedes Mal auf sich, wenn sie vor die Tür gingen; es gehörte zu ihrer Persönlichkeit wie das Atmen und Essen. Ich war nicht sicher, ob ich das einer offensichtlich verknallten Sechzehnjährigen begreiflich machen konnte und ob sie mir glauben würde, selbst wenn ich die richtigen Worte fand. Ich konnte ihr weiches Herz in ihren dunklen Augen schimmern sehen, als sie mit mir über den bulligen Grobian sprach.

„Ich lasse deine Schwester nicht allein. Doch sie nimmt es dir bestimmt nicht übel, wenn du dir ein paar Minuten Zeit nimmst, um dich nach Booker zu erkundigen. Bleib aber nicht zu lange, hörst du? Sobald wir wissen, dass Brysen okay ist, muss ich mich mit Titus in Verbindung setzen, damit er deine Aussage aufnehmen kann."

Für mich war das Ganze ein klarer Fall von Selbstverteidigung, aber da nun mal eine Leiche im Spiel war, konnte ich nachvollziehen, dass Titus die Angelegenheit streng nach Vorschrift behandeln wollte. Ich hatte keine Sorge, dass er das Prozedere unnötig in die Länge ziehen würde – nicht wenn Dovie schon wieder im Mittelpunkt einer Schießerei stand. Auf keinen Fall würde er riskieren, Bax einmal mehr an den Abgrund zu drängen, indem er meine Schwester in Schwierigkeiten brachte. Karsen nickte zustimmend und drängte sich zum belagerten Informationsschalter vor.

Ich ging zu dem kleinen abgetrennten Bereich, in den sie Brysen geschoben hatten, und zog den Vorhang beiseite. Eine Schwester war gerade dabei, eine Nadel in ihrer Armbeuge zu versenken.

Brysen zuckte leicht zusammen und schaute zu mir hoch. „Ich muss mir schon wieder ins Hirn gucken lassen."

„Das ist sicher eine gute Idee." Ich trat neben das Bett, umfasste ihr Kinn und strich mit dem Daumen über ihre malträtierte Wange. „Hat er dir eins mit der Pistole übergezogen?"

Ihre blauen Augen blitzten zornig. „Ja, und ich konnte absolut nichts tun, um ihn daran zu hindern. Meine kleine Schwester musste ihn von mir runterholen, und meine beste Freundin musste mich retten. Wie jämmerlich ist das denn? Ich habe einfach stillgehalten und darauf gewartet, dass alle anderen zu meiner Rettung herbeieilen."

Sie klang total angewidert, und ich ließ ihr Kinn los und streichelte mit dem Handrücken über den übel aussehenden Ring schwarzvioletter Blutergüsse an ihrem Hals. Wenn ich ganz genau hinschaute, würde ich sicher noch die Abdrücke sehen können, die die Finger dieses Arschlochs in ihrer zarten Haut hinterlassen hatten.

„Du bist am Leben geblieben, und als ich in die Wohnung kam, habe ich gesehen, dass du dich zwischen ihn und deine Schwester gestellt hattest", erwiderte ich. „Du hast getan, was du konntest, und du bist mit mehr oder weniger heiler Haut davongekommen. Nichts anderes zählt."

Sie hob meine Hand an ihren Mund, drückte einen kleinen Kuss darauf und legte sie danach wieder an ihre Wange. „Dann sollte das auch alles sein, was für dich zählt, Race. Es ist nicht dein Job, mich zu retten, und es nicht dein Job, The Point zu retten. Ich weiß, dass du dich für beide Rollen beworben hast, aber das ist echt nicht nötig."

Ich seufzte. „Ich verspreche dir immer wieder, auf dich aufzupassen, doch offenbar tue ich genau das Gegenteil. Ich bin nie da, wenn die Kacke am Dampfen ist."

Sie verdrehte die Augen, was anscheinend wehtat, denn sie verzog das Gesicht. „Das stimmt, aber du hast mich aus der Schusslinie geholt, nach Hause gebracht und gewaschen, damit Karsen bei meinem Anblick nicht ausflippt. Du hast mir einen neuen Computer gekauft, meine Schwierigkeiten an der Uni beigelegt, den BMW repariert, du hast meiner Mom die Hilfe besorgt, die ich mir nie hätte leisten können, und eine Wohnung für mich gefunden. Und du gibst mir das Gefühl, normal und glücklich zu sein, was seit sehr langer Zeit keinem mehr gelungen ist. Ich brauche keinen Helden, Race. Ich brauche nur die Gewissheit, dass du mit mir zusammen sein willst und mich liebst. Ich brauche jemanden, der für mich da ist, wenn all die kleinen Dinge des Alltags sich zu einem großen Ganzen addieren, denn das ist das wirkliche Leben. Es wird nicht immer einen Stalker geben oder eine große Krise, die wir bewältigen müssen, aber immer wieder Hürden und Rückschläge, weil auch die zum Zusammensein gehören. Wir müssen es einfach so sehr wollen, dass es funktioniert."

Ich lächelte sie an, und ihre Miene hellte sich auf, als sie das Grübchen in meiner Wange entdeckte. „Bry, das hier ist The Point. Dieser Ort lebt und gedeiht durch Dinge wie große Krisen und rachsüchtige Verrückte. Ich verstehe, was du mir sagen willst. Dass die kleinen Dinge genauso wichtig sind wie die großen. Und ich werde mich immer dafür entscheiden, bei dir zu sein, Brysen, doch ich will und darf mich dem, was ich hier tue, nicht einfach entziehen, selbst wenn das bedeuten sollte, dass du nicht bei mir bleiben kannst." Sie starrte mich erschrocken an, und ich strich ihr sanft ein paar Haarsträhnen aus der Stirn. „Ich liebe dich, und ich brauche dich, weil du mich davon abhältst, mich in etwas zu verwandeln, das ich hasse. Trotzdem kann ich nicht von dir verlangen, dass du dich zu diesen Straßen, zu diesem Leben bekennst, wenn es nicht das ist, was du willst."

Sie sah mich aus schmalen Augen an und strich mit den Lippen über meine Handfläche. „Dann verlang es doch einfach nicht."

Plötzlich hatte ich den Eindruck, dass meine Innereien sich zu einem einzigen harten Knoten zusammenkrampften, und mir wurde die Brust so eng, dass mein Herz keinen Platz mehr zum Schlagen hatte. „Okay. Ich werde es nicht nicht verlangen." Obwohl mich das wahrscheinlich umbringen würde.

„Gut, und wenn ich dann da bin, auf den Straßen, in der Stadt – und dich jeden Tag zu Hause erwarte, dann wirst du schon merken, dass ich nirgendwo anders sein will. Das hier ist der Ort, an dem du bist, Race, und deshalb ist es der Ort, an dem ich sein muss."

Vor Erleichterung wäre ich am liebsten in mich zusammengesunken. Stattdessen beugte ich mich über sie und küsste sie so, wie es angesichts ihres ramponierten Zustands gewiss nicht angebracht war.

Ich würde mit aller Kraft an ihr festhalten und dafür sorgen, dass sie so blieb, wie sie war. Niemals würde ich die kleinen Dinge als selbstverständlich betrachten, und mit derselben Kraft würde ich an diesem finsteren und gefährlichen Ort festhalten, der mein Zuhause war. Sie gehörten beide zu mir, Brysen und The Point, und ich würde alles andere auf der Welt aufgeben, um sie zu behalten.

„Dies ist kein Ort, den jemand wirklich sein Zuhause nennen will, aber wenn du mir ein bisschen Zeit gibst, um ein paar Sachen zu regeln, kann ich dich zur Königin meines kaputten Königreichs machen. Ich werde dafür sorgen, dass das hier ein Platz wird, an dem das Leben nicht mehr ganz so schrecklich ist." Das war ein kühnes Versprechen, doch ich würde Himmel und Hölle in Bewegung setzen und jeden einzelnen Stein in The Point umdrehen, um es zu erfüllen. Bax würde für Dovie die Stadt niederbrennen und sich selbst überlassen. Ich wollte das Gegenteil. Ich wollte The Point aufbauen, diesem Ort auf die Beine helfen und ihm Würde verleihen.

„Es gibt auch Gutes auf den Straßen da draußen", sagte Brysen. „Und ich weiß, dass du genau dafür kämpfst, wenn auch auf eine ziemlich unkonventionelle Weise."

„Wie schaffst du es bloß, das durch diesen ganzen verkorksten Mist hindurch zu erkennen, der dir passiert ist, seit du dich mit mir eingelassen hast? Warum rennst du nicht weg, so schnell du kannst?" Das hätte sie klugerweise eine Sekunde nach unserem ersten Kuss tun sollen. Denn von diesem Moment an war ihr Schicksal besiegelt gewesen.

„Dieser Mist hatte nichts mit dir zu tun. Es ist, wie Karsen gesagt hat: Schlimme Dinge passieren, und wir müssen einen Weg finden, damit umzugehen. Das Gute kann ich erkennen, weil ich dich schon sehr lange im Blick habe, Race. Und zwar alles von dir, den ganzen Menschen. Mir ist völlig klar, wer du sein musst und wer du sein willst."

Wenn es physisch möglich gewesen wäre, mir das Herz aus der Brust zu reißen und ihr zur Aufbewahrung anzuvertrauen, hätte ich es getan. Lange Zeit hatte ich sorgfältig vermieden, *Dinge* zu sammeln oder mich emotional an etwas zu binden, aus Angst, es könnte mir wieder weggenommen werden. Brysens Blick und der entschlossene Zug um ihren Mund ließen jedoch keinen Zweifel daran, dass nichts und niemand mir dieses Mädchen entreißen konnte. Ohne eine Sekunde nachzudenken, würde ich jederzeit alles, was ich hatte, für sie aufs Spiel setzen.

„Gut, ich werde dir nicht mehr ständig versprechen, auf dich aufzupassen. Stattdessen mache ich es mir ab sofort zum Ziel, dafür zu sorgen, dass du auf dich selbst aufpassen kannst. Den nötigen Kampfgeist hast du ja bereits. Wir müssen dir nur noch ein bisschen Schwung und Straßentauglichkeit verpassen."

Sie hob eine blonde Braue, doch unser Gespräch wurde unterbrochen, als endlich ein Arzt auftauchte. Er drückte und stocherte so lange an ihr herum, bis sie ihn anfauchte, und erklärte dann, dass sie in der Tat eine weitere Computertomografie benötigte. Die Beule an ihrer Schläfe schien ihm Sorgen zu bereiten, doch solange sie wach war und mich anschaute, würde ich nicht durchdrehen.

Bevor zwei Schwestern sie in die Radiologie entführten, schenkte sie mir noch rasch ein Grinsen, das mich verdächtig an das erinnerte, mit dem Dovie vorhin Bax bedacht hatte. „Kriege ich eine Krone, wenn ich deine Königin bin?"

Ich musste laut lachen, was mir die strafenden Blicke der Schwestern eintrug. „Ich gebe dir alles, was du willst." Und das würde ich so lange tun, bis beide Seiten des Mannes, der ich war, nichts mehr zu geben hatten.

Die Chancen standen nicht gerade gut, dass wir es schaffen würden, aber ich war nun mal ein Typ, der auf aussichtslose Projekte stand. Ich setzte mein Geld immer auf den hoffnungslosen Fall. Außerdem: Die unstrittige Tatsache, dass wir uns liebten, musste sich doch einfach zu unseren Gunsten auswirken!

Sie wollten Brysen über Nacht dabehalten, zur Beobachtung. Ihr CT war zwar in Ordnung gewesen, aber die Beule an ihrer Schläfe machte ihnen immer noch Sorgen. Da in dem Krankenzimmer nur für einen Besucher Platz war, überließ ich Karsen den Stuhl, auf dem sie sich zum Schlafen zusammenrollte, und machte mich daran, herauszufinden, was mit Booker los war.

Karsen hatte berichtet, dass er sich zwei Kugeln eingefangen hatte: Eine war glatt durch die Schulter gegangen, die andere irgendwo in einer lungennahen Rippe stecken geblieben. Da die

Schüsse durch die geschlossene Tür abgefeuert worden waren, war ihre Wucht so weit abgefedert worden, dass sie keinen irreparablen Schaden angerichtet hatten. Der bullige Riese war also auf dem Weg der Besserung, nachdem sie die Kugel aus seinem Brustkorb geholt hatten, befand sich aber noch im Aufwachraum, als ich endlich den Flügel des Krankenhauses erreichte, in dem die Chirurgie war. Da ich kein Angehöriger und er noch bewusstlos war, durfte ich nicht zu ihm. Das nervte mich zwar, aber ich konnte es verstehen. Für die Schwester mit der starren Miene, deren Anordnung ich mich fügte, war es anscheinend ein ziemlicher Schock, als ich darum bat, sämtliche Arztrechnungen an mich weiterzuleiten, da ich die Behandlungskosten übernehmen würde.

Exknackis, die sich von anderen Kriminellen als Schläger anheuern ließen, gehörten normalerweise nicht zu den Menschen, die eine Krankenversicherung abschlossen. Und auch wenn seine Aktionen nicht uneigennützig gewesen waren, hatte Booker sich trotzdem für mein Mädchen in die Schusslinie geworfen, als ich nicht da gewesen war. Logisch, dass ich ihm das auf die einzige Weise vergelten würde, die mir zur Verfügung stand. Außerdem mochte ich ihn; er erinnerte mich an Bax, und ich verstand, was ihn motivierte und wie er tickte. Typen wie ihn wollte ich auf meinem Weg in die Zukunft an meiner Seite haben.

Ich verbrachte die Nacht im Wartezimmer, nicht bereit, Brysen allein zu lassen, obwohl die unmittelbare Bedrohung natürlich nicht mehr existierte. Ich musste wohl weggedöst sein, denn als jemand die Hand anstieß, auf der mein Kinn ruhte, fiel mein Kopf zur Seite, und ich schreckte hoch. Titus stand mit zwei Bechern Kaffee vor mir. Ich blinzelte ein paarmal und gähnte, dann nahm ich den Becher, den er mir stirnrunzelnd hinhielt.

„Hast du etwa in der Position geschlafen?“, fragte er.

Ich gähnte noch einmal und vertrieb den schläfrigen Nebel, der sich in meinem Kopf eingenistet hatte. „Ja. In ihrem Zimmer ist nur ein Besucher erlaubt, und ich habe ihrer Schwester den Platz überlassen. Was machst du denn so früh hier?"

Er nahm einen Schluck aus seinem Styroporbecher. „Ich brauche die Aussagen der Mädchen, und jetzt, da Booker bei Bewusstsein ist, muss ich auch mit ihm reden. Sieht aber alles nach einem klaren Fall von versuchter Entführung und versuchtem Mord aus. Es sollte keine Probleme geben, das Ganze unter Selbstverteidigung zu verbuchen und die Akte zu schließen."

Ich ließ die Schultern kreisen, bis ein Knacken ertönte, das garantiert noch am anderen Ende des Krankenhausgebäudes zu hören war. „Gut. Er war auf sie fixiert. Er hat Brysen dafür verantwortlich gemacht, dass ihre Mom seine Familie auf dem Gewissen hat, weil sie sich betrunken ans Steuer setzte. Seine Wut war völlig unangebracht und irregeleitet. Sie hatte nicht das Geringste mit dem Grund zu tun, der ihn so in Rage brachte."

Titus schnaubte abfällig und rückte seine Krawatte zurecht. „Irgendjemand muss immer für die Sünden der Eltern bezahlen."

Ich kannte nicht die ganze Geschichte, aber ich wusste, dass Titus' und Bax' Mom ein ziemliches Alkoholproblem hatte und zudem die Angewohnheit, mit echt gefährlichen Männern ins Bett zu gehen. Bax' Dad war ein kaltblütiger mörderischer Mafioso, und Titus' Erzeuger saß lebenslänglich im Knast – für einen Amoklauf, dem auch drei Cops zum Opfer gefallen waren. Mein eigener Vater hatte seine Altlasten aus Betrug und Lügen hinterlassen, mit denen ich auf keinen Fall in Verbindung gebracht werden wollte, und daher verstand ich nur zu gut, worauf Titus hinauswollte.

„Es wird nie einfacher, stimmt's?" Er klang schroff, und ich wollte mir gar nicht ausmalen, wie viel schwieriger die Situation für ihn war. Ständig für Recht und Ordnung zu kämpfen und die Moral hochzuhalten, und das an einem Ort, der immer tiefer im Morast versank … Er musste bereits Abstriche bei den eigenen Moralvorstellungen machen, indem er so tat, als ob er nicht ganz genau wusste, was Bax und ich so trieben, und ich hatte keine Ahnung, wie viel Spannung das Drahtseil, auf dem er sich bewegte, noch aushalten würde, bevor es unter seinen Füßen zerriss.

In diesem Moment bog Karsen um die Ecke. Sie schob einen Rollstuhl vor sich her, in dem eine missmutige Brysen kauerte. Sie sah zerzaust und zerknittert aus, aber ihre Augen leuchteten auf, als sie mich entdeckte.

Ich stand auf und schlug Titus auf die muskulöse Schulter. „Nein, es wird nicht einfacher, aber es gibt ein paar Dinge und ein paar Menschen, für die der Kampf sich lohnt."

Damit ging ich den Mädchen entgegen und küsste erst Karsen auf die Wange, dann Brysen auf den Kopf. „Bist du bereit, hier abzuhauen, Bry?"

Sie nickte und schaute zu ihrer Schwester auf. „Wir haben gerade darüber gesprochen. Wo genau sollen wir eigentlich hin? Das Apartment ist ein totales Chaos, ich weiß nicht, ob die Bank Dad das Haus schon weggenommen hat, und im Loft ist für uns alle ja nicht genug Platz."

Ich rieb mir den Nacken und überlegte kurz. „Ihr könnt erst mal zu Bax und Dovie. Ihr Gästezimmer ist groß genug für zwei Leute. Ihr bleibt da, bis ich das Apartment wieder bewohnbar gemacht habe."

Brysen schüttelte den Kopf. „Nein. Wo willst du denn hin?"

„Zurück in die Werkstatt, für ungefähr eine Woche, nicht länger. Ich muss nur das Blut und so weiter aus dem Apartment entsorgen."

Hinter mir gab Titus einen Laut von sich, und ich starrte ihn über die Schulter hinweg an. Er zuckte feixend mit den Achseln. „Irgendwie scheint das dein neuer Fulltime-Job zu sein – Blut aufwischen."

Das hatte ich definitiv schon öfter getan, als ich zuzugeben bereit war. Aber es bestand ja auch keinerlei Not, Titus auf die Nase zu binden, wie recht er hatte.

„Wie wär's, wenn du Karsen zu deinem Bruder bringst, und ich behalte Brysen bei mir in der City, bis wir eine dauerhafte Lösung gefunden haben?" Ich wandte mich den Mädchen zu. „Seid ihr damit einverstanden?"

Brysen starrte mich einen Moment lang stumm an, dann blickte sie zu Karsen. „Bax und Dovie wohnen näher an der Highschool, daher ist das wohl fürs Erste in Ordnung. Es sei denn, du willst nachschauen, ob Dad noch im Haus ist." Ihr Ton legte nahe, dass sie nicht die Hand dafür ins Feuer legen würde, dass ihr Vater noch in der Gegend war, nachdem seine selbstsüchtigen Aktionen ans Licht gekommen waren.

Einmal mehr bewies Karsen, dass sie viel zu weise und desillusioniert für ihr junges Alter war. „Nein, ich ziehe eine Weile zu Dovie. Ich glaube, ich habe erst mal die Nase voll von Mom und Dad."

Nachdem das geklärt war, verließen wir das Krankenhaus Richtung Parkplatz, wo sich unsere Wege trennten. Ich half Brysen in den Stingray, wo sie mich mit Fragen nach Bookers Zustand und Dovies Gemütslage löcherte. Sie war anscheinend sehr viel mehr um das Wohlergehen aller anderen besorgt als um ihr eigenes, doch sie wirkte lebhaft und total klar und behauptete, dass es ihr trotz eines fiesen Veilchens und des gigantischen Blutergusses an ihrer Schläfe blendend ging. Sie war nicht zittrig und schien auch nicht bedrückt zu sein oder Probleme damit zu haben, dass sie attackiert worden war und mit angesehen hatte, wie direkt vor ihr ein Mann umgebracht worden war. Ja, sie bat mich sogar, sie irgendwohin zu bringen, um ihre Frisur in Ordnung bringen zu lassen. Insgesamt benahm sie sich so, als wollte sie einfach weitermachen, als wäre nichts Schwerwiegendes passiert.

Ich kaufte ihr das keine Sekunde lang ab. Dovie hatte das gleiche Verhalten gezeigt, nachdem sie von Novak entführt und verletzt worden war. Doch ein paar Tage später waren die Albträume gekommen, gefolgt von dieser langen Stille, als ihr klar geworden war, dass sie sich verrannt hatte, und sie die Momente der Angst wieder und wieder durchleben musste. Mir blieb nichts anderes übrig, als mich für den Augenblick zu wappnen, in dem der Sturm unweigerlich über mein hübsches blondes Mädchen hereinbrechen würde.

Trotzdem brachte ich sie zunächst zum Friseur, der ihrem Haar einen noch hipperen Retrolook als vorher verpasste. Anschließend besorgte ich ihr etwas zu essen, fuhr mit ihr zum Loft, damit sie duschen und sich ein bisschen ausruhen konnte, und noch immer wirkte sie völlig stabil. Am nächsten Tag wollte sie mit mir ein paar nötige Dinge einkaufen, danach im Restaurant vorbeischauen, um zu erklären, warum sie in letzter Zeit so oft gefehlt hatte, und sich zu vergewissern, ob sie noch einen Job hatte, und zum Schluss zur Uni, um sich mit ihren Dozenten kurzzuschließen. In dieser Nacht kuschelte sie sich an mich und schlief ein, als ob es nichts auf der Welt gab, das ihr den Schlaf rauben konnte. Am Tag darauf bat sie mich, sie zu Dovie zu bringen, damit sie sich bedanken und nach ihrer Schwester sehen konnte. Ich setzte sie ab, küsste sie und rechnete fest damit, dass jetzt der emotionale Zusammenbruch käme: Schließlich sah Dovie immer noch total fertig aus und hatte immerhin einen Menschen für sie getötet. Aber als ich sie nach einem Geschäftstermin mit Nassir und Bax wieder einsammelte, war sie so kühl und gelassen wie zuvor, und als wir ins Loft zurückkehrten, verblüffte sie mich ohne Ende, indem sie mich praktisch besprang, kaum dass die Tür hinter uns ins Schloss gefallen war.

Ich würde Brysen niemals abweisen, wenn sie Sex haben wollte. Dennoch war ich erst wie gelähmt, und nach allem, was sie durchgemacht hatte, versuchte ich, sie besonders vorsichtig und sanft anzufassen, doch damit war sie ganz und gar nicht einverstanden. Sie küsste und saugte, kratzte und rieb sich an mir, bis ich irgendwann die Beherrschung verlor und sie so nahm wie immer. Danach lag ich schwer atmend neben ihr, während sie sich nackt und befriedigt an meine Brust schmiegte. Um ihren Mund spielte ein kleines sexy Lächeln, sie warf mir unter halb geschlossenen Lidern einen sinnlichen Blick zu und streichelte träge über meine Rippen. Ich wollte sie auf das Thema ansprechen, sie fragen, wie es ihr ging, sie dazu bringen, mir zu sagen, wie sie sich wirklich fühlte, aber bevor ich die richtigen Worte fand, wurde ihr Atem gleichmäßig. Sie war auf mir eingeschlummert, schlief wie ein verdammtes Baby, während ich darüber grübelte, was ihr Verhalten – oder vielmehr Nicht-Verhalten – zu bedeuten hatte.

Ungefähr eine Stunde später wachte sie auf, rollte sich auf mich und setzte sich rittlings auf meinen Bauch. Sie schaute auf mich herab, beide Hände auf meine Brust gestützt. Ihre blauen Augen erinnerten mich immer an einen traumhaften Sommertag, und sogar mit ihrem lädierten Gesicht war sie das schönste Mädchen, das ich je gesehen hatte. Die Art, wie sie mit allem umging, ihre Widerstandskraft, machte sie noch attraktiver für mich, und ich empfand fast so etwas wie Neid. Nachdem Novaks Schläger mir die Seele aus dem Leib geprügelt hatten, hatte ich mich für ganze Monate hier in meiner Festung eingeigelt, voller Angst, was ich noch alles verlieren würde in diesem Spiel, das ich mit The Point spielte. Sie war viel mutiger und stärker als ich.

„Morgen will ich damit anfangen, das Apartment auf Vordermann zu bringen. Wir sollten alle Teppichböden rausreißen und Parkett verlegen lassen." Brysen hob eine ihrer hellen Brauen, was sehr sexy aussah, und lächelte süffisant. „Es ist leichter, Blut vom Parkett zu wischen, als es aus einem Teppich zu waschen."

Sprachlos starrte ich sie an, woraufhin sie meine Hände nahm und sie mit Nachdruck auf ihre nackten Brüste legte.

„Hör auf, dich aufzuführen, als ob ich im nächsten Moment in tausend Stücke zerbreche, Race. Anfangs war das ja sehr süß, aber so langsam geht es mir auf die Nerven."

Ich drückte die vollen Rundungen und rieb mit den Daumen über die samtweichen Spitzen. Ihre Brustwarzen zogen sich unter meiner Berührung sofort zusammen und richteten sich auf. „Ich glaube nicht unbedingt, dass du jede Sekunde zusammenbrechen könntest", erklärte ich. „Aber du hattest ein ziemlich traumatisches Erlebnis, und das kann nicht spurlos an dir vorübergegangen sein. Ich will einfach für dich da sein, wenn du mich brauchst."

Sie beugte sich zu mir herunter und küsste mich hart, dann strich sie mit ihrer Nasenspitze über meine. „Ich fühle mich nicht schlecht. Es ist scheiße, dass Dovie jemanden erschießen musste, es ist scheiße, dass Booker verletzt wurde, es ist scheiße, dass Karsen das alles mit ansehen musste, und es ist oberscheiße, dass meine Mom sich betrunken ans Steuer gesetzt und damit diese Tragödie ausgelöst hat. Aber Drew hatte den Verstand verloren, und ich fühle mich kein bisschen schuldig, dass er weg ist und wir anderen alle noch da sind."

Sie setzte sich auf, griff hinter sich und schloss die Finger um meinen Schwanz, der sehr viel cleverer war als der Rest von mir und längst für alles bereit war, was sie von ihm wollte.

„Race, wenn wir das hier zusammen schaffen wollen, wenn ich die Königin an der Seite des goldenen Königs werden soll, dann musst du darauf vertrauen, dass ich mit diesen Sachen klarkomme. Ich bin ganz knapp einem verrückten Stalker entkommen, der ein Jahr lang so getan hat, als würde er mich mögen. Meine Mom ist auf Entzug. Mein Dad ist spielsüchtig und höchstwahrscheinlich auf der Flucht vor meinem Freund. Meine beste Freundin schießt wie Annie Oakley und lebt mit einem Autodieb zusammen, und meine kleine Schwester ist bis über beide Ohren in einen Exknacki verknallt, der aussieht, als ob er zum Spaß Babys tritt. Ich kann das alles aushalten, und ich halte auch alles andere aus, was noch auf uns zukommt. Okay?"

„Okay ..." Es klang ziemlich gepresst und mehr wie ein Stöhnen, weil sie angefangen hatte, ihre Hand auf- und abzubewegen und mit dem Daumen über meine Eichel zu streichen. Wenn sie damit klarkam, konnte ich das wohl auch. Und wenn das hier das amtliche Endergebnis war, würde sie nie wieder eine Klage von mir hören.

Sie veränderte ihre Position so, dass sie neben mir knien und sich über meine extrem harte Erektion beugen konnte. Während sie sich weiter daran zu schaffen machte, warf sie mir einen Blick zu, der mein Herz zum Rasen brachte und meine Libido vor freudiger Erwartung aufheulen ließ.

„Aber die Tatsache, dass du für mich da sein willst und dir übertriebene Sorgen um mein Wohlergehen machst, macht mich unglaublich scharf", sagte sie. „Was wiederum dazu führt, dass ich wirklich unartige Dinge mit dir tun möchte."

Mein Lachen ging in einen erstickten Laut über, als ihre warmen Lippen die Stelle ihrer Hände einnahmen und mein hartes pulsierendes Fleisch umschlossen. Anfangs hatte ich sie ein bisschen herausfordern wollen, um etwas von dem Eis, das sie zu umgeben schien, wegzutauen. Doch als sie mich jetzt nach allen Regeln der Kunst verwöhnte und mir mit jeder Bewegung ihrer Zunge fast den Verstand raubte, begriff ich, dass sie perfekt war, wie sie war – so verdammt perfekt, dass sie keinen speziellen Anstoß brauchte, um ihre Wildheit zu wecken. Es war einfach meine Gegenwart, die diese Seite in ihr zum Vorschein brachte. Ich machte sie kühn und waghalsig. Und wer auch immer da die ganze Zeit über uns gewacht hatte: Ich konnte demjenigen dafür nur dankbar sein. Während sie mich nun reizte, mit mir spielte, mich folterte und meine Selbstbeherrschung auf eine harte Probe stellte, schaute sie mich unverwandt an, und ich wusste plötzlich, dass dieses Mädchen nicht nur mein Kompass und mein Gleichgewicht war, sondern mir in jeder Hinsicht ebenbürtig. Sie würde alles nehmen, was ich ihr gab; und sie würde den Spieß auch umdrehen und es mir direkt zurückgeben.

Brysen setzte nun auch ihre Finger ein, umfasste meinen Schaft und kratzte mit den Zähnen sanft an der empfindlichen Unterseite entlang. Und schließlich hörte ich auf, über all diese Dinge nachzudenken. Ich genoss einfach nur sie und uns, während ich mich fallen ließ und sie mich auffing.

19. KAPITEL

Brysen

Es dauerte ein paar Wochen, bis das Apartment in einem Zustand war, der nicht mehr dem Schauplatz eines Verbrechens glich. Während wir dabei waren, den Bodenbelag auszutauschen, beschloss Race, auch gleich sämtliche Möbel loszuwerden und durch neue zu ersetzen, damit nichts daran erinnerte, wie es hier früher ausgesehen hatte. Noch immer beobachtete er mich mit Argusaugen und fasste mich mit Samthandschuhen an, aber mit jeder Nacht, die ich in seinem Bett verbrachte, und jedem Tag, der vorüberging, ohne dass ich zusammenbrach, beruhigte er sich mehr. Ich war fest entschlossen, ihm und mir zu beweisen, dass ich es schaffen konnte – dieses Leben zu leben, ohne mich davon zermürben zu lassen. Denn das war die zwingende Voraussetzung, wenn ich bei Race bleiben wollte, und das wussten wir beide. Und ganz ehrlich: Ich war wirklich okay. Drew hatte mir nachgestellt, und fast wäre es ihm gelungen, meine Existenz von innen heraus zu zerstören. Wenn ich mich auf meine Erinnerungen konzentrierte, konnte ich noch seine Finger um meinen Hals spüren, als er versucht hatte, mir mit bloßen Händen das Leben zu nehmen. Er war kein guter Mensch gewesen. Selbst wenn er viele Gründe gehabt hatte, meine Familie zu verabscheuen, rechtfertigte das nicht, wie er mit dieser Wut umgegangen war.

Bevor wir wieder in die Wohnung zogen, fragte ich Race, ob es eine Möglichkeit gab, in das Haus meiner Eltern zu kommen, damit Karsen und ich die persönlichen Dinge holen konnten, die wir dort zurückgelassen hatten. Ich wollte außerdem die Sachen meiner Mom mitnehmen, denn auch wenn ihre Therapie noch lange dauerte, würde sie doch irgendwas Vertrautes und Greifbares brauchen, wenn sie zurückkam. Race und Bax fuhren am Haus vorbei und vermeldeten anschließend, dass ein *Zu verkaufen*-Schild im Vorgarten stand und es so aussah, als ob das Gebäude seit einiger Zeit unbewohnt war. An sämtlichen Türen waren diese Schlösser angebracht worden, die Immobilienmakler verwendeten, um Eindringlinge abzuhalten. Doch für einen professionellen Autodieb stellten die Dinger kein Problem dar, und ein paar Tage später gingen meine Schwester und ich von Zimmer zu Zimmer und rafften so viel von unserem alten Leben zusammen, wie wir in der Eile finden konnten. Ich selbst wollte nur Sachen, die mit guten Erinnerungen verbunden waren, hielt Karsen aber nicht davon ab, diverse Familienfotos und noch ein paar andere Teile einzupacken, die ich persönlich eher zurückgelassen hätte.

Ich war nicht überrascht, dass das Büro meines Vaters leer war. Er hatte nicht nur uns, sondern auch all seine anderen Verantwortlichkeiten im Stich gelassen. Mir entging nicht, wie Races Miene sich verfinsterte und sein Kiefer sich verkrampfte, als er über meine Schulter in das ausgeräumte Zimmer starrte. Ich wusste, dass Dad ihm und Nassir viel Geld schuldete, aber er war meinetwegen zornig, nicht des Geldes wegen. Ich würde Race nicht bitten, die Schulden zu vergessen und Dad davonkommen zu lassen. Nicht etwa, weil mir dumpf bewusst war, dass er das unmöglich tun und zugleich von den anderen Leuten, die ihm Geld schuldeten, erwarten konnte, dass sie zahlten. Nein, ich wollte ihn nicht darum bitten, weil ich immer fester daran glaubte, dass Menschen die Konsequenzen ihrer Handlungen tragen mussten. Wenn Mom nach dem Unfall ins Gefängnis gekommen wäre, hätte sie dort einen Entzug machen müssen und wäre vielleicht nicht zu einem solchen Wrack verkommen. Und vielleicht, ganz vielleicht, hätte Drew das Gefühl gehabt, dass sein Vater und sein Bruder nicht völlig umsonst gestorben wären, dass zumindest der Gerechtigkeit Genüge getan worden wäre, und dann hätte nichts von diesem grässlichen Albtraum passieren müssen. Aber am Ende war ich dadurch ja bei Race gelandet, und solange es bei diesem Resultat blieb, würde ich mich nicht über den steinigen Weg beklagen, der hinter mir lag.

Als ich das erste Mal wieder das Apartment betrat, hatte ich einen leichten Anfall von Nervenflattern. Ich dachte, dass ich ständig Bookers blutenden Körper vor Augen haben würde und Dovie, wie sie in der Türöffnung stand und ihren Revolver auf Drew richtete; aber mit den schimmernden Parkettböden und den bunten modernen Möbeln, die Karsen und ich ausgesucht hatten, kam mir das Ganze vor wie eine komplett neue Wohnung, die sich – trotz der hässlichen Vorgeschichte und der blutigen jüngeren Vergangenheit – mehr wie ein Zuhause anfühlte als jeder andere Ort in den letzten Jahren.

Race und ich entwickelten schnell eine angenehme Routine. Ich ging weiterhin zur Uni und arbeitete im Restaurant; er rannte weiterhin durch die Stadt und kam mit Blut an den Kleidern und den Händen nach Hause. Es gab Nächte, in denen er anrief und sagte, dass er im Loft bleiben würde, weil es fast Morgen und er völlig erledigt war. Ich konnte jedoch zwischen den Zeilen lesen und wusste, dass diese Anrufe bedeuteten, dass er etwas wirklich Schlimmes hatte tun müssen – etwas, das er nicht problemlos abschütteln konnte, das er nicht mit in dieses Apartment bringen wollte, das sein sicherer Hafen war. Ich war nicht wie Dovie. Ich ließ ihn nicht gehen, ohne zu wissen, was er tat, mit wem er sich traf, und ich wollte ihn auch bei mir zu Hause haben, wenn er angeschlagen war und die Stadt noch an ihm klebte. Wenn ich schon ein Teil von diesem Ganzen war, dann aber auch mit jeder Faser, und er versuchte nie, mich mit Ausreden abzuspeisen oder auszuschließen. Obwohl mir das, was er in der Dunkelheit trieb, oft Bauchschmerzen bereitete, erklärte er mir stets geradeheraus, worum es ging, und ich gab mir alle Mühe, nicht die ganze Nacht wach zu bleiben und mir Sorgen zu machen, bis ich seine Schritte auf der Treppe hörte.

Es dauerte einige Wochen, bis ich bemerkte, dass Karsen sich bei Weitem nicht so gut in diese neue Routine eingefügt hatte wie ich. Mir fiel auf, dass sie sehr still war und kaum Anteil an dem nahm, was um sie herum vorging. Ich fragte Race, was er davon hielt, immerhin hatte er die damals gerade sechzehnjährige Dovie unter seine Fittiche genommen und sie praktisch allein großgezogen. Er schlug mir vor, sie direkt anzusprechen, anstatt herumzuraten, weil das Gemüt eines weiblichen Teenagers eben so undurchdringlich war wie ein Labyrinth. Daher nahm ich meine Schwester eines Nachmittags beiseite und fragte sie, was los war.

Zunächst wollte sie mir weismachen, dass sie bloß Eingewöhnungsschwierigkeiten hatte, dass sie Mom vermisste. Doch je stärker ich in sich drang, desto sicherer war ich, dass etwas anderes sie umtrieb. Ich ließ sie ein paar Tage gewähren, bis ich an einem Abend nach Hause kam und feststellte, dass sie nicht nur eine geschwollene Lippe hatte, sondern auch ein ziemlich großer Teil ihrer Haare fehlte. Ihre Frisur sah genauso zerklüftet aus wie meine damals nach dem Krankenhaus. Da der Schaden sich nicht verbergen ließ, brach sie endlich zusammen und erzählte mir, dass die Situation in der Schule nach der Zwangsversteigerung unseres Hauses schlimmer geworden war. Die reichen Kids hackten auf ihr herum, die Jungs schikanierten sie, und als sich eine ihrer Mitschülerinnen darüber lustig gemacht hatte, dass Mom einen Entzug machte, hatte Karsen die Nerven verloren und ihr eine runtergehauen, was zu einer Schlägerei auf dem Schulflur geführt hatte. Sie meinte, dass sie vermutlich suspendiert werden würde und sie niemals wieder einen Fuß nach The Hill setzen wollte. Karsen war sich ihrer Sache so sicher, dass sie sogar bereits nach Alternativen gesucht hatte. Schließlich war ihr klar, dass ich es auf keinen Fall zulassen würde, dass sie die Schule schmiss – und dass Race und ich auch kein gutes Gefühl dabei hätten, sie in das Kriegsgebiet zu schicken, das die staatliche Highschool in The Point darstellte. Sie hatte eine Charter-Schule aufgetan, die sich ganz in der Nähe von Dovies und Bax' Wohnung befand. Dabei handelte es sich praktisch um eine Privatschule, und obwohl sie dort eine Uniform tragen müsste, war sie von dieser Lösung für ihr Problem überzeugt und wollte, dass ich sie zur Anmeldung begleitete. Ich würde mich nie daran gewöhnen, wie erwachsen sie schien und wie selbstverständlich sie sich mit diesem neuen Leben und den neuen Umständen abgefunden hatte.

Ich sagte zwar, dass ich mir die Schule vor meiner Zustimmung erst ansehen wollte, aber sie wusste vermutlich, dass die Sache eigentlich schon geritzt war. Auf der Führung konnte ich nichts Nachteiliges entdecken, und auch das Gespräch mit dem Rektor verlief problemlos. Da Karsen offenbar der Meinung war, dass sie hier gut hinpassen würde, füllte ich die nötigen Formulare aus, und nach ein paar Tagen war ihr Schulwechsel genehmigt.

Nachdem ich mit Karsen in die Stadt gefahren war, um ihre Frisur in Ordnung bringen zu lassen und das kakifarbene und schwarze Outfit für ihre neue Schule zu kaufen, kehrte ich nach Hause zurück. Gerade wollte ich die Schuhe abstreifen und den Schlüssel auf den Küchentresen werfen, als mein Handy klingelte. Ich hielt inne und schaute aufs Display. Die Nummer kannte ich nicht, doch das war an sich nichts Ungewöhnliches: Mein Freund benutzte ja ungefähr fünf verschiedene Telefone, und meine beste Freundin wechselte ständig ihre Prepaidhandys.

„Hallo?"

Am anderen Ende der Leitung hörte ich laute Geräusche im Hintergrund. Jemand schrie, jemand anders brüllte, dann schlug eine Tür zu, und eine tiefe Stimme fragte: „Spreche ich mit Brysen?"

Ich runzelte die Stirn. „Wer will das wissen?"

„Detective King. Bax' Bruder."

„Oh ja. Brysen hier. Was kann ich für Sie tun?"

Ich hatte zuerst angenommen, dass er einfach der Sache mit Drew nachging, aber mein Herz klopfte plötzlich wie wild, als er seufzte und in sachlichem Ton erklärte: „Ich habe gerade Race und Dovie auf die Polizeistation beordert. Es gibt Neuigkeiten für die beiden, und ich denke, es wäre ganz gut, wenn Sie und Bax ebenfalls herkämen. Ich habe ihn schon angerufen, weil er mir in den Arsch treten würde, wenn ich es nicht getan hätte."

Meine Finger krallten sich um den Schlüssel, den ich immer noch festhielt, und das scharfe Metall grub sich in meine Haut. „Was ist passiert?"

„Das kann ich Ihnen nicht sagen, bevor ich mit Race und Dovie gesprochen habe. Glauben Sie mir: Sie sollten so schnell wie möglich herkommen."

Ich beendete das Telefonat und stürzte zur Tür, ohne auf Karsen zu achten, die mir hinterherrief und fragte, was los war. In Rekordzeit schaffte ich es zur Polizeistation und musste nicht lange suchen, bis ich Bax entdeckte, der wie ein gefährliches dunkles Raubtier vor dem Empfangstresen herumtigerte. Seine mitternachtsblauen Augen blitzten kurz auf, als er mich erkannte.

Abrupt unterbrach er seine Wanderung und kam auf mich zu. „Titus hat dich auch angerufen?"

Ich nickte und reckte den Hals, um nach meinem Kerl oder Dovie Ausschau zu halten. Es wimmelte geradezu von Menschen auf der Wache. Manche trugen Uniform, manche Business-Anzug, die meisten einfache Straßenklamotten, und für meinen Geschmack waren definitiv zu viele Typen in Handschellen unterwegs, die allesamt aussahen, als ob sie gerade von irgendeiner Straßenecke in The Point weggefangen worden waren. „Hast du irgendeine Idee, worum es gehen könnte?"

Bax knurrte und strich sich fahrig über den Kopf. Er war offensichtlich genauso aufgeregt wie ich, doch seine Besorgnis kam als kaum gebändigte Gewalttätigkeit rüber. „Nein. Aber wenn Dovie hier nicht in den nächsten fünf Minuten auftaucht, gehe ich in das Büro meines Bruders und hole mir ein paar verdammte Antworten."

Nun ja, das kam mir durchaus entgegen. Wenn er das Schloss stürmte, würde ich einfach hinterhertrotten. Ich wollte ihm gerade sagen, wie gut ich seinen Plan fand, als er sich plötzlich kerzengerade aufrichtete und jeder einzelne seiner beeindruckenden Muskeln steinhart wurde. Seine Zähne schlugen so fest aufeinander, dass ich es hören konnte, und der Stern, der auf sein Gesicht tätowiert war, schien zu pochen, während sich eine brennende Röte über seinen Hals nach oben ausbreitete.

Ich drehte mich um, um nachzusehen, was die heftige Reaktion hervorgerufen hatte, und runzelte verwirrt die Stirn. Eine schöne junge Frau mit endlos langem pechschwarzem Haar und einer Figur, die den gesamten Straßenverkehr zum Erliegen bringen konnte, zögerte kurz, als sie ihn erblickte, und machte dann Anstalten, hastig an uns vorbeizumarschieren.

Bax rannte mich beinahe über den Haufen, um der Frau den Weg zu versperren, sodass sie gezwungen war, stehen zu bleiben und zu ihm aufzuschauen. Sie hatte wirklich tolle Augen, fast schon marineblau, und ich sah, wie sie zitterte, als Bax sich drohend vor ihr aufbaute und sie buchstäblich anknurrte wie ein wildes Tier.

„Hey …", warf ich ein, denn immerhin befanden wir uns in der Lobby einer Polizeistation.

Bax ignorierte mich und stieß knapp und abgehackt hervor: „Was. Zum. Teufel."

„Hallo, Shane." Die Frau klang angesichts der finsteren Rage, die er praktisch aus jeder Pore schwitzte, bemerkenswert ruhig. Es war seltsam, Bax' richtigen Namen von jemand anderem als Dovie zu hören, und es war offensichtlich, dass es ihm nicht gefiel.

„Du Schlampe! Ich sollte deinen Kopf durch diese Wand da rammen für das, was du Dovie angetan hast. Sie dachte, du wärst ihre Freundin." Seine Augen glühten wie der tiefste Schlund der Hölle, und ich konnte die Wut förmlich sehen, die in dicken erstickenden Wellen von ihm ausging.

Die Frau blinzelte ein paarmal und wurde kreidebleich, hielt seinem Blick jedoch stand. Sie hatte echt Eier. Bax war wirklich

Furcht einflößend, und er schaute sie an, als hätte er bereits irgendwo in der City ein flaches Grab für ihre Leiche ausgehoben.

„In The Point hat keiner Freunde. Jedenfalls dachte ich das", erwiderte sie. „Aber jetzt will ich es wiedergutmachen." Bei den letzten Worten brach ihre Stimme ein wenig, und ihre Unterlippe zitterte ganz leicht. Offenbar hatte sie viel mehr Angst, als sie sich anmerken lassen wollte.

Was immer Bax ihr sonst noch vorzuwerfen hatte, ging unter, als Titus plötzlich auftauchte und seinem Bruder einen Schlag auf den Hinterkopf versetzte. Das brachte Bax so sehr aus dem Konzept, dass er von der jungen Frau zurücktrat und sich die brennende Stelle rieb.

„Lass sie in Ruhe. Sie versucht zu helfen." Titus klang gleichermaßen genervt und frustriert.

Die Frau schaute von einem Mann zum anderen und dann zu mir. Sie war klug genug, sich aus dem Staub zu machen, solange sie die Chance dazu hatte, und so ging sie davon, ohne ein weiteres Wort mit einem der Brüder gewechselt zu haben.

„Wer um alles in der Welt war das?", wollte ich wissen.

Bax rächte sich, indem er den Ellbogen in Titus' sehr flachen Bauch rammte. Der schnappte nach Luft und starrte seinen kleinen Bruder zornig an. Schließlich richtete Bax seinen dunklen Blick auf mich und antwortete scharf: „Reeve Black. Sie ist diejenige, die Novak erzählt hat, dass Dovie an dem Abend, als seine Schläger sie von der Straße weggeschnappt haben, allein unterwegs war. Sie ist wegen einer Blutschuld mit ihm ins Geschäft gekommen, und er hat seinen Anteil eingefordert, um Race und Dovie zu schaden. Eigentlich müsste sie wegen Mordes im Gefängnis sitzen, aber sie hat einen Deal mit den Bullen abgeschlossen und ist ins Zeugenschutzprogramm gekommen. Eigentlich sollte sie sich so weit wie möglich von hier fernhalten. Ich habe diesem Idioten erklärt", meinte er und deutete auf seinen aufgebrachten Bruder, „wenn ich sie jemals wiedersehe, dann kann ich für nichts garantieren."

„Und ich habe dir erklärt, dass du aufhören sollst, mir solche Scheiße zu sagen. Ich bin ein Cop, falls du das vergessen hast."

„Und warum sind wir hier, *Detective*?"

Titus funkelte Bax an und sah auch kurz zu mir. Dann krümmte er den Zeigefinger und bedeutete uns, näher zu kommen. „Ich habe einen Anruf von einem der Marshals erhalten, die sich um die Zeugen im Fall Novak kümmern." Sein Adamsapfel hüpfte auf und ab, während er Bax betrachtete, der ihn anstarrte. „Races und Dovies Vater wurde letzte Nacht an dem sicheren Ort, an dem man ihn im Zuge des Zeugenschutzprogramms versteckt hielt, ermordet. Hartman war willens, die Namen von Waffenhändlern und Drogendealern und alle möglichen anderen brisanten Informationen weiterzugeben. Er hatte die höchste Sicherheitsstufe und war mitten im gottverdammten Nichts untergebracht. Und trotzdem hat ihn jemand erwischt."

Ich biss mir auf die Unterlippe und wechselte einen besorgten Blick mit Bax. „Wie haben die beiden die Nachricht aufgenommen?"

„Dovie ist ein Schätzchen, und daher denke ich, dass sie sich vor allem um Race sorgt, der bisher kein einziges Wort dazu gesagt hat. Das Arschloch hat Novak angestiftet, sie umzubringen; ich glaube, sie ist einfach erleichtert, dass sie diese Bedrohung ein für alle Mal los ist. Race dagegen hat irgendwie dichtgemacht. Ich habe ihn nie so erlebt. Aber das ist noch nicht alles." Er legte eine Hand auf die Pistole an seinem Gürtel. „Da Hartman völlig isoliert war, muss der Mord von innen organisiert worden sein. Von jemandem, der sich um das ganze Prozedere und Hartmans Verlegung gekümmert hat."

Bax fluchte leise. „Ein Bulle?"

Titus nickte. „Wahrscheinlich."

Daraufhin stieß Bax so ungefähr jedes schmutzige Wort aus, das ich je gehört hatte, und ballte die Fäuste. „Als hätten wir nicht schon genug mit den bösen Jungs zu tun. Jetzt müssen wir uns auch noch über die guten Jungs Gedanken machen?"

„Das hast du ziemlich gut auf den Punkt gebracht."

„Warum war Reeve hier, Titus?" Das war ein abrupter Themenwechsel, aber Bax war definitiv nicht glücklich darüber, diese atemberaubende Frau in der Nähe seiner Stadt zu wissen.

„Weil sie über Informationen verfügt, die ich benötige, wenn ich eine Chance haben will, unseren schmutzigen Bullen auffliegen zu lassen."

Erneut fluchte Bax. „Was für Informationen?"

Titus schüttelte den Kopf und strich über sein kurzes Haar. „Das ist die Linie, an der Bruder und Cop sich treffen, Shane. Lass sie in Ruhe. Ich brauche sie, um meinen Job zu machen, und ich werde ernsthaft sauer, wenn du mir in die Quere kommst."

Allmählich hatte ich die Nase voll von diesem testosterongeladenen Kräftemessen. Ich wollte mich um meinen Mann kümmern. Das hier war ziemlich starker Tobak, und ich wollte einfach nur bei Race sein. „Wo ist Race?"

„In meinem Büro, mit Dovie." Titus legte Bax eine Hand auf die Brust, als der sich an ihm vorbeischieben wollte. „Hör zu, ich brauche dieses Mädchen, um zu stoppen, was gerade in The Point passiert. Sie ist absolut unverzichtbar. Das habe ich Dovie auch erklärt, und sie versteht das. Du solltest also dringend dein Hirn einschalten und dich nicht zu irgendwelchen übereilten Aktionen hinreißen lassen, sonst sperre ich dich schneller weg, als du gucken kannst. Habe ich mich klar genug ausgedrückt, Bax?"

Bax sagte nichts, sondern stieß seinen Bruder nur zur Seite und stampfte auf eine Glastür zu, auf der in schwarzen Buchstaben *Detective King* zu lesen war. Ich setzte mich ebenfalls in Bewegung, um ihm zu folgen. In meinem Kopf drehte sich alles unter dem Ansturm der Informationen, der soeben über mich hereingebrochen war.

Titus streckte einen Arm aus, um mich aufzuhalten. „Race ist ein guter Kerl. Er hat es gerade nicht leicht und muss ein paar schwere Entscheidungen treffen, aber er ist im Kern immer viel weicher als Bax gewesen. Sein Dad war ein Stück Scheiße, ein

Mörder und ein schmieriger Hurensohn, aber wenn Race endlich begreift, was passiert ist, wenn die Nachricht zu ihm durchdringt, dann braucht er jemanden, der ihm hilft, darüber hinwegzukommen, dass sein alter Herr nicht mehr lebt."

Ich reckte das Kinn, ein bisschen trotzig. „Ich habe nicht vor, ihn alleinzulassen."

„Gut."

Ich machte mich auf zu meinem goldenen Gott, als er plötzlich mit Bax und Dovie im Schlepptau aus dem Büro trat. Bax hatte den Arm um Dovie gelegt, und obwohl keine Tränen zu erkennen waren, wirkte sie blasser als sonst und klammerte sich an Bax, als wäre er das Einzige, was sie im Hier und Jetzt festhielt. Race sah aus wie immer. Er ließ sein schönes Grübchen aufblitzen, sein blondes Haar schimmerte wie Gold. Als er vor mir stand, umfasste er mein Gesicht und küsste mich sanft. Wenn er mir nicht so vertraut gewesen wäre, hätte ich sicher gedacht, dass alles mit ihm in Ordnung war, doch die feinen Linien um seine immergrünen Augen verrieten seine Anspannung, und trotz des Grübchens bemerkte ich, dass er hinter dem Lächeln die Zähne zusammenbiss. Er fasste mich an der Hand und zog mich zum Ausgang, bevor ich Dovie umarmen oder auch nur fragen konnte, wie es ihr ging.

Ohne mich anzuschauen, sagte Race leise: „Ich muss mich um ein paar Dinge kümmern. Wir sehen uns später in der Wohnung, okay?"

Ich starrte ihn an, erkannte die Unruhe in seinem dunklen Blick und schlang die Arme um ihn. „Solange du mir versprichst, heute Nacht nach Hause zu kommen."

Er wandte sich ab, und ich spürte, dass er mit dieser Bedingung nicht einverstanden war.

„Ich meine das ernst, Race. Komm nach Hause."

Nach langem Schweigen nickte er schließlich, drückte einen harten brennenden Kuss auf meine Lippen und lief zu seinem Stingray. Ich sah ihm nach, bis er eingestiegen und davongerast war. Ich murmelte ein paar unfeine Worte. Gerade wollte ich zu meinem BMW gehen, als ich Bax' schwere Hand auf meiner Schulter fühlte. Dovie lächelte mich schief an und rieb ihre Wange an Bax' Oberarm.

„Er ist bald wieder in Ordnung. Er muss das nur erst mal verarbeiten", erklärte er schroff. „Ich bin froh, dass jemand anders es getan hat, denn ich hätte diesen Kerl bei der erstbesten Gelegenheit umgebracht."

Bei diesen Worten schauderte ich und beobachtete, wie Dovie unter ihren rostfarbenen Wimpern zu ihm aufschaute.

Sie schnaubte verärgert und wandte sich dann an mich: „Lass nicht zu, dass er sich die Schuld dafür gibt, denn das wird er auf jeden Fall versuchen."

Ich nickte. „Ruf mich an, wenn du irgendwas brauchst."

Auch Dovie nickte. „Mir geht es gut. Ich habe alles, was ich brauche." Sie schmiegte sich noch enger an Bax, und er führte sie die Treppe hinunter zu diesem schwarzen verchromten Monster, das er fuhr. Als er den Motor anließ, klang das, als ob eine Million Dämonen brüllend um Entlassung aus ihrem unterirdischen Gefängnis flehten.

Obwohl ich nicht in der Stimmung für irgendein Seminar war, wusste ich, dass ich unmöglich schwänzen konnte, nachdem ich so viele Kurse versäumt hatte. Daher ging ich hin, nur um alle fünf Minuten mein Handy zu checken. Es tat jedes Mal weh, wenn ich keine Nachricht vorfand. Ich musste an diesem Abend nicht arbeiten, also fuhr ich anschließend zum Apartment zurück, half Karsen bei ihren Hausaufgaben, bereitete uns ein einfaches Abendessen zu und schickte Race nicht weniger als fünf SMS, um mich zu erkundigen, wo er war und was er trieb. Alle blieben unbeantwortet. Zwar machte ich mir vor allem Sorgen, wurde aber auch langsam sauer. Ich zog mir mit Karsen irgendeine dämliche Realityshow rein, verpasste mir eine Pediküre und lief danach bis Mitternacht ruhelos auf und ab. Dann starrte ich auf mein Handy, das null Anrufe und null SMS vermeldete, und beschloss, dass es jetzt reichte. Ohne Zweifel war Race in der Werkstatt und litt allein vor sich hin, und das würde ich nicht dulden.

Ich klopfte an Karsens Tür und sagte ihr, dass ich die Nacht woanders verbringen würde. Sie warf mir kurz einen wissenden Blick zu und widmete sich wieder ihrem Telefon, was auch immer sie gerade damit anstellte. Die Arme hatte wahrscheinlich so viel von den Dramen anderer Leute mitbekommen, dass es ihr bis ins Erwachsenenalter reichte.

Nachdem ich wenig später an der Werkstatt angekommen war und den Code für die Tore eingetippt hatte, sah ich zu meiner Erleichterung den Stingray an der Stelle stehen, wo früher der Mustang geparkt hatte. Ich öffnete die Seitentür und rannte die Metallstufen zum Loft hinauf. Als ich den großen offenen Raum betrat, stolperte ich fast über Race, der auf dem Fußboden saß, eine halb leere Flasche Scotch in der Hand, der Blick wild und glasig.

Ich kniete mich neben ihn und nahm ihm die Flasche weg. „Du hattest versprochen, nach Hause zu kommen."

Seine Brust hob und senkte sich, seine Zunge glitt über seine Unterlippe. Selbst so betrunken und aufgewühlt war er der hübscheste Mann, den ich je gesehen hatte. Ich berührte seine Wange, und er schloss die Lider und schmiegte sich an meine Hand.

„Dieses ‚Füreinander da sein'-Ding funktioniert auch umgekehrt, mein Schöner."

„Ich fühle mich wie Scheiße, weil ich mich wie Scheiße fühle." Sein Atem hatte schon fast eine Oktanzahl, aber er lallte nicht. Ich fragte mich, wann er den Scotch wohl geöffnet hatte. Vielleicht trank er bereits den ganzen Tag davon und war gar nicht so alkoholisiert, wie es schien.

„Wovon redest du?" Ich strich durch sein goldenes Haar, das so seidig war wie immer.

„Er wollte Dovie umbringen. Er war Novaks Geschöpf. Er hat meine Mom ständig betrogen und mich enterbt, ohne mit der Wimper zu zucken. Er hat jeden manipuliert und war so verdammt herzlos. Er verdiente es, zu sterben, und ich hätte Bax erlaubt, ihn zu töten, wenn es dazu gekommen wäre ... Aber jetzt ...“ Sein Kopf fiel nach vorn, und er ließ die Schultern sinken. „Jetzt fühle ich mich einfach nur schrecklich.“

Ich rieb seinen Nacken, um ihm etwas von seiner Anspannung zu nehmen. „Er war dein Dad. Ist doch klar, dass du dich schrecklich fühlst. Es spielt keine Rolle, wie abscheulich er war – trotz allem war er dein Vater. Du hast jedes Recht der Welt, traurig zu sein, aber ich lasse es nicht zu, dass du dir die Schuld dafür gibst.“

Abrupt hob er den Kopf und starrte mich an, als ich auf seinen Schoß rutschte. Mit beiden Händen umfasste er meine Taille und zog die Brauen hoch. „Wie meinst du das?“

„Es ist nicht deine Schuld, dass dein Dad sich gegen Novaks Leute gewendet hat, um seine Haut zu retten, und es ist ganz bestimmt nicht deine Schuld, dass Novaks Gift immer noch wirkt, obwohl er längst tot ist. Dein Dad endete auf diese Weise, weil er zu bestimmten Zeiten bestimmte Entscheidungen getroffen hat, nicht wegen irgendwas, das du getan hast.“

Er brummte etwas Unverständliches und erhob sich, ohne mich loszulassen. Da er weder schwankte noch taumelte, bezweifelte ich ernsthaft, dass er so betrunken war, wie ich zunächst gedacht hatte.

„Das weiß ich. Ich brauchte bloß etwas Zeit und vielleicht auch, dass du es laut ausgesprochen hast, damit es wirklich bei mir ankommen konnte.“ Er ging mit mir zu dem ausgeklappten Schlafsofa und warf mich darauf, ganz ohne die vorsichtige Zurückhaltung, die er seit Drews Überfall an den Tag gelegt hatte. „Und ich wäre nach Hause gekommen. Ich musste nur erst nüchtern werden und wieder einen klaren Kopf bekommen. Das hier ist genau der Kram, der dort keinen Platz hat.“

Als er da am Fußende des Bettes stand, schob ich die Hände unter sein langärmliges T-Shirt, zog es ihm aus und streichelte seinen beeindruckenden Oberkörper. Ich war mir sicher, niemals genug davon zu kriegen, das Spiel seiner Bauchmuskeln zu beobachten, wenn ich meine Finger darübergleiten ließ.

„Das stimmt nicht", erwiderte ich. „Ich habe dir gesagt, dass ich dich will – ganz und gar, und das schließt diesen Teil von dir ausdrücklich mit ein. Ich habe es kapiert, Race: Du tust, was du tun musst, und das ist nicht immer das, was du tun willst, aber das darf nicht für mich gelten. Ich will immer das sein, wonach du dich sehnst, und niemals eine Art Pflicht, die du erfüllen musst. Du kannst alles mit nach Hause bringen, und wir kämpfen uns da gemeinsam durch, so wie du es mir gesagt hast."

Nachdem ich seinen Oberkörper entblößt hatte, beschloss ich, dass auch der Rest von ihm diesem Zustand angepasst werden musste. Also öffnete ich den Knopf an seiner Hose, zog den Reißverschluss auf und stellte erfreut fest, dass sein stets aktiver Sexualtrieb nicht unter seiner aktuellen melancholischen Stimmung zu leiden hatte. Ich schob die Hände in seine Jeans, kniff ihn fest in den knackigen Hintern und blickte verwegen zu ihm auf.

Er schüttelte den Kopf, und schließlich kam sein Grübchen zum Vorschein, das geradezu nach mir zu rufen schien. Diesmal war sein Lächeln echt und aufrichtig. „Du warst von Anfang an das, wonach ich mich gesehnt habe, Bry. Wie kannst du daran zweifeln?"

Ich rutschte ein bisschen näher an ihn heran, sodass ich ihn direkt über dem Herzen küssen konnte, und streifte ihm dabei seine Hose ab. „Dann komm nach Hause, damit wir in einem richtigen Bett Sex haben können und ich mich so um dich kümmern kann, wie du dich immer um mich kümmerst ... Weißt du noch?"

Nachdem er sich von den Jeans befreit hatte, stand er in all seiner perfekten goldenen Pracht vor mir. Er beugte sich vor und gab mir den süßesten, innigsten Kuss, den ich je erhalten hatte. Jeder noch so hartnäckige Zweifel darüber, ob wir es miteinander schaffen würden, löste sich in Wohlgefallen auf, als unser Atem sich vermischte und er mir seine Hingabe mit den aufreizenden Liebkosungen seiner nach rauchigem Scotch schmeckenden Zunge bewies.

„In Ordnung", meinte er schließlich. „Ich bringe alles mit nach Hause, und dann können wir einen Ringkampf darum veranstalten."

Ich strich über seinen Bizeps und keuchte überrascht, da er mich plötzlich hochhob und mir die Hose herunterschob. „Ich fürchte mich nicht", erklärte ich atemlos, während mein Herz auf Höchstgeschwindigkeit schaltete.

Das Moosgrün seiner Augen verwandelte sich in ein mitternachtsdunkles Samtschwarz, und sein Grübchen wurde noch tiefer. Ich wollte es küssen.

„Gut."

Ungeduldig riss er mir den Rest meiner Klamotten vom Leib, und endlich, endlich war der Race von früher zurück. Seine Berührungen brannten, sein Mund war überall und hinterließ Spuren auf meiner Haut, er feuerte mich mit schmutzigen Worten an und zerrte an meinen Haaren. Es war herrlich und ... oh, so willkommen! Er brachte mich zum Stöhnen, er brachte mich zum Keuchen, er brachte mich dazu, wieder und wieder seinen Namen zu schreien, als er seine Lippen zwischen meine Oberschenkel presste und mich nicht eher freigab, bis ich mich unter den Bewegungen seiner Zunge und seiner geschickten Finger von meinem Verlangen mitreißen ließ. Ich dachte, dass ich mich völlig verausgabt hatte, dass er in mich eindringen würde, sodass wir beide auf sanfte und befriedigende Art die süße Erlösung finden würden. Aber das Feuer in Race ließ nicht nach, und er hatte offenbar andere Pläne. Ich hatte ihm gesagt, dass ich keine Angst hätte, und das würde ich ihm nun beweisen müssen.

Seine Finger krallten sich in meine Hüften, als er mich umdrehte und ans Fußende des Bettes bugsierte. Er stellte sich hinter mich und veranlasste mich dazu, auf Händen und Knien die richtige Position einzunehmen, in der er mich haben wollte. Danach beugte er sich vor und küsste meinen Rücken. Eine Hand vergrub er in meinem kurzen Haar, die andere ließ er zwischen meine Oberschenkel gleiten, dorthin, wo ich noch immer empfindlich und feucht von seinen fürsorglichen Liebkosungen war.

Ich flüsterte seinen Namen, seufzte ihn, als er plötzlich und ohne Vorwarnung in mich hineinstieß. In dieser Stellung konnte ich jeden Zentimeter von ihm spüren, während er sich pulsierend in mir bewegte. Er fühlte sich groß an, mächtig und völlig entfesselt, und mir wurde klar, dass ich das – in Kombination mit dem heißen Spiel seiner Finger – auf keinen Fall lange durchstehen würde.

„Race!"

Keuchend packte er mein Haar noch ein bisschen fester, und ich musste mich wirklich konzentrieren, um mich nicht in den Geräuschen von Haut auf Haut und dem Zittern meiner Arme unter seinen Stößen zu verlieren. Ich fühlte, wie mich die Lust erfasste, wie sie in einer gigantischen Welle jede Faser meines Körpers durchflutete, hörte Race fluchen und immer wieder meinen Namen stöhnen. Als schließlich meine Arme nachgaben, weil mein Orgasmus zu machtvoll, zu überwältigend war, keuchte er auf, löste seinen Höhlenmenschen-Griff aus meinem Haar und sank auf mir zusammen. Ich spürte seine Lippen in meinem Nacken und seine Hände, die über meine Seiten strichen, während ich versuchte, wieder zu Atem zu gelangen.

„Danke, dass du hergekommen bist."

Ich musste daran denken, wie ich ihn angefleht hatte, mich nicht zu verlassen, als sie mich ins Krankenhaus gebracht hatten, und sagte zu ihm nun das Gegenteil dessen, was er damals zu mir gesagt hatte, auch wenn es das Gleiche meinte. „Immer."

Er schob sich von mir herunter, zog mich an seine Brust und legte sein Kinn auf meinen Kopf. „Ich war mir ja nicht sicher, ob das mit uns eine große Chance hat, aber jetzt würde ich glatt alles auf uns setzen."

Ich kniff ihn in die straffe Haut direkt über seinem Hintern. „Wie wär's, wenn du gar nicht auf uns wettest, weil du einfach weißt, dass das mit uns eine sichere Sache ist?"

Leise lachte er. „Ich liebe dich, Brysen. Du sorgst dafür, dass ich ich selbst bleibe."

„Ich liebe dich, Race – so wie du bist und auch so wie du sein musst."

Es gab keine Unsicherheiten mehr und nicht den geringsten Zweifel daran, dass wir es schaffen würden, auch wenn The Point uns immer wieder an unsere Grenzen bringen sollte. Ich war jedenfalls wild entschlossen, es dieser Schlampe zu zeigen, falls sie versuchen würde, mir meinen Mann wegzunehmen.

20. KAPITEL

Race

Diese Stadt war so wie The Point – wenn The Point Stripper-Schuhe, nuttig roten Lippenstift und glitzernde Pailletten tragen würde. Die Neonlichter und Glocken waren nervig und verführerisch zugleich, und die planlosen Touristen, die so wild darauf waren, ihr Geld loszuwerden, und die jeden Bürgersteig fluteten und aus jeder Casinotür strömten, jagten mir einen Schauder über den Rücken. Für mich waren das Glücksspiel und hohe Wetten kein Witz, und dieser Ort verwandelte das, was ich in irgendwelchen Hinterhöfen oder auf der Straße machte, in einen Spaß für die ganze Familie, den die Leute meiner Ansicht nach zu sehr auf die leichte Schulter nahmen. Ich konnte gar nicht erwarten, wieder nach Hause zu kommen, was mich einigermaßen verblüffte. Wer hätte gedacht, dass ich je einen Punkt erreichen würde, an dem ich unbedingt zurück nach The Point wollte?

Ich schaute zu Brysen, die den grässlichen Stripclub, vor dem wir standen, mit geschürzten Lippen und gerunzelter Stirn betrachtete. Keine Ahnung, ob die Location selbst oder der Grund, aus dem wir hier waren, ihr hübsches Gesicht so verdüsterte. Zum Teufel, vielleicht ja beides. Als ich ihr erzählt hatte, wohin ich gehen und was ich dort tun würde, hatte ich fest damit gerechnet, dass sie sich aufregen und mich darum bitten würde, das Ganze bleiben zu lassen. Stattdessen hatte sie zu meiner Überraschung gefragt, ob sie mitkommen und der betreffenden Person die Sachlage höchstpersönlich auseinandersetzen durfte. Zunächst hatte ich mich geweigert, aber als sie mir erklärte, dass es für sie der letzte Schritt war, um komplett mit ihrer Vergangenheit abzuschließen, gab ich nach. Ungefähr hundertmal musste sie mir versprechen, dass sie mich nicht verlassen und dass sie mich nicht hassen würde, falls die Angelegenheit aus dem Ruder lief und ich zu gewalttätigen Methoden greifen musste. Sie hatte mich angesehen, als wäre ich total bescheuert, und mir klargemacht, dass sie immer im Team Race spielen würde und dass ich mich gefälligst zusammenreißen sollte. Also hatten wir Karsen für ein langes Wochenende bei Bax und Dovie untergebracht und waren losgefahren.

Booker hatte angeboten, auf Brysens jüngere Schwester aufzupassen, aber sie himmelte ihn immer noch auf eine Art und Weise an, die sie in echte Schwierigkeiten bringen würde, sobald sie alt genug war, um ihn vergessen zu lassen, dass sie eigentlich ein Kind war.

„Bist du bereit?“

Brysen schaute erst zu mir, dann zur Tür und nickte steif. „Lass es uns einfach hinter uns bringen.“

Ich gab ihr einen Kuss auf die Stirn und legte eine Hand auf ihren Rücken. Gemeinsam betraten wir den Club, der so ganz anders als die Läden in The District war: Dies war quasi das Disneyland der Striplokale, und ich musste fast lachen. Hier war alles nur Show, und für diese Tänzerinnen ging es um ein paar schnelle Dollars und billige Spannung, nicht ums Überleben wie bei den Mädchen in The Point.

Den Mann, den wir suchten, fanden wir nicht an einem der Tische vor der Bühne oder in einer der Sitznischen an der Wand. Nein, er saß an der Bar, den Kopf über ein Whiskeyglas gebeugt. Er schaute nicht auf, als Brysen sich auf den Hocker neben ihn setzte und ich mich seitlich hinter ihm positionierte, um im Notfall eingreifen zu können.

Brysen schüttelte den Kopf, als der Barkeeper sie nach ihren Wünschen fragte.

Endlich hob der Mann den Kopf, wandte sich ihr zu, und ich sah, wie seine Schultern sich in rascher Abfolge hoben und senkten. „Brysen.“

„Dad.“

Brysens Vater zuckte beim Klang ihrer sanften Stimme deutlich zusammen.

„Ich bin hier, um dir einen Ausweg zu bieten, Dad. Race hat mich mitgenommen, damit ich dir eine Chance gebe, und wenn du sie nicht ergreifst … nun, dann hast du dir die Folgen selbst zuzuschreiben." Sie machte ein angewidertes Geräusch und suchte meinen Blick über seinen Kopf hinweg. „Es geht mir übrigens gut und Karsen auch. Mom hat ihren Entzug bald hinter sich, und ich werde sie dazu ermutigen, die Scheidung einzureichen. Nur für den Fall, dass du dich gefragt haben solltest, was aus deiner Familie geworden ist."

Das Gewicht ihrer Worte schien ihn beinahe körperlich zu treffen, als er nun noch tiefer über seinem Drink zusammensank. „Ich habe das Geld nicht. Ich habe es einfach nicht." Er klang niedergeschlagen und mitleiderregend, und ich sah, wie Brysen die Augen verdrehte.

Interessant, dass er seine Schulden erwähnte, denn dieser schicke Stripclub war nicht gerade billig, doch das würde ich nicht aufs Tapet bringen, wenn es sich vermeiden ließ.

„Du bist so jämmerlich. Du hast Mom in den Abgrund gestürzt und alles versetzt, was wir besaßen. Du hast mich benutzt, und als du für deine Fehler bezahlen solltest, hast du dich ihnen nicht wie ein Mann gestellt, sondern bist weggelaufen. Man muss schon ein ziemlicher Trottel sein, wenn man glaubt, sich vor einem Buchmacher verstecken zu können. Du liebe Zeit, Dad, ist dir denn nicht klar, dass jeder, der nicht zahlen kann, abhaut? Race wäre nicht besonders gut in seinem Job, wenn er sie einfach davonkommen ließe, nicht wahr?"

Brysen seufzte tief. In einem Ton, der keine weiteren Diskussionen zuließ, fuhr sie fort: „Ich will, dass du verstehst, dass dieses Angebot nichts mit mir oder Karsen zu tun hat. Ganz ehrlich, mir wäre nichts lieber, als dich wenigstens einen Bruchteil von dem Leid erfahren zu lassen, das wir im vergangenen Jahr ertragen mussten."

Als hätte er sie gar nicht gehört, starrte er weiterhin in seinen Drink.

Ich stützte mich auf der anderen Seite von ihm mit dem Ellbogen auf die Bar und hob eine Braue, als er mich aus dem Augenwinkel beobachtete. „Sie sollten ihr besser zuhören, sonst werden wir zwei diese Unterhaltung fortsetzen. Draußen."

Er schluckte und schaute seine Tochter an.

Brysen wusste, dass er mir und Nassir weit über dreihunderttausend Dollar schuldete, mit Zinsen waren es inzwischen sogar fünfundsiebzigtausend mehr. Es gab nur einen Weg, es zurückzuzahlen: den gleichen, auf dem er es verloren hatte – Glücksspiel.

„Nassir und Race planen ein neues Unternehmen. Online-Glücksspiel, das nicht zu uns zurückverfolgt und auch nicht dichtgemacht werden kann wie eine tatsächliche Lokalität. Ich rede von hochriskantem, kompromisslosem Glücksspiel. Der Einsatz beginnt bei hunderttausend Dollar. Race hat jemanden, der sich um die Sicherheit kümmert, darum, dass das Ganze unsichtbar bleibt und so weiter. Aber er will nicht, dass der Typ seine Zeit damit verschwendet, die eigentliche Seite zu programmieren. Und da kommst du nun zum Zug. Bau die Plattform auf, bring sie zum Laufen, und die Jungs sind bereit, dir einen gewissen Anteil zu überlassen, sobald du deine Schulden beglichen hast. Aber bedenke, dass es dein Kopf ist, der rollt, wenn es den Bullen gelingt, sich einzuhacken, Dad. Das ist deine einzige Chance, den Folgen deiner eigenen Dummheit zu entkommen."

Ihr Vater ließ seinen Blick nachdenklich zwischen uns hin- und herwandern. „Wie groß wäre mein Anteil?"

Vielleicht sollte ich ihm spaßeshalber die Eier zerquetschen. Ich biss die Zähne zusammen und betrachtete ihn scharf. Da Brysen nur enttäuscht und angewidert vor sich hinstarrte, antwortete ich ihm: „Neunzig – zehn."

Er stieß einen erstickten Laut aus. „Sechzig – vierzig."

Ich stieß mich von der Bar ab und deutete mit dem Kopf Richtung Tür. „Lass uns abhauen, Bry. Das hier ist reine Zeitverschwendung."

Sogleich schwang sie ihre langen Beine von dem Hocker, stand auf und stellte sich neben mich. Sie schüttelte die Hand ab, die ihr Vater nach ihr ausstreckte.

„Achtzig – zwanzig ist fair", sagte er hastig. „Nachdem die Schulden bezahlt sind."

Wir starrten einander für einen langen Moment an, bevor ich widerwillig zustimmte. „Einverstanden."

Ich wandte mich mit Brysen zum Gehen und fügte hinzu: „Sie halten sich von Brysen und Karsen fern und gewähren Ihrer Frau die Scheidung ohne Wenn und Aber, oder ich komme wieder. Um die Seite zu bauen, brauchen Sie nicht nach The Point zurückzukehren, aber falls Sie das doch wollen, denken Sie an diese Konditionen. Und falls Sie noch einmal beschließen sollten, wegzulaufen, sollten Sie im Hinterkopf behalten, wie leicht wir Sie diesmal gefunden haben."

Soweit es mich betraf, war die Angelegenheit damit erledigt. Von nun an wäre es Bookers Job, dafür zu sorgen, dass der Mann tat, was er tun sollte. Und falls er sich nur den kleinsten Fehltritt erlaubte, würde ich grünes Licht geben, ihn bluten zu lassen. Und zwar richtig.

Ich fuhr vom Parkplatz und zurück zum Hotel. Die Heimreise war eigentlich nicht so schrecklich lang, nur gut sechs Stunden, doch ich hatte nicht einschätzen können, wie die Sache mit ihrem Vater laufen würde; daher hatten wir uns für zwei Tage in einem der Casinos eingemietet, die etwas abseits von der Vergnügungsmeile lagen.

Brysen ergriff meine Hand, die auf dem Schalthebel ruhte. „Du hättest ihn nicht so leicht davonkommen lassen müssen. Nicht meinetwegen."

So mochte sie jetzt vielleicht denken. Nachdem mich die Nachricht vom gewaltsamen Tod meines eigenen Vaters jedoch so umgehauen hatte – egal, wie verdient sein Ende war –, wusste ich, dass ich ihr das auf keinen Fall antun konnte.

„Wenn er sich an die Abmachung hält, ist es eine Win-win-Situation“, erwiderte ich. „Wenn nicht, hat er sich die Folgen selbst zuzuschreiben, und wir machen einfach mit unserem Leben weiter wie immer. Wir konzentrieren uns auf deine Mom, sorgen dafür, dass sie weiterhin ihre Medikamente nimmt, eine Therapie macht und versucht, trocken zu bleiben, damit du und Karsen wenigstens einen halbwegs resozialisierten Elternteil habt.“

Ich machte das Gleiche mit meiner eigenen Mutter. Wir waren längst nicht versöhnt, aber nachdem mein Dad tot und das ganze Vermögen von der Regierung eingefroren war, hatte sie nichts und niemanden, und ich brachte es nicht fertig, sie hängen zu lassen. Das war genau das, was Dad mir angetan hatte, und wenn ich in den vergangenen Monaten irgendwas gelernt hatte, dann, dass ich zwar vieles sein mochte, doch ganz gewiss nicht wie mein Vater. Ich mietete ihr eine Wohnung in demselben Apartmenthaus, in dem die Mädchen und ich wohnten, und versicherte ihr, dass ich ihr helfen würde, solange sie sich Mühe gab und versuchte, sich in das Leben in The Point einzufügen. Bislang lief es eher durchwachsen. Sie fragte ständig nach Geld, aber immerhin hatte sie sich aufgerafft und einen Job als Sekretärin angenommen, um zumindest etwas zu ihrem Unterhalt beizutragen.

Da Brysen mitkriegte, wie schwer es mir fiel, Mom etwas abzuschlagen, wenn sie über die Stränge schlug, übernahm sie kurzerhand die Rolle der Wächterin. Sie informierte meine Mutter rundheraus, dass jede Summe, die sie erbat, zuerst von ihr abgesegnet werden musste, bevor ich ihr das Geld zukommen ließ. Mein Mädchen hatte deutlich weniger Skrupel als ich, Lady Hartman immer wieder in die Schranken zu weisen, und die Bitten kamen immer seltener und nur wenn es um Dinge ging, die sie sich tatsächlich nicht leisten konnte.

Als wir das Hotel erreichten, gab ich widerstrebend den Schlüssel für den Stingray an den Parkservice weiter. Nach dem vorzeitigen Ende von meinem Mustang ließ ich den Wagen nur ungern aus den Augen. Ich folgte Brysen hinauf in unser Zimmer und brummte überrascht, als sie mich besprang, sobald die Tür hinter uns ins Schloss gefallen war. Ich legte eine Hand unter ihren Hintern und stützte sie, als sie in meine Arme kletterte und mein Gesicht mit Küssen bedeckte.

„Du bist so heiß, Race."

Ich lachte und setzte mich mit ihr aufs Bett, löste ihre Finger aus meinem Haar und küsste sie auf beide Handflächen. Es machte mich glücklich, dass es sie so glücklich machte, wenn ich ihre Erwartungen erfüllte. „Willst du immer noch die Königin über ein Reich sein, das ein ziemlich hoffnungsloser Fall ist?"

Sie kicherte und kniff verblüfft die Augen zusammen, als ich mein Gewicht verlagerte, um in meine Hosentasche greifen zu können. Ich holte das billige Schmuckstück hervor, das ich heute Morgen in einem Souvenirladen entdeckt hatte, als ich ziellos herumgelaufen war und mit Nassir telefoniert hatte, um ihm von meinem Plan zu berichten. Der Ring hatte die Form einer kleinen goldenen Krone, kitschig und total lächerlich, aber Brysen wurde ganz still, als ich ihn ihr auf den Finger schob. „Eines Tages kaufe ich dir eine richtige Krone, und du wirst sie für immer tragen", sagte ich.

Sie betrachtete den Ring, dann mich, und ein Schimmern trat in ihre Augen. „Das ist dein bislang kühnster Schachzug, mein Schöner."

Es fühlte sich nicht kühn an, sondern richtig. Brysen fühlte sich richtig an. Sie war die richtige Wahl für meine beiden Seiten: für das gelangweilte reiche Kid aus The Hill und für den Buchmacher, der die City mit Blut und illegalem Geld am Laufen hielt.

„Ich bin am besten, wenn ich kühn bin." Ich küsste sie dort, wo ihr Puls unter der zarten Haut ihres Handgelenks klopfte, und sie rutschte auf meinem Schoß enger an mich heran, wodurch sich in meinem Kopf unwillkürlich ganz spezielle Ideen über den restlichen Verlauf des Wochenendes entwickelten.

„Dem kann ich nur voll zustimmen. Und solange du in diesem Königreich bist – völlig egal, wie es aussieht –, werde auch ich dort sein, Race. Ich halte es übrigens nicht für einen hoffnungslosen Fall. Ich schätze, die Chancen stehen fifty-fifty, denn schließlich kämpft ihr dafür: du, Bax, Titus und sogar Nassir."

Ich war mir da nicht so sicher. Wir wussten ja noch immer nicht, wer hinter der Bedrohung von außen steckte. Bax und ich hatten inzwischen beide viel zu verlieren, Titus' Handlungsfreiheit war durch Vorschriften und Gesetze eingeschränkt, woran sich auch nichts ändern würde. Und Nassir war ein Überlebenskünstler, bei dem es mehr als fraglich war, ob er sich für das Gute in die Bresche werfen würde, wenn es hart auf hart kam. Erst die Zukunft würde zeigen, wer schließlich die Oberhand gewann, doch für diesen Moment war es Brysen, die mir das T-Shirt über den Kopf zog und danach den Plastikring betrachtete, als hätte ich ihr den wertvollsten Schatz geschenkt. Und mir wurde klar, dass ich genau dort war, wo ich sein wollte, bei dem Menschen, mit dem ich zusammen sein wollte. The Point würde einfach warten müssen, bis es an die Reihe kam, um sich ein noch größeres Stück meiner Seele zu nehmen.

– ENDE –

DANKSAGUNG

Ich möchte mit meinem Team beginnen, das mich so viel besser macht, als ich wirklich bin. Es kostet eine Menge Mühe, ein gutes Buch in die Welt zu tragen, und ich bin sehr glücklich, dass die Leute, die mich dabei unterstützen, so wunderbar sind und die Arbeit mit ihnen so viel Spaß macht. Ich liebe alle meine Damen bei HarperCollins. Meine Lektorin Amanda Bergeron ist ein Schatz, und wir mussten nicht einmal unseren ersten Streit über das Ende dieses Romans austragen. Tatsächlich macht sie all die Geschichten, die ich erzähle, so viel besser. Sie ist absolut fantastisch in dem, was sie tut, und dadurch ist die Zusammenarbeit mit ihr ein echtes Vergnügen … bis ich die ersten Korrekturen zurückkriege und alle umbringen möchte.

Jessie Edwards arbeitet ohne Unterlass, um sicherzustellen, dass diese Bücher an den richtigen Orten und in den richtigen Händen landen. Sollte ich jemals einen größeren Skandal verursachen, bin ich überzeugt, dass sie sich um alles kümmern und dafür sorgen würde, dass ich danach besser dastehe als zuvor. Sie ist auch diejenige, die mich nach Mittelamerika schleppt, um euch in freier Wildbahn zu erleben – dafür ein fettes Highfive!

Alaina Waagner verdanken wir all die coolen Dinge und die Gewinnspiele, die dort draußen in der Welt veranstaltet werden. Die vielen Poster, von denen alle so begeistert sind, und die Ideen für Buchgeschenke stammen von ihr. Sie ist ein echter Schatz und kümmert sich nicht nur um das Marketing für meine Romane, sondern auch um mich und meine Verrücktheiten – und das tut sie mit einer Ruhe und Entspanntheit, die ich bewundere. Wenn ich an ihrer Stelle wäre, würde ich mich wahrscheinlich erwürgen!

Ein riesiges Dankeschön an all die Menschen in meinem Verlag, die so hart daran arbeiten, meine Bücher erfolgreich zu machen. Mir ist völlig klar, dass ich ohne sie weder in einem Buchladen zu finden noch eine international verlegte Autorin wäre. Ich schulde ihnen mehr als ein paar simple Worte der Dankbarkeit, aber das ist alles, was ich habe. ☺

Meine Agentin Stacey Donaghy ist wundervoll, und ohne sie wäre ich nicht da, wo ich heute bin. Manchmal denke ich, wir teilen uns ein Gehirn. Ich finde es toll, wenn ich ihr sage, ich sei supersmart, und sie antwortet: „Klar bist du das. Du hast mich doch nie täuschen können." Sie hält mich für talentiert und versucht nicht, meine Art, an Sachen heranzugehen, zu ändern. Nie hätte ich damit gerechnet, dass ich einfach dadurch, dass ich so bin, wie ich bin, und die Dinge tue, die ich leidenschaftlich gern tue, einmal so viel Erfolg haben würde; doch Stacey hat mir dabei geholfen, das möglich zu machen. Sie sagt, sie sei in erster Linie mein Fan und erst in zweiter Linie meine Agentin. Das gibt mir das gute Gefühl, dass sie mir vertraut und mich bei jeder einzelnen kreativen Entscheidung, die ich bisher getroffen habe, voll unterstützt.

Oh, ich bin ziemlich sicher, dass es keine Worte gibt, um zum Ausdruck zu bringen, wie sehr ich KP Simmon liebe und schätze. Ich hätte nie gedacht, dass ich eine Presseagentin bräuchte. *Falsch!* Die heilige KP macht Jays Leben so viel leichter ... Sie ist eine Mentorin – im Ernst, wenn ich groß bin, möchte ich *sie* sein. Sie ist eine Freundin. Sie ist eine Vertraute. Sie ist eine Bücherliebhaberin. Sie ist ein Genie, was Medien angeht, und die geschäftstüchtigste Frau, die mir je begegnet ist. Sie hat keine Angst vor mir oder meinen Kerlen gehabt. Ich bewundere sie dafür, dass sie mit der Welcome-to-The-Point-Serie ins kalte Wasser gesprungen ist und seitdem Vollgas gegeben hat: www.inkslingerpr.com ist großartig, und es ist mir eine Ehre, von ihnen vertreten zu werden.

Melissa Shank, meine rechte Hand, ist ein wahrer Engel aus Texas. Ich wüsste nicht, wie ich ohne sie irgendwas zustande bringen sollte. Sie betreibt meine Fanseite. Sie hilft mir bei Veranstaltungen. Sie kümmert sich um meine Give-aways. Sie plant meine Partys. Sie hört mir zu, wenn ich mich über irgendwelchen Schwachsinn aufrege. Sie ist einfach wunderbar und unersetzlich, und es gibt nicht genügend Adjektive, um zu beschreiben, wie froh ich bin, sie in meinem Team zu haben. Wenn ihr mit Mel und mir ein bisschen Zeit verbringen wollt, seid ihr bei *Crownover's Crowd* herzlich willkommen: https://www.facebook.com/groups/crownoverscrowd. Wir versuchen, die Seite lustig und informativ zu gestalten – und mit „wir" meine ich ausschließlich Mel. ☺

Was mein Privatleben anbelangt, muss ich immer zuerst meinen Eltern und meiner besten Freundin danken. Ich bin wirklich gesegnet, so eine starke und solidarische Einheit als meinen engsten Kreis zu haben. Ich kann mit ihnen meinen Erfolg teilen, sie begleiten mich auf meiner Reise, und selbst wenn morgen alles vorbei wäre, kann ich sicher sein, dass sie mich immer noch lieb haben und mich bei allem unterstützen – wofür auch immer ich mich entscheiden würde ... Aber, lieber Gott, bitte lass es nicht morgen vorbei sein!

Meine Freundin Carolyn Pinard hat für mich Races Buch Korrektur gelesen, bevor ich es zu Amanda geschickt habe. Sie bringt all die Kommata ins Spiel und repariert meine Bandwurmsätze. Sie ist eine reizende Dame, und ich bin froh, sie nicht nur als Grammatik-Polizei, sondern auch als Freundin an meiner Seite zu wissen. Als wir beim Book Bash gewesen sind und das Gebäude um zwei Uhr morgens evakuiert wurde, wollten wir uns nicht mal gegenseitig umbringen, als wir die zwölf Treppen rauf- und runterlaufen mussten. In solchen Momenten weißt du, dass du einen echten Kumpel hast ... Wenn ihr sie für ein paar Kommas aufsuchen wollt: carolynpinardconsults@gmail.com.

Auch diesmal muss ich einen Dank an Mike Maley dafür einschieben, dass er sich um meine felltragende Familie kümmert, wenn ich unterwegs bin. Er ist ein netter Kerl, und ich könnte nie so oft raus und mich mit meinen Lesern treffen, wenn ich ihn nicht hätte.

Okay, Buch-Menschen, ihr seid so viele, dass ich keine Ahnung habe, wie ich euch alle auf einmal in die Arme schließen soll, um euch zu drücken. Die Autoren, die Blogger, die Leser, die Veranstaltungsplaner … die Bücherfreunde. Da draußen gibt es so viel Liebe für Wörter, Romane, Geschichten, und das macht mich wirklich glücklich. Für mich gibt es nichts Besseres als Bücher. Wie könnte ich also die Leute nicht lieben, die sie ebenso sehr lieben wie ich? Und für diejenigen unter euch, die dieses Buch nicht mögen … oder jenes … oder alle meine Bücher: Ich liebe euch genauso, denn wenigstens lest ihr, und das ist das Einzige, was für mich zählt. Wenigstens habt ihr's probiert, und wenn diese Geschichte nicht euer Ding war, dann ist das in Ordnung. Auf zur nächsten.

Ich erwähne niemals Blogs, weil ich denke, dass alle Blogger – ob groß oder klein – verdienen, dass man den Hut vor ihnen zieht, weil sie tun, was sie tun … Aber es gibt einige Blogger da draußen, die einen speziellen Platz in meinem Herzen erobert haben, und es ist mir eine Ehre, nicht nur eine Buch-Beziehung zu ihnen zu haben, sondern eine ehrliche Freundschaft, die mir wahnsinnig viel bedeutet. Ich hoffe, ihr wisst, dass ihr gemeint seid, und wenn nicht … dann muss ich was falsch gemacht haben!

Wie immer freue ich mich darauf, von meinen Lesern zu hören, und bemühe mich, auf sämtliche Zuschriften, die ich bekomme, auch zu antworten.

Ihr erreicht mich an jedem dieser Orte im Internet:

jaycrownover@gmail.com
https://www.facebook.com/jay.crownover
https://www.facebook.com/AuthorJayCrownover?ref=hl
@jaycrownover auf Twitter

www.jaycrownover.com
http://jaycrownover.blogspot.com/
https://www.goodreads.com/Crownover
http://www.donaghyliterary.com/jay-crownover.html
http://www.avonromance.com/author/jay-crownover

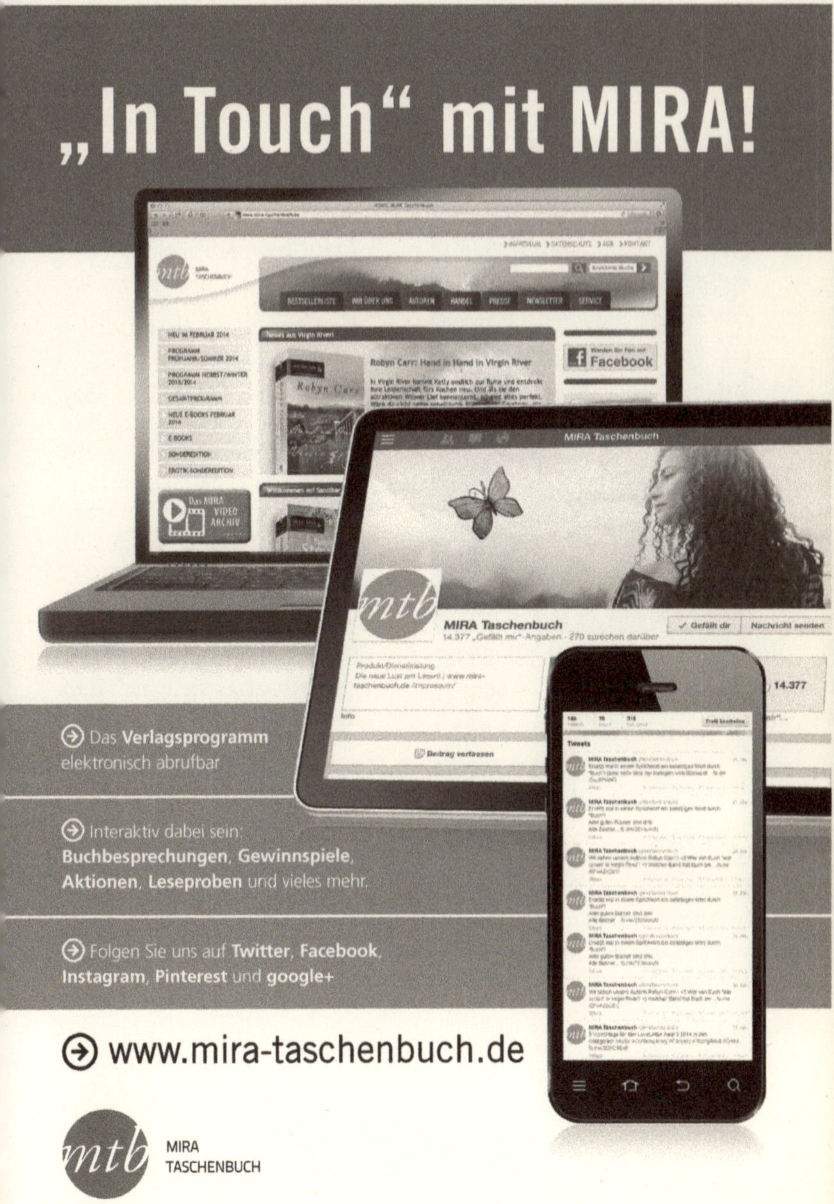
„In Touch" mit MIRA!
Das Verlagsprogramm elektronisch abrufbar
Interaktiv dabei sein: Buchbesprechungen, Gewinnspiele, Aktionen, Leseproben und vieles mehr.
Folgen Sie uns auf Twitter, Facebook, Instagram, Pinterest und google+
www.mira-taschenbuch.de
MIRA TASCHENBUCH

Lesen Sie auch von Jay Crownover:

Jay Crownover
The Point:
Entfesselte Sehnsucht

Band-Nr. 25887
9,99 € (D)
ISBN: 978-3-95649-250-1
eBook: 978-3-95649-501-4
320 Seiten

Düster und gefährlich: Shane Baxter ist ein echter Bad Boy, dem Gewalt nicht fremd ist. Eine falsche Entscheidung zu viel brachte ihm fünf Jahre Gefängnis ein. Jetzt ist er wieder frei und will herausfinden, wer ihn verraten hat – um jeden Preis. Doch eine unschuldige Rothaarige stellt sich ihm in den Weg …

Dovie kennt das Leben auf der falschen Seite des Gesetzes. Aber sie hat eine andere Wahl getroffen und versucht, sich an die Spielregeln zu halten. Jetzt ist ihr Bruder verschwunden – und nur Baxter kann ihr helfen, ihn zu finden. Doch der Exhäftling macht ihr Angst. Denn er weckt Gefühle, die es in ihren dunkelsten Fantasien nicht gab … Manche Typen sind eben gerade gut, wenn sie gefährlich sind!

Band-Nr. 25921

9,99 € (D)

ISBN: 978-3-95649-296-9

eBook: 978-3-95649-539-7

352 Seiten

Lauren Dane

Im Rhythmus unserer Herzen

Partys, Frauen, Alkohol – Rockstar Ezra Hurley hat ein Leben auf der Überholspur geführt und nichts ausgelassen. Doch er ist fest entschlossen, all das hinter sich zu lassen. Bis er auf Tuesday Eastwood trifft, die eine wilde Begierde in ihm entfacht. Mehr als eine heiße Affäre sollte sie eigentlich nicht sein. Aber bald erkennt Ezra, dass dies niemals genug sein wird. Er begehrt Tuesday nicht nur, er braucht sie mit einer Verzweiflung, gegen die er einfach nicht ankommt …

Sidney Halston
Hot Fighters:
Gegen alles,
was uns trennt

Band-Nr. 25923
9,99 € (D)
ISBN: 978-3-95649-298-3
eBook: 978-3-95649-556-4
304 Seiten

Was für ein Tag! Erst macht ihr Freund per SMS mit ihr Schluss, dann muss Chrissy ihren Bruder aus dem Gefängnis holen. Zu guter Letzt bleibt ihr Wagen auf dem Highway liegen. Und der Mann, der Chrissy in ihrer Not hilft, ist ausgerechnet ihr Teenager-Schwarm Jack Daniels. Früher Bad Boy, heute ein knallharter Cop und Kampfsportler. Jack ist noch heißer als in ihrer Erinnerung. Kopfüber stürzt Chrissy sich in eine Affäre mit dem durchtrainierten Martial-Arts-Fighter. Doch mit jedem Kuss gerät sie tiefer in Jacks unbeugsame Welt, mit der sie nie etwas zu tun haben wollte …